案件现场直播

3 大结局

▶▶▶ 退戈 著

湖南文艺出版社
HUNAN LITERATURE AND ART PUBLISHING HOUSE

博集天卷
CS-BOOKY

人心是不可能被尽数算计的。

目录

案件一 田兆华之死

没有真相，
所有的冤魂都不会安息，
所有的受害者都不会停止受伤。

案件一　田兆华之死

"我爸叫田兆华。"

…………

"他是一名医生，十几年前，先是被人举报性侵，又被医闹病人开车撞死。他意外身亡的时候，医院的调查还没有结束，所以即便他死了，依旧背着污名。恶意举报的人讹到了一笔钱，凶手最后只坐了一年牢，他们付出的代价不痛不痒，甚至可以说没有代价，只有我爸爸死得不明不白！"

…………

"当年那个举报他性侵的人，就是梅诗咏。"

对梅诗咏这个名字，二人总算有印象了。她就是当年指认范淮的证人之一，也是第二名死亡的证人。

第 一 章

遇 袭

他最后嘶吼出的两个字，穹苍听出来了，喊的就是她的名字。

那这回还真不是……无妄之灾。

贺决云从公安局出来，开着车在街上乱逛了一圈。

他脑子里不停地想些奇奇怪怪的东西，比如一个幽深昏暗的房间里，小穹苍趴在地上缓缓爬行，她身后的木质地板上留下了一道长长的血痕。

画面逐渐变得阴森、恐怖……且诡异。

贺决云摇了摇头，想让自己的思维正常一些。

他知道自己或许是自作多情，穹苍不像是会再为这种事情感到难过的人，可他还是忍不住多想，多想就把自己套进了那个场景，然后变得伤心。

于是，在路过一家花店的时候，他鬼使神差地停了下来并走了进去。

虽然他也不知道自己为什么要来这种地方。

店员看见一位英俊的男士出现，乐颠颠地跑过来，热情招呼道："先生，想买什么花？"

贺决云目光从各式馥郁锦簇的花束上扫过，拿不定主意。

店员推荐道："玫瑰吧！我们店之前到了一批玫瑰，今天刚好开花，品相很好的。"

贺决云下意识地想要拒绝。他认为玫瑰的寓意太过明显，在爱情的场合里出现频率过高，会让穹苍产生误会。他要是拿着这么一束花过去，自己都会觉得尴尬。

他用余光扫见角落里一种花瓣秀气颜色又艳丽的花，指道："就那个吧。"

"康乃馨啊？"店员说，"是要送给父母的吗？是准备给爸爸还是给妈妈？包装想选什么样的？"

贺决云："……"

如果不是之前没见过这人，他一定要怀疑这人在帮着穹苍占自己的便宜。

店员观他表情不对，困惑道："先生？"

贺决云问："爸爸送给女儿的花，应该选什么？"

店员惊讶，没看出来贺决云已经结婚而且有女儿了。她快速瞥了贺决云的手一眼，发现他并没有戴结婚戒指。

贺决云怕她整一些粉粉嫩嫩的东西，补充了一句："不要太幼稚。"

店员当即了悟。她懂。男人总喜欢做女朋友的爸爸，或者说男人喜欢做所有人的爸爸。

间歇性脑子有坑。需要放水。

店员脸上的笑容更标准了，她唇角高高向上扬起，说："那就白玫瑰吧。代表着纯洁、天真，也就是浓烈又纯净的父爱！而且还特别好看！"

贺决云很满意："就这个吧，包起来。"

店员问："多少枝呢？"

"大捧。"贺决云说，"方便我一只手拿着的。"

店员严肃地比了个手势，一脸心照不宣地道："明白！先生稍等！"

五分钟后，贺决云抱着一捧清新又华贵的白玫瑰走出店门，小心放到车厢后座。

穹苍这边刚挂断谢奇梦的电话，嘀咕了一句"莫名其妙啊"，还没将手放下，那边贺决云的电话又打了过来。

她顺手接了起来，笑道："Q哥。"

贺决云对她又这么称呼自己居然没有生气，反而客气地问了一句："请你出来吃饭？"

穹苍都觉得有点反常了。

"好啊。"

贺决云又问:"想吃什么?"

穹苍想了想道:"烤鱼吧。"

"行,我现在回家接你。"贺决云顿了下,说,"你那边怎么那么多杂音?"

穹苍说:"我不在家,我在商场。家里的拖把被我弄坏了,我出来买个新的。"

贺决云才想起自己忘了把钟点工的电话留给她。不过她估计也是想出去走走。

"那我现在过来接你。"贺决云说,"你给我发个定位。"

穹苍用软件把自己的定位发过去。只是不知道这边有什么干扰定位的东西,加上她手机的网络也不是非常好,点开地图之后,左下角的位置不停地转小圆圈,具体的地图画面加载不出来,只有一个代表她位置的标志孤零零地扎在那里。

贺决云看了眼定位,跟她约定在前方的一个路口见面。

穹苍凭直觉认为那个路口和自己的真实定位应该是还有一段距离的,但她想反正贺决云开车过来也要时间,就没拒绝。

穹苍对这一带的路不算熟悉,但走过的地方还记得。过来的时候,不走寻常路的导航带着她横穿了一片古旧的住宅区,所以回去的时候她选择了相同的道路。

她单手拎着一把长长的拖把,脚步轻快地拐进小道。

这个小区虽然老旧,但由于地理位置优越,还是有几个走动的人影的。

穹苍迈着沉稳的步伐,目不斜视地朝前行进。她的影子拖在身后,随着她的走动时长时短,在她走入阴影区域的时候,又消失在一片沁凉之中。

因为之前跟贺决云打电话,穹苍分神了没有留意,可是走上这条相对安静的长街之后,她感到有道刺人的视线落在她的背上,且越来越明显。穹苍低下头,仔细去听身后的脚步声。

那脚步声轻重不一,说明来人步履虚浮,时走时停,似乎是在根据她的位置调整速度。而从距离判断,已经在逐渐逼近了。

正是烈日当空的中午,穹苍却有了一种脚底发寒的错觉。

她快步转入拐角，准备回头观察，贺决云的电话碰巧打了过来。那段熟悉的旋律成了附近最突兀的声音，将穹苍震得打了个激灵。

她转过身，加快脚步继续往前走，同时摸出手机，单手滑开，放在耳边。

贺决云说："那家店里人多，我先去订个包间，忘了问你喜欢吃什么口味的。"

穹苍回："嗯……"

贺决云笑道："你'嗯'是什么意思？是指随便吗？"

穹苍凝神注意身后的动静，没听见贺决云到底说了什么。在他尾音落下，世界陷入异常的寂静之后，那脚步声从缓转疾，在地上重重蹭了一下，倏地朝前方扑来。

穹苍没有犹豫，更快一步地回身，将手机砸了出去。可惜她不是专业人士，只见机子被掷出一道黑色曲线，完美从对方身边擦了过去，连道风都没带起。

不过她突然袭击的架势倒是将对方给吓住了，那人没有料到她的反应，身形不由自主地顿了下，做了个闪避的动作。穹苍也趁机将他的五官看清楚了。

这是一名中年男人，穿着一件松垮的蓝色老头衫，衣服上染着一块黄色的不明污渍，半白的头发看起来许久不曾打理，乱蓬蓬地纠成一片，浑身上下都写着邋遢。

他的眼睛布满血丝，眼白混浊，脸色泛黄，身材消瘦，裸露在外的手臂和腿上有些小面积伤疤。

没见过，不认识。身体状况有大问题。

穹苍第一时间下了判断，两手抓住拖把长杆，谨慎地朝有人的方向跑去。

中年男人也在短暂的错愕后反应过来，但他并没有在意周围的环境，反倒跟被激怒了一样，眼睛死死盯住穹苍，朝她追过去。

穹苍回头，看见两人瞬间拉近的距离，惊讶于这人并不像她想象中的那么虚弱，索性停下脚步，蓄力将拖把朝对方头上砸去。

中年男人这回没有躲避，而是抬手硬生生格挡住。不锈钢拖把杆与他的手臂发出沉闷的撞击声，他却似乎感受不到疼痛，直接用另外一只手掐上了穹苍的脖子。

穹苍来不及错愕，一股穿刺般的剧痛已经袭来，刹那间她甚至感觉自己脖颈处的骨头发生了错位。

两人离得近了，穹苍的鼻子闻到一股浓烈的烟草臭味，还有一股复杂的腥臭味，她忍着疼痛，手指在对方脸上狠狠抓了一道。

中年男人只偏了下头，手指依旧如钢铁做的一般丝毫不动，眼神里闪动着疯狂，张口吐出一股混浊的气息。

"杀了你……我要杀了你！你想害死我，我就杀了你！"

绝了。这绝对是个吸大了的瘾君子。

穹苍蓄力朝对方的胯下踢了一脚，这次对方终于松开手。

穹苍顺势跌坐到地上，难以呼吸，挣扎了几次无法站起，只能四肢并用地努力逃开，余光看见中年男人躬着身，忍着疼痛，从腰间抽出了一把泛着冷光的刀。

不远处已经靠近的路人见状骤然停住脚步，并朝后退了一点。

穹苍："……"别呀，大哥。

"穹苍？穹苍！"

贺决云只听见几声沉重的撞击声，之后任由他怎么呼叫，对方都没了回应。

他内心有种强烈不祥的预感，心脏因为慌乱而开始疯狂跳动。他丢下手机，按下车内的一个按钮，急切道："马上定位穹苍的位置！"

"怎么了？"宋纾拉开椅子的声音响起，"小姐姐身上带了什么可以精准定位的设备吗？不然我就用你的通话记录来定位了。"

贺决云说："我要最快的速度！"

宋纾说："等我两分钟。"

贺决云不禁咋舌，别说两分钟！他没有两分钟！

贺决云抬起头，此时在他的位置已经能够看见商场的标志性建筑了，可是他根本不知道应该往哪个方向去。他对着路标看了一会儿，纷乱的大脑中电击似的闪过一串思绪。

"马上报警！调动商场附近所有能调动的安保人员去外圈进行搜寻！帮我搜一条从商场去二号路口最近的步行道路。"

他按着耳朵仔细回忆了一遍，补充道："应该是避开了马路，背景里十分安静，没有汽车鸣笛声，也没有行人说话声。"

这次宋纾那边回复得很快："来了，导航上显示的是这条小路，小姐姐目前的定位范围也符合这条路线。"

贺决云扫了眼地图，立即掉转车头往最近的入口赶去。因为没时间停车，他就近将车停在了一家店门口。

在他从车上奔下来时，一个戴着帽子深深低着头的年轻人正好从小路口走出来，朝着另外一个方向快速离开。

贺决云目光在他身上停留了片刻，感到一种奇怪的熟悉感，然而那也只是一闪而过，没能让他多想。他快速移开视线，脚步不停地朝着里面冲进去。

穹苍看着那刀尖对准自己，白刃在阳光下反射出刺眼的光线，明白这时候除了自救，没什么靠谱的人能够帮她脱困，只能强行忍住喉腔里的痛意，屏着呼吸，观察歹徒的动作以便反击。

她的心脏因为供氧不足而开始剧烈震动，大脑却依旧清醒。在对方跑到距离自己一米左右的位置时，看准角度，一脚踹去。

这位"毒哥"虽然力气很大，但是神志已经不清，对身体的控制也不灵活，这一下摔得结结实实。他的反应着实迟钝，不知道是长期吸毒导致的，还是这一次吸毒过了量，脸磕到地面都不知道抬手去挡，只死死抓着自己的武器。

路人见他倒地，跃跃欲试地想要上前帮忙制服，可是男人很快站了起来，疯狂地挥舞起短刀，嘴里胡乱号叫着一些让人听不懂的句子，将围观群众再次吓退。

他最后嘶吼出的两个字，穹苍听出来了，喊的就是她的名字。

那这回还真不是……无妄之灾。

穹苍看着有机会，再次朝对方的膝盖处踢了一脚，把人踢得一个趔趄。可惜她的力气不大，性别差异所带来的体能差距还是很明显的，她甚至觉得自己打的根本不是人，而是一具丧尸。

围观的群众一阵心急，可是畏惧歹徒手里的凶器和他明显不正常的精神状态，踟蹰着不敢上前，只在边上使劲地喊道："快跑啊！快跑！"

穹苍心说，她要是能跑，还至于躺着？

接连两次的失败，彻底激怒了歹徒，他变得越发癫狂。

穹苍按着脖子，想要站起来，喉咙里一直卡着的那口血随着她的动作终于喷了出来，连带着胃液一起涌出，将她的呼吸道灼烧得一阵刺痛。

穹苍吐得眼前发黑，自嘲地想自己的墓志铭上也要迎来"英年早逝"四个字，已经做好迎接走马灯的准备，就听见一声重物撞击的闷响，中年男人在她面前倒下了。

周围有人大声喝彩："好！"

脚步声杂乱响起，路人纷纷上前帮忙制服。

以穹苍的视角，只能看见那位热心市民的一双马丁靴。他一脚用力踩在中年男人的手上，迫使后者放开刀。并在歹徒松手之后，快速用脚一踢，把武器踢了出去。

小刀正好飞到穹苍的身前，她伸手想要捡起，被一双素白的手抢先了一步。

那双白色帆布鞋的主人捡起刀后，停在她不远处，大声喊道："你快走啊！"

听声音是个女生，似乎是朝着刚才帮穹苍的人喊的。

穹苍歪过头，顺着光影望去，视线里一片朦胧。她用力眨了下眼睛，将眼眶里的生理泪水挤出去，就看见一个背光的男人站在人群中间。

他戴着一顶鸭舌帽，帽檐深深往下压去，遮住了他半张脸，下颌骨的曲线在阳光下变得分明，紧绷的唇角让他看起来颇为严肃。

范淮！

那熟悉的轮廓瞬间与穹苍记忆中的半张脸重合。

虽然她跟范淮见面的机会不算多，但她很肯定这人就是他。许久不见，他似乎有了些变化，气质更加沉稳，也更加阴郁了些。

"范淮……"穹苍从喉咙里发出气音，连她自己也听不清自己在说什么，"你居然还在 A 市？"

氾淮没有看她，犹豫了下转身跑开。

穹苍当即想要朝他追去，却被身后的女生拦住。那人抓住她的双臂，低头问道："你没事吧？"

穹苍看着人影消失，垂首摇了摇头。

贺决云赶到的时候，穹苍正试图从地上站起来。她的脖子上有一圈红痕，五指的痕迹清晰可见，面色白得吓人，手脚都在轻微发颤。她的肤色原本就偏苍白，衬得那一圈红色的印记尤为狰狞可怖。

贺决云跑过来，单手托住了她。穹苍偏头看了他一眼，递去一个感谢的眼神，因为难受，抬手捂住自己的脖子，无声咳嗽，想把喉咙里的酸涩咳出来。

贺决云将她的手掰开，近距离看清她的伤痕，眼神越发冰冷。那五道鲜明的指痕前段，还留下了几个指甲掐陷的痕迹，已经破皮渗出血丝，可见对方下手之狠。

贺决云手臂紧了紧，将人半抱在怀里。

很快，附近出来帮忙搜寻的三天保安以及正在值班的警察闻讯赶了过来。他们看见被按倒在地毒瘾正发作的中年男人，咬牙骂了一句："真是疯了！"

单看中年男人身上的毒疮，也知道他是个老毒虫。几位警察曾经见过他，对他没半分好脸色，粗暴地给人扣上手铐，架着拖走。

一位年轻警员过来紧张地询问："怎么样？要不要我们帮忙送医院？"

贺决云说："不用了，我有车。来。"

穹苍跟着他的脚步往前走，然而她一动作呼吸就紊乱，一用力呼吸喉咙又发疼，那股劲头到现在还没过去。贺决云见她着实难受，直接将她抱了起来，跟几人点头算作招呼，快步转身离开。

穹苍将手臂绕过他的脖子，头轻轻搭在他的肩膀上，隔着外套，听着他强有力的心跳声。她抬起头，从贺决云严峻的表情里感受到他压抑的怒意，用手扯了下他的头发，结果贺决云没什么反应。

贺决云径直将她放到副驾驶座，刚关上车门，后车座的车门又被人拉开，一道黑影随即蹿了进去。之前站在穹苍身边的女生竟然跟了上来。

贺决云张口欲言，又实在没空在她身上浪费时间，只能不理会，踩着油门一路赶往医院。

等到了医院，拍了片，仔细做过检查，医生明确表示没有生命危险，贺决云那张带着杀气的脸才稍微缓和了一点，可他一旦瞥见穹苍，脸又会不自觉紧绷起来。

穹苍虽然不方便说话，但精神上依旧生龙活虎。她强烈要求享受一下吸氧的快乐，在金钱的打动下，医生满足了她的需求。

于是贺决云一脸无奈地看穹苍躺在床上研究那两根纤细的氧气管，也终于有时间关注那个一直站在角落里不作声的女生。

那女生穿着很普通的 T 恤跟小白鞋，模样像是个朴素的大学生，年龄应该在二十岁上下，眼神很是坚毅。

察觉到贺决云打量的眼神，穹苍拽了拽他的袖口，在吸引他注意后，来了一通比画。她指了指女生，又指了指自己，然后在脖子处画了一道线，最后定格在一个点赞上。

贺决云："……"对不起，他们的心意并不相通。

贺决云冲着那女生问道："是你救了她吗？"

女生摇头，开口的声音清脆响亮："是另外一个人。"

贺决云正要说话，衣袖再次被人扯住，他低下头看过去，就见穹苍用力指了指自己。

贺决云忍不住道："我们现在的科技是不允许用平板还是不允许用纸笔？我不知道你到底想说什么。"

"啧。"这个音她倒是发得很清楚。

穹苍拿过平板，在上面打下一句话，并转化成语音读出来。

"你不懂精神交流的快乐。"

贺决云道："怎么你都不能说话了还是这么恶趣味？"

穹苍手指按动，平板里发出一阵"咯咯咯"的机械笑声。

贺决云："……"

那笑声还一直响个不停，硬生生将气氛渲染出了滑稽的味道。

"我叫田芮。"对面的女生开口道。

穹苍敲字：不认识。

贺决云也摇了摇头。

田芮说："我爸叫田兆华。"

显然二人还是不认识。

田芮努力保持着平静，虽然她的情绪把控并不出色。

"他是一名医生，十几年前，先是被人举报性侵，又被医闹病人开车撞死。他意外身亡的时候，医院的调查还没有结束，所以即便他死了，依旧背着污名。恶意举报的人讹到了一笔钱，凶手最后只坐了一年牢，他们付出的代价不痛不痒，甚至可以说没有代价，只有我爸爸死得不明不白！"

贺决云说："小妹妹，你到底想说什么？"

田芮说："当年那个举报他性侵的人，就是梅诗咏。"

对梅诗咏这个名字，二人总算有印象了。她就是当年指认范淮的证人之一，也是第二名死亡的证人。

贺决云不动声色地在床边坐下，问道："你告诉我们这个是想做什么？"

田芮说："你们三天不是正在调查范淮的案子吗？我想让你们把这件事也做成副本，还我爸清白！"

"不可能。"贺决云想也不想就拒绝道，"你知道《凶案解析》做一个副本有多困难吗？先不说巨额成本，单社会导向就是一个很严肃的问题。我们不做任何没有明确证据证实的案件，更加不会单方面相信你一个人的证词。"

田芮激动道："你们可以去查啊！"

贺决云说："那是警方的事，如果你有证据，可以先报警。如果那只是'你以为'，很抱歉，我们没有合作的机会。"

田芮攥紧自己的手指，憋了许久，喊道："警方有问题！"

贺决云说："小妹妹，所以说得有证据。"

田芮激动道："是真的！当年警方明明有机会可以证实我爸的清白，可是他们却一直捏着证据不公布！凭什么？这么多年了，还是有人认为我爸当年作风不良、死有余辜，开什么玩笑！他本来就要升副高了，是医院里面最有前途的医生！他救了无数人，到头来自己却死得那么凄惨，公平吗？你们三天的宗旨不就是还原真相？这个案子哪里不符合你们的标准！"

贺决云叹了口气，不知道该怎么向她解释，问道："其他家属呢？"

田芮哼了一声，扭头不答。

穹苍按动键盘，点击回车：你是怎么认识范淮的？

田芮犹豫了下，还是回答道："是他主动来找我的。"

"范淮？"贺决云想起那个在路口一闪而过的人影，狐疑道，"原来真的是他？"

穹苍：你们结成联盟了？

田芮说："不行吗？我们都是受害者。"

穹苍：你们跟踪我多久了？你认识范淮多久了？

田芮再次沉默。她看着二人不停审视自己的目光，委屈地咬住下唇，大概是发现他们和自己想的不一样，满心失望，拎起背包跑了出去。

贺决云没拦，只感慨了一句："年轻人。"

穹苍：查一下。

"嗯。"贺决云心里有数，找出田芮的具体身份并不是难事。

房间里只剩下二人，彼此的存在感强烈起来，状态也不自觉放松下来。

贺决云看着穹苍，神情复杂道："你最近是不是有血光之灾啊？"大病初愈，又带上了外伤，怎么回事？和医院结缘了？

穹苍像煞有介事地点头，用口型示意道：我觉得也是。

这事当然不能说是她的错，贺决云将剩下的话忍住了。他调整好情绪，在病床前俯下身，问道："饿了吗？想吃点什么？"

穹苍立刻被他带歪，思考着该怎么点单，贺决云又自己加了一句："哦，你能吃的东西也不多，别挑了。给你点个粥的外卖，实在不行就喝饮料。"

穹苍："……"

贺决云摸向口袋，起身道："我先去车上拿点东西，你自己躺着，不舒服就按铃。"

穹苍点头。

贺决云回车上拿了电脑跟文件，顺便向宋纾交代一下三天的工作，准备今天陪穹苍在医院住一晚，明天也不回去了。

他拉开车门，再次看见放在后座上的花，愣了下，随后想着这花买得真是应景了，之前还愁不知道找什么理由送过去，现在正好可以拿来探病。

他把花束拿起来，将边角整理好，确认它看起来精致美丽，小心地捧在手里走了出去。

等他回到病房，穹苍已经精神起来了，正躺靠在床上看电视，见他进来，目光直勾勾地落在一旁的花上，歪着脑袋发出了询问的电波。

贺决云装作坦然地把花递过去，开口道："爸爸给……"

穹苍飞快"哎"了一声。

贺决云怒将花丢到她的脸上。

穹苍将花拿开，忍着不适挤出一句话："我只是清个嗓子。"

贺决云说："皮不死你。"

穹苍心说自己现在就是说话不方便，否则一定拆穿他的心态。

到底是谁先皮？甚至还想占她便宜。

她把花整理好放到旁边，又把掉下来的花瓣也塞回去。

贺决云刚坐下又站起，说："我插花瓶里去。"

穹苍点头。

贺决云于是抱着自己，不，穹苍的宝贝花，过去换瓶子。

等他重新进来，将花摆在穹苍床头，穹苍真诚地说了句："谢谢你。好人。"

贺决云瞥她："你还是别说话了。"

第 二 章

蛛 网

好比一个巨大的蜘蛛网，他们只抓到了一条丝。而这条丝上有那么多方向的岔口，他们根本不知道主谋在哪个位置。

第二天，穹苍的喉咙没有好转，反而更加严重了，难以吞咽，会有强烈刺痛。医生说这是正常过程，她昨天一顿猛烈咳嗽，又胃液倒流，属于内外俱伤，忍两天就好了。

宋纾原本计划着想来看看，一听说穹苍病情加重，屁股点烟似的跑了，生怕贺决云把怒气发泄到自己身上。

这个喜欢借题发挥的男人，一直都是那么不善良。

穹苍因为身体不适，心情变得抑郁。她不能去报复社会，只能顺手报复贺决云。于是病房里一直响着"咯咯咯""呵呵呵"的机械音，扰得人没法工作。

贺决云听了想打人。

世界上怎么会有这样恩将仇报的女人？他到底是为了谁留在医院里的，这人心里没点数吗？

贺决云自知惹不起面前这位霸王，主动选择出门避难。

贺决云走出住院部大楼的时候，看见一个熟悉的人影盘腿坐在前面的台阶上。女生听见动静，习惯性地回头。

这个动作她应该已经重复了无数遍，以至当她看清是贺决云之后，表情麻木了两秒，然后露出欣喜的神色。

贺决云心下觉得好笑，走过去坐到她身边。

田芮往边上靠了靠，以免两人挡住主要道路。

贺决云说："怎么，想好说服我的理由了？"

田芮酝酿了一会儿情绪，说："昨天我可能太冲动了，可我没别的意思，只是太心急。唉，你或许不能理解我的生活，自从我父亲去世之后，我的家庭就彻底被毁了。我妈深受打击，差点一蹶不振，我被一些不明真相的人指指点点，日子过得卑微可怜。我等了这么多年，好不容易得到了一个能够还原真相的机会，所以……希望你们能帮帮我。"

门口的风特别猛烈，贺决云的头发被吹得乱蓬蓬的，风中夹带着的细沙让他不自觉眯起眼睛。

"不要向我卖可怜。论讲故事的能力，你没别人说得好，也没别人说得真。"贺决云搓搓手指，示意她可以进行交易，"不如这样好了。你告诉我范淮在哪里，那我就以个人的名义帮你向警方说情，请求他们重启调查。至于行不行，就看你说的证据够不够硬了。"

田芮心里气道：这是什么屁话？谁需要啊！

田芮说："你就没有一点同情心吗？如果你女朋友也遇到这种事情，你会不会还老把证据挂在嘴边？你们都不去找，哪里来的证据？"

"我不会让她遇见这种事情。就算她遇见了，我也会按程序走。这是我们的规矩。"贺决云想想还是澄清了一句，"而且她不是我女朋友。"

"你们这些人嘴里都没一句真话！"

田芮愤然拎过包，起身就走。贺决云坐着没起。他卷起手上的文件，有一下没一下地给自己扇风。

果然，没多久，这个说走就走的女子又灰溜溜地走了回来。

嘿，厌得还挺快。

田芮重新坐到贺决云身边，装作无事发生，说："我不可能告诉你们范淮在哪里的。"

贺决云问："保护联盟？"

田芮说："因为我们都不相信警察，起码不相信他们中的某些人。"

贺决云说:"可是最后还是要依靠他们。"

"那我有什么办法?这就是社会啊!"田芮委屈道,"螳臂当车,无能为力。"

贺决云感慨道:"真是年轻人。"

田芮不服,转过身道:"你干吗老说我是年轻人。换成你,你能没有偏见吗?哦,对,你跟他们关系好着呢,是利益获得者。"

贺决云笑了,朝后面指了指,说:"你去问问楼上那个姐姐,她被警方当作嫌犯看管过几个月,该吵的时候吵,该骂的时候骂,可是一出事,她还是最相信警察。为什么?因为警察是个身份,是个职业,是国家秩序中的一环,不是某些人可以代表的。拿着一点就来放大,进而批评整个群体,甚至整个社会,我说你是年轻人,已经很含蓄了。"

"那你怎么解释范淮的事?他惨吧?"田芮说,"三夭跟警方不停地在做范淮的副本,是不是怀疑当年的事情有猫腻?结果推一个范淮出去,不仅没有平息事件,还越闹越大了。"

贺决云似笑非笑地看着她。

"干什么?我说得不对吗?"田芮瞪眼道,"先不说被范淮'杀死'的那个人,光明面上的证人就死了五个,有些杀人的凶手到最后都不知道自己成了别人的刀,这不恐怖吗?背后又有多少像他们那样的人?范安就是一个很好的例子。我相信你们应该也发现不少了吧?怎么?怕了?"

"范淮跟你说的?很可惜啊,你的理由不能打动我。"贺决云说,"说句现实点的,你知道我们做一期副本成本是多少吗?你一辈子可能都赚不到我们建模的钱,我为什么要因为你一句主观性的描述,在你身上做那么大的投资?三夭公司发展到现在,靠的可不是感觉。除非你有证据可以证明你父亲的案子跟范淮的案件之间存在一定关联,否则就放弃吧。"

田芮觉得他这个人过于社会,满嘴都是功利,又要起身告辞。

贺决云说:"你再走的话,我可不会继续坐在这里等你。"

田芮刚起来的屁股又坐了回去。总的来说,这还是一个比较识时务的姑娘。

"叫范淮来见我,你搞不定我们。"贺决云说,"他的老师住院了,好歹跟他有那么一点关系,他真的不来看看吗?"

田芮黑着脸，撇嘴道："他不可能来的。"

贺决云不客气道："那我走了。"

"等等！"田芮站起来，急说，"我父亲是在 D 大附属医院上班的。给梅诗咏开具鉴定报告，指证我父亲性侵的医生也来自 D 大附属医院。范安之前被家暴，有几次重伤就医，曾经去过这家医院。你们之前公开的那个副本，同样被家暴的李毓佳也去过那家医院！这就是关联啊！只要把我爸拉进你们这个圈里，他们之间的关联就找到了！你们一直没有进展，是因为你们的目标范围太狭窄了！"

贺决云认真看了她一眼。

唆使"丁希华"杀死他父亲的"董茹姚"也曾在 D 大附属医院有过长期的诊疗史，不过这一点贺决云不会告诉她。

贺决云说："我们查过类似的记录。准确来说，李毓佳为了怀孕，全市各大医院她都去过。范安去的医院并不固定，不过一般是选择离家近的那一家。几人求诊的部门根本都不是同一个，也没呈现什么明确的规律。何况 D 大附属医院是知名医院，每天接待无数的病人，本地人去过根本不是什么稀奇的事。你说这关联有点牵强。"

田芮抓狂道："我要怎么说你们才能相信啊？五个证人都说谎了，他们每个人手上都有把柄！梅诗咏的把柄就是我爸爸，这就是你们的调查方向。范淮也是这么觉得的！没有人比他更了解凶手！"

"我们会关注的，你先回去吧。"贺决云离开前叮嘱了几句，"这些事你不要跟别人说，也不要到处乱跑。那些人就跟疯狗一样，发起疯来没有丝毫的社会责任感，别随便给他们立靶子，顺便转告范淮一句，他要是相信我们，那就出来。他要是想躲，那就躲得再好一点，不要让任何人发现。"

田芮问："那你们到底是同意了还是没同意啊？喂——"

贺决云两手空空地离开，又两手空空地回来。

穹苍正在喝水，见他推门出现，连电视也不看了，抄过一旁的平板在上面输入道：这么快就回来了？是想念病房里的空气了吗？

贺决云挑眉，不理会她的幼稚言语，慢条斯理地过去把窗帘拉上，又把房门反锁，然后走到单人沙发前坐下。

"我在楼下碰到田芮了。"贺决云说，"跟小姑娘聊了聊。"

随后他把对话大致复述给穹苍，穹苍用手指敲着屏幕，若有所思地蹙起眉头。

贺决云说："她说得其实有点道理，我们的目标范围太窄了，起码跟对方比起来是。所以我们总是无法拼凑对方留下的线索。"

好比一个巨大的蜘蛛网，他们只抓到了一条丝。而这条丝上有那么多方向的岔口，他们根本不知道主谋在哪个位置。

贺决云都有种想随便试试的冲动了。

穹苍思考良久，回复说：可以试试。

贺决云问："因为你相信范淮？"

穹苍：他失踪那么久，总要干点事的。毕竟好歹算是我的学生。

贺决云一想也是。范淮失踪那么久，还冒险留在A市，肯定有些别的理由。

贺决云说："如果真的跟医院有关的话……"

穹苍：我坚持我的想法，不是医生。

穹苍：D大附属医院又不是什么名不见经传的私人医院，去过毫不稀奇，不必强行联系，会限制自己的思维。

穹苍：范淮说不定是唬唬她，他不可能把这么重要的证据随便告诉一个天真又单纯的小姑娘。他只是希望我们能顺着他的计划进行调查而已。

比起自己，肯定是穹苍对范淮更为了解，既然她这样说，贺决云也没有坚持。

"我问问何队那边的进展。"他摸出手机，找出何川舟的电话拨了过去。

两人简单寒暄了几句，贺决云问道："何队，之前那个毒犯怎么样了？"

何川舟说："被带去戒毒了，装疯卖傻的，不肯配合。他现在不归我们管，但那边的人更有办法。等他清醒了我们会过去问话，放心吧。穹苍怎么样了？"

贺决云说："还行，就是最近不能说话。"

穹苍比了个手势。

贺决云补充道："但是一点也没消停。她让我向你问好。"

"我很好。"何川舟笑道，"你让她多注意休息就行。"

贺决云深深感受到了一股名为双标的力量，他继续问："之前请你们帮忙调查的事情有结果了吗？"

"嗯。"何川舟说，"田芮就叫田芮，她爸爸田兆华也确实是车祸去世的。这个案子发生太久了，当初不是我们辖区负责，如果需要具体的档案，我们得去别的局里抽调。"

贺决云说："那就麻烦了。"

何川舟对他突然坚持要查这件事感到奇怪："为什么？你们是有什么新的发现吗？"

贺决云不能将范淮说出来，便道："证据倒是没有，只是有种感觉。对方从来都是利用目标身边的人或案件进行诱导威胁，那如果我们拓宽搜索范围，说不定能有所发现。"

"感觉？"何川舟语气严厉起来，"谁的感觉？"

贺决云不客气地出卖队友："穹苍。"

何川舟沉吟道："嗯，有道理，那是可以查查。"

贺决云："……"您好意思吗？

何川舟敷衍地解释了一下："她的感觉准确率很高。有时候是她的大脑在她自己都没有发现的情况下对一些细微信息做出了处理，进而给出的判断。"

贺决云酸道："哦。"

何川舟说："不过这个案子已经结案好久了，当初又不是我们负责，目前没有任何的新证据，我们不方便插手。"

贺决云说："三夭的人可以先去调查一下。"

何川舟说："行，等我把档案调出来，再去找当初的同事问一问。有消息大家及时交流。"

贺决云挂断电话，朝穹苍点了点头。

穹苍打字：三夭有采访权吗？

贺决云说："当然。三夭公司那么大，部门那么多，我还有记者证呢。《凶案解析》的许多细节可不是靠资料能还原出来的。"

冰冷的电子音缓慢吐出三个响亮又清晰的字：惊——呆——了！

贺决云："……"为什么不从穹苍的嘴里说出来，那种讽刺的意味反而更浓了？

他夺过穹苍的平板，踮脚放到柜子上面，哼了一声道："没收了。"

穹苍无语了一阵，摸过床头的手机，不过这次她总算没闹贺决云，直接点开软件搜索了与田兆华相关的案件。

新闻都是十几年前的旧新闻，穹苍只输入了几个简单的关键字，排在前列的搜索结果全都是各种野鸡医院的广告。

她往后翻了好几页，才终于找到自己想要的内容。

田兆华的事当时也在全国范围内引起过一阵轰动，毕竟它牵扯到了向来紧张的医患关系。

起因是一名女性，新闻上用了化名，目前来看就是梅诗咏。她举报田兆华利用医院资源进行诱导，多次与她发生性关系，并致使她怀孕。随后有人报警，警方介入调查。同医院的另外一名医生抽取羊水与田兆华进行了 DNA 比对，确认胎儿是田兆华的孩子。

当时这件事情发生了好几次反转，在孩子的 DNA 结果出来之后，网上一片哗然。

网友对于究竟是田兆华是禽兽，还是女子搞仙人跳展开了激烈的讨论，双方吵得不可开交，现在从新闻下密集的评论还可以看出当时的盛况。

而在这件事还没有结果的情况下，又有一名男性跳出来指控田兆华造成了医疗事故，要求高额赔偿。

医院对此做出回应，表示病人已经顺利出院，不存在发生医疗事故的可能。手术过程中对身体的损伤是不可避免的，术前已经进行告知，希望家属理解，医院拒绝赔偿。

网友看过声明跟相关的证据，一致认为这只是个趁机敲竹杠的老赖，对他没有在意。没想到不出一个星期的时间，该男子与田兆华发生重大车祸，田兆华当场去世。

之后，梅诗咏带着孩子消失，那名男子被判处一年有期徒刑。警方出具了相关调查报告。

报告中称，车祸事故双方皆有责任，一人超速，一人违规变道行驶。双方体内皆未检测出酒精成分。田兆华死亡，而另外一名司机只有腿部受伤，没有生命危险。

所谓的"医疗事故",经鉴定委员会确认,未达到医疗事故的标准。

至于性侵指控,由于一名当事人已经去世,另外一名当事人强烈拒绝配合,警方无法继续调查,所以不了了之。

这份报告看起来没头没尾的,但也确实只能如此了。

从后续的追踪报道来看,由于肇事司机的家庭情况不好,法院判处的赔偿金他难以全部支付。好在田兆华投了重额保险,医院也给田芮支付了一笔不小的费用,加起来有三百多万,所以田芮及其母亲生活得还算不错,起码没有太大经济方面的担忧。

不过整个案件确实存在一些难以自洽的逻辑,证明案件并不如各方所说的那么简单。梅诗咏为什么会突然消失?那名男子为什么要突然发难?梅诗咏是否真的跟范准的案子有关系?这些都显得很奇怪。

贺决云那边已经将案件相关的线索全部整合在一起,打包发到她的邮箱里。

贺决云说:"我让宋纾加紧办一下手续,明天去医院问问。"

穹苍指了指自己。

贺决云道:"如果你能说话就带你去,如果不能就算了。"戳边上当吉祥物啊?

穹苍第一次被这么直白地嫌弃,感觉还挺新鲜。

不过,医院的药还是很有效的,又一天早上醒来,穹苍发现自己能出声了。

虽然声音沙哑低沉,声带牵动的时候还有点发疼,但起码恢复了一定的功能。只是她脖子上的伤不仅没有消退,还从红色转成了暗红色,看上去跟中了九阴白骨爪一样,灯光一暗就能直接去鬼屋再就业。

贺决云见她确实行动无碍,耐不住她请求,同意带她出门。

因为要见人,穹苍让护士给自己脖子上缠了一圈绷带,准备等到了街上再买条丝巾。

贺决云看着那圈绷带却觉得煞是碍眼——不知道是哪里惹到他了,跟着穹苍走了一段路,始终无法忽视,就说道:"你等一下!"

穹苍不明所以。

贺决云从兜里摸出一支笔，抬起穹苍的下巴叫她后仰，在她的绷带上面唰唰写了一句话。

穹苍根据脖子上的触感，初步判断他应该写了四个字。写完之后，这人还讲究地调整了一下字的笔锋。

是个精致的男人。

穹苍感到皮肤一阵发痒，忍着没咳。周围路过的护士看他们的眼神渐渐变得奇怪。

穹苍懂，毕竟她也不知道世界上为什么还有这么幼稚的人。

片刻后，贺决云终于停笔，他盯着看了一会儿，很满意地点头道："走吧。很社会主义。"

穹苍觉得他最后那个眼神的意味十分特殊，形容词也是如此别致，忍不住掏出手机照了一下。

天哪！贺决云居然写了——违法必究。

穹苍："……"

你可真是一个遵纪守法的好青年。

穹苍顶着这四个字，有种被正道光芒照耀的错觉。她决定就这么在外面多晃荡晃荡，让大家都欣赏一下这位沙雕[1]人士的神来一笔。

贺决云半点不带心虚，先去三天拿了相关的文件和设备，然后一路直驱目的地。

D大附属医院是一家老牌知名医院，休息日也非常繁忙。大厅处人来人往，空气发闷，前台负责指引的护士正被一群人围着脱不开身。

这栋多年前建设的楼房已经有了老旧的痕迹，水泥墙上弥漫着一些黄斑，地板缝隙也显得不那么干净，空气中弥漫着的浓烈药味让人略感不适。

贺决云让穹苍先在附近等一会儿，自己过去找人打听。穹苍就在休息区找了张蓝色的连排座椅，在靠墙的位置坐下。

她姿势板正，腰腹挺直，视线微微抬高，落在墙上正在播放动画片的电视屏幕上。那一动不动的眼睛，让人误以为她对这节目看得入神。然而

---

[1] 网络流行语，多指有趣的人和搞笑的人。

这不代表她察觉不到边上的女生正在悄悄地打量她。

那女生的目光起先很收敛，悄悄往她脖子上瞥去。大概是因为穹苍的表情太过正气，她也莫名其妙感觉被社会主义的光环笼罩，于是胆子逐渐大了起来，到后来目光甚至变得赤裸裸。

穹苍难以忽视，扭过头顺着望过去。

女生得到回应，仿佛受到鼓励，立马挪动一个座位靠近，朝她搭话道："小姐姐，你脖子上的这个……圈……还挺有设计感的。上面的字真好看。"

穹苍笑了一下。

女生追问道："哪里买的呀？多少钱？"

穹苍说："一家专门研究人体结构，深度了解生命与科学的内涵，员工多数经验丰富，对客户进行专业性按需定制的机构。"

"哇——"女生"不明觉厉[1]"，问道，"是哪家公司啊？"

穹苍淡淡吐出："Hospital（医院）。"

女生："……"

对不起，打扰了。

贺决云回来时看见的就是这么一个神似分手过后的场景，蔫了吧唧的女生背对着穹苍独自神伤，后者岿然不动，静赏儿童节目。

多么令人感怀流泪的两个人！

贺决云说："你干什么？欺负人家了？"

穹苍道："你胡说什么？我对人向来绅士。"

贺决云忍笑道："行，绅士。走吧，咱们去二楼。"

三天已经提前联系过医院，向他们拿到了田兆华牵涉医疗事故的那起手术中共同参与的几名医护人员的名单，去二楼就是要找当初跟田兆华一起进手术室的一名护士。

贺决云找到目标的时候，那名护士刚刚领着新人配完药，站在楼梯口等待他们。

她见到二人的面孔，有略微的惊讶，目光在穹苍脸上多停留了两秒，大概想不到他们两人会是三天派来负责采访的工作人员。不过因为已经在

---

[1] 网络流行语，"虽然不明白你在说什么，但是感觉很厉害的样子"的缩写形式。

医院工作过数十年，她很快控制住表情，恢复得无波无澜。

贺决云指了指胸口的设备，表示自己在录音录像。护士点头，示意清楚。三人找了个相对僻静的杂物间进行交谈。

贺决云掏出一个本子，他还是会习惯性用笔记录一些关键性的信息。"你还记得田医生吗？"

"当然记得了，事情闹那么大，谁记不得啊？"护士布满细纹的眼尾爬上一丝困惑，"不过都那么长时间过去了，你们现在来，是想打听什么？"

贺决云说："柳忱，是吧？是他指控田兆华医生在医治他侄子的过程当中，疏忽大意，导致他侄子术后出现了严重的跛脚。"

护士摇头，很是无奈地叹道："手术出现意外是很正常的事，术前我们已经把风险跟家属说清楚了，是家属自己表示理解，然后签的字。世界上再优秀的外科医生也没有办法保证百分百成功。何况当时那位病人的情况已经很危急，受伤到就医的途中耽误了太长时间，医生的目标是保住他的命，最后只是跛脚，已经很不错了。病人如果非要拿医生当神仙看，那谁也担不起这个责任啊！"

"所以，你认为田兆华在手术过程中并没有出现过失。"贺决云翻到前面一页，看着上面的记录，问道，"柳忱当时说，他是在偷听医护谈话中得知这件事情的，能放出这种风声的肯定是当时参与手术的人员。你知道是谁吗？"

护士坚定地反驳道："反正不是我。我也不知道他是从哪里听来的。医院因为这两件事对田医生召开过无数次鉴定会议，既然连他们最后都认定这不是一起医疗事故，我认为你们应该相信权威。"

贺决云抬起头，说："当然。我们并不是质疑，只是在整合各方意见，不做个人判断。"

护士点点头，冷静了些："不好意思，我们每天都要处理这些事情，实在是太敏感了。"

贺决云说："理解。"

站在后方的穹苍突然问："医生之间的竞争大吗？"

护士愣了下，然后点头道："当然大，哪个行业竞争不大啊？评职称啊，抢深造机会啊，刷履历啊，有时候连病人都要抢。哪里都一样吧。"

贺决云问:"那有没有可能是别的医生在引导柳忱呢?"

"这个我就不知道了,我也不好说。"护士可惜地道,"不过那段时间田医生确实是评副高的大热人选,真的是就差一点。"

二人随后又问了她几个问题,但因为时隔太久,一些过于细节的东西她已经记不大清楚。反正在她的印象里,田兆华是个对待病人很不错的医生,这种不错是指实际意义上的不错。

譬如尽量给病人开便宜的药;面对各种从乡下来的,连普通话都说不好的长辈也表现得十分有耐心;做手术时会尽量选择留疤少防撕裂的缝合方法,哪怕技术难度会提高很多;面对经济条件有限的病人,会告诉他们一些医用标准外的廉价药,等等。

田兆华这人比较心软,恰恰导致他在工作中可能会踩到红线,其实他的某些行为是要承担风险的。纵然他给出的用药建议没错,可人性一旦受到考验,对方不会记得他的好心。

护士多说了几句:"现在做医生护士的,说话都要小心,运气不好遇上一些不讲道理的病人,就会很麻烦。所以田医生真的是个好医生,这样的医生现在已经很难遇见了,毕竟农夫与蛇的故事发生得太多,大家都得学会保护自己。"

穹苍深以为然,唏嘘道:"做老师也差不多。有时候你不知道你花费心力教出来的得意门生,会不会是一个伪装起来的变态杀人犯。所以冷漠是在这个社会生存最安全的姿态。"

贺决云:"⋯⋯⋯⋯"为什么你们的人生经历都那么丰富?

他都想给穹苍发一个消极弹窗警告了。

穹苍一个急转,又拔高话题道:"所以不忘初心的人才尤为值得尊重。世界上如果没有那么多的凡人,又怎么能衬托出勇者的伟大。"

贺决云歪头问:"你是在说你⋯⋯自己?"

穹苍在欣赏自我的同时,也不吝于欣赏他人:"我想这里面也包括你,否则我不会跟你做朋友的。"

贺决云受宠若惊:"谢谢啊。"

穹苍笑了下,再次面向护士,拉回话题:"我了解你的意思了,田医生是个好人，不存在医疗事故，对吧？"

"我是说一句如果啊，只是如果！"护士在二人的插科打诨下出现松动，终究把憋了许久的话都说了出来，"就算田医生在手术过程当中出现过那么一点小小的意外，可他的外科技术真的很厉害，他最后把人救下了，把结果控制在一个良好的范围之内。换另外一个人上台，或许都做不到他这种水准，他应该被要求赔偿吗？"

贺决云敏感地挑起眉毛，瞥她一眼。

穹苍真的对这问题认真思考了一遍，说："从我局外人的角度来讲，我应该跟你持有一样的观点。但是从病人的角度来讲，鲜少有人能够坦然接受自己撞上那个小概率。"

这个问题其实很多人都会做同样的回答，可是，公众对弱势群体又是天然有偏向性的，在面对类似争议的时候，常常会做出相反的举动。

护士说着愤慨起来："他做过那么多好事，救过那么多人的命，只是可能犯了一次错，就好像罪无可恕一样。大家对有能力的人为什么总是特别苛刻？如果他们能把对自己的宽容分一点点到别人的身上去，田医生也许就不会遇到这种事情了！"

显然田兆华的死亡是让她十几年都难以释怀的事情。

贺决云潦草地在本子上写下几行字，笔尖在末尾处顿了顿。

护士惊觉自己说得太多了，又不知道该如何找补，抿着唇角立在原处，想找理由离开。

穹苍主动说："你先去忙吧。有什么问题需要补充，我们再来找你。"

护士疲惫地点了下头，脚步匆匆地离开。

第 三 章

受害人

对这个问题的回避，让他完美受害人的面具上出现了一丝裂缝，而他并没有自己想象中的那么会说谎。

二人看着护士的长影在昏暗的走道中摇曳渐远，跟着离开杂物间。

日光照不进狭长的走廊，就算有清洁工每天及时打扫，空气里还是有一股潮湿发霉的味道。

贺决云从小就不喜欢医院，他不适地吸了吸鼻子，放缓脚步，翻动手中的册子。

刚才他并没有记下什么重要的东西，只是从护士最后的几句陈述来看，田兆华死前或许真的不是那么"清白"，起码在柳忱侄子的那场手术里，也许的确出现过某个细小的意外。

那个意外最终被他专业的技术及时补救，控制住了，在医疗范围内应该属于正常的风险。可是在被柳忱得知之后，他的这个小错误被放大，被追究，被过分苛责。

柳忱或许的确是在医院的某个地方意外听到了这件事情，他以外行人的角度坚持认为自己是对的，不接受专业人士的解释。医院对田兆华的维护在他眼中属于同阵营人群之间的偏袒，双方滞塞的沟通激化了他的情绪，导致他最后做出了偏激的举动。

目前来看是这样。

贺决云收起本子，说："看来田兆华的口碑不错，就算过了十几年，身上沾着那些丑闻，还是有人愿意为他说话。"

穹苍说："真正熟悉彼此的人，应该不容易被外界的评论影响。反而是一些半熟不熟的人，在对方出事之后跳得最欢快。"

贺决云说："这倒是。"

有人迎面过来，贺决云止住了声音，等人远去才继续道："不过还没问梅诗咏的事，你就让她走了。"

穹苍笑道："你听她语气就知道，她是支持田兆华的，差不多算是半个粉丝。那么她的观点肯定会是：仙人跳。问了也没什么必要，不如找第二个证人吧。有吗？"

贺决云指了指楼上，示意继续采访。

今天还有一位跟田兆华同科室的医生在值班，那位医生现在已经很少坐班了，基本都在各处开会，今天他们运气好，来了居然正好碰上。

贺决云过去的时候，房间里面还坐着个病人。中年男人戴着一副黑框眼镜，正不冷不热地跟对方讲解。

二人站在门口安静等候，等他给这位病人诊断完，上前摸出证件道："打扰一下，五分钟。"

医生已经被知会过，平静地跟挤在门口的病人点了点头，示意他们先出去等，起身过去关上房门，反身回来。

"坐。"他顺手拖了两张圆凳到二人面前，让他们自便，扯平白大褂，在对面坐下。

贺决云说："今天来，主要是想问一问田兆华的事。"

医生扶了扶眼镜道："田医生人挺好的，之前在我们院里很受重视。长得五官端正，做人性格大方，平时又很好说话，跟护士病患的关系都不错。"

贺决云不着痕迹地审视他："那场有医疗事故纠纷的手术，你知道多少？"

医生说："当时我们大家都讨论过。"

毕竟是同行，在手术台边站多了，难免会遇到类似的情况。

他对那场手术的叙述跟护士所言的相差无几——相信鉴定会的结果，对田兆华的悲剧表示同情。

这位已经上了年纪的医生明显比之前的护士要老到许多。他开口的语气，脸上的表情，都在适当的情绪之间切换，同时又表现得十分沉稳，让人看不出太多的东西。就算是穹苍也找不到可以套话的契机。

贺决云察觉到身边的人换了一种姿势，跷起腿，姿态变得懒散，于是他换了一个话题。

"那你知道田兆华跟梅诗咏之间的关系吗？"

医生低声反问："梅诗咏？"

贺决云说："就是那个怀孕后控诉田兆华性侵的女人。"

"哦，她呀。她来过我们医院，但她不是我负责的病人，所以我对她也不是很了解。"医生视线下移，望着不远处的桌角，仔细回忆道，"那女生表面看起来文文静静的，平时很喜欢围着田医生转，偶尔还会给他送吃的。我以为这只是普通的病人为了感谢医生的表示而已，毕竟田医生很早就结婚了嘛。唉，最后他们两个人出现这种事情，我是真的没想到。"

贺决云问："田医生平时在医院很受欢迎吧？"

"是啊，长得帅，事业有成，脾气又好。就异性缘来说，我都挺羡慕他的。"医生嘴角动了动，玩笑过后又认真道，"但是他一般会跟病人保持距离，我们医院私底下也不大赞同医生跟病人走得太近。何况大家平时工作那么忙，哪儿有那么多时间？"

"也就是说，是梅诗咏先追求的他？"

医生淡笑了声，回答得滴水不漏："我怎么知道他们私底下是追求还是感谢？不过这位病人对田医生还是挺有好感的。"

"那田兆华给出过回应吗？你知道他们两个是什么时候开始建立起男女关系的吗？"

"我哪儿有时间关注他们呀？"医生端过一旁的保温杯，拧开后悠悠喝了一口，不慌不忙道，"田医生是个蛮注重影响的人，医院里的人都知道他已经结婚了，我几次在医院里看见他们两人站在一起，都只是简单聊个天，没什么端倪。再后来那个女生就根本不来医院了，性侵这个指控是突然爆出来的，我们同事都吓了一跳。"

他的眼镜被杯子里的热气蒸得白蒙蒙一片，挡住了后面的视线。

穹苍问："田医生跟他夫人的关系怎么样？"

医生闻声不由得朝她的方向偏了下头，大概是觉得她的声音很奇怪。

"你要问怎么样嘛，我也不好说。"医生摘下眼镜，用衣角小心擦拭，"田夫人自己也有工作的，很少过来探班。我跟田医生一起工作那么长时间，也就见过他夫人一两次吧，听说两人是家长介绍，相亲认识的。"

他重新戴上眼镜，低头无奈叹了一声，说："其实做我们这一行，加班加点做手术是很正常的事，平时时间不那么自由，对别人家的事也知道得不是很清楚。田医生的口碑一向挺好，出事前，我们都以为他的家庭关系很和谐，可是现在你问我，我就不敢下定论了。"

贺决云颔首，眼神乱飘，下意识地回头看了穹苍一眼。穹苍的眼神平静如水，半垂着眼皮，也朝他看了过来。

二人视线在空中碰撞了一下，没能接收到彼此的信息，又各自带着困惑移开。

反正就目前接触到的两位证人的证词来看，田兆华的形象就是一个蒙受不白之冤的老好人，跟田芮说的相差无几。

如果是真的，贺决云都要为他垂首叹一声可惜。

医生抬起手表示意道："我今天还加了十几个病人的号，你们看……"

贺决云回过神来，说："打扰了，谢谢配合。您接着忙吧。"

"应该的。"医生起身相送，"就是不知道，田医生都已经去世这么多年了，三天现在开始重新调查，是不是因为田医生的事有别的隐情？"

贺决云放缓脚步说："没什么，是三天打算针对社会热点做个专题。田兆华医生的案子当时结得不清不楚，家属希望我们能给个结果。"

医生了然道："原来如此。"

从医院出来之后，已经临近中午。两人在太阳底下站了一会儿，听到腹腔内一阵响动，决定先从街边的炒粉店里随便选一家解决自己的午饭。

穹苍开始怀念三天的时间调节功能。因为在她眼里，阻碍她满足自己好奇心的，譬如吃饭、睡觉、赶路、上厕所等，都是对生命的浪费。

贺决云认为这人对自己有很深刻的误解。"我看你吃东西的时候挺享受的啊。"

穹苍忧愁地叹道："逆来顺受罢了。"

贺决云："……"你这人到底还要不要脸？

大概是他没掩饰住嫌弃的表情，穹苍斜睨着他，伸手在虚空意思性地点了一下："申请静音。"

贺决云撇撇嘴，不跟她计较，径直走进前面的店铺。叫他闭嘴，他懂。表述还挺委婉。

两人简单地吃了一顿，又驱车去找柳忱。

三天的信息网络在找人方面是十分强大的，只要对方没有想刻意隐藏自己的踪迹，那么三天就可以简单地通过账号注册信息联系到目标。宋纾昨天已经跟柳忱交流过。

柳忱在电话中得知他们是《凶案解析》工作室的人，爽快答应了他们的请求，并将地址留给他们。因为他还要工作，且工作地点会发生变动，只能让贺决云等人预约好时间再去找他。

在跟他短暂的交流中，宋纾记录了一些简单的信息。

柳忱出狱之后一直在一家装修公司工作。不算正式工，就跟着同村一个相熟的包工头混日子，做做木工活，平时辛苦一点，养家糊口还是没问题的。

贺决云找到他的时候，他正在一户人家里帮忙装修。

现场响着各种发动机的噪声，一帮五大三粗的工人散布在各个角落，脸上蒙着扬起的灰，一时间分不清究竟谁是谁。

贺决云高喊了数声，片刻后，才有一人停下手头的工作朝他们走来。

柳忱的脚有点跛，是车祸留下的后遗症。他当时没多少积蓄，根本没好好治，后来坐了牢，休养得也不好，就落下了病根。

"就是你们啊？"柳忱声音带着点社会人的油腔滑调，或许他本人没那个意思，但听起来总有种揶揄或讽刺的味道在里面。

他拍了拍自己的头发，抖出飞扬的沙尘。"大公司的员工现在都要考核长相了？"

穹苍说："哪里哪里，在我的智商前面，我的长相还是上不了台面的。"

贺决云不自觉用上了敬辞："您谦虚了不是。"

柳忱走到屋外的楼梯间，单脚踏在略高一级的石阶上，姿势不雅地蹲了下去。这个动作能让他舒服一点。

他的手被灰尘染成了黑色，他从同样变色了的裤兜里掏出一根香烟，点燃，狠狠吸了一口。

白烟袅袅升起，挡在三人之间。烟草的浓烈味道迅速在空气里扩散开来。

穹苍二人找不到合适的位置，就往下退了两级，站在能与他视线平齐的地方，静静等着他开口。

真有了能说话的机会，柳忱反而不知道该怎么开口了。

"那个田兆华啊……"柳忱脸上的皱纹深深皱起，眼角与唇角都泛着苦意，使他五官的轮廓都模糊了。松垮粗糙的皮肤足以证明他这几年的潦倒。

柳忱缓缓吐出一口白烟，骂道："他就是一个神经病！"

穹苍是怎么都没想到柳忱开口的第一句话会是这个。而最大的问题是，不管她怎么分析，柳忱说这句话时的表情都不像是单纯的发泄怨恨，而是真诚地如此认为。

怕他们不信，柳忱还重复了一遍："他真的是个神经病啊！"

他说完垂下眉目，唇齿间吐出白烟。

"就因为他，我前妻和我离了，孩子也打掉了。我坐了一年多的牢，出来后连工作都不好找，只能跟着老乡装孙子混口饭吃。这么一大把年纪了，还没个稳定工作。说出去都没脸见人。"柳忱声音低沉，说话的神态比他本身的年纪要老上十多岁，"你说吧，人这一辈子活着有多难？不管你前半辈子有多努力，一次走错路，下半辈子就都没了。尤其那条路还不是你自己走错的，我这是造了什么孽啊？"

穹苍将手揣进兜里，目光若有所思地在柳忱身上转了一圈。

贺决云说："他都被你撞死了，你还说他神经病，这不大好吧？比起来，他可是命都没了。"

"什么叫我撞死他的？"柳忱手上的烟灰落了下来，撒在他的裤子上，他浑然未觉，梗着脖子道，"是他自己撞过来的。是他在碰瓷！"

穹苍饶有兴趣地靠近了一点："哦？"

贺决云瞥她一眼，继续说："不应该吧？田兆华有什么非死不可的理由吗？他的那场手术，医院并没有追究他的责任，他还在照常上班。他那么年轻，医术过人，前途无量，现在还有很多人愿意为他说话，至于跟你同归于尽吗？"

"这我怎么知道？"柳忱挥舞着手，烟灰簌簌落下，"我撞死他干什么啊？说得现实点，做手术的是我侄子又不是我儿子，他是脚跛了又不是命没了，我跟他之间都隔了一辈关系，至于为了这个去跟田兆华拼命吗？我自己也是有老婆的！我不需要为自己考虑吗？我又不是个疯子！"

柳忱的手被火光烫到了，他顾不上那个，直接把烟头往地上一摁。"我承认我是超速行驶了，因为那段路平时车流量就不大，附近也没有监控，我路过的时候一向开得比较快。但是我开过去之前认真看过了，路口没有车，也没有行人。我鸣了下笛，想冲过最后两秒的绿灯，结果田兆华就蹿了出来。他在我的视野盲区，哐的一个鬼探头，你说我能躲过去吗？这也叫我想杀他？我怎么知道他会在上班时间出现在那个鬼地方！"

穹苍两手搭在胸前，斜靠在侧面的墙上。

贺决云见她一直不出声，解释了一句："鬼探头就是……"

穹苍说："我知道，行人或车辆在视野盲区突然出现，他刚才解释了。"

贺决云没趣道："哦。"

柳忱又从兜里掏出一支烟，颤抖地夹在指尖点了，在火光亮起之后，迫不及待地塞进嘴里，缓解自己的情绪。烟草的苦味在他干涩的喉咙里来回盘旋，让他原本就沙哑的声音变得更为粗糙。

"我都不知道我怎么就被他给缠上了。"柳忱扯起嘴角，笑得比哭还要难看，"到现在还有人说我是个疯子，说我是医闹，想去撞死他。我呸！我撞死他？我能控制他突然变道冲出来给我撞？你们自己去看当年的监控录像啊，我的行车记录仪拍得清清楚楚，我撞上去的时候根本都不知道里面坐的人是他！可是根本就没有人信我！我没有钱，我对抗不了医院，社会上没有人肯相信我！"

他提起这事，怒火又被勾起。多年的悲愤在长达十几年的压抑后第一次爆发，燃尽了他的理智。他激动地骂道："法院判我一半责任，我坐了一年多的牢，赔得倾家荡产，老婆也跑了。他拿着保险公司的赔偿金让家里人过得逍遥快活，还把自己臭得要死的名声洗得干干净净。他算计得可真好，就不是个东西！"

他粗暴地捶打自己的腿，怨恨自己的不中用："我还残了！残了！

残了！"

"我不是很明白。"穹苍单手摸着自己的耳垂，声音低沉地开口道，"他的……动机是什么呢？如果他还活着，未必赚不到三百万。他有家人，跟你也不算有什么深仇大恨，为什么要用这种激烈的方式来寻死？总不可能是为了骗保吧？说是陷害，逻辑上说不过去。"

"这我怎么知道？"柳忱站起来，因为坐久了腿有点发麻，一瘸一拐地往下走了一个台阶，"怎么？你们也不相信我？"

穹苍幽深漆黑的眼睛瞟去，单手按住他的肩膀，不轻不重地向后一推，示意他坐下。

柳忱不满地振臂挥开，一个扭头，对上她的视线，一眼望进她深邃平静的瞳孔。

这人的眼神里没有怀疑或愤怒，平静得犹如一潭死水，却闪耀着某种好似能洞察一切的光芒。她成竹在胸的气场，仿佛就在告诉他，只有她能帮助他。

柳忱像被当头浇了一桶冰水，浑身直竖的毛发都安分下来，即将出口的话语也被堵回了胸腔。

穹苍再次按住他的肩膀，这次柳忱顺从地坐了下去。

贺决云紧绷的肌肉也放松下来。

穹苍问："你平时经常要走那条路吗？"

柳忱点头："我们公司要送货的呀，我基本上都是走那条路。一般是早上六点到七点之间经过。那一天，田兆华一直把车停在路口，等我出现了才突然开出来。出现得那么巧合，他肯定是故意的。"

穹苍问："那么以你对田兆华的了解，你觉得原因是什么？"

柳忱凑近烟嘴，狠狠吸了一口。他大马金刀地坐着，两手搭在膝盖上，细细思考了很久，才犹豫道："我觉得他是计划好的，他是想洗白。"

他说完抬起头，想从穹苍的脸上看出哂笑或讽刺，毕竟这种猜测太荒诞了。

穹苍连姿势都没变化，只淡淡说了句："这么刺激的洗白方式啊？"

"我坐牢的每一天都在想，我真的——"柳忱抓了把自己的头，艰难地组织好语言，憋出一段话，"我想得太多了，经常做梦，我也不知道细节记得对不对。那一天说是超速，三道宽的马路，限速60迈，我其实也就开了80迈而已。我开的是货车啊，承重量大，车速降不下来。田兆华神出鬼没，从前面的路口垂直地冲出来，我反应慢了一点，但真的已经冒了翻车的风险用力踩了刹车。结果打完方向盘后轮胎打滑，冲着驾驶座撞了个正好，后车厢从边上甩出去，又把他的车给拍护栏上了。我……我真的是没话说。"

穹苍说："也就是说，你当时开小差了。"

柳忱一脸苦相："什么开小差？这位姑娘，你没开过车吧？紧急情况下决定反应速度的时间一秒都不到，那种情况人哪儿有空想那么多啊？你的手脚比你脑子转得快，只能全凭经验了。我哪里能料到轮胎打滑会打成什么角度？"

"嗯……"穹苍沉吟道，"所以如果没有这些变数，凭你的技术不至于将他撞死，对吧？"

柳忱闷闷地"嗯"了一声，懊丧道："说什么都没用了，他人已经死了。也怪我自己，非超速，这不就赶着投胎了吗？"

楼梯间内的三人都安静下来。柳忱将烟头的灰弹去，重重吸了一口。

一个工人搬着一袋子的垃圾走过来，暂放在前面的空地上，抬头瞅了他们一眼，又带着好奇的表情走回去。

贺决云的思绪有点乱，毕竟柳忱给出的信息跟在医院里得到的相悖太多。两者形象几乎无法重叠。不可思议的是，他还觉得柳忱的说辞挺有道理。

贺决云再次征询地看向穹苍，穹苍……也再次没有默契地坐到地上，错过了他的暗示。

贺决云放弃了，说："照你这么说，田兆华这人够狠的啊。"

"你们不要以貌取人嘛！"柳忱摊着手急道，"他长了一张好脾气的脸，而我长了一张流氓的脸是不是？我从小到大没做过坏事的，谁知道人到壮年居然杀了个人。"

穹苍用手掩着口鼻，问道："医疗事故的事，你有明确的证据吗？"

柳忱整张脸都被白烟笼罩了，他一手烟抽得特别狠。"什么样叫明确的证据？你以为我故意做医闹碰瓷？那可是他们医院的人自己说的！田兆华做手术的时候，什么肌腱什么缝合出了错误。他居然在手术中走神发呆！你说状态不好上什么手术台？那是你证明自己的地方吗？！"

穹苍问："谁说的？"

"他们领导啊！"柳忱大声说，"他们领导在训田兆华的话。我本来想找他感谢他的，结果让我听到了这些事情。后来我才知道，那段时间有一个女人正在指控他性侵。他在医院里的名声都臭了，评职称的事也差不多黄了，就蒙蒙我们这些外行人。医院本来想给他放假，让他在家里避避风头，可是他不肯，非要上台做手术。我家人就是看他面善相信他，才指了他。谁知道啊，在他眼里我们就是群解压玩具啊。

"就这，你说我能不气吗？我能不闹吗？我们是把活生生的一条命交到他手上，他一个走神，一个人一辈子就毁了！病人对他们感恩戴德，他们只拿这工作当个赚钱、讨生活、提升地位的职业。凭什么？这根本不公平！"

穹苍认真看着他，露出个略显嘲弄的表情，只是消失得很快。

贺决云自己就是做领导的，他觉得柳忱的想法有些魔怔了，忍了忍，还是忍不住替田兆华辩白一句。

"领导训话的时候，那都是往变态高标准的方向去的，恨不得底下的员工一个个脱去凡身做个没有感情不会失误的机器人。那些话听听就得了，根本不能当真。"

他私以为田兆华并没有柳忱说得那么不堪。他在医院里可以拥有那么好的口碑，多少是因为他的真性情，一个正常人没办法伪装那么久。

优秀的外科医生哪里都稀缺，多少病人还排着队等手术。田兆华会选择坚持上班，初衷肯定不是报复社会。

贺决云说："人好好在家里休假，不比工作解压啊？田兆华那么年轻就可以评副高，说明他的外科技术真的不错，不是单纯靠面善。你不知道你侄子当时伤得多重，从结果来看，应该比你们预想的好很多了吧？你对人家的揣测，是不是太阴暗了？"

柳忱底气不足，却仍旧硬着头皮戗道："那也不能否认他手术失误啊！"

贺决云说："鉴定委员会的结果是比较权威的。一台手术那么长的时间，谁能保证自己不会疲惫？人家如果非要训话，总能找到责骂的理由。

那是他们内部之间的劝诫，不等于医疗事故。你不理解？"

穹苍顶着发痒的喉咙加了一句："你说得对。"

贺决云挑了下眉，发觉她的声音更加低沉了。短短四个字，发出来的质感跟毛玻璃似的，应该是吸了太多的二手烟，让本就不顽强的喉咙雪上加霜。

贺决云勾勾手指，示意她乖乖到下面去，然后上前抽掉柳忧的烟，直接在地上摁灭。

柳忧茫然抬头："干什么呀？"

"我们的病号在这儿呢。"贺决云点着下巴示意道，"再下去也要出事故了。"

穹苍挪动到他的身后，然而狭小的楼梯间里众空气平等，并没有好到哪里去。她表情不大好看，轻轻咳了两声。

贺决云一巴掌呼过来，捂住了她的脸，手指间还有股淡淡的香气。

穹苍差点没被他憋死。

这人虎了吧唧的，才是让人无话可说。

柳忧忽略二人之间的不正常互动，问道："你们三天会如实报道的吧？不跟医院抱团吧？"

穹苍扯开贺决云的手，问了一句："你要求他赔偿多少钱？"

柳忧犹如被刺中痛脚，脸上肌肉颤动，保持着镇定，问道："什么意思？"

"你不是要求赔偿吗？"穹苍问，"你当时要求田兆华赔多少钱？"

柳忧问："这不是正常的吗？"

贺决云附和道："正常的话就是随便打听一下，这有什么不好回答的？"

柳忧加重声音："两百万！我侄子还年轻，这个价不过分吧？"

"你私下采用了什么方法，追讨这个正常的两百万？"

穹苍的语气依旧平静，却刺得柳忧极为难受。

贺决云心道果然如此，问完话，穹苍的温柔体贴就到头了。这个惯会过河拆桥的女人。

如果说先前柳忧一直在认真地表现着一个无辜受害者的形象，那么在穹苍问出敏感性的问题之后，他的面皮就有点绷不住了。

对这个问题的回避，让他完美受害人的面具上出现了一丝裂缝，而他并没有自己想象中的那么会说谎。

在他尚在思考的空当，穹苍点了点头："我明白了。"

她没有多问，急于远离这个烟雾缭绕的地方，快步拉开前面的木门走了出去。

第 四 章

动 机

在这种合理之下，另外一种不合理显然更加突兀。

穹苍在车里坐了半个小时，贺决云才拉着脸回来。

他拉开车门，闻到一股金嗓子喉宝的味道，嘴角抽了抽，道："好令人怀念的喉宝。"

穹苍大方地要与他分享，贺决云推拒道："算了，你还是自己享受吧。"

穹苍朝着他的方向远远吹了口气，贺决云莫名觉得车厢内的味道变得更重了。

"你当自己是空气清新剂呢？"

穹苍说："你身上烟味太浓，飘过来了。"

贺决云低头整理自己被拉出褶皱的袖口，说："穹苍女士，你下次炸雷之前能不能先考虑一下你的队友？柳忱非拉着我要跟我解释，哭诉自己惨痛的一生。脸你变得最快，跑路也数你最快，过分了啊。"

穹苍表示自己虚心接受批评，下次一定改进。

不过"下次一定"这种虚词，谁能保证呢？

贺决云心里还是有些许畏惧的，他赶忙把车开离小区，等上了街道，确认自己是对方追不上的男人，这才安心。

他开了一点窗户，让小风吹进来散散味，在听觉逐渐适应呼啸的风声之后，大脑开始思考正事。

贺决云一手把着方向盘，同身边的人唠嗑道："柳忱的证词，跟医院里那两人说的截然不同啊。到底是哪边在说谎？"

"倒也不算截然不同，只是每个人都在为自己说话罢了。"穹苍翻出一瓶冰水，咳了两声，才继续往下说，"中和一下说不定就是结果。"

贺决云偏头看了她一眼，听她发声费劲，本来是不想和她说话的，可还是忍不住问道："怎么中和？"

穹苍说："看他们都在刻意强调什么。"

贺决云一直等着她下半句话，结果车厢内一片安静。

"就没了？"

穹苍挑眉，指了指自己的喉咙，示意他自己领悟。

又到了猜一猜的环节。

贺决云以前觉得穹苍这人经常语不惊人死不休，对冷笑话过度追求已经造成他们之间的交流障碍，等她现在半哑了，他才幡然醒悟，没有默契的两个人还是需要语言来搭建沟通的桥梁。

一个会说话的穹苍真的是太可爱了。

什么心灵交流过于委婉，人与人之间还是要坦诚点。

贺决云一面开车，寻找自己熟悉的道路，一面努力将双方的证词再次整理一遍。

他回顾的速度有点慢，因为今天的交通又如往常一样堵塞，"妖娆"变道的车辆总是会打断他的思路。

等驶过两个红绿灯的时候，贺决云终于想明白了。

"D大附属医院的医生跟护士一直在强调田兆华的人缘和口碑，着重突出他为人很好，关心病人，有足够的专业技术和职业素养。而在提及手术中是否存在失误情况时，两人一致认为应该相信鉴定委员会的结果。医生表现得非常中立，刻意拉远跟田兆华之间的距离。而护士情绪比较激动，不停地用社会争议点对我们进行提问。两人在一定程度上都回避了这个问题。"

穹苍点头。

手术失误根本不是争议点。只不过，医护方认为田兆华的小型失误属于正常风险，不构成医疗事故。

贺决云说:"所以田兆华被领导训话的事应该是真的,柳忱的确是听见了他们的对话,然后才开始做医闹。"

穹苍说:"我认为医生跟护士的证词基本可信。他们对同事有一定的维护,但是并没有太明显的谎言。至于柳忱……"

每个受害者都习惯性地将自己塑造成完全弱势的模样,以求得旁观者的同情。对此,一方面要突出自己的优秀跟无辜,另外一方面就是要不遗余力地证明对方的无耻跟卑鄙。

柳忱的证词就是这样的。

从一开始,他就向穹苍他们叙述了自己多年来的落魄,毫不掩饰自己腿部的缺陷,并将田兆华描述成一个精神失常、心术不正、两面三刀的人。他用自己带有强烈情绪跟愤慨的指责掩饰逻辑间的漏洞。

如此极端的人设,说明他对田兆华怀有强烈的负面情绪,不曾因为自己致人死亡而感到愧疚。

穹苍说:"刨除他所有主观性的描述,那些都是不可信的。"

柳忱在叙事过程中表达清晰,没有出现卡顿、颠倒或重复的地方。从他的措辞跟态度来看,他应该演练过这样的场景,在两人找到他之前,他就打好了腹稿。

穹苍说:"双方的证词之间,唯一的矛盾点其实是当初那起车祸究竟是谁撞了谁。"

贺决云皱眉,在红绿灯前缓缓停了下来,手指敲击着方向盘的侧面。"医护都默认是柳忱伺机报复,害死田兆华,所以兔死狐悲,深感义愤。而柳忱坚持自己是被碰瓷的。"

"这个其实不难求证。因为行车录像肯定还保存在档案里,柳忱没有必要说那样的谎。"穹苍舔了舔干涩的嘴唇,说,"而且柳忱有一点说得没错,他不大可能会为了侄子去撞死田兆华。撞死了人,他去哪里拿钱?"

柳忱闹腾那么久,主要还是想拿钱。

穹苍猜测,柳忱当年应该知道那起手术不属于医疗事故,却还是借着机会想敲诈田兆华一笔。可惜医院经常面对医患纠纷,有自己的判断,最终选择维护田兆华,让他的如意算盘无奈落空。

穹苍拧开瓶盖,喝了一口,然后接着道:"我认为,柳忱一计不成,应该又使用了些不大正当的手段去进行敲诈。"

贺决云狐疑道:"所以,在柳忱的紧逼之下,田兆华走投无路,被迫选择了这么一个凶险的方法,来解决问题?"

穹苍正想开口,眼睁睁看着后视镜里某辆车的距离越来越近,不断歪斜过来的车头上写满了要强行加塞的倔强,隐隐还有种要硬碰硬的趋势,当即脸色一变,急道:"前面前面!你不要看我呀!"

贺决云被她陡然的高音吓得一个哆嗦,冲着那司机低声骂了一句,赶紧放缓速度,给对方让了个道。心说,这小声音不是挺高亢的吗?

穹苍差点给吓出一身冷汗,眉眼都耷拉下去,感到深深的疲惫。

"我的开车技术很好,而且现在就 40 迈,顶多撞凹一个保险杠,不用怕。"

贺决云极力证明自己,可是穹苍并不相信,他只能道:"你接着说。"

穹苍困惑道:"说什么?田兆华只要脑子没包,你做的假设就不成立。"

贺决云隐隐地认为穹苍这是在嘲讽自己。

他一顾撇嘴,二顾皱眉,三顾黑脸,频频回望,看得穹苍直呼害怕。

她忙找补道:"说明应该还有别的原因让田兆华起了自杀的念头,只是恰好那时柳忱在他身边跟苍蝇似的乱转,绷断了他最后一根理智的弦。他怕自己死后柳忱还会继续去骚扰他的妻子女儿,就决定带着柳忱一起沉沦。你别忘了是从谁的身上牵扯出田兆华的。"

贺决云终于想起那个都快被他遗忘了的人:"梅诗咏?"

是啊,她才是最关键的人物。范淮案件的证人,指控田兆华性侵,且已经怀孕的病人。

不管田兆华跟梅诗咏究竟是什么关系,他婚内出轨是既定事实,毕竟梅诗咏怀孕了。

穹苍说:"两人在医院里并不张扬,所以医生跟护士都没有发现他们之间的关系,更不了解梅诗咏是个什么样的人。"

贺决云说:"柳忱连梅诗咏的名字都不知道,对这件事情多半也不了解。"

身为案件主角,梅诗咏的存在感居然如此弱。

穹苍说:"梅诗咏如果真的被性侵,抑或是想借仙人跳来敲诈一笔,那么她应该去医院闹得比柳忱还要凶才对。可是为什么医护在回忆的时候，注意力大部分都集中在柳忱的身上？好像梅诗咏行事过分低调一样。"

确实显得很违和。

每次一到这种情感分析环节，贺决云就深感头疼。

他正要借自己单身多年的经验推导一下，就听见旁边传来一阵振动的"嗡嗡"声。

穹苍从兜里翻出手机，看了眼来电显示，接起来。

"方起。"

这不是知心哥哥吗？免费外援来了？

贺决云默默关上车窗，侧过耳朵偷听。

方起说话一贯是中气十足的嗓门，没开免提都能让贺决云听得清清楚楚。

"我现在过来探病，提前跟你说一声，你不要跟青蛙似的到处乱跑，等我前来慰问！"

穹苍说："D大附属医院。"

"等等，你嗓子是怎么了？"方起听见那公鸭喊叫一般的声音愣了下，随后义愤填膺，小宇宙爆发道，"贺决云把你丢给了哪个庸医？他怎么搞的，这还越治越回去了？就这样你还敢出门乱跑，是不是去帮他工作了？我说姓贺那货到底有没有点良心！他个臭不要脸的男人，根本没把你放在心上！养匹骡子偶尔还给它喂喂草，贺决云那一堆钱放银行是为了养蛊虫吗！"

穹苍说："说明他没把我当匹骡子？"

方起骂道："就你那点出息！"

全过程旁听自己被诋毁的贺决云瞬间将方起拉入革命敌对方的阵营。

这种人叫什么？这种人在古代是会被挂城门的。就因为一点忌妒，成天见不得人好，专门破坏他人感情和谐，实在是太过卑鄙。

他该庆幸没让人听见，否则那个"庸医"一个剪刀腿能让他脖子弯一百零八次。

贺决云故意大声道："你别跟这人废话，好好养养你的嗓子。"

方起勃然大怒："他居然还偷听你打电话？他对你一点都不尊重！他就

是馋你机智的小脑袋！"

穹苍心说，这两人在一起怎么会这么热闹？以前不是客客气气的吗？男人之间的友谊怎么瞬间就崩裂了。

她做了个手势，示意贺决云暂时不要出声，然后单方面宣告方起的胜利："他现在被你气走了。"

方起道："你就在 D 大医院那儿蹲着，我马上过来！那里耳鼻喉科的专家立场坚定，我都认识，你以后听他们的医嘱，别跟着贺决云乱晃。"

贺决云气得牙痒痒，恨不得现在就跳出去与他"对线"。

穹苍含糊地说："等你一起吃晚饭啊。"

"行了，等我。"方起大感满意，"现在知道谁是自己人了吧？所以说别那么容易就被人给拐了。"

穹苍挂断电话，又端起水浅浅地喝着。

贺决云偏过头，看着她仰起脖子，侧面的弧线微微起伏，紧绑的绷带让她看起来异常脆弱，语气不由得轻了点，但还是有点生气："去 D 大附属医院？"他现在是在往自己的私家医院开去的。

穹苍说："当然是先去能救我命的地方。"

贺决云说："那方起……"

穹苍展现自己的无情本色："让他帮忙跑个腿，我不想再动了。"

原来这就是……心情的大起大落。

贺决云勾起唇角，掩不住得意的神色。

这才叫自己人哪。

两人回了医院，去找医生处理伤情。医生得知穹苍出门期间居然吸了不少二手烟，脸色愠怒地骂了贺决云两声，才出去给她开药。

贺决云也不知道为什么，自从认识穹苍以后就承受了许多莫须有的骂名。

他现在连澄清的欲望都没有，坐在一旁用手机点外卖。

穹苍说："豪华一点，毕竟是要用来赔罪的。"方起发起脾气可不好哄。

贺决云冷笑了两声："你放心。我给他九菜一汤翻一倍，绝对豪华。"

穹苍闻言又不好意思起来："那倒也不必。"

贺决云说："还是要的。"

穹苍百无聊赖，随意摸索起身边的东西。

贺决云点完外卖一抬头，就看见穹苍抱着自己送的那束白色的玫瑰，喜欢得爱不释手。

她的长指轻轻在花瓣上抚弄，柔和的眼神静静看着花束。身上披着夕阳的余晖，每一个细节都透着恬静美好。

她这么含蓄内敛，身体还是很诚实的。

贺决云移开视线，假装自己没有看见。

又是一个扭头，画面破碎，穹苍居然在那儿扒拉花瓣，辣手摧花。

贺决云大喝道："你在干什么？！"

穹苍还没来得及抬头，手上一空，花瓶已经被人抢走了。

她吓了一跳，抬头看向贺决云。

贺决云的表情比她还要无辜，还要悲愤。他居然……先声夺人。

穹苍眨了眨眼，说："你不是送给我了吗？"

贺决云愤怒道："你对待别人的礼物怎么能这么不珍惜？穹苍，你是非常过分了！"

穹苍小小的脑袋顶着大大的迷惑。

"只可远观不可亵玩啊？"

贺决云见她居然还认识不到自己的错误，更伤心了。"说明你对送花的人一点都不在乎！"

穹苍冤屈道："它花瓣萎了，我就给它修一下！"

"不可以！"贺决云把花瓶摆到高的地方去，"这花瓣不是挺好的吗？边上卷曲起来也很好看。众星捧月，你得容许它存在。"

穹苍看着他犯病，憋了半晌，还是咽不下这委屈："花放那么高？它摆着不是为了给人看的吗？"

"不是。"门口突然传来一句讽刺意味十足的话，"毕竟这是他易伤感的少男心。"

贺决云被噎了一下，大脑空白，一时找不到威慑的话，只能板起一张脸道："你又胡说什么呢！"

穹苍幽幽叹道："爸爸对女儿的少男心啊？"

医生过去直接拿过花瓶，塞进穹苍怀里，不客气地道："践踏它。"

贺决云想伸手阻止，又定在原地。表情激烈变化，在经过一番痛苦的挣扎之后，终于还是超脱了。他突然豁达地说："不就是一束玫瑰吗？你想要，一大车我都能运给你。算了，随你玩吧。"

穹苍瞥了他好几眼，决定还是细心呵护好了。毕竟贺决云的心看起来的确挺易碎的。

穹苍将玫瑰原样摆回床头，像呈贡品一样敬在边上，不敢再去动它。

大概是心理作用，别说，仔细看久了，那边缘处蜷缩起来的花瓣还真有点残缺的美。

穹苍缓缓移开视线，觉得再聪明的大脑，也会受到沙雕的影响。

人类的意志力真的是太薄弱了。可怕。

在她正乱七八糟胡想的时候，方起的电话来了。

穹苍快速接通，响起熟悉的声音："我到医院了，你人呢？"

穹苍说："你去二楼，找一个姓潘的护士，四十岁左右。"

方起语气轻快，好脾气道："等等啊。"

穹苍挂掉电话，把手机交给沙发旁的贺决云。

贺决云停下游戏，一脸茫然地接了过来。他看了看手机，又看了看穹苍，用左侧高耸的眉毛表示自己的疑问。

穹苍示意他拿着。

五分钟后，方起的电话再次打来。贺决云没有防备，手指一滑接了起来。他还没放到耳边，就听见方起那无法平静的骂声。

"我 ×！你人呢？！护士说你早上就走了，你居然骗我！穹苍你又骗我！你个没良心坏心肝的，你变了！"

贺决云："……"怎么现在都有替挨骂这种职业了？真当他是专业的啊？

穹苍等对方发泄完，才淡定地把电话接了过来，点开免提，道："麻烦把手机递给护士。"

方起气得几个沉重呼吸，又没办法跟她计较，朝她哼了一声，片刻后，电话那头的人完成了交接。

"喂。"护士问道，"是今天早上过来的那位女士吗？"

穹苍说："是的，我还有件事情想再问您一下。"

护士说："你说，如果我知道的话。"

穹苍把手机放到桌上，摆在正中，在贺决云的身边落座。"是关于柳忱的事，就是那个撞死田医生的司机。在田医生出事之前，他们之间发生过激烈的冲突吗？"

护士的声音随着情绪激动起来："医闹呀！你不知道医闹闹起来有多过分！他来医院的大厅里大哭大闹，缠着别的病人开口就造谣；举着横幅或照片守在科室门口撒泼，保安赶都赶不走。后来他还去院长办公室不停地投诉抗议。田医生就是脾气太好，没跟他起正面冲突，一直绕着他走。医院里其他人的工作都被他影响了。长期这样骚扰，谁受得了啊？"

穹苍身体前倾，靠近桌面，问："还有什么更过分的行为吗？"

"当然！你让我想想。"护士说，"我记得有一次田医生来医院的时候，脸都被打肿了。那天他实在受不了，就选择了报警。可惜最后田医生还是跟他和解了。"

穹苍问："为什么和解？"

护士轻吐了口气："这我不知道。多半是田医生挨不住对方恳求吧，田医生一向很好说话的。可惜对付柳忱这种人理解根本没有用。他哪里会把别人的好意放在心上啊？他只会觉得全世界都欠他的。"

穹苍听见背景里传来了方起的一声冷笑。怪令人毛骨悚然的。

护士瞥了方起一眼，沉默片刻后终于醒悟过来，问道："你们今天是不是去见柳忱了？他是不是跟你们说了田医生的坏话？我跟你们讲，他的话根本不可信的！他就是想把田医生拖下水！跟条疯狗似的不停地咬着田医生！"

"我知道，我知道。"穹苍安抚了一句，又问，"那段时间还有什么会对田医生产生剧烈影响的事吗？比如说，被人控诉性侵。"

电话那头安静了一下，然后才道："梅诗咏的事其实没有闹大。我看田医生……表现得好像挺正常的。不过他一贯不喜欢在工作的时候发脾气。"

穹苍眯起眼睛："没闹大？"

"嗯，梅诗咏根本没来医院闹啊，就两个警察接到报警电话之后，带田医生去调查了两天，然后就把人给放回来了。这事我们内部的人知道，外面知道的人却不多，顶多就是捕风捉影吧。柳忱不知道从哪里听来了这个消息，这事后来还是他散布出去的呢！"护士呲嘴，每说一段话都不忘记踩柳忱一脚，"他整个就是胡闹！连警察都没给个结果呢，他就传得绘声绘色的，他趴人家床底下了啊？"

穹苍狐疑道："梅诗咏的羊水鉴定报告，不是在你们医院做的吗？"

"是我们医院做的。但这涉及隐私，医生不可能到处跟人说呀。"护士沉吟一会儿，又继续道，"当时好些同事是知道有这么一个人，但不知道那人是梅诗咏。他们同科室的医生互相间比较熟，是见过田夫人来找田医生，听他们谈话才知道的。"

穹苍轻轻"咦"了一声，换了个姿势，再次问道："那一次，田夫人跟田医生吵架了吗？"

护士不大确定道："没吵，两人聊得挺冷静的，关着门，没砸东西，也没大声嚷嚷，应该还好吧？"

方起嘀咕了一句："整得还挺豁达？"

大概是被护士教训了，方起又快速认怂道："对不起。我只是从心理医生的角度觉得几人的行为不符合常态，没有别的意思。"

这个消息出乎几人的预料，不过倒也解释了早上护士不提梅诗咏的原因。在他们眼中，或许这只是一个小小的插曲，与田兆华的死亡毫无关系。

只是在这种合理之下，另外一种不合理显然更加突兀。

为什么一个被人指控性侵，且被警方带走调查的男人可以表现得如此淡定？

为什么一个知道自己丈夫使用了不正当手段，迫使另外一个女人怀孕的妻子，可以保持这样的心平气和？

难道田兆华的妻子是一个情绪把控极好的人吗？

贺决云歪头看了穹苍一眼，见她眉头轻轻皱起，正用力地吞咽口水，以此缓解喉咙的干涩。这动作让她看起来像饿鬼投胎。

电话那头嗡嗡地响，像是护士跟方起杠起来了。这两人应该原本就认识，正在互相传授彼此的人生哲学。方起深感自己的专业水平被冒犯，积极与她争辩。

贺决云伸手将手机挪到自己面前，开口道："也就是说，梅诗咏的控告并没有对田兆华造成太大的影响，起码明面上是这样的。她虽然选择了报警，但还是在意田兆华的名誉。"

护士停下和方起的争吵，重新走到安静的地方，回道："对，那段时间大家私下讨论了一遍，没多久风波就过去了。田医生可以安全回来，说明检方最后没有提起公诉，那么强奸多半不是真的吧。田医生跟梅诗咏的关系……我偏向于认为是私生活的范围，这个我也不好多说。"

刑事犯罪跟个人作风问题完全不是一个等级的问题。梅诗咏给田兆华留了面子，田夫人听起来也是一个理智温和的人，加上田兆华还有一个女儿，怎么想都没有因此自杀的道理。

那么穹苍之前提出的假设似乎就不成立了。难道真的只是一起巧合的车祸？

穹苍问："那段时间田兆华真的没有什么异常的举动？"

"应该没有。"护士犹豫了下，说，"抽烟抽得狠算吗？那段时间他抽烟抽得特别多。以前他怕病人不喜欢，会按时换衣服，身上一般没什么烟味。可是那段时间一靠近他就能闻到很浓的烟味。估计也是累了吧，压力还是有的。"

贺决云身体朝后一仰，心说这反常可大了去了。

护士那边沉默了会儿，不自在地道："方医生从刚才起就一直在叉腰瞪我，还阴阳怪气地冷笑，你们之间是不是有什么误会啊？"

穹苍笑了声，说："没什么，你可以把手机还给他了。谢谢你的配合。"

护士道："好。"

手机重新回到方起手上，方起带着暴风雨前最后的平静，问道："穹苍，你人到底在哪里？你什么意思啊？今天必须给我一个解释。"

穹苍把自己所在的医院地址报了过去。

方起的平静未能持续太久，直接爆发："穹苍，你不要太过分！你拿我当个工具人就算了，还是个只负责递电话的工具人，你以为我的时间和感情那么廉价的吗？！"

穹苍真诚地说："请你吃饭啊。十八菜一汤，给你赔罪怎么样？"

方起翘着尾音："你少给我插科打诨！你以为就这么算了？我告诉你，我现在是你高攀不起的男人！反正今天已经到这儿了，我要去见我的恩师了！再见了您！"

他"啪"的一声挂断电话，带着最后的骄傲，仿佛自己才是那个占据主导地位的人。

贺决云嘴角抽了抽道："他不来？岂不是可惜了十八个菜。"

穹苍收回手机，极有把握地说："他会来的。"

贺决云问："你确定？"

穹苍给贺决云递去一个意味深长的眼神，一直以来无法实现表情读取的贺决云第一次清晰读出了她的意思："你还不懂你们男人的口是心非吗？"

大概是这样。

贺决云："……"为什么他要懂？他明明是铁骨铮铮贺决云。

一个小时后，方起还是践行了"真香"的理论，迈着他高贵的步伐走进穹苍的病房。

他开门关门的声音极其响亮，无理地把自己的怒火发泄在无辜的门板上，进门后眼睛朝上一瞥，完美表演了一个什么叫眼高于顶。

"穹苍，你真的非常过分，你说你是不是在故意糟践我的好意！"他质问了一声，把自己的外套甩过去，砸在一侧的椅子上。

穹苍仔细品味了一下，总觉得这话隐隐有点耳熟。现在的人怎么老把少男心摆在她面前给她糟践？那她怎么会知道？

穹苍安抚自己的朋友说："请你吃饭呢。十八菜一汤。"

穹苍说要等方起，特意让厨师晚点做好再送过来。此时桌上的东西能冒热气的还在冒热气，盖子被掀开，才刚吃了两口。

方起往她桌面上一扫，心说可真是豪华。一份白粥，加十八样小配菜，以及一碗汤底清淡的番茄鸡蛋汤。所谓的豪华大概就是一份榨菜都可以根据刀工和口味分装成十个盘吧。

方起抽起嘴角，恨不得用全部的五官来表达自己的鄙夷："就这？"

贺决云见他吃瘪，喜悦全都挂在眉梢上，就差跳起来拍手叫好。

这两人不知道从什么时候开始投向了不同的革命，战斗力都是拿智商换的。

方起突地表情一收，提起自己的右手，阴阳怪气地笑道："还好我在来的路上带了豪华鳗鱼饭。"

贺决云一个激灵，瞪大眼睛，看着方起恢复如常的神色，终于知道自己一直以来错在了哪里。

他怎么能奢求穹苍请他吃饭呢？这从根本上就是不正确的想法。像方起这样探个病还给自己带晚饭的，才是对穹苍有深入了解。

原来如此！贺决云若有所思地点了点头。

受教了。

穹苍看着贺决云变化无常的表情，深感自己风评被害。

什么玩意儿？方起会自己带晚饭，恐怕是被气蒙了，在路上看见好吃的就买了过来，跟她有什么关系？

方起把桌上整理了一下，将几个小碟子里的榨菜全混在一块，推到穹苍面前，然后郑重放下自己打包来的餐盒。

于是，方起吃着他单调的豪华鳗鱼饭，贺决云吃着他平平无奇的龙虾海鲜面，穹苍就着十八道御用小菜，吃完了这顿晚饭。

对比起同伴的"朴素"，穹苍忍不住想要流下幸福的泪水。

天色黑得很快，不过十几分钟的时间，外面阴沉的夜幕已经彻底垂下。

穹苍喝着剩下的半碗粥，渐渐适应了这寡淡的味道，她举着筷子悬在碗上，说道："田兆华死亡这个案子，我还是觉得有点不对劲。"

方起听着她的声音，琢磨了下，评价道："有五百只鸭子那味儿了。"

穹苍："……"

高兴的时候叫人家小甜甜，被糟践了以后就叫人家五百只鸭子。这就是方起之怒吗？

不过方起生气的时候虽然不像五百只鸭子，却像五百只啄木鸟，"笃笃笃"跟机关枪似的扫得人面目全非。以穹苍现在的身体状况的确治不了他。

穹苍面无表情地扯过一旁的纸巾，慢条斯理地擦干净嘴巴，当作自己没有听见。

吃完晚饭，方起心情还是好了一点。他从兜里摸出一把东西，说："我也不是没带慰问品，这些就送你好了。"

贺决云只瞥了一眼就说："她最好不要吃糖，喉咙会很干。而且你买的糖为什么是散装的？你是不是自己吃过了？"他快一步伸手接过，看见那熟悉的包装，想起上次被穹苍偷吃掉的证物。"橙子味的……我知道，这种糖两毛一颗，刚好凑了一块钱，你可真大方。"

方起身体往后一靠，用他豪华套餐里送的牙签剔着自己洁白的牙。"我从别人办公室里抓的。嫌弃别吃啊，饭后甜点还讲究那么多。"

"这种糖很有名吗？"贺决云撕开一颗，狐疑道，"我怎么感觉好像见过很多次了？"

穹苍放下碗问："你从哪里拿来的？"

方起觑她一眼："老师的办公室啊。"

穹苍问："你真去学校了？"

方起放下牙签，喝了口水，道："反正离学校近，我就去了一趟。他还挺担心你的，你真的不去见一见他？欸，以前不讲这个我当你社恐，怎么你跟贺决云都能待得那么舒服，就是不想见老师呢？"

"呵。"贺决云冷笑了声，大抵是为了表示自己的骄傲与不屑一顾。毕竟他背后代了所有人都会喜欢的人民币，那他当然也是受人喜欢的。

贺决云不想再理会方起，朝着穹苍一抬下巴，问道："你刚才说，田兆华的案子有哪里不对？"

穹苍整理了下思路，说道："许多女性即便遭遇性侵伤害，也不会选择报警，因为社会大环境太差，她们很可能会受到二次伤害。一般会报案说自己被人强奸的，都有强烈的诉求，要么是希望犯人可以受到应有的制裁，要么是希望自己可以得到足够的补偿，抑或是身边人的坚持，自己特殊的目的。"

贺决云也觉得梅诗咏的行为不大对劲，眉头皱起，表情严肃起来，说道："要做羊水穿刺，一般得在孕中期之后。也就是说梅诗咏被田兆华性侵，怀孕后安静养到四个月，等检验出胎儿的DNA才去找警方报警。警方将田兆华带走调查，两天之后因证据不足将其释放，之后再也没有进展。在此期间，梅诗咏一直保持安静，既没有闹事，也没有宣扬，好像一点也不在乎社会是不是会给她公正，即便她身怀强有力的证据，也就是她腹中的胎儿。"

方起老神在在地在边上插了一句："我国又不禁止堕胎，会愿意生下被强奸后怀的孩子的情况就很少见。那个孩子后来梅诗咏生下来了吗？月份越大打胎越危险啊。"

穹苍说："再者，DNA 检验报告都出来了，这是一项铁证，警方为什么还会释放田兆华？"

"在性侵这件事情的判断上，女性其实比男性要稍占优势，毕竟它的标准是以女性意愿为主。"贺决云说，"梅诗咏为什么延迟了四个月才去报警？"

穹苍缓缓搅着自己大海碗里的粥。"看梅诗咏的行为，我不认为这是一起强奸犯罪，我甚至有些怀疑不是梅诗咏自己报的案，因为我无法找到她这个行为的动机。"

方起发出了两声哼哼，那哼声最后变调成了一曲即兴发挥的歌。

贺决云对他是怎么看怎么不顺眼。

穹苍上道地说："方起今天也听见了，他是情感分析专家，你让他给你解说一下。"

方起脱了鞋子，横躺到沙发上，舒服地眯起眼睛，老大爷似的说："找我啊？我要收票票的。"

贺决云对他不抱任何希望，只希望他能赶紧离开自己的医院。

方起睁开眼睛，眼睛里露出一道与周身懒散气质浑然不同的精光。他晃着腿说道："这件事情上最奇怪的难道不是田兆华的妻子吗？不管梅诗咏事件的真相究竟是什么，结果只有两个，丈夫出轨，或者丈夫犯罪。没有女人，没有任何冷静的女人可以接受这样的事实。"

贺决云说："那也不一定。如果是穹苍这样的性格，她一定可以冷静地将对方摁死。"

穹苍感觉到被冒犯。"为什么你认为世界上会有第二个像我一样聪明的人，那个人还会如此愚蠢地看上一个不中用的男人？"

贺决云说："我说的是性格，不是智商。"

"有道理，我同意你的看法。"方起说，"一对没有感情的夫妻，真的可能会冷静地将对方摁死。我是指社会性死亡。"

穹苍克制地发了句预告："大胆猜测，小心求证。"

贺决云看她跃跃欲试的表情，心脏突突地跳："你……你还想怎么大胆？"

穹苍优雅地擦了下自己的嘴，研究学术般正经道："结合现有的信息，以我多年对人类伦理的研究，我无责任进行以下猜测。"

贺决云不由得坐端正了一点。

穹苍说："梅诗咏在医院遇见田兆华之后，无法自拔地爱上了他，主动对其展开热烈追求。田兆华抗拒不了诱惑，和谐地与她发生了关系，并稳定了下来。之后梅诗咏意外怀孕，想借子上位。田夫人知道后，深感失望，于是报警说田兆华强奸。即便最后强奸的事实不成立，他出轨的事实也会变得尽人皆知，还能彻底毁掉他在医院里的名声。医院里的考核晋升对医生的个人作风还是有一定考量的。"

方起与她惺惺相惜："英雄所见略同。"

贺决云被这二人的天马行空给惊到了："你们认真的？你们的意思是，报案的不是梅诗咏，而是田兆华的老婆？"

穹苍耸肩："我觉得如果是这样的话，很多细节就能解释通。"

贺决云心说你们真是飘了，然而顺着一想，又不由得觉得很有道理。

第 五 章

调 查

这位尚带着稚气的女生还不懂得掩饰，刚一打照面，就迅速暴露了自己的情绪。

贺决云一直以为自己是个见过大世面的人，对人心险恶有着深刻的认识，丰富的知识储藏库里摆放着各种可以上八卦热门加红帖的案件剧情，可最后还是比不上对面这两位研究过人类伦理的大师。

他将自己的惊讶稳稳控制住，捕捉着脑海中片段式闪过的问题，问道："可是为什么梅诗咏会去做这个亲子鉴定呢？"

穹苍飞快进入角色，眼尾一吊，包袱一甩，正宫娘娘般嘲弄道："'你想让我离婚？可以。不过你要先证明肚子里怀的真的是我丈夫的孩子。你这样的人，我没有办法相信。'很简单的几句话。"

贺决云："……"倒也不必如此入戏。

贺决云移开视线，回忆了一遍穹苍正常时的样子，又问道："可是田夫人报警，警方会受理吗？只要他们联系梅诗咏确认一遍，就无法立案吧？"

"如果是医院报的警呢？"穹苍思路清晰，应答如流，"田夫人是田兆华的妻子，如果她跟那位妇产科医生说，梅诗咏是被田兆华伤害的，田兆华想用金钱买通她，既然现在孩子的 DNA 检测结果出来了，证据确凿，医务人员有责任帮病人报警，她愿意大义灭亲，出场做证。"

贺决云仍旧觉得哪里有说不出的矛盾，跟个小刺似的，一直抓挠他的神经。"那他们两人可以当场解释，毕竟性侵比出轨严重多了。可田兆华还是在警局被关了两天，像是因为证据不足才被释放的。"

穹苍点头，说："可是你别忘了，田兆华还有一个女儿。"

贺决云愣了下。

穹苍唇角几不可察地勾了一下，那浅浅的弧度分明表现了她的讽刺。"现在的结果是，绝大多数人都默认是梅诗咏陷害田兆华。她勾引在先，敲诈在后，见计谋没有得逞就狗急跳墙想跟他同归于尽。包括田芮也是如此认为。在这些人里面，梅诗咏的名声才是最臭的一个，没有人为她说过话。"

贺决云发现自己总是忽视梅诗咏这个人，大概是她在事件里的表现实在是太低调了。

"那么……"问题又回到了原点，"田兆华为什么要开车去撞柳忱呢？"

"这个可不一定。"方起架着腿在半空轻晃，"田兆华是一位知名外科医生，手指灵敏是最重要的优势，同时为了支持长时间的手术，还要保证足够的体力。所以一般外科医生都会比较注重身体的保养。他会突然开始无所顾忌地抽烟，就说明他的情绪已经很不稳定。"

"夜里休息不好精神疲惫，压力过大注意力无法集中，最引以为傲的外科技术也因为这件事的影响而出现了意外，导致被人讹上。在各种令人难以喘息的压力下，内心突然被某个邪恶的念头压倒，采取了极端的手段，也是正常的事。"明明方起说出的话很正常，可是配上他的语气，总是莫名其妙有种讨打的感觉。

穹苍顺着方起的话题补充道："按照医护的证词，柳忱不应该知道田兆华出轨的事，他是从哪里得知的？他私下又对田兆华进行了怎样的骚扰？会不会在他跟踪田兆华回家的过程中见到了田夫人，而后与那个同样希望田兆华身败名裂的女人达成了合作？"

贺决云这次没有出声，身体往后一靠，脸上是思忖的神色。

穹苍说到兴处，自己也肯定起来："就算田兆华会憎恨自己妻子的无情，但出轨的愧疚仍旧残留在他心里，加上他们之间还有一个女儿。比起责备自己的爱人，他或许会迁怒于柳忱的无理取闹。"

这倒推起来，好像还真是无懈可击？动机跟逻辑都满足了，甚至连事件过程都还原了出来。

贺决云很没有立场地被说服了。

方起不禁得意:"平平无奇小天才。"

贺决云斜睨道:"少抖鸡冠子。"

方起怒道:"你脑袋上的才是鸡冠子!"

"其实想求证——"穹苍加大声音,想将二人的话音压下,说了一句之后发现声带拉扯过于用力引起不适,又放弃了。

对面两人已经顺势看了过来。毕竟比起对方,穹苍的脸明显要赏心悦目得多。

"想要求证,其实很简单。之前来找我们调查的人是田芮,我想她并不知道当年那些事的真相,做出这个决定也是瞒着她的母亲。"穹苍干咳了下清嗓,"如果推测没有错误,田夫人本人肯定不希望我们继续往下调查。你们两个明天可以去找她,试探一下她的态度。"

方起关注的重点总是精确到位:"们?"

穹苍指了指自己喉咙,说:"五百只鸭子去别人家里探访,你认为合适吗?"

贺决云与方起的视线在空中对峙,维持了一秒之后,皆是苦大仇深地转开。

贺决云坚定道:"成年人办事又不是小女生上厕所,用得着人陪我?还是你在怀疑我的能力?"

方起嘿嘿发笑:"你这么说,就没有自知之明了。你放心,毕竟我和穹苍交情深,她都这么请求了,我也不是不能答应的。"

穹苍默默补充了一句:"方起不是你们三天的人,如果双方发生了冲突,你可以把他拉出去推卸责任。而且他脾气不好,又深谙伦理八卦,让他去跟田夫人交涉,很容易试出东西。"

这话说完,对面两人的表情都僵住了。穹苍淡定地端起桌上的番茄汤,优雅地抿了一口。

方起出离愤怒了,他猛地站起来凑到穹苍的面前,仿佛下一秒就要去揪她的衣领,大骂道:"穹苍你是不是太过分了!你还想让我把工具人当到底啊?你到底有没有点良心?!"

穹苍一脸"你怎么才发现"的表情道:"你不是一直在问这个问题吗?

怎么还没找到答案？"

贺决云在一旁扬眉吐气地大笑，看方起也觉得顺眼起来。

方起抄过桌上的衣服，挂在手臂上，赌气道："我走了！"

贺决云在后头叫道："自己的东西自己带走！来探病还留一桌垃圾，这说得过去吗？"

方起用力将门踹上。"我今天就来见了个没良心的东西！垃圾留给她反省一下，谁都别来烦我！"

方起是走得轰轰烈烈，可是没多久，穹苍的手机就响了起来。

穹苍一面感叹着男人微薄的尊严，一面安慰他受伤的自尊心，确保方工具人明日能正常上岗。

第二天是休息日，田夫人没有工作排班，田芮也在家休息。早上八点，贺决云还是跟方起一起站在了田芮的家门口。

两人的表情都有点凶，但在移开视线之后，快速恢复了友好，看起来像是一对关系不错的搭档。

贺决云将胸口处的设备摆正，按下门铃。

没多久，田芮踩着拖鞋一路小跑着过来开门。

这位尚带着稚气的女生还不懂得掩饰，刚一打照面，就迅速暴露了自己的情绪。她先是瞳孔一震，大张着要说话的嘴卡着，而后快速回头看了眼客厅，确认没人出来，才稍松了口气。

田芮下意识地把大开的门合上一点，只从缝隙里探出一个头，小声道："你怎么过来了？你怎么找到我家的？这个人又是谁啊？"

穹苍略带慵懒的声音从耳麦里传来："她表情的变化告诉我，她很震惊，还有点慌张。恭喜你，剧情探索度涨了一大段。"

贺决云不动声色地笑了下，说："小看三天的情报网？你既然知道这个案子公安机关一直在高度关注，那么就应该做好你的身份信息已经被调查得一清二楚的准备。毕竟你是主动入局。"

田芮嘴唇翕动，欲言又止，眼神片刻游移后，说："那你们也不应该直接来我家呀，好歹先给我打个电话——等等，我们出去说。"

她把门虚掩后想要出来，结果还是被屋里的人发现了这边的动静。

田夫人急促的脚步声快速靠近，她高声问道："芮芮，谁啊？"

田芮紧张答道："一个同学！"

贺决云瞥向室内，回了一句："你好，我是三天的工作人员，想找你们求证一下有关信息。"

田芮身上的肌肉瞬间紧绷起来，她用力瞪了贺决云一眼，气得说不出话。然而已经无用，田夫人快速走近拉开了门板。

这位中年女性的年龄应该已经将近五十岁，但保养得十分得当，所以很显年轻。她脸上化着淡妆，穿了一件修身的连衣裙。

说实话，贺决云看见她的时候惊了一下，但那种眼神只是一闪而过，他很快恢复了彬彬有礼的态度。

"你好。"贺决云笑道，"三天最近想做一个专题，需要你配合调查。"

"你是谁？"田夫人并不吃他这一套，侧立的身体带着明确的抗拒，"我们不接受任何的调查，请马上离开！"

"咦？"耳麦里传来惊讶的一声，"她的性格跟人物侧写不大一样。"

几人分析中的田夫人应该是个冷静自持、手段老辣、行事滴水不漏的人。而第一眼，田夫人就给了他们不一样的感觉。

穹苍说："方起，你去试试。"

方起对穹苍的吩咐暗骂了一声，面上笑着开口道："美丽的女士，你的项链挺好看的。"

田夫人不客气道："关你什么事！"

方起还是嬉皮笑脸："今天不用上班吧？穿得这么齐整是有什么约会吗？"

田夫人怒骂道："神经病！"

她耐心告罄，在田芮背后拉了一把，粗暴地将田芮扯进屋中，然后就要用力合上门板。贺决云快一步伸手撑住，叫她无法回避。

他高大身影所投射出的阴影罩在田夫人的身上，中年妇人抬头扫了他一眼，继而更加用力地想要关门，还骂了两声。

"别这么暴躁嘛。"方起露着自己的白牙，像是全然不生气，"三天在社会上口碑一直挺好的，我们还没说我们要调查什么，你一见着我们就这么气急败坏，是为什么？"

田夫人叫道："你们走不走？再不走我就报警了！莫名其妙来别人家里面说一些骚扰的话，还想我给你们好脸色？滚！"

他们两人在这里挨骂，穹苍那边却很悠闲，耳麦里传来一阵清脆的咀嚼声，大概是她在吃苹果。

方起咬牙"啧"了一声，穹苍也察觉到自己这样不大够意思，收敛了些，含混不清地说道："一个人的面相很多时候能反映出一个人的性格。因为她时常摆出什么样的表情，脸上的皱纹跟肌肉的走向就会呈现相应的趋势。"

穹苍将嘴里的东西咽下。

"从田芮畏惧的反应，以及田夫人听到三夭的名号之后的强烈负面情绪可以看出，这位女士性格冲动，脾气易躁，强势独断，并不温柔，且不善于掩饰自己的情绪。如果她是一个能够从容自若地计划一切，利用身边所有资源来达成自己的目的，其中甚至包括自己的女儿，且完全不被任何人发现的厉害角色，那她应该更镇定、更圆滑、更周全一点。得罪和公安机构有密切交流的大公司，并不是一件好事。"

方起正在跟田夫人不断扯皮，就听穹苍的碎碎念终于到了结局，并再次做了嘱咐。

"方起，再激一下。"

方起被骂得久了，笑容都开始变态。"这位女士，你心里应该知道三夭为什么会关注田兆华的案子吧？梅诗咏是范淮案件的证人之一，照目前的发展来看，她很有可能是受人胁迫做了伪证，最后又被杀人灭口。而她生命中最重要的一个男人就是田兆华。我们会合理复原这一段剧情。"

田夫人声音尖厉道："你们没有资格！你们这是在侵犯他人隐私！"

田芮小心拉扯她的衣袖，不安地道："妈……"

田夫人将手甩开，不耐烦地喝了她一句："大人说话小孩子插什么嘴？你给我进去！"

方起别有深意地笑道："就是你女儿让三夭帮忙调查她父亲的死亡真相的。"

田夫人整个人僵住，有一秒像是彻底凝固了一般。

田芮缩起脖子，避开母亲的方向，恰好错过了这一幕。

"我们利用各种渠道的信息推导了一遍案件经过，你母亲……"方起冲着田芮挑了挑眉，做了个心照不宣的表情。

田芮蒙了，道："你想说什么啊？"

方起笑道："虽然梅诗咏跟田兆华都已经死了，但信息和线索未必就会这样消失。三夭一向主张还原真相，一旦开始制作副本，就喜欢刨根问底。许多事情，法律不能给予公正，但是公道自在人心。"

田芮问："不是，你们在说什么啊！你们什么意思？"

方起看向她："我们在说，你父亲的死是交通意外，但未必是单纯的意外。"

田夫人单脚上前，用力推了最近的贺决云一把。这位美丽的女士脸上满是愠怒，原先优雅的气质已不复存在。

"疯言疯语的，我不知道你在说什么。再在我女儿面前无事生非，我告诉你，我一定要告你们诽谤！还有，马上停止你们的调查，你们根本没有那样的资格！还三夭？一群社会骗子，滚！"

她推搡着田芮道："你给我进去！"

大门在二人面前重重合上，连带着脚下的地面都疑似发出了震颤。

穹苍按着耳麦道："可以了，先回来吧。"

两人第一时间转身离去，上了各自的座驾，一前一后离开。

贺决云跟方起带着录像资料重新赶往医院。

在田芮家门口的时候，两人情绪还维持得很好，贯彻了服务行业一直要求的脸僵式微笑。可是在开了一路的车之后，那点郁气随着颠簸的路面越颠越沉，最后蓄了满腔，准备回去找穹苍报账。

方起觉得自己是为穹苍做了大牺牲，挨了那么久的骂居然没骂回去，打白工还没收钱，不符合他做人的原则。

贺决云的想法就很现实。他是谁？他是一个常年脑子想不开，主动到基层做项目的超级富二代。明明可以用钱让人跪着喊爸爸，现在却要硬着头皮送上门挨骂，他图什么啊？还不就是……图人一点美色？难不成还真图她机灵的小脑袋瓜？

于是两人走进病房的时候，脸色都不是很好看，颇像催收高利贷的债主。

穹苍心想：就……怪小气的，不过是跑个腿而已。

方起熟练地将衣服一甩，叉腰在她面前乱晃，说："穹苍，你可别告诉我让我白忙活了那么久，最后还是没找到证据把她拿下。那我一定要跟你按秒计费，绝不客气！"

穹苍对他做了个安抚的手势。

"现在她已经知道三天的调查进度了，以三天在社会上的影响力，如果我们的猜测是真的，她肯定会感到害怕。就看她会做出什么样的反应。"

方起觉得好笑："她需要做什么吗？我们现在又没有证据。依靠无端揣测做出的副本剧情，根本不可能被审批通过。三天只能自己闷着烧经费什么都做不了，她怕什么？"

他摸着自己的下巴，啧了一声，似是发现了什么，问道："我总觉得，你们两个好像在钓鱼执法，等她犯错误。你们是不是有什么线索没告诉我？"

贺决云含糊道："保密信息。刑事案件。"

方起在不该知道的事情上一向很乖："那我不感兴趣。"

穹苍说："如果这种时候找人跟着她，或者监控她的电话跟社交软件，说不定能有意外收获。"

贺决云淡淡道："犯法的。"

穹苍遗憾道："我就随便畅想一下。"

贺决云一手点在她额头上说："危险的事情你瞎想什么！"

他收手的时候才想起来脑袋是穹苍的禁区，手停在半空紧张了下，生怕穹苍下一秒要站起来跟他拼命。

结果穹苍只偏了下头，继续吃自己面前的水果拼盘，并没有要生气的样子。

贺决云脑子里的弦绷了下，心里头冒出个诡异的想法。

原来这就是跑腿的力量。

呸！他脑子瓦特（坏掉）了？

穹苍抬头，不解地看着他。"你为什么这种眼神？"

贺决云干咳一声，转过身去。"没什么。"

穹苍说："告诉何队长一声，让她看看要不要派人去跟一下。我觉得这个田夫人身上或许有点问题。"

贺决云应了声，坐到她对面，拿出手机开始编辑信息。

三天大楼一层，戴着墨镜的女士风风火火地走来。她脚上的细高跟鞋在大厅的石板地面上发出节奏分明又清脆的敲击声，一路直抵前台，将包重重蹾在桌面上。

半米远的位置，两个扛着摄像机的男人紧紧跟在她的身后，调整好方向，将镜头对准了前台的招待人员。

正在值班的两位小姐姐立即放下手头的工作，摆出微笑严阵以待。

"我要投诉你们的工作人员！"田夫人摘下墨镜，拍在桌上。她手上的戒指因她翘起的手指在桌面磕了一下，发出一声闷响。

"很抱歉给您带来困扰。"前台小姐姐微笑着问道，"请问您是想要投诉哪个部门？"

"负责《凶案解析》的那个工作室。"田夫人因为生气，脖子上的皮肤都有些泛红，她高高扬着下巴，说道，"我丈夫已经去世十几年了，我女儿才刚二十岁。今天你们两个成年男性工作人员直接来我家里，说什么要做一个特殊副本，要求我们进行配合。怎么？你们公司不讲求隐私权的吗？他们凭什么调查我的私人信息？我允许了吗！这就是你们大公司的作风？"

前台小姐姐被她咄咄逼人的语气弄得有些发怵，面上还是笑道："这个工作室是比较特殊的，管理规则一向很严格，一般员工行动前都会先拿到准许跟批示。请问，去找您的是哪两位？"

田夫人在手提包的夹层里抽出一张照片，拍到桌上。

小姐姐朝她点头示意，两手将照片拿起来查看。

照片是从监控视频里截取的，角度的原因，只从上方拍到了二人的半张脸，但已经足以让她看清里面的人。她边上的同伴在认出主角后，眼睛都瞪大了。

"您……"小姐姐艰难道，"您真的要投诉他吗？"

田夫人威胁地道："怎么？不可以吗？"

"不是，不是。"小姐姐摇头道，"就是……程序上可能有点困难。可能要找我们董事长才能处理。"

田夫人当即怒道："你少唬我！什么破事还要搬出你们董事长？三天董事长了不起啊？"

小姐姐心说，他们董事长好像确实挺了不起的。

前台两位招待依旧挂着标准式的笑容说道："既然您有监控图片的话，是不是还有证据留存？请在这里提交一下，方便我们进行核实。可以吗？"

田夫人表情阴沉，拿出一个U盘掷过去。

"身为死者家属，我要求你们马上停止调查！我丈夫已经去世十几年了，我希望你们不要再去消费他！"

小姐姐深吸了一口气，说道："请放心，我们可以代为转达。"

田夫人一手按到桌上，对她们的态度大为不满。"你们是不是想推卸责任？你们三天打定了主意要店大欺客是不是？"

小姐姐茫然抬起头道："女士，我们这边已经受理了。相关的投诉已经发送到负责人的邮箱里。但是我们需要进一步核实情况，才能给出处理结果。这件事情上我是没有权限的。"

田夫人大声命令："这件事情摆明了清清楚楚，你们还需要核实什么？核实我是不是我丈夫的妻子？身为家属我不同意！你们必须撤掉这个副本！"

她气势越来越强，丝毫不给对方躲避的机会。"这种哗众取宠的事你们到底做够了没有？你们想过受害人家属看着亲人出现在一个游戏里被人消费的那种感觉吗？不管多少年过去，你们还要让人再回忆一遍当时的痛苦？你们三天为了搞噱头连良知都不要了吗？"

小姐姐看着她身后黑漆漆的摄像头，嘴唇哆嗦了下，才道：《凶案解析》中参考的原型，一般只选择对外通报过的刑事案件，且征得了公安部的同意，符合国家的规定。在制作过程当中，也会遵从事实真相……"

田夫人嗓音一下子拔高，连声音都变了："事实？事实就是你们可以罔顾他人的心情和意愿？"

小姐姐忙道："您听我解释……"

贺决云正在跟穹苍商量着怎么用艺术性的语言，委婉催促何川舟快点将档案调取过来，宋纾那小崽子的电话就打了过来。

"老大！"宋纾在那头高兴地喊道，"你被人投诉了哟。我刚刚收到投诉你的邮件了，哎呀，你说怎么办啊？我要不要扣你工资呢？"

那小人得志的样儿，单单通过声音就传递得活灵活现的。

"你自己看着办。仔细权衡。"贺决云眯着眼睛问，"谁要投诉我？"

宋纾的尾巴要翘到天上去，还强行端着道："一位女士，说你今天早上去她家里采访调查，无视受害人家属的意愿，对她造成了身心伤害。她还带了媒体，说如果三天选择不处理，不删除副本剧情，她就选择诉诸法律。"

宋纾语气激动起来，兴奋地道："老大，你今天早上干什么去了？我还以为你这两天在借小姐姐生病的事消极怠工，假公济私，促进感情。没想到你居然是在工作！我真的是——太欣慰了，老大！跟着你我没选错！"

少东家要上进，他是举双手支持的，谁拦跟谁急！最好是贺决云能把他的工作一起做了，他专门在后方负责处理投诉的问题，小日子可就太美了。

贺决云没心情听他胡侃，在他喋喋不休地发表自己的长篇感慨时，无情挂断了电话。

穹苍见他表情诡异，出于同伴的情谊问了一句："怎么？"

贺决云简单说了一遍，切换到社交软件上查看网上风评。

果然，有人直接将大厅里的画面拍了下来，传到网上。虽然只有后半截，画面也不是很清晰，但背景声音十分洪亮。

结果可能要叫田夫人失望了，事情的后续走向跟她预测的完全不一样。在她开始朝着前台招待发难的时候，边上的玩家跟路人忍不住站出来制止，替招待说话。

处理投诉这种事情本来就不是前台招待能做的，三天那么大的公司也不可能只听一个用户的投诉就开除宝贵的员工，项目是否立项更是要经过多道程序的考核，为什么要为难一个前台招待？

众人说她不如把监控录像拿出来，大家一起分析一下，究竟是不是三天的工作人员态度不佳，侵犯别人隐私。

多方人员吵闹起来，现场变得混乱，保安及时赶到，担心出事，将田夫人请进了里面的会议室，视频也到此结束。

三天的口碑历来很好，加上《凶案解析》自面世起，一直在执行严格的规定。对人物建模、地名、人名、公司全部进行了模糊处理，发布的案件和对人物的塑造也基本不带偏见。

它历来的良好信誉在这种时候发挥了作用，网上的风向几乎是一面倒，看客都保持了冷静。

"不会吧，不会吧！这个年代还有人以为可以用这样的理由来倒逼三天？你前面好多位失败的前辈呢，何必浪费那点钱？不如心平气和地跟三天谈一谈。"

"三天要是真有这个心，我也不用那么劳心劳力了。[叹气]"

"说实话，绝对的技术面前，要什么噱头？"

"这位女士可能不大了解这个工作室吧，他们就是喜欢把鸡毛蒜皮的细节都查清楚，以免出现错误，但未必会放出来的。"

"这位女士的丈夫如果真的是单纯的意外去世，还已经死了十几年，那可能只是完善剧情的一个 NPC[1] 而已，他的话会作为证据在对话中出现，根本不会有人认出他是谁。不用那么紧张的。"

穹苍随意刷了一遍网上的信息，不知道该做何评价，只是觉得有些好笑。

"但凡能联系上对方要个指示，她也不至于使出这么蠢的招。"

贺决云也觉得如此。

还不知道副本制作的进度，就匆匆跑过来叫停。这种焦躁急切的态度，恰好暴露了她内心真实的想法。

她害怕三天深究，她害怕有人知道当年的真相。

贺决云沉声道："会不会两个人已经断开联系很久了？就像'丁希华'那位神秘的心灵导师一样，在达成自己的目的，或者有了新的目标之后，

---

[1] 指游戏中的非玩家角色。

就慢慢和她疏离，并且消失。"

方起在一旁悠闲地摸鱼。

"嗯……"穹苍含糊道，"谁知道呢？"

贺决云默默整理着线索，无奈地发现，就目前的信息来看，他们有的只是猜测，且是跳跃性比较大的猜测，根本不好意思放出去跟人讲。

这时，他握着的手机又响了起来。

贺决云手腕一转，看清屏幕，发现是何川舟回拨过来了，直接开了免提。

何川舟第一句话就是："你怎么搞出麻烦来了，服务行业要小心投诉。"

贺决云心说，这锅就确定由他背了吗？你们这群人是不是太冷酷了？

何川舟又快速转了话题，用一贯的冰冷声调说："档案这边还在交涉，但是我找到了当年负责田兆华性侵案件的警察，你们可以先见一见他。"随即她报了一个号码。

"人不在 A 市，他最近出差了，你们直接视频联系吧。"何川舟低沉地笑了一声，说，"还挺有意思的，这个案子。穹苍当初的感觉果然没错。"

贺决云："……"所以夸奖就是穹苍的了吗？

穹苍坐直身体，凑过去谦虚地说了句："哪里哪里。"

何川舟亲和得不像是正常状态。"有下一步进展了再通知你们。你们也小心一点。"

穹苍说："辛苦了。"

两人客客气气地挂了电话，贺决云捏着手机，心里头还在回味。

穹苍把号码又报了一遍，作为提醒。

贺决云低头按动数字，声明道："我记得住，谢谢你。"

穹苍不要脸道："不客气。"

贺决云瞥她一眼，把桌上的电脑转过来，直接连接了屏幕。

视频很快接通，电脑上亮起一个人像。

屏幕里的男人穿着一件白色的衬衫，袖口卷到手肘处，坐在一张桌子后面，朝屏幕点了点头："嗯，你们好。"

这一幕很有打报告时的风格了。

穹苍笑了下，道："你好。"

"你们是想问田兆华的性侵案是吧？"警察两手交握，摆在桌面上，一脸严肃，像在念稿，"这个案子其实当时负责的队员都很有印象，因为涉案的几个人表现有点奇怪，而案件发展到最后，并不算有个明确的结果，田兆华先行遇难了。对于没有侦破的案件，我们的印象总是特别深刻。"

"哦？"穹苍很戏腔地问了一句，"是哪里奇怪？"

对面的人被她的语调给逗笑了，表情没绷住。

"我第一次上三天这么大的平台。"警察叔叔伸手抚了下额头，流露出一点腼腆，"实不相瞒，我以前没做过宣传相关的工作，因为我不大习惯出现在镜头前。"

贺决云笑道："放心，整理完台词后，我们会先跟你们核实一遍的。有什么无心之言，我们不会放进去。"

警察叔叔吐出一口气："那就太好了。"

他神态放松了一点，拉近与桌面的距离，说："其实，当时这起案件并不是梅诗咏本人报的警。"

几人的猜测得以证实，还能保持平静。

警察继续道："我们先去询问了梅诗咏，当时韩笑，也就是田兆华的妻子，一直陪在她身边。两个人虽然不怎么对话，但看关系应该是挺熟的，也是韩笑劝医生帮人报的警。这种关系就让我们觉得挺惊讶。梅诗咏见到我们之后，没有反驳这个指控，因为有亲子鉴定报告在，我们随即传唤了田兆华去局里配合调查。这么严重的指控，对吧？结果两个人都不是非常配合，甚至不想解释。"

说起案件，警察的语言表达明显流畅了很多。

"在审理过程中，梅诗咏全程表现得很冷漠，神情麻木，无动于衷。给出的证词有相悖的地方，完全不像是一个性侵受害者。她没有遭遇伤害后的应激反应，在提起田兆华时，也没有明显的憎恶情绪。这就不大符合性侵受害者的身份。随后，经过我们的走访调查，我们发现，她跟田兆华之间有着类似爱慕感激的关系存在，起码表面上是这个样子。于是我们又有了另外一个猜测。只不过，韩笑在里面究竟扮演着什么样的角色，这个我们想不通。"

田夫人身上确实有很多的矛盾点。

"所以，我们根据梅诗咏的怀孕时间，往前倒推，调查了市内酒店的开房记录，成功找到了一家符合时间条件的酒店。当天晚上登记入住的人，就是田兆华跟梅诗咏。"

屏幕中的人说到这里吸了口气，穹苍觉得他在酝酿大招。

"由于时间太长，酒店门口的监控已经被覆盖了，但是当时前台值班的工作人员对两人还有印象。因为两人抵达酒店时，其中一人几乎没有意识，是被架进去的，状态跟普通醉酒也不大一样，值班的前台人员还以为他已经死了，吓了一跳。"

他说着顿了一下，穹苍脑海中突然闪过一道紫色的电光，问道："田兆华？"

警察点头："对。昏迷的人是田兆华。"

三人俱是大惊。

警察沉稳道："按照酒店前台人员的证词，以田兆华的身体情况，根本没有能力实施强奸犯罪，或者说没有任何的性行为能力。可是除了这一次，一年之内没有其他的开房记录。这是两人唯一一次同时出现。"

众人的表情已是越来越觉得不对劲。

警察保持着原先的语速，连眉毛的弧度都没有发生变化："我们又调查了当天二人的消费记录，发现那天晚上他们在一家小餐馆里吃了顿消夜，然后打车去酒店。在餐厅里，田兆华点了两瓶啤酒。只有两瓶啤酒，根本不足以让人陷入深度昏迷。因此我们有理由认为，是梅诗咏有计划地迷晕了田兆华，并且窃取了他的精子。"

三人的"狗眼"已不能睁得更大。与此相比，警察的从容让他显得格外像高人。但穹苍相信，他曾经也跟自己一样没有见识。

天真青年贺决云灵魂发问："不是！为什么啊？"

警察用一副过来人的语气道："因为爱情。"

众人被这突然的感慨给震到了。

警察不愧是真正见惯了世面的人，对三人的表现习以为常，毫不影响自己的节奏："以下是我们根据三个人的证词推断出来的。田兆华跟韩笑的夫妻感情并不好，两人是父母介绍相亲认识的。韩笑从来不去医院探班，而田兆华的工作又很忙。梅诗咏爱慕田兆华，她认为两个没有感情基础的人应该离婚，但田兆华是一个很保守的人，即便是因为女儿，他也希望可以维持住他的家庭。这让梅诗咏很失望。"

贺决云脑海里不断回响着一个语音：像做梦一样。

"梅诗咏经常找理由去探望田兆华，但田兆华对她的表现并不热烈，只拿她当一个普通的妹妹看待。田兆华性格温和，长得又帅，很有成年人的魅力。梅诗咏不仅没有因为他的推拒而放弃，反而因为他的品行而变得更加沉迷。最后脑子一热，就想你田兆华不是喜欢孩子吗？那我也给你生一个。"

三人表情苦涩，带着无法言喻的沧桑。

警察越说越有状态，脸上还多了一分神采，右手在半空小幅挥动，做着手势："梅诗咏的计划很荒谬，但是真的给她弄成功了。她怀孕之后，先去找的韩笑，跟韩笑说田兆华出轨了，两个人之间是真爱，希望韩笑可以跟田兆华离婚，为她肚子里的孩子让出一个位置。韩笑就让她等四个月，拿到了羊水穿刺的鉴定报告之后再做决定。在此期间，韩笑跟梅诗咏一直有联系。"

"情敌之间还有联系？"穹苍瞪目结舌道，"韩笑没撕了梅诗咏？田兆华不知道？"

警察带着点佩服道："她沉得住气啊，她没有！她甚至连田兆华都不告诉，稳着没露端倪。梅诗咏也不好意思跑到田兆华面前闹，田兆华还是被我们请到警局之后才知道梅诗咏怀孕了的。"

三人犹如在听天书一样，脸上俱是对社会的迷茫。

警察看着他们笑了下，又皱起眉头，接着讲下去："韩笑在报警之前可能已经想好了整套计谋。梅诗咏这个人啊，也有点单纯。她被韩笑平时各种隐晦的观点表述给洗脑了，以为只要自己不给出决定性的证据，就不会使田兆华定罪。她希望能借着这个机会让两人顺势离婚，于是一直憋着不说，只让我们先把人放了。后来我们也确实把人放了，谁想到田兆华居然就出车祸了。梅诗咏受的打击很大，很快离开了 A 市，我们也没机会做下一步的核实。"

众人皆有点感慨，不知道该如何评论。

两个女人演了一台大戏，无辜的田兆华成了牺牲者。

方起用力眨了下眼睛，从震惊之中回神，唏嘘道："韩笑这女人手段挺狠的啊。这么沉得住气？不像她啊？"

"哪里不像？"对面的警察趴近了一点，探究地道，"其实韩笑给我的感觉是三人里最奇怪的，好像她什么都知道，但是她什么都不说。她一直保持着沉默、冷静、疏离，像一个……"

屏幕中的人一时找不出措辞，穹苍接了一句："像一个置身事外的观众。"

"对！像一个看闹剧的观众！"警察抬手，摸着自己的后脖颈，迟疑道，"我到现在也不是很能理解她究竟是个什么态度。想得黑暗一点吧，感觉逻辑不合理。忽视她吧，又好像有什么地方怪怪的。你们接触到她了吗？"

三人坐姿各异，敛目沉思，一时没有马上回答。

按照穹苍等人的推测，他们依旧倾向于当时的韩笑是受人指点，否则她不会出现那么大的性格差异，连事件处理能力都出现了大幅倒退。

你说她如果不憎恨田兆华，就没有必要对田兆华进行那么严重的报复。

可如果她真的还想挽留，还留有那么一点情意，又不应该是这样"豁达"的态度。

她究竟是不是戏中人？她到底爱不爱田兆华？她为田兆华设计的局面是出于报复，还是出于什么别的原因？

对一个个耸立的矛盾，穹苍脑海中跳出的最合理的解释是：韩笑原以为自己是整场戏的导演兼编剧，以高傲的姿态旁观这场可笑的悲剧，然而其实她也不过是一个被安排好的剧情推动人。

当她失去了自己的剧本，只能恢复属于自己的急躁与愚蠢。可当她理智中被鼓动的热意全然退去，她又开始害怕别人发现自己的秘密，于是变得像个跳梁小丑一样横冲直撞。

这一幕是多么熟悉！一个被抛弃的实验品。

还有梅诗咏。这位"低调"的参与者终于变得关键起来了。

梅诗咏是范淮案件的证人之一，也是第二位被范安杀死的证人，说明她跟幕后人或许也有一定的联系。

一个普通的平时还带有一点腼腆的女士，很难想象得到她会在没有旁人怂恿的情况下，突然做出窃取精子、小三逼宫的事，甚至彻底抛却了自己的羞耻心。

她以爱为信仰，正义化自己的卑劣行为，其实她的爱意扭曲又自私，遵循着最不可为人言的欲望而滋生，像是从一片黑泥里生长出来的植物。

梅诗咏会不会是第二个用来训练猎物的工具？

穹苍唇角紧绷，用舌头舔了舔紧咬的牙齿，环胸抱着双手，指尖用力在手臂上掐出了几道红痕，如同她胸腔里开始沸腾的复杂情绪。

那个幕后人明显对各界天才更感兴趣。只有从那些人身上获得控制的快感，才能达到精神的满足。

梅诗咏和韩笑都只是意志力薄弱的普通女性。而田兆华，年纪轻轻就能在 D 大附属医院这样的大型医院评职副高，外科手术技巧首屈一指，医学天赋远超常人，绝对可以说是同行中的天才。

此外，他性格平和，气质温柔，被众人交口称赞，不仅是行业翘楚，甚至可以说是当代完美男性。

田兆华才是幕后人真正的目标。

他最后死了，以半自杀的方式结束了自己的生命。他成了对方实验成功的一个样本，带着不清白的罪名沉没在未完结的档案之中。

穹苍感觉从脚底蹿上一股寒意，叫她浑身发麻，还阵阵恶心，随后便是出奇的愤怒熊熊燃烧起来，点燃她的每一根神经。

她怎么也无法认同，更无法原谅，只是因为如此低级的趣味就去考验所谓的人性，毁灭他人的人生。尤其是田兆华这种踏实在社会中生存，满怀着信仰努力工作的人。

"穹苍……穹苍！"

穹苍被贺决云用力一撞，从恍惚中惊醒，卸下手中的力。她偏过头看着贺决云关切的眼神，点了点头道："不好意思，分神了。"

方起惊道："你听八——这么精神的话题都能分神？"

穹苍"嗯"了一声，没什么精神，放松自己的身体，朝后挪动，靠在沙发背上，说："我猜，韩笑应该用抚养权威胁过田兆华。韩笑跟田兆华之间已经没有多少感情维系，或许已经准备好要跟他离婚。她有稳定的工作，且比田兆华顾家，法院更大可能会把孩子判给母亲。但田兆华也是个很珍惜孩子的人，在这一点上，他不得不屈从韩笑。"

贺决云盯着穹苍看了许久，确认她没问题，才移开视线，说道："所以，田兆华压力很大，而韩笑又联合了柳忧一起向他施压，想让他身败名裂。韩笑和梅诗咏的接连背叛让他大感失望……"

方起摸着下巴道："也许，田兆华是想跟他们表示，'不要再逼我了。我已经走投无路了'。"

穹苍低沉应了一声，表示赞同。

警察手边的闹铃响起来。他快速按下停止，说道："不好意思，我后面还有工作安排，你们还有什么不清楚的地方吗？"

"没有了。"贺决云敬了个礼，"谢谢您的帮助。"

警察跟着敬礼，笑道："为人民服务。"

第 六 章

漏 洞

"送的花或诗，有落款吗？"

电话挂断之后，贺决云开始收拾桌上的电脑，无人说话，空气逐渐安静起来。

方起见穹苍气场阴沉，急着开溜，甩起衣服道："我也有工作，我先走了。"

他机智地跑路，贺决云又一次拥有了二人世界，气氛骤然欢快起来。

贺决云停下手里的动作，问道："你刚才在想什么？脸都黑了。"

"我在想一件很没有意思的事情。"穹苍将头靠在沙发背上，仰着头，低声道，"田兆华被人盯上了，韩笑跟梅诗咏都不过是逼他走上歧途的工具而已……明明是那么聪明的人，但他可能永远都猜不到自己的悲剧是如何造成的，毕竟他没有办法防备身边的每一个人……原来想让一个人走入堕落的渊薮，真是一件很简单的事情。"

贺决云一时语塞。

穹苍慢吞吞地下了个结论："说明社交是一件高风险的事情。根本就没有可爱又迷人的反派角色，倒是有可能碰上变态痴恋的偷精狂魔。"

贺决云被她一本正经的叙述给噎住了，差点被自己的口水呛住。他意味深长道："怎么？不想交朋友了？要自闭吗？"

穹苍瞥他一眼，说："你这是两个概念，高风险的事情有时候也值得挑战，毕竟人类是群居动物。"

贺决云摸摸眉毛，装作随意地问道："那你要找什么标准的朋友啊？"

他脸上的表情几乎都要写出字来了，穹苍再没有良心也很难忽视。

她不是很能明白贺决云的心情，毕竟两个人都一起住了这么长时间了，贺决云居然还在纠结朋友的问题。

不过友谊的确是需要一点商业吹捧来维护的，于是穹苍用自己的方式抬高了他一句："比你的标准低一点，我也是可以接受的。"

贺决云已经做好了她奚落自己的准备，下意识地要回呛一声，嘴巴刚张到一半，突然意识到，穹苍刚才这话……似乎是在夸他？

高风险的标准，还比自己要低一点。说明他比朋友要更重要一点是不是？

贺决云将嘴闭上，心里头开始美得冒泡。他决定借着这股喜悦的余韵，先将自己被投诉的烂摊子处理一下。打开电脑查看文本的时候，他再次一个激灵反应过来。

他为什么要那么高兴？他是谁？

他是一位尊贵的，闪耀着金钱的滤镜，努力奋进又长相英俊，从出生起就成为氪金 [1] 大佬的外挂级 [2] 玩家。什么时候他的追求变成了和穹苍交朋友？

他有病？贺决云愣住了。

让一个人步入堕落的渊薮，还真是一件很简单的事。

穹苍看着他阴晴不定的表情，低下头移开视线。

善变的男人，哄都哄不好。

贺决云心思浮躁地给对自己的投诉写了个简短的评价，又找那边的主管了解了韩笑跟他们的交涉结果。

韩笑的要求简单直白，可惜三天的态度礼貌坚定。她吵闹、威胁、卖惨，各种手段都试过了，仍旧得不到自己想要的答复，发现连网友也不站

---

[1] 游戏用语，指在网络游戏中的充值行为。

[2] 游戏用语，一般指通过修改数据从而提高游戏角色的技能和超越常规能力的作弊程序。

在她这边，终于无奈地放弃，现在人已经离开。

贺决云关掉聊天界面，说："我们还要去找韩笑问询吗？我不认为她会配合我们。"

韩笑并不是直接凶手。杀人诛心这样的罪行根本找不到证据。可是如果就这样算了，贺决云又替田兆华觉得太不甘心。

穹苍站在窗户前面，注视着后院宽阔草地上来来往往活动的人群，半晌后说了一句："找田芮。她比较年轻，从她的身上应该能问出一些关于韩笑的事。"

贺决云怀疑道："那个时候她还太小了吧？"

穹苍的声音淡淡地夹在空气里："小孩子其实是很敏感的，尤其是在父亲刚死的时候。那段时间她肯定会特别关注自己的母亲，想要从母亲的身上获得自己缺失的那半份爱。而且那时候她已经不小了，应该能有印象。如果她像雷锋一样有写日记的好习惯，那就更好了。"

贺决云摸出手机，接连打了两个电话，都没接通。

穹苍听着系统音忙碌又停止，说："应该是被韩笑关起来了。"当时韩笑明显很生气，不希望田芮多过问。

贺决云说："找机会再喊她出来。"

穹苍悠悠跟了一句："倒也不用。"

贺决云赶紧申明道："再去一次她家，我的投诉文件真的要递到我老……老板的头上了！这个不行！"

穹苍抬手遥遥指了一下："那个不就是田芮吗？"

贺决云走过去，将脑袋贴在窗户前，顺着方向一望。居然还真是田芮，她正蹦蹦跳跳地朝这边赶来。

没多久，那个风风火火的女生冲进了病房。

"好惨，我妈把我手机没收了，还想把我关在房间里！呵，哪儿有那么简单？"

田芮跑得满头大汗。她将身上挂着的包解下来，迫不及待地问道："你们早上去我家，乱七八糟的到底在说些什么？"

今早方起别有深意地说了一顿，在田芮心里留下了刺，怎么都忽视不掉。韩笑的过激反应也让她察觉到了异常，所以一找到机会，她就跑出来见贺决云。

穹苍转过身，静静看着她。贺决云的语言系统也出现了长久的空白，不知道该如何告诉这个女生她家庭的不正常。

田芮带着茫然，眼神在二人之间巡睃一遍，大声道："你们干吗不说话啊！"

穹苍给她拿了一瓶水。

田芮无意识地伸手接过，急道："不是！你们到底什么意思？你们查没查出我爸的死因？很清楚的，我爸真是一个好人！"

贺决云含糊道："这个不否认。"

"那你们快去澄清啊！我爸死得太冤枉了！"田芮激动地捏紧了手里的水，见二人的反应，眯着眼睛问道，"警察当时为什么不公布细节？你们是不是不敢说？"

穹苍侧过脸，无奈道："哪儿来那么多阴谋论？"

贺决云打商量地看向穹苍，岂料穹苍速度比他更快一步，披上外套就说："伤员出去放个风，你们两位慢聊。"

她用跟方起同款的脚下生烟式跑路法火速撤退，关门前给贺决云留下个鼓励的眼神。

贺决云："……"

这就是你对待标准线以上挚友的方式吗？

穹苍穿着病服，在楼下的小花园里走了一圈。她只是漫无目的地闲逛，结果没走多久，天上就飘起了细雨。

穹苍估算着时间，觉得这个时候病房里两人应该正进行到歇斯底里的面对现实环节，到后面的接受，还需要一段时间的酝酿，决定不去打扰他们，给他们一点发泄情绪的空间。

于是穹苍淋着小雨去医院门口的小卖部里买雨伞。

她撑开一把黑色印花的雨伞，用脖子和肩膀夹住伞柄，站在门口，拿毛巾有一搭没一搭地擦着自己的头发。

雨水刚落时并不猛烈，只有一颗颗细碎的白色水珠停在她的头上，将她头发打得绵软。就在她进入这家小卖部之后，雨势迅速加大，以倾斜的角度穿过屋檐打在她的身上。

穹苍看着路上飞奔而过的人影，低头扫了眼自己的裤腿。棉质裤管上已经沾了不少灰色的泥渍，看起来脏兮兮的……

"穹——苍！"

穹苍被那声空气中颤动的嘶吼吓了一跳，抬起头，猝不及防地对上一双惊惶未定的眼睛。

贺决云穿着那身昂贵的西装，湿淋淋地停在不远处，见她站在那里，抬手用力抹了把脸。

他是真的……贺决云咬牙切齿，说不清是因为寒冷还是恼怒，腿部肌肉在微微颤抖。

他是真的以为穹苍又惹上疯子有危险了，只一个不留神小花园里就没了她的踪影。

一路跑过来的时候，他的人脑里全是黑白闪烁的画面，不敢深想，只后悔自己不应该放穹苍一个人出来。未能平息的心跳让他血管膨胀，此刻还在顶着皮肤狰狞外突。

穹苍后知后觉地摸向自己的口袋，才发现从刚才起手机的振动声被雨声覆盖，导致她没听见贺决云打的电话。

"啊……"穹苍无辜道，"不好意思。"

贺决云喝道："你干什么！下雨了不知道回去吗！"

穹苍愣了下，握住手里的雨伞，低低说了声："对不起。"

贺决云第一次见她露出这种无措的神情，慢慢冷静下来。他走过来，就听穹苍又小心地补充了一句："真的没注意……没下次了。"

反省还是很到位的。贺决云一股怒火全给憋了回去，拿她没有办法。

他深深地吸了口气，才凝重地说了一句："韩笑出车祸了。"

市中心，雨已经下大，不断冲刷着路面。淡淡的血色从车厢里流淌出来，漫延到马路中心，又被灰黑色的泥水掩盖。

路边的防护栏被撞毁了一块，边上的围墙被撞破一个大洞，卡在洞口的车头深深凹陷，地上散布着飞裂出去的碎片。

何川舟亲自到了现场勘查。

她打着雨伞，一动不动地站在马路侧面，等着交警分析取证，直到穹苍出现，才转过了脸，朝穹苍点了点头。

何川舟冰冷的声音在雨天里变得更为清冽而没有温度："人送医院了，救出来的时候还活着，但是伤得很重。"

穹苍身形单薄，唇色苍白。"肇事司机呢？"

"没有肇事司机。"何川舟严肃地说，"她超速闯红灯，为了躲避对面的车辆，自己撞上去的。"

穹苍又扫了现场一眼，问道："她出事前有没有联系过什么人？"

何川舟说："没有，只有她公司的人事给她打了一通电话。他们看见网上的视频了，来问韩笑怎么回事。电话还没挂断，人就撞上去了。"

宽大的病号服罩在穹苍身上，让她身上布满病态。她声音发飘："怎么会这样……"

穹苍等人赶到医院的时候，韩笑正在手术室里抢救。

田芮颓然坐在门口，两腿不住地发抖，双手焦躁地在裤子上擦拭汗渍，嘴里还在喃喃自语。她听着一阵节奏不一的脚步声靠近，抬起了头，待看清是几人之后，空洞的眼睛睁大了，摇晃着朝几人扑过来。

"为什么！怎么会这样？我妈是怎么了！"

田芮半路趔趄了一下，跪倒在地上，无力起身。

穹苍弯腰去扶她，她挥舞着手臂，跟抓住救命的浮木似的，狠狠将穹苍抓住，也不看自己面前的人是谁。

"如果我不找你们调查就好了，谁能把我妈还给我？一定是你们弄错了，不可能的……"

田芮喘息着，伴随着尖细的哭声朝他们诉说，泪水决堤般向下流淌，糊满了她的脸庞。

"啊……为什么？都是我的错，她是不是对我太失望了才会自杀的？我怎么可以这样……"低声沙哑的嘶吼，从她喉咙里艰难挤出。

穹苍蹲下身，任由她伏在自己的肩头宣泄。一手按在她的背上，给予她一些并无大用的安慰。

至于语言，人类庞大又贫瘠的词汇库里，似乎还没有某个能有效宽慰悲伤的词语，最多也只是道一句"节哀"。

哀恸幽怨的哭声穿过狭长的走道，夹杂在沉闷的空气里。颤抖的声音犹如一把粗糙的木锯，在几人心口来回切割，留下一地难以收拾的碎屑。

走道尽头的小阳台。

穹苍跟何川舟并排立在光影之中，看着斜风细雨从面前扫过，满天浓重的乌云遮蔽住正午的阳光。她们站了许久，视线落在邈邈的淡山之上，谁也没有说话。

雨水带来的沁凉穿透外套，刺进皮肤。穹苍动了下，将冰凉的手揣进兜里，轻声问道："你说，是真的有人能够如此精准地控制自己的目标选择自杀，还是韩笑只是因为压力过大而出现了意外？"

何川舟沉声说："不知道。"

"如果只是意外……"穹苍冷冷地笑了下，不无讽刺地说，"那可真是命运的巧合。"

韩笑逼迫田兆华出了车祸，多年之后，她又间接性地因为田兆华而遭遇车祸受重伤。

如果这是一本小说，那她可谓完美遵循了因果报应的戏剧性呼应，完成剧情后可以安心退场了。

可是真的有那么多巧合吗？穹苍的直觉仍旧告诉她不对。

"她的车……"

何川舟会意地接过话题："会进行仔细检查，看看是否有过人为的破坏。对韩笑也会进行毒理检测，确认她在出发前是否服用了什么药物，影响她的判断。"

穹苍侧过身，正对向何川舟。她脸部紧绷的肌肉线条让她原本就冷傲的气质变得更加冷厉。她再次求证道："韩笑的手机上，真的只有一条通话记录？"

何川舟平静道："我们用她的指纹进行解锁，离开三天后她只接过一通来自公司的电话。跟运营商确认过，没有错误。"

"对方说了什么？"穹苍较劲道，"每一句话，每一个字，真的没有问题吗？"

"因为韩笑去三天大闹，视频被人放到网上，已经有了一定热度。公司怕这件事情影响不好，届时损坏企业形象，给了她一些警告。"何川舟很有耐心，对每个问题都详尽地回答她，"电话有录音，我听过了。那位员工语气有些严肃，但并没有说什么奇怪的话。他说公司内部已经都知道了这件事，上级领导让她尽快离开三天，且不要在公开平台发布与三天有关的内容。如果被网友发现具体身份，就做好及时道歉的准备。韩笑没有回应，紧跟着电话里传来几声巨响，车祸发生。从电话里两人的语气来听，在出车祸前的那段时间里，韩笑的精神状态不是很正常。"

穹苍低声道："那之前呢？"

"之前她只发过几条请假的短信。"何川舟遗憾地说，"目前我们还没有发现可疑的地方。"

穹苍吐出一口浊气，感觉线索在眼前生生断裂。

何川舟在她肩膀上拍了两下，准备走开，刚迈出一步，穹苍清脆的声音再次响起。

"我认为可以去韩笑的家里进行搜查。她的心理素质不强，说不定会遗留什么信息。"

她不知道那个人有多大的恶意，有多高明的洗脑手段，越是将无关的人牵扯进来，越是容易留下线索。纵使他可以保证自己不犯错误，却无法保证别人也是如此。

人心是不可能被尽数算计的。

"就以调查韩笑自杀原因为理由，请求田芮的理解跟配合。"

何川舟回身看她。

这个理由，不是不行。可是如今韩笑出了车祸，生死未卜，疑似自杀，原因跟《凶案解析》侵犯民众隐私有关。这个项目一直是跟公安厅合作的，与之相关的公职人员难免会受到一定的舆论波及。这种时候去申请搜查令，如果田芮强烈表示抗拒，上级领导可能会因为担心社会影响而放缓调查步调。

何川舟也是希望可以多体谅一点领导，毕竟领导要是被气走了，这锅就没人背了。平时老先生少喝两杯枸杞，她都会觉得心惊胆战，生怕老领导的养生技术支撑不起他手下人的折腾。

穹苍移动着视线，投向昏暗走道那头的病房。手术室的灯还亮着，一行人沉默地坐在门口等候。

何川舟其实很不喜欢面对家属这项工作，然而这种事从来都无法回避。她想起田芮那张模糊的脸，疲惫地说："先等手术做完吧，我去和她交涉。我已经让人守在韩笑家附近了，如果有可疑人员出入，我们会有察觉。"

穹苍沉默了下，说："我去和她说。"

何川舟惊讶，片刻后点了点头，道："行。"她还有别的事情，将任务交给穹苍后，去找自己手下的警员做安排，待会儿还要赶赴下一个地点。

不远处，贺决云仔细盯着自己的手机屏幕，等她们二人结束交谈，才朝穹苍慢慢走过来。

穹苍看见他刚才拍照了，问道："怎么了？"

贺决云笑了下，转过屏幕，递给她看："很像两位代表在做外交会谈。"

穹苍接过扫了一眼。

狭小的窗台，昏暗的背景，两人面对面地交谈，脸上表情皆是严肃，带着一丝不苟的探究。

穹苍："……"还真有点像。

贺决云握着拳递到她面前采访道："敲定什么项目了吗？"

穹苍低头看了一眼，将他手上虚无的话筒稍稍推远，问道："三天不担心自己在网上的形象吗？"

贺决云耸了下肩，让自己能看起来轻松自然一点。"没关系。交涉过程都用摄像头记录下来了，将不剪辑的视频和文字版对话发出去就行。三天的客服和公关都很厉害，我相信他们不会在处理过程中犯下能让人拿捏的错误。"

韩笑刚出事的时候，网友们的确被吓到了。

你说他们网络暴力吧，他们真诚地反思了一下，认为自己的用词并没有很过分，毕竟当时还不知道具体的情况，所以表现得一点都不激情。

可是好端端的一个人就这么快没了，他们多少又觉得难以接受。

"为什么自杀啊？三天到底是侵犯了什么隐私才把她逼到这种地步？"

"三天能不能出来给个详细的说明？人都死了，要个解释不过分吧。"

"是不是在交涉过程中三天公关说了什么重话？说真的，我感觉那位女士的情绪很不冷静，也许一句无心之言就能让她炸毛。如果真要是这样，根本没法说清。"

"人没死啊，不是还在抢救？你们怎么直接就给她四舍五入了？倒是相信医生啊！"

"为什么不能是单纯的意外？情绪激动的情况下出意外的概率本来就很高。"

《凶案解析》的争议和讨论量一向很大，在风波还没朝着负面方向扩散之时，三天直接公开了会议室里录制的视频。

三天态度非常坦荡，表示管理层已经对谈话进行了复盘，分析后一致认为事故应该不是由这场对话引起的，希望大家可以耐心等待警方通报。

在视频中，三天工作人员只反复重申两件事。

"这一段剧情，是我们在制作范淮系列案件的过程中作为材料用来补充的。我想您应该知道，被报复杀害的五位证人里，其中的一位女性曾经和您的丈夫有着密切的联系，所以我们才会去调查您丈夫的死因。我们所做的一切都是严格按照规则进行的。如果在过程当中对您造成了冒犯，我们实在感到抱歉。三天可以赔偿您的损失。"

"这里是我们的证件，您可以检查我们的合法性。我们可以向您保证，三天在制作副本时会对非嫌犯的人物外貌、姓名等隐私进行大幅度处理，删除与案件无关的全部信息。但是为了保证剧情的准确性，我们无法答应您取消制作的要求。因为除却您丈夫的隐私权之外，还有其他正在忍受着大众误解的人，他们更需要一个公开的平台来为他们讲述事实。而公众也有一定的知情权。"

负责安抚的工作人员态度温和，全程彬彬有礼，哪怕是面对韩笑的无理取闹和威逼利诱，也没有流露出任何失态的表情。

相比起来，韩笑的状态从最初的暴怒，到要离开时已经冷静下来很多。你要非说她是受到三天的刺激而选择自杀，那完全是无稽之谈。

"我可太心疼三天的员工了！"
"这三天的工作人员一个个都有着弥勒佛的觉悟啊，快要超脱升仙了吧。"

"懂了，投诉抗议被请去会议室，有免费的高级餐点和饮品。[学到了]"

"所以是在做范淮相关副本的时候涉及的某个小人物？不是都解释清楚了吗？这位女士需要那么紧张？"

"我感觉她有秘密。[小小声]"

"又是范淮案？从官方和三天的关注程度来看，多半是起冤案了。五个证人一起做伪证，实在是太毒了。"

穹苍快速刷了遍评论，关掉软件说："把评论关了吧，降一降网上的热度，别被田芮看见了。"

贺决云点头。

那么多年执着于父亲死亡的真相，有朝一日终于得以解惑，却发现跟自己的母亲有关。还没来得及接受这个变故，疼爱自己的母亲又遭遇车祸。如果随便一上网，又发现网友在嘲讽自己的母亲，以田芮这个小姑娘的精神承受能力，恐怕是接受不了。

贺决云见穹苍脸色苍白，身上还穿着被打湿过的病号服，担心她薄弱的免疫力经受不住感冒的侵袭，问道："你先回去休息一下，换身衣服？"

穹苍说："不用了，我暂时留在这里。"

贺决云皱眉，摸了下她的袖口，发现她全身上下的衣服都透着一股冷气，状态可比田芮要糟糕多了。"那我去给你带一身。"

穹苍说："谢谢。"

贺决云将她一推："等着。进里面待着去，别在路口吹风。"

贺决云刚小跑着出医院，就接到了宋纾的电话。那一惊一乍的小子，刚开口就没让他失望，大声叫道："柳忱！"

贺决云将手机放远了点，问道："柳忱又怎么了？"

宋纾头疼道："柳忱出来接受采访！不是一帮记者守在公司外面等声明吗？他直接冲进去发言了。好几家媒体还是直播的呢。"

贺决云额头上的青筋突突直跳。"你拦啊！"

"我们拦了啊！"宋纾说，"他带着媒体一起跑了啊！"

柳忱那人可不是个简单人物。说话颠倒黑白，行事两面做派。从医闹的做法来看，那也是个为了利益可以不择手段的人。

之前贺决云跟穹苍去采访他的时候，还差点着了他的道，现在一听这人要出来兴风作浪，当下想打人的心都有了。

贺决云对着宋纾严肃吩咐道："你们先帮忙盯一下网上风向，把造谣的内容尽可能删除。如果柳忱的发言有大量不实描述，直接报网警处理。"

宋纾想着又要加班，叹了口气，深情呼唤道："那好吧。老大我等你啊，你快点回来！"

贺决云挂掉电话，走到自己的停车位前，准备马上赶去三天总部坐镇。可是在他拉上车门的时候，脑海里突然闪过一个想法，又让他觉得不大合适。

柳忱都带着记者跑了，他赶过去似乎也没用啊。三天又没有跨地执法的本事，他们还能堵着柳忱的嘴不成？

英雄无用武之地。

贺决云没有过多思考，调出通讯录联系了何川舟，将柳忱的事告诉她，让她提前做好应对防范的措施，关键时刻出来发个辟谣。

何川舟那边保持着沉默，没有答应，也没有拒绝。扬声器里若有若无的电流声仿佛与她快要过劳的脑电波达成了共振，将她的脑细胞集体震碎。

要说网上被黑得最多、最惨、最广的团队是哪个？那毫无疑问就是警方。

出事了是基层治安混乱，搜查了是网友热情敦促，破案了是大众群策群力。错信了谣言，就是"曾经有过""确实存在""现实如此""我一个朋友真的经历过"，诸如此类。

在舆论宣传上，公安一向不大擅长。

如果只是辟谣，那倒是简单的，公安的公信力还是有的，可以瞬间扭转风向。可真相是……案件中牵涉的几个人都不是那么清白。警方尚没有确切的证据，内里的事情又太过波折，该如何书写通告是一个很大的问题。

何川舟按着自己隐隐作痛的太阳穴，吐息道："行，我们这边会注意的，不过还是需要三天公关的协助。另外你们帮忙找个靠谱的心理医生，稳定一下田芮的情况吧。我怕那小姑娘无法调节，会想不开。她现在是很重要的证人。"

贺决云说："你放心，我们会有安排。"

何川舟说："嗯。"

贺决云顺利将棘手的事交托出去，大松了口气。他给宋纾发了条短信让他调派人手，同时把自己后面的工作根据紧要关系排了个序，最后决定还是先回自家医院给穹苍拿身干净的衣服。

他们的最强外援，再病一次可就没有了。

穹苍坐在田芮的身边，两手抱着前胸，将头靠在墙上闭眼休息。

此时距离韩笑进手术室已将近两个小时。这期间有几位医生从别的科室赶来，相继进入房间后没了消息。但是既然仍在竭力抢救，就说明还有生还的希望。

田芮起先在门口不停地打转，用脚尖自虐式地踢着地板，后来被留守的警察按到椅子上坐着，没坚持多久，又跑去角落蜷缩起来。

几人口袋里的手机时不时传来几声振动，在主页面弹出些稀奇古怪的新闻，他们扫了一眼，没心情看，放任不管，到后面就分不清究竟是谁的手机在响。

田芮也知道自己实在是太紧绷了，应该做点别的事情转移自己的注意力。她坐在地上，单手抱着自己的腿，摸出手机滑了一下。

屏保界面挂着一排新闻软件的消息通知，她用手指按住，轻轻往上推动。

几个标题写得猎奇又夸张，虽然没有指明，却能清楚地看出所指的是什么事情。

田芮瞳孔颤了下，立即从地上爬起来，捏着手机冲到穹苍面前。

穹苍略微偏过头，半合着眼，转动眼珠看向屏幕。

 # 知情人士爆料，女子阻碍三天调查，原因竟是这样。#

 # 性侵 + 医疗事故？医生碰瓷受害人却意外身亡！十几年后真相意外曝光！#

 # 丈夫出轨，女子选择这样做。你觉得怎么样？#

 # 三天再揭秘！又是一起尘封十多年的冤案？良知与利益如何博弈？#

…………

消息中间还穿插着她同学和辅导员发给她的聊天信息，几人言语委婉地询问她到底发生了什么，学校甚至还受到了几家媒体的采访，医院外早已乱成一锅粥。

"就这个？"

田芮不用点开查看，也可以想象出里面的内容有多不堪入目。

她本就脆弱的情绪离崩溃的边缘又近了一步，仿佛全世界的人都戏耍了她，她只能站在无人的世界背面。而这所有的一切，全是她自己一手促成的。

她连嘲笑自己愚蠢的力气都没有了，苍白的手指用力戳着屏幕，语速急促又无力地道："你们是不是也相信这个所谓知情人士的爆料，所以才认为是我妈害死了我爸？你们不是说我爸是无辜的吗，那警方为什么不发公告解释？很好玩吗？这种事情很好玩吗！"

田芮陡然间爆发出一声怒吼，紧跟着咆哮道："一次又一次，我爸已经死过一次了！死不瞑目！你们还觉得不够！要把他从地狱里拉出来鞭尸，再加上一个我妈！你们以为自己什么都不做就没事了吗？你们的纵容是一把刀！你们这些人全都是凶手！都是！"

她抡起手臂，猛地将手机朝地面砸去。

手机落地发出一声震耳欲聋的巨响，又飞出数米远。警员一个哆嗦，连忙冲上前将她按住，怕她做出什么自残的行为。

田芮用力挣扎，疯狂抗拒。

"冷静一点，田芮！"警员死命禁锢住她的手臂，叫道，"我们没有不管你好吗！我现在就守在这里！这里是医院，你这样大吵会影响到里面的医生！你妈还在里面做手术！"

田芮身形顿时僵住，软绵绵地卸下力去，像没有了支撑的植物一样，身心都在朝下垂落。

穹苍平静地看着她，看她从歇斯底里到颓然啜泣，发出一声若有若无的轻叹，起身去捡起那部丢掉的手机。

这部手机的质量还算不错，外面套的手机壳飞了，透明的压盖板也碎了，但是屏幕依旧能用。

穹苍拿着手机走回去，在警员惊骇目光的瞠视中，不容反抗地掰下田芮的手，对着她的脸拍了一下，解开屏幕锁。

警员纠结道："这……不大好吧？"他都不敢放开自己的手了。这两人可别当场打起来。

穹苍在手机上按动了一会儿，然后转过方向，捏住田芮的下巴，强制她看上面的内容。

屏幕中是一张蓝色背景的警方通告，通告中对各个问题都客观地解释了一遍：

警方重新调查了多年前的档案，经走访、勘查及复核之后确认，关于网友热议的田某医生性侵犯罪以及造成医疗事故的指控，皆系造谣。

根据警方搜集的人证及物证显示，未发现田某医生出轨的事实。

根据相关法律法规及医疗事故鉴定委员会评定，田某医生未造成医疗事故。

柳某在手术结束后，多次要求巨额赔款，在遭到院方拒绝之后，尾随并骚扰乃至殴打田某医生，曾被处以行政罚款。

车祸责任鉴定结果是，双方各自承担一半责任。柳某违规超速，且未及时制动。田某违规变道，未系安全带。目前无明确证据可以表明车祸是由田某医生主观引导造成。

望广大市民尊重死者，切勿传谣。

田芮视线来来回回地在图片上扫了几圈，哭声减缓，然后慢慢消去。

她吸了吸鼻子，两手小心地接过手机，放大图片，查看上面的文字。

她的视线被泪水弄得迷离，明明只是几排简单的文字，却让她内心的委屈再次如山洪一般崩塌下来，泪流不止。

她抬手用力抹了把脸，不知道自己为什么要哭得那么汹涌。

穹苍的声音虽然沙哑，却犹如浸着水的玉石，永远带着一股通透的凉意。

"人类是一种不理智的生物，经常会因为自己的悲观而浪费过多的情绪。"

田芮咬着唇，呜咽出声，不想继续在她面前丢脸。

"警方为什么不通报？一是因为确实没有十足的证据，里面存在猜测的部分。二是因为……"穹苍缓缓说，"将案件影响控制在最小的范围，希望不会给你带去过多的负面情绪。"

田芮仰起头。

"贺决云或许还没来得及告诉你，那我告诉你。"穹苍俯视着她，"根据路口的交通监控录像显示，柳忱有一点的确没有说错，田医生是提前在路口等候，见他出现才冲撞上去的。这起车祸的确是场意外，意外在柳忱超速驾驶，大货车紧急制动后失控，才导致你父亲的死亡。"

警员变得紧张，觉得她说得太过直白。

田芮傻愣愣地张开嘴，眼睛里是难以置信。

穹苍声音里带着一丝残忍，继续说："梅诗咏的事，是你母亲要求报的警。这件事警方没有对外宣扬，医院的人也一致选择了保密。把它告诉柳忱的，还是你的母亲。她以为你父亲出轨，所以选择了这样的方式进行报复。"

田芮神情恍惚，嘴唇张合，却没能发出声音。

"你以前没机会分清好心还是恶意，现在应该要明白了。这世上阴谋最多的地方，从来不是警方，而是人心。"

田芮两手按住手机贴向胸口，睁着大眼，没有回应。

穹苍不再多说，点头示意，让警员先放开她，搀扶着她回到座位上。

田芮终于冷静下来，安分地坐到穹苍身侧，两手摆在膝上等待。

手术室外因为他们的沉默再次陷入一阵寂静。

警员坐在二人正对面，确认她们可以和谐相处，才放下心来。他百无聊赖地打了个长长的哈欠，并顺手擦掉挤出来的眼泪。

护士循声过来看了一眼，见他们无事，皱着眉头提醒了一句，又匆匆离去。

田芮用纸巾将脸上的眼泪跟鼻涕擦干净，可还是觉得皮肤上有一层黏腻的东西，糊着让人难受，就起身去了趟厕所。警员跟在她身后，与她保持着距离，再把她送回来。

田芮的脑子依旧是一片混乱，理不大清事情，但情绪不再像刚才那么起伏剧烈了。她觉得心口那团不停盘旋着的沉重与烦躁随着水流被洗去不少，现在已经可以平和地面对网上那些新闻。

田芮重新坐下，擦干手，捏着手机在快要碎成蛛网的屏幕上滑动，点开相关的新闻链接，查看里面的具体内容。

柳忱接受采访的内容，几乎各大媒体主页都还可以看见。田芮简单翻阅了一下文本内容以及网友总结出来的评论，无名的郁气再次开始堆积，恨不得冲进去将里面的人都撕得稀碎。

"他在说谎！"田芮大叫了一声，并下意识地扭头去看边上的穹苍。

一种毫无波澜又极有穿透力的眼神与她对上，田芮感觉周身都凉了下。

她不觉放低声音，道："这个柳忱，说我妈对我爸一直没有感情，不仅主动向他泄露我爸的负面消息，还暗中怂恿他去散布我爸出轨的谣言，以达到夫妻离婚的目的。这怎么可能？我妈绝对不是那样的人！"

穹苍保持着姿势没动，只懒懒问道："你父母感情很好吗？"

"很好啊！"田芮说，"他们两个人从来不吵架。"

对面的警察以过来人的语气感慨了句："两夫妻哪儿有不吵架的？只是没让你们小孩子看见罢了。"

田芮坚持道："真的没有！"

穹苍淡淡地补充道："外科工作忙，田兆华经常回不了家，工作时间不重合，他们两个恐怕没多少机会能碰面吵架。"

警员点头："有道理。其实我们忙起来的时候也这样，都难。"

田芮被他们说得蒙了下，而后挪动着屁股朝向他们，努力向他们证明道："不是，我爸看着性格内敛，其实是很温柔的，他平时还会给我妈送花。我妈生病了也是他跑前跑后……反正他们两个的关系就是很好嘛，不是整天见面腻在一起的那种才叫好。我爸去世之后，我妈哭得肝肠寸断。我觉得这一点柳忱的确在说谎！"

"嗯？"穹苍说，"田医生那么浪漫？"

田芮肯定道："当然，我爸还会写诗呢，我妈还给我念过。"

穹苍眉尾跳了一下，终于觉得有点不对劲。她不动声色地问道："你爸还是个文艺青年啊。"

田芮轻笑了下："这是夫妻间的浪漫。"

穹苍问："那父女间的浪漫呢？"

"算了吧。他那么忙，顾自己都难。给我买几盒芭比娃娃，就以为我会很高兴了。"田芮说着落寞起来，怀念道，"后来连礼物都没有了。"

穹苍又问："送的花或诗，有落款吗？"

田芮终于发觉不对味，审视着穹苍，带着敌意道："你什么意思？"

穹苍看她拼命朝自己竖起来的刺，犹豫了一下，认为还是应该将她当作一个成年人来对待，好好谈一谈。

"感情好的夫妻，不会在知道一方出轨后还毫无反应。"

田芮不服气："你怎么就知道我妈毫无反应？"

穹苍说："那么，在你父亲遇害前，你母亲有什么异常的举动？她的性格不够沉稳，也不懦弱，如果知道自己的爱人移情别恋，是不是会大闹一场？"

田芮听着她的话，回忆了一遍记忆库中已不大清晰的内容，心脏因为怀疑而剧烈地跳了一下，面上还是强装镇定，道："我那时候还小，她瞒着我也正常。你都没见过她，怎么就确定她是个什么样的人？"

穹苍不置可否地勾了勾唇，重新闭上眼睛。

田芮闷闷地转过身，背对着穹苍，也不再说话。

贺决云提着衣服回来时，这二人之间的氛围已经接近冰封，中间隔着的两个座位犹如楚河汉界。警察小哥跟仰望救世主一样地看着他，朝他做了个双手合十的拜谢动作。

贺决云挑了挑眉，说："都这个点了，大家饿了吧。要不轮班去吃个饭？不吃饭后面也熬不住啊。"

穹苍上前接过他手里的袋子说："谢谢。我去换身衣服。"

贺决云朝着另外两人点了点头，跟在穹苍身后一起离开。

五分钟后，穹苍换好衣服，整理着被外套弄皱的袖口从厕所走出来。

贺决云刚从袋里抽出烟，准备久违地来上一支，见她动作居然那么快，又给放了回去，问道："刚才是怎么了？吵起来了？"

"没有。有点微妙的感觉，但是没问出来。"穹苍将手插进风衣的兜里，遗憾地叹了口气，"不配合，不接受。太天真。"

贺决云笑道："这个年纪又没怎么经历过社会的小姑娘，天真不是很正常吗？他们的世界自成一套，你跟他们讲道理没有用，应该用现实来说服她。"

穹苍心说，自己还不够现实吗？她觉得自己再现实一点，田芮就要跳起来暴打她的头了。

贺决云比着两根手指到她面前，做了个点钞的手势，邪笑道："是这个现实。"

穹苍："……"好久没这么骂过了。该死的有钱人。

手术是在晚上七点多的时候结束的。这个季节，外边天色已是一片漆黑。

韩笑被推出来后，直接送进加护病房。田芮想跟进去看看，被护士拦在了外面，她茫然无措地跟在一群人后头，不知道之后要做些什么。

这个时刻，她险些被碾压而来的无助击倒。她清楚地认识到，原来无人依靠的感觉是这样的。

贺决云去找医生了解情况。主刀医生已经连续站了几个小时，小腿肚子都在打战。他喝了杯糖水，拿着报告给几人解释。韩笑身上骨头多处折断，内脏也有多处损伤，但好在送医及时，手术进行成功，目前来看没有生命危险，不过不确定大脑是否会因失血过多而出现什么后遗症，需要再做观察。什么时候能醒也不确定，先等待两天看看情况。

田芮最卑微的希望只是渴求母亲能活着，听见这个消息已经很是感激，感觉枷锁碎去，身体一软直接滑倒在地，差点哭出来。

医生见多了这样的场景，看田芮年轻，还是觉得很感慨，出言安慰了她两声："都先去吃饭吧，好好休息。病人交给医院，家属要照顾自己。回去吧。"

警察小哥去边上将情况向何川舟汇报。田芮缓了缓，从地上爬起来，靠在墙边休息。

贺决云去前厅拿了医药费的单子回来，厚厚的一沓，卷在手心朝穹苍努努嘴。

穹苍摇头，表示自己真的不想参与。

贺决云坚持，不停朝着田芮那边示意，穹苍没有办法，只能去做他的小跟班。

"田芮！"贺决云叫了一声，朝田芮招招手。田芮稍有犹豫，旋即跟着两人去了安静的小阳台。

"清单。"贺决云言简意赅，将写着总金额的字条压在最上面，递了过去。

田芮本来还不当回事，等把纸捏到手里，看清上面的数据，额头上的青筋立即开始猛跳。

贺决云面沉如水道："顶级的医疗资源是很昂贵的，尤其是救命的东西。韩笑刚才的那场手术，设备、器材、药物，全部用的是最好的，也是你自己签的字。之后她还要住在 ICU 里进行观察，术后还要复健，你知道 ICU 一天要多少钱吗？"

田芮死死盯着面前的账单，一张张往下翻，脸上的血色层层褪去，没一会儿就变得苍白。

贺决云静静等着她，看着她手指开始颤抖，足足用了两分钟才虚虚地吐出三个字："我知道。"

贺决云很现实地问道："那你有钱吗？"

田芮家里是有一定积蓄的，但钱都是由韩笑存放。韩笑在家庭教育上卡得十分严格，可以给孩子足够的生活费，但绝对不会让她挥霍。

可是现在韩笑正在病房里躺着，田芮根本不知道钱被藏在了哪里，一时间要她拿出几十万，她去哪里找？

田芮六神无主地说："我们有保险……"

贺决云残忍地打断了她："什么保险？医疗保险还是交通保险？交通事故判定为自己全责，普通的医疗保险是不纳入赔付范围的。而交通保险是有额度上限的，还有规定的赔偿范围、项目。超出合同外的医疗费用，他们不予赔偿。我不知道你妈保了多少，保的是什么等级，但我得提醒你，这场手术当中用到的进口药、进口器材，多数都不在保险范围之内。除此之外，你们还需要赔付别的财产损失。你妈妈的那一撞，造成的损失可不小，不仅剐蹭了两辆汽车，周围的护栏、围墙也给她撞飞了。你确定你们家的保险金额够吗？"

田芮当然不知道。她怎么会知道这些鸡毛蒜皮的事情？她的世界从来都是有人替她安排好的，她不知道一场车祸可以造成那么大的经济损失。

田芮两手垂下，大拇指的指甲用力抠着其他手指，支支吾吾的，说不出话。

贺决云看着她这样子，都有些于心不忍，但还是将无比严峻的结果摆在她面前。

"而且，走保险是需要时间的。你确定你母亲等得起？"

"那你说应该怎么办啊？"田芮红着眼睛，深吸了一口气，恳求地说，"你能不能先借我点钱？我妈醒了我就还你们，真的，我家里还有存款。你不是在三天工作的吗？你是不是能帮我？"

"我当然有钱。"贺决云说这话时，表情却是很冷漠的，他反问道，"但我为什么要平白无故借给你呢？你应该知道当今社会借钱不容易吧？"

这一刻，田芮的眼神里闪过失望、绝望，以及许多心酸的情绪。她想自己可以去找母亲的同事借钱，去找自己另外几位不算很熟的长辈借钱，但应该借不到那么多，且后续还有更大的一笔医疗费。

她定定地望着贺决云，没有办法，两膝向下弯曲就要给他跪下，一双手及时将她托住，并用力地把她提了起来。

"你的尊严不值钱。"贺决云直白道，"带我们去你家，且接受所有调查。你明白我的意思。"

第 七 章

笔 迹

如果不是田芮心血来潮地留下了张纸，他们可能还在漫无目的地打转。

何川舟戴上手套，站在客厅与书房的交界处，选了个视野开阔的位置粗糙地扫视了遍房屋结构。

技侦人员带着自己的装备正在各个地点进行细致的勘查搜证。工作的节奏非常熟悉，然而气氛就是有哪里不对。

何川舟回过头，瞄了眼客厅。

田芮深陷在沙发中，一言不发，表情麻木，犹如一个被剪断了线的木偶人，死气沉沉。

她又偏过头，瞅了眼书房。

穹苍站在靠墙的书柜前面，查看书脊上的文字，判断书本的用途。

也许是她的视线太过强烈，穹苍朝她回望过来，做出个困惑的表情。

何川舟小声表扬道："工作做得不错。"那么快就把田芮说服了，又一次带着下级警员合理加班。

穹苍不敢揽功，毕竟承担医药费的人不是她，连忙介绍道："全是Q哥的功劳。"

贺决云谦虚道："哪里，哪里，主要是晓之以理，动之以情。"

穹苍暗暗纠正，是晓之以钱，动之以财——无人能抵挡的诱惑。

新一派端水大师何川舟道："都不错，都不错。都帮了大忙。"

何川舟见穹苍只站着看，却一直没有动手，靠近了问道："你要找的是什么？"

穹苍文艺地说："爱。"

贺决云一把搭上她的肩膀，勾着手将她往阳台带，说："叹什么气啊？你要是觉得累了就去外面晒晒太阳。"

穹苍抓住门框，无奈道："我是说感情，能证明韩笑情感历程的东西，情书、情诗、日记、照片，或者其他能证明的东西。我想知道韩笑对田兆华，是怀着什么样的心态。她是否还有别的爱人。如果她的心另有所属，对方是谁，是不是突然消失了。"

要找一个不知道什么时候消失的空气人，这似乎有点强人所难。

穹苍拉开贺决云的手，问道："明白？"

何川舟跟贺决云意会了下，觉得大概能明白，随后凭借自己的理解，分散到各个房间里去寻找。

从韩笑会对田芮念诗来看，她曾对某个人有过炙热的情感。而她从未向田芮说过那个人不是田兆华，说明她心底也认为这样的行为是不光彩的。

一般来说，如果韩笑真的出轨，或者说精神出轨，她应该会把相关的证据藏在较为私密的地方，避免让田芮察觉异常。而如果不是，为她送花写诗的那个人就是她亲爱的丈夫，那她完全没有必要将它们隐藏起来。

穹苍在书房翻找，贺决云去了韩笑的卧室。

贺决云拉开卧室衣柜最底下的抽屉，一个个检查过去。除了不常用的工具箱、袋子、换洗衣袜外，还不出意外地翻到了一抽屉的女性贴身衣物。

贺决云面不改色地想把抽屉推回去，可是临了仔细一瞧，又觉得这些内衣底下似乎是垫了些什么东西，才将它们支得那么高。

贺决云左右看了一圈，发现没人注意这边，就弯腰将摆放整齐的内衣拨开一点，看看下面垫的是什么。

软绵的触感，白色，是一层不常使用的旧毛巾，应该是为了防潮。

贺决云用手指按了按，发觉还是有异常，于是再次将毛巾拨开；从底下翻出了两个文件袋。

贺决云拆开袋子，将里面的东西全部倒出来检查一遍。

存放着的都是一些银行卡、房产证之类的东西，还有一些重要的产权文件。

贺决云想起穹苍之前收集资料时连草稿纸都不放过的细致，怕韩笑也有这种习惯，连几张装订在一起的收据都没有错漏。

现在他终于知道韩笑的股票账号是什么了，也知道她把资金用在了什么理财途径上。看来田芮短时间内是拿不到那么多流动资金了。

韩笑家里其实是有一个小型保险柜的，摆在书房里，但是她将最重要的物品都藏在这个地方，想法还挺巧妙。不是变态或地毯式搜索真不容易找出来。

这个想法刚从贺决云脑海里闪过，就被他察觉出异常，他愤怒地朝边上"呸"了一口。

有毛病了，拐个弯还能把自己骂进去。

贺决云小心翼翼地将几件内衣摆好，归于原位，然后起身，准备出去。他刚一转身，就看见穹苍一脸意味深长地倚在门口，不知道已经看了多久。

贺决云怔了下，还没吐干净的气又被堵回了胸口，险些灵魂出窍。他连忙解释道："你别误会！"

穹苍眨了眨眼，贴心地道："我没有误会啊。"

贺决云欲一头撞晕在那柜门上，着急解释的样子反而让他显得有些心虚："我真的没有什么特殊癖好，我就是觉得底下有东西！你别用这种眼神看着我好吧？我至于吗？"

穹苍真诚地说："不至于。"

她明明那么配合，可贺决云总觉得她脑子里正在想些奇奇怪怪的事情，以至她那双心灵的窗户里满是猥琐。可是她的表情又是那么无辜，让贺决云怀疑真正猥琐的人其实是自己。

他无奈地抬手抹了把脸，想起手里还拿着一份东西，做最后的补救："看，这是什么？"

穹苍瞥了眼，不是很乐意地配合道："哇……这难道是一份文件吗？"

贺决云被她噎了一下，几乎心梗。那熟悉的心梗的感觉，倒是将他已经出走的智商牵了回来。他直接用不大高明的手段转移了话题。

"我没发现什么有用的东西，你那边呢？"

穹苍遗憾地摇头："也没有。书房里有很多医科类的书，上面都有灰尘了，可见韩笑不是经常打扫，平时更不会看。剩下的……平平无奇。"

贺决云想了想，又说："我没找到跟韩笑的爱有关的，但是找到了几幅田芮的画，你要不要看看？"

东西是贺决云从杂物间里翻出来的。应该是田芮小时候画的画，全部用塑料纸一张张封好，整齐排列。因为保存妥善，所以纸张并没有损坏，只是颜色变得有些暗沉。

摆在最上面的一张，是小女孩儿与一个穿着白裙子的女人手牵手站在户外的场景。古旧又素雅的木屋，零星的白色花朵，明媚灿烂的太阳，郁郁葱葱的树林，周围还有幽深的山道与蜿蜒的溪流，就是一种恬静淡然的田园生活。

穹苍往下翻了几张，除了见证田芮越发成熟的画技以外，没有别的发现，于是又一张张放了回去。

贺决云见她看完，准备把东西接过去，两手握住画纸边缘，结果穹苍却不松手了。

"喂？"贺决云以为她是有了发现，蹲下身小声问道，"怎么了？"

穹苍盯着面前的那幅画，眉头微微皱起，似在努力回忆。然而她读取了两遍记忆，都没有什么结果，最后还是摇摇头，将东西交还给他。

贺决云把画摆成正向，跟着多看了两眼，疑惑道："这画有问题吗？"

"没问题，只是觉得画里的场景有点眼熟。"穹苍觉得或许是自己太过敏感了，"大概童话书里描述的都是这样的风景吧。"

森林里的小木屋，很寻常的主题。小朋友喜欢将所有美好的森林元素都画上去，所以内容上并没有什么奇怪的地方。第一眼看的时候，穹苍还没过多在意，可是第二眼看时，她的视线不自觉地多停留了两秒。

自己都找不出来的原因，可能只是里面的某个细节给了她这样的错觉。

贺决云狐疑地呢喃道："是吗？"

穹苍说："嗯，没关系，细节我已经记住了，你放回去吧。"

贺决云重新把画塞进箱子里封好，并关上杂物间的木门。

何川舟从阳台出来，朝着二人摇摇头，表示他们那边的情况同样不喜人，又把贺决云手上的文件给拿走了，说会回去整合一下资料，看看它们之间是否存在关联。

贺决云失望道:"一无所获啊这是。"

他说完没有得到回应,才发现穹苍正一瞬不瞬地盯着沙发上的田芮,片刻后,淡淡吐出三个字:"不一定。"

"田芮。"穹苍并没有走过去,她隔着两米多的距离,喊了一声。

田芮冷不丁被穹苍叫了名字,瞬间感觉有股阴凉气息爬上了她的脊背,让她下意识地挺直腰身。

她的视线穿过柜台间的缝隙望向穹苍,哪怕离穹苍还有一段距离,仍旧感到心有戚戚。

"你说你母亲收到的情诗,后来去了哪里?"

田芮内心有种极度悲观的预感,那种预感让她拒绝去面对所有事情。直觉告诉她,有时候无知要幸运许多,她已经走到深渊的边界,不能继续向前了。

"我不知道。"田芮以为自己的声音可以做到很平静,然而出口的第一个字就暴露了她的愤怒。

"我不知道。"她放缓语气,又说了一遍。

"你没有保留任何东西吗?"穹苍那没有多少起伏的声音在田芮听来字字带着尖刺,"你母亲处理那些东西的时候,你没有觉得可惜而留下一些吗?或者,你还记不记得那些礼物的细节?"

田芮终是忍不住,情绪跟山洪一样暴发。她高声打断了穹苍的话,反问道:"那你呢?你就没有一点同理心吗?"

穹苍止住话头。田芮崩溃地继续道:"我不想要再查这件事情了,让它结束吧,就算我求求你了。我不想知道我妈有什么过去,一点都不想!你们也不要再向我证明我的家人有多不堪,甚至还要我给你们提供所谓的证据。你们够了没有?你们觉得这荒谬吗?!"

贺决云对欺负一个小姑娘没什么兴趣,但是他对穹苍那句"天真"的评价实在是太过认可。

正在周围工作的几个警察一齐停下工作,看着剑拔弩张的二人。他们互相使了使眼色,却不知道该怎么打圆场。

穹苍好笑地说:"同理心?"

田芮"噌"地站了起来，激动道："这有什么好笑的？你知道疼爱自己的双亲相继离开自己的感觉吗？我已经很累了。我希望他们至少在我心中是完美的，这样也不行吗！"

"我确实不知道。"穹苍冷淡地说，"在我学会分析情感的时候，他们早就已经不见了。"

田芮胸膛剧烈起伏，发出两声干笑："你没有体会过，你比我好。起码你不用那么难过。"

"我不知道你在胡言乱语些什么。"

穹苍穿过木柜，与田芮面对面地站着。她脸上表情阴沉，目光直勾勾地落在田芮身上，仿佛要将她掩埋。

"是，我没有体验过什么双亲的疼爱，可是你又怎么知道不曾拥有过的痛苦？你想逃避，你可以后悔，你可以装作什么都不知道，让身边那么多人来安慰你，等着他们给你结果。你以为人人都可以像你一样，不用清醒地面对这个世界，照旧可以生活得很好吗？小妹妹，如果你现在才十二岁，今天我纵容你，可是你已经二十了，你已经过了可以无畏天真的年纪。是不是应该清醒一点？"

穹苍指向边上的警员，道："你以为这些没有同理心的人加班加点地在这里工作，熬着大夜，做着噩梦，领着微薄的工资，是为了给你添堵？是为了要探究你爸妈之间的那点伦理关系？你知不知道什么叫职责？你那宝贵的没有被现实消磨过的同理心，能够感化这世间所有的罪恶，维持社会的秩序吗？那你怎么不用你的同理心去拯救范淮呢？你现在决定放弃你的同盟了吗？"

田芮用力吞咽了一口唾沫，抱着头蹲到地上，捂住自己的耳朵。

穹苍抬起下巴，半合的眼冷冷地望着她，脚步沉缓，却又不容抗拒地朝她走近。

"我告诉你，我像你这么大的时候，正因为学生杀了人而被带到警局接受一遍遍的盘问。你的同理心对我来说没有用，我没有办法心安理得地当作事不关己，看着越来越多的人死亡，然后让凶手走到我面前，指着我的鼻子告诉我，看！他们就是因为你才死的！这是什么同理心？这叫自私。"

田芮单薄的脊背一阵颤动。

穹苍黑色的鞋尖离她只有不到二十厘米的距离，冰冷坚硬的字一个个砸了下来。

"有，还是没有？回答我。"

田芮呼吸紊乱，死死咬着嘴唇，内心的倔强与各种情绪不停地碰撞抗争，始终不敢抬头看穹苍。

"所有的东西，都烧掉了，她说不想睹物思人。"她紧闭眼睛，啜泣着道，声音含糊，"我偷偷留了一张，被我夹在小学的语文课本里……"

贺决云最先反应过来，第一时间冲向杂物间，从堆在墙壁处的几个箱子里翻出了田芮的小学教材。

何川舟跟过来，陪着他一起查找。

很快，一张卡纸从书页中落了下来。

"是这个！"

那是一张粉红色的卡纸，上面用黑色的墨水写了一首短诗，没有落款。角落被田芮画了几笔，加上了几个爱心，带着她的小心思。

这首现代诗的内容温柔又委婉，并不是什么直白的爱情诗。如果不是田芮意外说漏嘴，哪怕他们亲眼看见，也不会将它和别的事情联系起来。

何川舟为了查这个案件，所有的证据都研究过，当然也看过田兆华的字迹，粗略判断，这张卡纸上的字应该不是同一个人写的，因为笔锋差别很大。

"是钢笔。"何川舟的语气虽然平静，可控制不住的唇角还是暴露了她的兴奋，"现在会用钢笔写字的人不多，这个人有明显训练过的痕迹，说不定相关专业的人能认出来。"

数月来密不透风的压力一直笼罩在众人身上，此时终于窥见了一丝天光，霎时间有种如释重负的松快感。几位沉不住气的警员差点叫出声来。

何川舟朝穹苍点了点头，小心将卡纸放入证物袋，交给一旁的技侦。

穹苍蹲下身，在田芮背上轻轻拍了一下，夸道："干得漂亮。"

穹苍夸奖人的本领就像她的名字一样，偶尔天晴，偶尔下雨，让人无法捉摸。

贺决云私以为，"干得漂亮"这四个字已经在网友的广泛运用中被赋予了某种微妙的含义，不适合用来作为安慰的词语。

他揽住穹苍，将她从田芮身边带离，以免再刺激到这个神经脆弱的女生。

现场已经基本搜查完毕，按理何川舟可以带队收工，但目前这种情况她不敢放田芮一个人在家里。

她手下没几个女性警员，大部分都是糙汉子，而田芮又是个女生，不大合适。三更半夜的，她找不到合适的人选，估计今晚得自己留下来。

何川舟朝着贺决云使了个眼色，让他们两个先回去休息。贺决云看着天色已然不早，拉着穹苍准备离开，最后说了一句："有需要及时联系。"

何川舟走过去，在门口的位置低声道："你找个靠谱的心理咨询师，让他明天早点过来。"

贺决云应允："好。我让人明早七点联系她，过来给你接班。"

他说着朝后面还没冷静下来的田芮又多瞧了一眼，何川舟注意到他的目光，笑道："祖国的花朵，还是需要呵护的。晚安。"

何川舟将门合上，抬手用力抹了把脸，而后吐出一口浊气。她睁开眼睛，看着满屋还在等待指令的人，挥了挥手，让他们将现场收拾一下，并领着田芮去她自己的房间。

何川舟觉得到明早七点是很漫长的时间，她迫不及待地想要飞奔回局里开展工作，且认为自己还能再连轴转个 48 小时。每次案情有重大突破，她都会获得这种宛如脱胎换骨的激励。

然而她的手下不这么认为。

兴奋和高压过后，是强烈的腹部空虚。

何川舟从屋里出来的时候，几位警员正成排坐在一起，脸上写满了可怜与疲惫，小心地征询道："何队，我们可以先吃碗泡面吗？"

何川舟看见这一幕，失笑道："吃吧。吃完记得散味。"

"耶！"几人小小地欢呼了一下，搬出自带的泡面和香肠，开始吃这顿迟来的消夜。

一位年轻警员将一盒泡好的杯面摆到何川舟面前，殷勤道："何队，您的。"

何川舟掀开盖子搅了下面条，随口道："吃完面，回去都把报告写了。"

众人表情俱是僵住，抬起头一脸见鬼的样子号道："不会吧？！"

何川舟不悦道："怎么了？证据比对了吗？嫌犯找到了吗？连目标都还没确认，你们就开始松懈了？"

众人扭扭捏捏地申诉道："主要是现在都已经快1点了……大家都很累。"

何川舟这才后知后觉地拿出手机看了一眼，发现这时间的确不大合适。干他们刑侦口的这点确实不好，一来事命都不值钱了，尤其是基层人员。何川舟放缓语气，批准道："吃完先回去好好休息，明天准时报到。熬过这两天就给你们放假。"

人类的快乐是如此简单。一帮年轻人顿时喜上眉梢，呼呼噜噜地吃完泡面，麻溜将现场收拾了，带着搜集好的证据回去。

何川舟叮嘱道："开车都给我小心一点。"

"知道啦！"

从出门到上车的一路，穹苍都表现得非常冷静，她觉得自己的心情也很平和，并没有因为这个微小发现而出现多少波澜。然而她身上莫名其妙蒙着一股热气，即便是深秋夜里的凉风也压制不下。

穹苍刚放下车窗，就被贺决云关回去。她等了等，不死心，再次打开一条小缝，对着自己聪明的小脑袋瓜吹。

"不要胡闹。"贺决云再次把窗户升上去，批评道，"今天淋雨了，这么冷的天，你还吹什么风？"

穹苍："……"受尽欺压。

她安安分分地坐车回家，顺利抵达时已经是夜里一点半。

二人从下午吃完一顿不上不下的午饭之后都没再进食。此时站在安静的房门口，人生三大选择一起困扰着他们。

贺决云纠结了会儿，先摸回自己的房间洗澡，穹苍脱了外套，走进厨房。

贺决云进浴室的时候，脑子也有点浑浑噩噩，等洗完才发现自己的睡衣没带。反正外面也是自己卧室，他没太在意，拿毛巾随意擦了把头发就直接走出去了。

厕所的门被推开，热气喷涌而出的同时卷进外间的凉风，贺决云鼻子动了动，闻见了空气里夹杂着的疑似红油的香味。

贺决云发愣的脑子没转过来，顺势大推开门，往外走了出去。

视野立即开阔，贺决云终于看见坐在他窗台前面吃消夜的穹苍，后者闻声也回过头来，与他四目相对。

空气一片死寂。

贺决云的大脑陷入完全的空白，直到穹苍以揶揄的态度上上下下扫了他一遍，并朝他比了个手势，他才从愕然中回神。

贺决云一步、两步迅速后退，并"砰"的一声将门用力摔上。

穹苍被震得打了个激灵。门后传来贺决云恼羞成怒的吼叫："你进来都不敲门啊！你……你是流氓吗你？！"

贺决云一阵翻箱倒柜，成功从角落的储物格中翻出一件崭新的浴袍，他抖了下，准备穿上，又去镜子前面先照了一下。

镜中人有着英俊的面孔和健硕的身材，宽阔的肩膀至窄瘦的腰身几乎没有一丝赘肉。

可以，绝对远超能被耍流氓的标准。穹苍这是犯罪了啊。

贺决云摸了把下巴，把浴袍披上。

他气势汹汹地将门打开，发现穹苍居然还在淡定地吃面，仿佛一切都没发生。

贺决云走过去，单手抵在窗台上，低下头道："你以为就这么完了？"

穹苍扭过头，想了想，朝他吹了声口哨。

贺决云气得拎住她的耳朵。

穹苍想：尴尬的事情让它过去就好了，为什么非得提出来讲？这种翻旧账的都是不安好心。

穹苍无辜道："我叫了，但是你没听见。我手上还端着碗，就进来了。"

贺决云说："那是你嗓子不好！"

穹苍赞同地点头。没毛病啊，客观事实。

贺决云转念一想，觉得不对，又问道："你就没点……什么想法？"

穹苍盯着他，深深审视了他一番，觉得Q哥这人不纯洁也就算了，还不踏实，居然想顺杆子往上爬。

穹苍说："你放心，大家都是成年人了，我也是个负责的人。"

贺决云目光中闪现了些微的诧异，然后鼓励她继续说下去。

穹苍一派了然，表示他不用担心："我会像一个成熟的人一样，从学术的角度看待，单纯地将人体视作一团肉。"

贺决云的表情不停地转变，好不精彩，他硬生生憋出一句话："你出去！我八块腹肌在你眼里就是一块肉？"

穹苍迟疑着道："那八块肉？"

贺决云气得跳脚："你怎么不九九归一呢？！"

穹苍慢吞吞地说："这也不用骂人吧。"

贺决云阴沉道："再给你个机会，你再说一遍。"

穹苍第一次在人体有几块肉这样的问题上遇到了情商上的难题。

"肌肉。"穹苍见躲不过去，顿感食难下咽，"八块肌肉。"

"对啊，学术上没有八块肌肉。"贺决云说，"某个成年人自己说要负责的，也不是我强迫的，对吧？"

穹苍挣扎道："都这个年代了吧……"

"所以现代社会的好多人都不负责任，我们家能发展到今天，靠的是传统。"贺决云马上打断她，咬死说，"我爸我妈的爱情也特别传统。我们全家都特别传统！"

穹苍心生惆怅。这世上果然就没什么纯种老实人，不要脸起来同样很没有下限。

贺决云扫了眼她的面，突然开始了虚伪的关心："都没有肉啊？小仓库的冰箱里有很多罐头。什么海鲜罐头牛肉罐头都有。"

穹苍摇头："我不要。"要不起。害怕的。

"真不要？"

穹苍又为难起来："再说吧。"

贺决云看她这耷拉着脑袋的样，既觉得无奈又觉得好笑，不跟她继续胡侃，轰她道："行了，不要就算了。那你也别在这里吃，把你的碗端出去。还搞得我房间里全是油味。"

冷漠无情。

穹苍给他搅和了一下，也忘了自己过来找他是想说些什么，两手木然地捧着面碗站起来，转向门口。

"还有一碗面啊。"

"我的。"贺决云瞪她，"你别妄想。"

穹苍："……"怎么会有这么不讲道理的人？

穹苍被贺决云一吓，整个晚上都在梦些光怪陆离的事情，频繁出现的美男出浴让她精神萎靡。

何川舟那边梦了一整晚的警匪追逐战，第二天早上醒来容光焕发。

贺决云请的心理咨询师提早来了，何川舟跟她交换了号码，穿上昨夜的外套火速离开。

她给李局打了通电话汇报情况，李局平静地应了，让她办事稳妥一点，不要急躁，越到关键时刻越是不能冲动。如果能锁定嫌疑人，有证据进行明面上的调查，就给她加派人手。

何川舟得了保证，心情越发激荡。回到办公室之后，让人复印好昨晚那张卡纸，然后联系了市内熟悉钢笔字的一位教授，带着文件前去拜访。

那位教授大清早接到公安的电话，当是什么要紧事，早早来了学校等候，可是又听说证据只有一张写着短诗的卡纸，心下也没什么底。

他怕何川舟抱太大的希望，见面后先给她打了一剂预防针。

"这个不一定看得出来，学习钢笔字的人还是很多的，如果对方学的是常用的几种书写方法，又写得马马虎虎，我不一定认识。你们要查可能就大海捞针了。"

何川舟也有点紧张，但是她认为以幕后人的高傲，他不会把一项学得马马虎虎的本事展示给自己的目标。既然他写了，那肯定是拿得出手的。

何川舟从袋子里取出复印件，两手递过去道："您给看看。"

教授戴上眼镜，将纸近距离放在面前查看，因为认真，他眼睛周围的肌肉都紧紧绷着，在眉心上方堆成了川字的褶皱。

"还真是有点眼熟，这人的字应该已经练了很久，有这种水准的人不多的。"教授因这个认知高兴了下，他扶着眼镜说，"你先等一下啊，我记不大清了。"

何川舟在他对面坐下。"您自便。"

教授起身去后面的柜子翻找了一阵，随后从底下抽出两本厚重的册子。

相册里夹着的全都是各种图片记录，有毛笔的，有钢笔的，还有不同的水墨画。这是他的个人习惯，只要看见自己喜欢的作品，就要用相机将它们记录下来，偶尔翻翻，能激发自己的灵感。

他记不清自己要找的东西具体在哪个部分，只能从头开始翻找。何川舟安静地在一旁等着他。

时间一分一秒地过去，何川舟感觉自己额头上沁出了一丝冷汗。

这个案子他们已经调查了很长时间，可是因为没有证据，一直只在暗中进行。为了验证这个站不住脚的猜测，他们几乎将范淮、"丁希华"等人的家世背景全部查了一遍，甚至包括他们身边能接触到的所有人员。

然而，结果只如雾里看花，一无所获。屡次的失败，连何川舟都对自己产生过怀疑，这一切是不是她的臆想？

这是他们第一次这么近距离地追到目标。

如果不是田芮心血来潮地留下了张纸，他们可能还在漫无目的地打转。

面对这个唯一的突破口，说何川舟不紧张那是不可能的。

终于，对面埋首研究的人有了动静。

何川舟连忙站起来，走到他的身后。

教授一手按着纸张，一手示意道："你看，是不是很像？这个'了'字，还有这个'巷'字，它们的写法是比较特别的，明显带有个人的习惯。一般人是往外撇或者往回勾一下，它是往上勾。这两个字的习惯都跟这张照片上的一样，其他字也没有出入。"

何川舟不是专业人员，但是单以她外行人的角度看，她觉得两张照片里的字迹几乎一样。

"我需要更多的内容来鉴定。"教授摘下眼镜，揉了揉额头说，"不同时期写出来的字风格也可能会不一样。最好是拿同时间段的笔迹给我看看。"

何川舟指着图片问："请问这张字帖是谁的？"

教授说："哦，D大的一位社会心理学教授。前段时间我们还一起参加了学术讲座。"

他拿起手机，滑动数次，找到一张图片，放大后递了过去。

"你看，就是他。李凌松，李教授，也算是业内泰斗级的人物了，你们应该认识。"

何川舟看清照片上的人，确认不是同名，手指不由得抖了一下。她当然认识，她曾数次在档案上看见过这个人。

"哦，对了。"教授示意了下，拿回自己的手机，点开搜索软件，对照着复印件上的那首现代小诗输入进去。

搜索结果里跳出来一排红色表示重合的内容，证明它曾经出现在网络上。

这首现代诗选自某本诗集，而这首诗的作者，标注的就是李凌松。

"我就说嘛。"教授想明白，感觉全身都舒畅了，他笑道，"我就觉得眼熟，好像在哪里看过。这本诗集是我们协会的人出的，大家都写了几首。后面也有我的两首，哎呀，想想还挺不好意思的。"

何川舟问："什么时候出的？"

"好久之前了。"教授笑着把页面关了，"那时候还有精力搞这些东西，想出本书留个纪念。得有个十多年了吧。怎么了吗？"

"没什么。"何川舟将东西收回去，顺便对着桌上的相册拍了张照片，面上保持着冷静，说，"谢谢您的帮助。我还有事，就不打扰了。"

"好。"

李凌松……

在穹苍将犯罪人物侧写交给她的时候，何川舟曾有数次怀疑过这个人，不是因为他的品行，而是因为他的身份和影响力。

她有一种强烈的预感，觉得幕后谋划者应当是类似这种有着强大影响力的人，起码应该有足够的人脉。然而她又很快将李凌松划出了怀疑的范围，因为她认识的李教授没有任何犯罪的动机。

何川舟翻查着李凌松的资料，感到无比棘手。这份简短的资料她已经看过无数遍，连同页脚都因为她的翻动而出现了卷曲的褶皱，然而它依旧未能给她带来想要的答案。

何川舟深吸一口气，靠到椅背上，脸上难得露出了迷惘。

"砰砰砰。"

何川舟收起神色，直接说了句："进。"

穿着警服的青年大步走进来，手里拿着一沓文件，合上门后问了一句："何队，您真的要查李凌松啊？"

何川舟瞥了一眼，训道："把衣服穿好，像什么样子。"

被她点名的青年连忙放下手里的东西，将内翻的衣领扯出来，再把被揉乱的衣角扯平。

这忙得都恨不得长出八只手了，哪里还在乎什么形象？

青年一面整理，一面说："李凌松可是业内有名的心理学教授，他教过的学生围起来能直接把我们局给堵死了。不至于吧？"

何川舟接过桌上的资料，淡淡道："我也想知道。可至不至于是靠证据来说的。"

青年犹豫了下，说道："李凌松接触过的人那可太多了。他平时开讲座、受邀演讲、开会研讨，什么地方都去过。这如果要一一排查，简直没完没了了，而且很多地方的数据保存不了那么久，部分文本信息可能会丢失或者被覆盖。李凌松权限那么高，他想的话，自己进行修改都不成问题。"

何川舟闷声应了一下，没有回答他的问题。

资料是她让青年去查的，第一张纸上记录了那首现代诗的来源。

诗集出版于十四年前，里面一共收录了李凌松的三首诗，发行量很小，大部分只被当作收藏品。除了相关短诗以外，边上还写了当时李凌松的一些感想。

根据后面的注解来看，这首诗的灵感源于更早以前，彼时李凌松和妻子还在热恋阶段，他写下了这首颇为含蓄的爱情诗作为对妻子的表白。

可惜之后二人感情破裂，分居并最终选择离异。李凌松将诗歌稍做修改发表出来。于是这首诗的后半段就带有淡淡的惆怅，大概是人到中年后的新感悟。

从李凌松对其的注解来看，这首诗对他应该有种特别的意义，他不大可能会将它作为对另外一个人的表白，随手交出去。

何川舟翻到后面的资料。

李凌松是穹苍的远房亲戚，在穹苍双亲离世后，曾提出过想要收养穹苍的打算，被穹苍亲自回绝。

同时他也是方起的恩师。在穹苍难以通过三天的心理测评时，授意方起为穹苍开具了合格的证明。

他的形象很像是在背后默默关注并照拂小辈的长辈。所以其实他很了解穹苍以及穹苍身边的人。

穹苍似乎不是非常喜欢接近他。

何川舟板着脸，继续往后看。

再后面是媒体或校报对李凌松的一些采访，记录了他对当时社会热点事件的一些观点，以及他在社会心理学上做过的研究跟结论。

李凌松是一位非常受欢迎的老师，如果要进行学生票选的话，他几乎年年都能上榜。毕竟他博闻多识，气质仁和，身上还有股仙风道骨的味道。那种读书人的儒雅，能第一时间让人放松警惕，实在很难找到讨厌他的理由。哪怕何川舟只是在看照片，也会觉得这是一个好人。

何川舟盯着照片看得入神，不知道什么时候青年警察已经站到了她的身侧。

"哦，这里。"青年见她翻到这一页，伸手指了下示意道，"从采访来看，他应该很久之前就认识范淮了。"

何川舟视线下移，顺着落在他指着的地方。

这是一份很早以前的媒体采访。当时网络上闹得沸沸扬扬，一些网友不满于范淮造成如此恶劣的社会影响却只被判处十年有期徒刑的刑罚，有记者就此事去询问了李凌松的看法。

版面狭小的报道里，记录了李凌松被缩减过的发言。

他表示自己感到很失望。当时李凌松去中学开过一个心理讲座，需要进行现场提问，他正好点了范淮出来，问了范淮几个问题，而范淮的回答给他留下了非常深刻的印象。

短暂的交流中，他认为那个长相英俊，笑起来有两个浅浅的梨涡，富有青少年朝气的同时又对生活报以懒散的男生其实是一个很聪明的人。只是，足够聪明的人却不一定能够融入这个社会，他们会有一定玩世不恭的骄傲感。可惜范淮走上了一条错误的路。

采访下方配的是李凌松坐在台上的抓拍照。不知道是不是心理作用，何川舟看久了图片，仿佛在李凌松的眼睛里看见了一道闪动的暗芒，并不是那么单纯。

边上的青年警察嘀咕着将几个细节串联起来："李凌松认识范淮，且准确判断范淮是一个天才。我们在韩笑的家里搜出了他亲笔写的情诗。他在D大任职，跟D大附属医院的医生很熟，经常会去开相关的讲座或进行交流，还为医院输送了不少优秀的精神科医生。另外几位病人都曾经去过D大附属医院看病，或者有些更加直接的关联……"

他说着自己打了个哆嗦，苦涩道："不会吧？想想有点道理，再想想又觉得有点牵强。李凌松这样的业界大佬，真的会沉迷于这种无聊的游戏吗？难道是科研不好玩吗？"

他是极不希望这种猜测被证实的，不希望一个为自己所尊重的人一夕之间变成最丑恶的犯人。他一点都不喜欢这种人性颠覆的感觉。

何川舟将资料合上，说："查得再仔细一点。看看所有关联的人物是否跟李凌松有过直接接触。李凌松开讲座的记录能找到吗？"

"这个年代有点久远。有些是企业要求，不一定还有留存……"青年说着顿了一下，表情越发变得诡异，"哦，对了，我刚刚查资料的时候看见李凌松曾经给一家MCN[1]企业做过顾问。"

何川舟挑眉："嗯？"

青年语气沉重道："是的，第四名死亡的证人，那个被自己亲妈的药酒毒死的MCN企业老板。他在创业初期的时候邀请了李凌松，让李凌松帮助他们分析并确认了公司几位签约网红的未来发展方向。事实证明确实还算成功。"

何川舟表情凝重地点了点头，表示自己知道了。

原先毫无关联的人与事，因为李凌松的出现终于有了交集。就目前来看，要说他没有参与，实在是很难让人信服，只是不知道他在其中究竟扮演着什么角色。

青年警察还要说话，另一位年轻小伙小跑着从外面进来，举起手里的东西道："何队，监控我拿来了！"

---

[1] 一种新的网红经济运作模式。

青年望向门口，奇怪道："韩笑车祸的监控吗？这监控我们都看过几十遍了，没发现什么问题啊。"

"再看一遍。我觉得这起车祸不是那么巧合。"

何川舟转了下椅子，示意对方过来播放。

三人聚在电脑前面看着放大到全屏的录像。

青年警察心有不解，还是屏住呼吸，乖巧地站在侧面。

视频里，韩笑的车正在靠近十字路口。她神情恍惚，显然不在状态，双手抓着方向盘，无视前方的红灯，加速冲向对面的车道。

在发现自己违规行驶之后，她像是才反应过来，慢一拍地开始打方向，并最终将车撞向一侧的围墙。

这是很明显的走神，韩笑当时应该在跟公司的人打电话。可是警方听过对方人事部门提供的录音，在车祸之前韩笑的态度就有点奇怪。

她离开三天的时候明明是正常的，人事是在那之后唯一跟她联系过的对象。到底还有什么事情能让韩笑的情绪发生剧烈变化，以至她连驾车都漫不经心？

何川舟将进度条拉回前面，重复播放了一遍。

两位警员不明所以地陪着她观看。反复数次后，何川舟长舒口气，似是终于明白自己错在了哪里。

她朝后一靠，用力抓了把自己的短发，在两位下属不解的眼神中，拿笔尖指着屏幕道："看出什么了吗？"

两位警员轻轻摇头，满是迷惑，试探着开口道："韩笑不是想要自杀？她最后努力打正方向了，可惜车速太快。"

"我只能看出她的车技不是非常好，而且她为什么要在开车的时候发呆呢？"

"不！"何川舟用笔点了点，"我是问，她在看什么！"

两人皆是愣了下。

何川舟将视频再次往回拉，用笔帽在韩笑脸上画了个圈，说道："看见没有？虽然画面不是很清楚，但是她的头偏了下，根据角度和距离来判断，她很可能不是在看指示灯，而是在看路边的某样东西，或者某个人。"

她斩钉截铁地说："韩笑就是在路口这个位置，看见了什么让她很惊讶的人，于是失神之下闯了红灯，才出了车祸！"

警员立马将画面缩小，根据韩笑视线的方向往路边移动。

"她好像在看这个位置……"

范围就在红绿灯的侧面不远处，路边有好几名步行的路人。

这个监控摄像头只拍到了他们的背影，而其中一人穿着黑色的大衣，顶着满头银发，与李凌松的背影颇为肖似。

年轻警员犹如被当头敲了一棍，他怔了一秒，然后跑出门去，急着调取其他的监控。

第 八 章

探问

"我跟他们接触过，也做过多次调查。我觉得他们……的确没有说谎。"

　　穹苍举着筷子，与对面的贺决云久久对视，又默默不语。她撇撇嘴，抿了口碗里的白粥，感觉很是寡淡无味，内心一片创伤。

　　不知道贺决云昨晚想通了什么，他今天从头发丝到脚指头都写满了不对劲，还十分不做人，一直用干净的筷子搅拌着面前的蟹肉却不下口，暴殄天物的同时透着两分慵懒随意，看得穹苍脑门青筋突突直跳。

　　穹苍干巴巴地问道："好吃吗？"

　　"不知道，还没吃。"贺决云甚觉无趣地叹了口气，"还行吧，我们家的人都吃腻了。"

　　穹苍也是一个沉得住气的人。她低声地"哦"了一句。

　　贺决云又端起旁边一小盅还冒着热气的高汤在穹苍面前晃了一下。清透的高汤带着浓郁的香气，不停地向穹苍炫耀它来自一锅精心炖煮了整晚的鸡骨和猪大骨。

　　穹苍叹了口气。

　　贺决云虚伪地问道："白粥好喝吗？"

　　臭不要脸的有钱人，对于"钞能力"的认知是不够深刻吗？

　　穹苍只想尽快结束这种诡异的对话，认为现在是自己该好好表现的时刻了。她抖擞起精神，认真观察贺决云的每一个细微表情，语气坚定，恨不得把三个字说成掷地有声的宣言。

"不好喝！"

贺决云敲了敲桌面，瞥向边上摆着的数道散发着金钱芬芳，看起来却又朴实无华的豪华配菜，诱惑道："想不想吃？"

穹苍非常诚实："不敢想。"

贺决云被她给逗笑了，努力试了试想把基调拉回来。

你说哪儿有这种人，啊？哪儿有这种人，吃着你家的饭，睡着你家的床，叫着你的外号，还不跟你发展一下正当关系。

她就是一个渣女，想白嫖。

贺决云循循善诱道："你知道有钱人的生活有多单调吗？就是每天吃着山珍海味，为所欲为。尤其我们老贺家人，家教就是自由……当然也很传统。传统又自由，特别快乐。"

穹苍认真地说："那人生就会失去很多的烦恼跟乐趣，或者需要自己去寻求更多的乐趣。关于娱乐阈值这件事情，我们之前做过一次讨论。无聊是催动部分人群趋向变态的原因，有时候贫穷或无能也不全然是件坏事。"

贺决云的笑容难以维持。

穹苍满怀希冀道："您愿意跟我分享一下您的快乐吗？"

贺决云看着她消极回避还要装作浑然不知的模样，心里又好气又好笑，又想她这顿早饭吃得也真是忒不容易，差不多已经是出卖了自己的智商，看来是做了很大牺牲。他面上表情狰狞了一阵，最后无力地按住额头，放弃地挥了挥手道："算了，算了，你吃吧。"

穹苍笑了笑表示对他的感谢，随后端过面前的小菜碟，朝自己的碗里倒。

贺决云不吃早饭，但也不离座。他就那么两手环胸，在距离不足半米的邻座上定定地看着穹苍，目光里带着很复杂的情绪，做着作用十分有限的分析。

如果这是一个游戏，他一定要给穹苍附加一个好感度可见的功能，这样就能知道她无辜的面孔背后都在想些什么，是不是在偷偷地骂自己。

贺决云凝神注视着穹苍，可是始终没有看见她的正脸，后者深埋着头吃早饭，仿佛没发现他那颇为刺人的目光。

半晌，贺决云移开视线，扫向窗户外蔚蓝又模糊的天空。在他眼神移开的一瞬，穹苍若有若无地放松了一点。

本来在不思考这个问题的时候，贺决云是可以装作不在乎的，然而一旦意识到，再想要装作不知情就有点自欺欺人。

好像只有他是一厢情愿，穹苍对他总是忽冷忽热的，叫他捉摸不定。

他会思考这里面出错的人是不是自己。

穹苍越是想要回避，他就越是好奇。就像很多人不是不能接受失败，而是不能接受自己失败却没个理由。

这样想着，贺决云刚移开的视线又飘了回来，还带了点愤怒的瞪视。

穹苍没有办法再继续无视，感觉手底下的筷子都变得异常沉重。她抬起头问了一句："你今天要上班去吗？"

贺决云带着被打断了思路的不满，臭着脸道："要。"并终于起身离开了餐桌。

穹苍如蒙大赦，三两口扒干净碗里的东西，抱着碗去厨房洗。站在洗碗台边的时候，她的眼皮还在不住地跳，将手伸到水流底下慢慢冲刷，然后拿过百洁布仔细清洗。

贺决云换好西装从房间里走出来，单手拎着领带，熟练地往脖子上套。他今天的计划是回公司尽一尽自己小老板的职责，毕竟已经无假怠工多天，再不回去恐怕要被宋纾扎小人。

贺决云走到门前的时候，想起了什么，冲着厨房的方向叮嘱了一句："你今天下午要去医院复诊吧？"

穹苍回道："我自己叫车。"

贺决云说："那你记得把花带回来。"

就像很多人在经过高压环境的历练之后以为危机已经解除，就会放松警惕。

穹苍没有意识到贺决云的用心，接连问了两个最糟糕的问题。

"什么花？

"哦……那个好多天了，不用了吧？"

门口的动静突然停了，像是陷入无边的寂静。穹苍等了等，确认自己没听见开合门的声音，警惕危险的本能让她感觉到背后有阵冷意。她小心翼翼地关掉水龙头，以缓慢的速度回头查看，于是猝不及防对上贺决云近在咫尺的脸。

贺决云一向是很好说话的，上次发火也是因为那束凝聚着他浓浓"父爱"的白玫瑰，穹苍认为自己需要珍爱生命，端正态度，说："我今天下午就去拿回来。"

贺决云的表情看起来阴恻恻的，说："我问你一个问题，你认真回答我，不是跟你说冷笑话。"

穹苍犹豫了下，将手里的百洁布放下，转过身正对着他。

贺决云严肃地说："你认为我们之间，或者说以后应该是种什么关系？"

"朋友？"穹苍尾音重了一点，与其说是告诉他，不如说是希望说服他，"是很好的朋友。"

贺决云较上了劲："那我告诉你，没有什么很好的朋友。对异性很好的多半都是别有所图。也不用说我是什么好人，我没那么圣父。我为什么不对田芮好？我为什么愿意让你住进来？为什么帮你隐瞒范淮的事？只是为了方便监视你，还是除了你就没有别的朋友了？"

穹苍沉默地看着他，背靠在料理台上，手掌撑着大理石台面。她用手指抠了抠边角，等不到贺决云的退缩，才问了一句："你今天心情不好？"

贺决云扯扯唇角，哂笑道："看来聪明人转移话题的方法也不是很高明。"

穹苍无言以对。然而她的表情不是窘迫，也不是被揭穿后的羞愧，依旧是冰冷的平静，或许还有些微的迷茫，就好像这世上没有人能够让她当面露出破绽。

贺决云无法像她一样把控情绪，又不想在她面前说出什么伤人的话，转身决定先离开。

"抱歉。"穹苍带着点凉意的声音在后面响起，"我觉得这是……很需要认真考虑的事情。"

贺决云不知道这个认真是穹苍对他说的，还是对自己说的。

他自嘲地笑了下。

太糟糕了。

穹苍不知道屋里是什么时候重新安静下来的。她把剩下的碗筷擦拭干净，并将厨房打扫了一遍，然后缓步走到客厅，空虚地坐在沙发上。

她思考过自己是不是做错了什么，然而她的反省并不真诚。这不是她的专长。最主要的是即便错了，她也没有正确的修改方式。

在她大脑放空的时候，茶几上的手机振动起来，嗡嗡的响声瞬间占据她全部的注意力。

穹苍快速上前抓了过来，待看见来电显示的名字是何川舟，几不可察地皱了下眉，垂下眼皮点击接通。

何川舟那边没头没尾地问了一句："你跟李凌松熟吗？"

穹苍骤一听见这名字愣了下，而后尽量中正地回复道："不算很熟。"

何川舟问："那你对他怎么评价？"

穹苍沉思片刻，回答道："不便评价，真的不熟。他是个专业能力很强的人，醉心于自己的学术，跟他在一起的时候会有一种压力感。"

穹苍不喜欢任何被探究或被窥视的感觉，而这恰好与李凌松的职业相悖。李凌松多年来一直在研究社会心理学，已经养成了习惯，面对特殊的人群时，他会表现出极大的耐心与热情，穹苍从中感受到的就是身为样本的冰冷。加上他又是一名长辈，双方之间有身份上的距离，穹苍不擅长与他打交道。

穹苍睫毛颤动了下。

是的，她一向习惯了独立、孤僻，她没有让别人参与自己人生的想法，也没有想建立家庭的意愿。做朋友不必思考未来这种东西，她讨厌思考类似的问题。

这是她跟贺决云的不同之处，而她主观性地回避这种问题。

何川舟没有发现她的不在状态，只简短地应了一声，不待穹苍追问，第一时间挂断电话。

穹苍看着暗下去的屏幕，消瘦的身影在光影中一动不动，等过了有一刻钟，才从这种毫无意义的入定状态中脱离，她套上外套，也走出了房门。

何川舟踩着黑色高跟鞋踏进办公室，站在门口位置，眼珠小幅转动，快速又含蓄地将屋内的细节都扫视了一遍。

光线明亮，陈设简单。小小的屋子里有很多生活的痕迹，角落里摆放着各种奖杯和照片，充分证明了主人的生活阅历，然而各种杂物堆在一块，并不显得杂乱。

只寥寥几眼，就让何川舟判断，办公室的主人是一位有自制力又性格温和的人。

"你感兴趣的话，可以随便看看。"书桌后的人笑了下，主动道，"我在D大工作有四十多年了。这里面很多都是我跟学生的回忆。说不定照片上的很多人你都认识。"

何川舟转回视线，朝他笑了一下："不好意思，打扰了。"

"没什么。以前做顾问的时候，我也经常和公安厅合作，只是现在年纪大了不大方便。"李凌松指了指对面的木椅，"不知道何队找我有什么事？"

何川舟将复印件从包里取出来，客气地放在桌上推过去，问道："您认识这个笔迹吗？"

李凌松拿起来，认真对着每个字辨认了下，眼珠转动，似在回忆，随后将纸放回到桌上，神态自然道："这的确是我的字，但我不记得是什么时候写的了。"

何川舟顺势在桌子对面坐下，与他保持视线平齐，又问道："那您知道我是在哪里找到的吗？"

李凌松摇头，请她直说。

"从一位刚刚遭遇车祸的女司机家里搜出来的。"何川舟拿回纸，将它立起来，朝着李凌松展示道，"经过我们的调查发现，这位女士多年前曾经有过出轨或者精神出轨的行为。这是她的情夫亲手写给她的情书。其余的证据都被焚烧，只有这张卡纸被她女儿无意间保留了下来。"

"哦？"李凌松即便是皱眉也带着一种温和，让人无法从他的脸上看出愠怒或别的情绪，仅有单纯的不解。

"我不是很懂你的意思。这里面的逻辑似乎有点奇怪。那位女司机，是什么原因出的车祸？"

何川舟说："意外。"

"既然是意外，为什么要查她多年前的私生活？"李凌松露出个无奈的笑容，"还牵涉到了我，我猜你们有了某种比较奇特的猜想。"

何川舟双目紧紧凝视着他，李凌松未感到冒犯，也坦荡地回视她。

何川舟说："这不是您写的吗？"

"是我写的。"李凌松承认得很痛快，"但我没有给任何人寄过这种东西，更没有与哪位女性有过不正当关系。容我解释一下，这首诗其实是我以前写给我的前妻的，我怎么可能用它来向别的女人表白呢？而且，从这首诗的内容来看，它应该是我后来改过的版本。十几年前了吧……"

他沉吟了声，似乎记得不是很清楚，低头笑出声来："那时候我都六十多岁了，怎么可能还有年轻人的这种乐趣呢？"

这也是何川舟最想不通的地方。

十几年前，韩笑那时候才三十多岁，诚然李凌松很有魅力，但韩笑真的会爱上这个岁数是自己两倍的男人吗？

这件案子最困难的地方就是谁也不知道谁是无辜的，谁是最终的嫌疑人，而谁又是被利用的。

何川舟敛下眼中的情绪，语气礼貌地问道："那么，什么人能够拿到您的这份手书？"

李凌松遗憾地说："我想应该不少。"

何川舟眼睛周围的肌肉抽搐了下，心下发凉。"您的意思是？"

"年轻的时候总是会有各种兴趣，也是因为工作，我喜欢了解各种各样的人。所以，我加入过不少兴趣协会。"李凌松指向她手中的东西，"这个就是一种。"

他说："有时候，我会负责教教新人，另外，在给我的学生上课时，为了放松气氛，也曾经写过不少卡纸。因为方便，我写得最多的就是这几首诗。上完课后，这些东西一般会由我的助理或者学生进行处理，他们具体丢到了哪里，我没有过问。"

"为什么没有落款呢？"

"又不是为了送人的。"李凌松失笑道，"何队会在自己的草稿纸上写名字吗？"

短短的时间内，连何川舟都开始怀疑自己了。

面前这个男人无懈可击，好像一切都跟他没有关系。然而越是这样，何川舟越不敢轻易排除他的嫌疑。

不显山，不露水，他身上覆盖着太重的神秘的味道。

"只是为了这一首诗而已？"李凌松见她沉默，关心地问，"它很重要吗？"

何川舟把纸放回去，又拿出另外一个袋子，从里面取出两张照片放到桌上。

照片是从侧面拍摄的，头发灰白的老人停在路口的位置，等待红灯的结束，他身边还有几名路人。这条街道位于繁华的地段，行人往来一向密集。

李凌松看清了，恍然点头："的确是我。这还是我前两天刚穿过的衣服——你们说的车祸，原来就是那一场。那位司机的确是出了意外事故吧？你们在查什么？"

何川舟说："是的，好巧。您就那么凑巧地出现在案发现场。司机就是因为在看您所在的方向，才会闯了红灯。"

李凌松讶异地扬眉，表情沉重起来。"她叫什么名字？"

"韩笑。"

"嗯……"李凌松按着额头苦思一遍，叹道，"我真的没有印象，不认识。也许是我的某个学生？我真的深表遗憾。"

何川舟在他身上看不出任何端倪。

明明线索都指向这个人，他却轻而易举将它们都推了出去，如同一座潜伏的冰山一样，让人无法看穿。

何川舟语气加重了一点："那天早上，你为什么会路过这里？"

李凌松轻巧地说："逛街。"

何川舟起伏的声调表示了她的怀疑："逛街？"

"我不能出现在这个地方吗？"李凌松无奈道，"就算我出现在这个地方，我也无法保证车主会因为看见我而出事吧？何况我为什么要这样做呢？这件事……我认为你们可以再思考一下。我不知道你们究竟想让我向你们解释什么。"

何川舟也发现自己态度过于偏激了，她低头整理了下桌上的东西。

李凌松反而主动解释了一下："那天早上，我跟我儿子一起出去逛街，因为我前妻的生日快要到了，我们想选份礼物——我前妻身体不好，卧床很多年了，医生说可能坚持不了太久。我儿子希望她临终能开心一点，才把我叫出去的。在这之前，我跟我前妻其实也不怎么联系。"

是这样吗？何川舟在心里道。

能说的李凌松都已经说完了，何川舟也不知道自己该问什么。

李凌松理解道："侦查机关的工作很忙吧。或许你需要放松一下。"

何川舟深吸一口气，视线扫过一旁的果盘，里面放了许多散装的橙子糖。

她本来想问李凌松是否认识"丁希华"或者范安这些人，然而话到嘴边的时候犹豫了下，只问道："介意吗？"

"请自便。"李凌松笑道，"很多人都很喜欢这种糖。糖果这种简单的东西，有时候能带来很简单的快乐。"

何川舟随手摸了一把揣进兜里，朝李凌松点头。

"叨扰。"

这场谈话几乎毫无收获，除了彻底给何川舟的调查计划打上一个大叉之外，没有提供任何帮助。

她吐着浊气从教学楼出来，在正午太阳的照射下微微眯起眼睛，走向自己的车辆。

摇摇晃晃的树影下，一道熟悉的身影背光靠在她的车身上，在汽车因为电子锁解除而亮了下车灯之后，转过身朝她这边望来。

何川舟加快脚步，扯起一个浅浅的笑容，问道："你怎么过来了？"

穹苍两手插兜，显得有点心不在焉。"闲得没事，出来走走，猜你在这里，就顺便过来了。"

何川舟往她身边看了眼，揶揄道："你的小跟班呢？"

穹苍尴尬笑道："他可不是我的小跟班，请不起。"

何川舟明白了。"吵架了。"

"没有的事。"穹苍冲着那边抬起下巴，询问道，"怎么样？"

何川舟拉开车门说："先上车吧。"

穹苍顺势坐上副驾驶座。"问出线索了？"

何川舟张开嘴唇，自嘲地吐出几个字："问了个寂寞。"

"他是很厉害，能看穿别人，但是别人看不穿他。"穹苍说，"没有实质的进展，那么感觉呢？"

何川舟想起来："还是有的。"

她往兜里一掏，抛给穹苍一颗糖。

穹苍满意道："收获还是很喜人的。"

贺决云一早回到自己的办公室，一副低气压的样子。宋纾还没来得及高兴群龙有首了，就发现自己这位顶头上司的状态不对，顿时满心抑郁。

还不如不来。这不会要他去揣测圣心吧？

宋纾把需要签字的文件整理了一遍，边边角角收拾平整，前后顺序按照主次排列，确认连吹毛求疵的贺决云都不可能挑出他的错误，才拿着文件夹跑去找人。

宋纾敲门进去，把几份文件摆在桌子正中，让贺决云关注。

贺决云背靠在椅子上，两手置于腹前，双目无神，魂不守舍，俨然一副老大爷忧伤人生的做派，随口说了句："放下就行了。"

一位大好青年就这么堕落了，工作真是万恶之源。宋纾心下感慨了一句，看不过眼，催促道："老大，这些文件比较急，你先签了我拿去装订好。不然待会儿我还得跑一趟。"

贺决云敷衍道："五分钟后给你。"

宋纾急道："老大，你认真一点呀！"

贺决云身形猛地震了一下，迅速扭过头，眼神犀利地看向身边人。宋纾被他瞪得吓了一跳。

"什么叫认真？"贺决云发起灵魂拷问，"你知道我一分钟可以赚多少钱吗？知道我一天可以赚多少钱吗？知道请我当司机，需要付多少钱吗？我有钱得自己都害怕，对我来说最昂贵的就是时间！如果拿金钱价值作为是否认真的标准的话，换算一下，我的付出可以远超全国 99% 的人！"

宋纾差点被"钱"这个字砸晕了，他深深望了贺决云一眼，确认是自己惹不起的疯男人，默默拿起报告，想当作无事发生逃离现场。

贺决云一手压住他的文件，双目炯炯有神地看着他。

宋纾接收了两秒信号，愤怒地朝外面叫道："是谁！到底是谁又惹了我们老大！站出来行吧！赶紧站出来把人给我治好了，我既往不咎！"

贺决云还没有抒发完毕，继续追问道："我难道不认真吗？我每天工作缠身，有无数可以实现自我价值的事，可我还不是跟在她屁股后面跑？连去医院点外卖这样的事我都亲力亲为。说真的，小马仔都没我这么殷勤。我委婉一点她真的当我是普通朋友？"

宋纾好想哭着给他跪下，他发现自己犯下了一个了不得的错误："我错了，哥。你超认真的，尤其是对待感情。"

掺和什么，都不可以掺和一个直男的感情。

贺决云越说越是愤怒："她要什么样的才叫认真？陪她共患难分享贫穷？我太有钱是我的错吗？"

宋纾酸得牙痒痒。他也想某天能因为自己有钱到太过肤浅而感到烦恼。可是现在，这不是他能理解的境界。

宋纾仰着头，内心淌着泪，在那里听贺决云发表属于另外一个次元的愤慨。然而贺决云得不到呼应，说了两句就感到意兴阑珊，开始进入贤者沉默的时间。

宋纾安慰了他一句："女生嘛，都是这么不讲道理的，冷静一下说不定就想明白了。"

贺决云眯起眼睛，威胁地看着他道："你现在要说她坏话了是不是？"

宋纾震惊。

好，你们男人现在都这样了是不是？

何川舟在车上换了双平底鞋，顺口问道："送你去哪里？"

"先去医院吧。谢谢。"去医院拿那束白玫瑰，现在是穹苍日程表上置顶标红的事项。穹苍觉得自己这辈子都忘不了那束清纯的玫瑰花了。

何川舟不知道她的表情里为什么突然多出了两分复杂，以为她是抵触医院，轻松地转移了话题道："今天见李凌松，给我的感觉很特别。"

穹苍脸上的苦意的确消失了，唇角微微下压，沉声道："坦诚，完美。"

何川舟点头，带着一丝凝重道："我在见李凌松之前，先问了几个认识他的人。李凌松从小家庭幸福，成绩优异，备受关注。高中开始出国留学，学成后积极回国任职。认识他的人对他的评价都很高，包括他的前妻和他的学生。当然，他也不是没跟人发生过矛盾，只是大部分都不严重，而且并不全是他的错误……总之，他的履历说明他是一个出色、高尚、优秀的人。"

穹苍没什么反应，淡然地看着窗外，瞳孔里掠过绿色的林荫道。

关于李凌松的优点，方起起码跟她念叨过十几遍，比何川舟现在描述的要更具有艺术性的夸张。

李教授就是有这种吸引迷弟的魅力。

何川舟顿了顿，缓缓打过车辆的方向，问道："你觉得一个人真的可以伪装一辈子吗？甚至可以骗过天底下所有的人？"从车窗外照进来的阳光将她眉宇间的皱纹映成一道阴影，为她原本就英气的五官增加了一股冷厉。

穹苍闻言转过头，看着她认真道："如果你觉得是他，那就认准了查。说不定查着查着就有其他人出来了。何况他确实不那么清白。"

哪儿有这么莽的调查方向？那他们李局的头发估计都要掉光了。

何川舟多瞅了她两眼，失笑道："他不是你的亲戚吗？我以为你会为他说两句好话。"

"嗯？以我和他的关系，我的理智还不允许我偏颇。"穹苍鼻翼翕动，哂笑道，"看来做我的亲属也没什么好处。"

何川舟感慨道："看来真的是吵架了。"

穹苍愣了下神，而后摇头道："没有，不算。只是我们对未来的理解出现了不同的认知。"

何川舟问："你的认知是什么？"

穹苍嘴唇嗫嚅，脑子转了一遍，无法回答这个问题，生硬地问道："上次那个袭击我的毒贩呢？"

何川舟闻言脸色立马变得不大好看。"还在禁毒大队那边。那个人毒瘾很深，一直装疯卖傻。清醒一点的时候去审问他，他就什么都不承认。他说自己当时吸毒过量，上街后出现幻觉失去了意识，才会对你发狂。现在已经不记得那时候做过什么了。"

穹苍冷笑了下，说："他知道我是谁，他叫了我的名字。他是故意跟踪我的。"

"没有监控，无法证明。"何川舟瞥了眼后视镜，问道，"你认识他吗？"

穹苍摇头："不认识。从来没有见过。"

"没关系。"何川舟说，"明天我就把他提过来，看看能不能撬开他的嘴。"

穹苍眼神闪烁了一下，带着些许的不确定道："其实我有一个很大胆的猜测。"

何川舟就喜欢各种发散性的思维。她笑道："说。"

穹苍说："他当时叫住我，很激动地说，我想害死他，他就杀了我。下手的力道十分强劲，杀意真实。结合他当时因为吸毒，大脑处于极度亢奋的状态，他说的是内心的真实想法。想杀我的人是他自己，不是别人唆使的。可是我根本不认识他，跟他应该没有关乎性命的利益冲突，唯一一件姑且还算有交集的事情大概就是……"

车从一座高架桥下驶过，阴影从车头笼罩过来，像一张黑色的巨口将她们吞没。

"范淮？"

何川舟说出的两个字在安静的车厢里有种特别的震撼感。

穹苍沙哑的声音在空气里颤动："他当时的行为，差不多是当街行凶。这样的举动透着愚蠢，也毫无意义，与幕后人原先的行事作风完全不符。我认为这是他自作主张的决定。或者当年幕后人帮他嫁祸于范淮，成功逃离法律的制裁之后，也像离开韩笑等人一样离开了他。这么多年他一直安然无恙，我的突然出现让他察觉到了危机，然而他已经没有能求助的对象。加上毒品对大脑的刺激，以及多年瘾君子的阴暗生活影响，他冲动之下，尾随在后想要找我报仇……"

何川舟没有说话，但眉间已经蹙起几道褶皱。

那个"主动上门"的瘾君子，会是范淮案的真凶吗？

在他们的潜意识里，那个人应该要更加神秘、更加聪慧、更加稳妥，才能避开那么多专业人士的严密搜查，才符合他们对 boss[1] 的印象。

结果出现的居然只是一个类似泼皮无赖的瘾君子？还以如此可笑的方

---

[1] 原意为老板，此处指游戏中首领级别的非玩家控制的角色。

式隐藏在他们的视线下？

是的，他们似乎忽略了，类似韩笑、梅诗咏等人都不算很聪明。剧本的撰写者要比真正的凶手可怕得多。

何川舟先前隐约有过类似的猜测，但是她没有穹苍那么肯定。而一旦顺着这个想法深入思考，她的大脑思维就翻涌起猛烈的风浪，将她原本持有的信息和情报搅得粉碎，再重新组合。

何川舟听着自己的心跳声逐渐剧烈，思路在清晰与混乱之中，想让穹苍接着往下说，把事情有条理地分析一遍，还没来得及开口，挂在前面的手机先响了起来。

何川舟一面放缓速度，找路边停车，一面戴上耳机接通电话。

来电的是她手下的一位警员。

简短的几句交流之后，何川舟挂断电话，同时表情恢复了平静。

"不急的话，先跟我去一个地方吧。"

穹苍狐疑地问："怎么了？"

何川舟严肃地说："有几位受害人家属去了局里，想要见我。"

穹苍问："谁？"

何川舟道："证人的家属。"

丁陶（三天化名）、吴鸣（三天化名）、梅诗咏，三位证人都已经基本确认当年是做了伪证，社会风向难免会受到影响，另外两位证人的家属恐怕要坐不住了。

"在几位证人里，他们的证词其实是最让我在意的。"

何川舟掉转方向，踩着油门往另外一条路上开去，手指不住敲击着方向盘。

"我跟他们接触过，也做过多次调查。我觉得他们……的确没有说谎。"

汽车在公安局前面的空地上停了下来。一个漂亮的甩尾，直接飘进停车位，穹苍差点被何队甩尾时的惊人车技给飙得吐出来。

何川舟见她面色发白，惊讶道："你不习惯坐飞车？"

穹苍："……"这是什么必须会的技能吗？

何川舟肯定地告诉她："是的。"不会飙车问题不大，但不会坐车问题非常大。

就算是这样，穹苍最多也只能发展一下 QQ 飞车。

何川舟给她搭了把手，笑道："下来吧。"

穹苍踩到实地，瞬间感觉好了很多。

"来，这边。"何川舟领着她，朝会客室匆匆赶去。

房门推开，里面几位纷纷望了过来。

这次来的其实是两大家人，有十多位。两边亲属应该是互相间商量过，最后决定一起来警局说个明白。

他们家人已经去世，死于非命，凶手至今还未对外公告，不仅死因未明，还要蒙受做伪证的指控，身为家属他们无法接受。

何况他们也想知道范淮究竟是不是被冤枉的，他们尊敬的长辈有没有犯下无法挽回的大错。

"何队，你来啦！"负责招待的警员不由得大松了口气，快步过来朝她介绍道，"何队，这边是孙乾的家人。这位是孙先生的妻子。"

穹苍的目光第一时间飘了过去。

孙乾，范淮案第一位死亡的证人，男性，六十三岁。

孙夫人如今也已经六十多岁了，这个年纪，保养得当的老人其实不至于显得如此苍老。可是她因为丈夫骤然离世，承受了一次巨大的打击，导致原本还算康健的身体宛如被抽去了精气神一样，快速憔悴下来，耷拉的眉眼里看不出多少生气。

警员又指着对面座椅上的几人道："那边是马成功的家属，他的两个儿子和两位儿媳。"

马成功，范淮案第三位死亡的证人，男性，五十七岁。

何川舟与穹苍不着痕迹地在几人脸上打量了一圈。这些人脸上并没有太多的戾气，安静地坐在位置上，坐姿端庄，看着都是些有礼貌的人。见二人出现，他们脸上闪现些许的激动，但很好地克制住了自己的行为。这说明他们来这里的确不是为了闹事。

能和平对话就好，否则这么一大帮人，何川舟也要感到头疼。

孙家老太太一看见刑侦支队队长出现，立马站起来，三步并作两步地朝何川舟走近。因为着急，她走得颤颤巍巍，边上子女连忙伸手搀扶住她。

老太太的眼中有泪光闪动，混浊的双目诚恳地看着何川舟道："小何同志是不是？这位同志，我丈夫不可能故意做伪证的呀！我仔细想了好多遍，我觉得真的是误会！"

何川舟安抚地握住她的手，领着她往桌边走去，说："不要急，先这边坐。"

孙夫人被动地坐下，嘴里还在反复重申道："没必要害他，那么年轻的小伙子，我们跟他无冤无仇的，为什么要害他，你说是不是？"

对面的人跟着点了点头。

穹苍关注着孙夫人脸上的每一个表情细节，凭她多年的生活经验，找不出任何关于谎言的痕迹，倒是从她朦胧的眼睛里看出她是一个多愁善感的人。

孙乾家里是开相机店的，但并不是什么名牌专卖店。孙乾喜欢收藏相机，所以开了一家修理店，顺便卖各种二手相机。

穹苍看过的几份资料对于案情细节写得不是很详细，只知道孙乾的证词最终敲定了范淮劫财行凶的动机。

何川舟轻声安抚着，让孙夫人把过程再说一遍。

即便已经过去许多年，孙夫人依旧记得当年的每一个细节，因为在许多个午夜梦回的时候，他们都要忍不住再问自己一遍，他们当时给的口供说清楚了吗？就那么决定了一个青年的一生，责任太重了。

孙夫人用力吞咽了一下唾沫，缓缓说道："我们家老头是个喜欢聊天的人，年纪越大话越多，每天叨叨个没完，经常拉着店里的人唠嗑。那个年轻人是我们的一个老顾客，他来店里从来不买东西，因为没有钱，但是他很喜欢往我们店里跑。一放假就过来，看看相机啊，交流一下技术什么的。老头儿就跟他聊，两人说说闲话，我还笑他们是忘年交。"

孙夫人低下头，神色黯然道："那天晚上，他过来说要买一架他看中了很久的相机，让老头先给他留着。那台相机七八成新吧，老头子把坏的地方都翻新了，一般人还得卖一万左右，给他便宜了三千。但那也好贵的，他一个学生哪里买得起？老头子就问了他一句：'小兄弟，你父母同意给你买相机了啊？'……"

她还记得那个意气风发的青年斜背着一个黑色书包，闻言笑了起来，瞳孔里映着光彩。

"我没向我爸妈要钱啊。"

"那你哪儿来的钱？"

青年眨了眨眼睛，不正经道："抢的呗，哪里来的钱？"

穹苍说："这是开玩笑的吧。"

"你这件衣服哪儿来的？"

"偷来的啊，还能哪儿来的。"

这是年轻人对于一些无聊问题揶揄的回答，然而那并不代表他们的本意。如果范淮真的有劫杀的打算，绝对不可能在行动前那么轻松地说出来。

孙夫人干瘦的面皮一阵抖动，声音干哑地说道："我也觉得是开玩笑的。老头子嘴快，说出来的时候就后悔了，觉得会给那个小伙子带来麻烦。可是那天晚上范淮确实背了一书包有点被打湿的钱过来，还把账给结清了。"

何川舟一手按着她的背，回过头朝穹苍解释道："这上面主要是时间的问题。"

同一天晚上，在距离店铺不足一公里的后巷，一位记者被残忍杀害。

生前她刚去银行领了七千块钱，经比对，正是范淮拿去结账的现金。同时法医验尸确认，死者的死亡时间与范淮行动的时间完全符合，他有充分的作案时间。且范淮有二十分钟的空白时间无法给予解释。再加上其余证人的证词，多道箭头一齐指向他，最终法官判定了他的犯罪事实。

孙夫人又要站起来，向穹苍证明道："我……当时警察问了，我们没多想，就说了出来，但我们没有说谎，也没有添油加醋。那天他们对话的时候，我就在店里，我是亲耳听见的！我一把年纪了，半只脚都在棺材里，我不能做那样昧良心的事！"

穹苍半垂下眼皮，声音发沉道："范淮说，那笔钱是他自己赚来的。"

何川舟让老太太先坐下，补充道："无法解释的是为什么会有七千块钱那么多。"

范淮说他帮那个记者跑过两次腿，但没道理可以拿到那么高的酬劳，公司那边也没拿到记者的报销单。所以警方没有取信。

穹苍也知道范淮的许多解释根本没有证据支持，因此当年才会被判故意杀人。

事情发生得太巧合了，偏偏是那一天，大雨滂沱，冲刷了地上的脚印和凶手的痕迹，使得案件侦查只能更多地依靠目击证人的证词。

而现在所有证人又都死了，还有谁能来还原当年的真相？

"我们这边……其实有点事要补充一下。"马成功的几位家属犹犹豫豫地举起了手。

何川舟向他们做了个邀请的手势，并示意边上的警员再去换几杯热水过来。

两位兄弟扭头对视，互相用手肘推搡了一下，无声地交流过后，最后决定还是由左边的大哥发言。

青年舔了舔嘴唇，带着点紧张道："其实……我爸不是故意的。"

这个不是"故意"，所代表的意思就很重大。何川舟立马警觉起来。她朝着青年走过去，又停在了一个合适的距离，单手撑在桌上，以免给他太大压力。

"我也不知道是不是，我只是把我爸念叨过的话告诉你们，毕竟已经好久了。"

青年擦了下鼻子，一面回忆一面组织语言，缓慢道："那一年，我大学毕业回来找工作，因为一直落实不了，心里有点烦。当时我和我爸在二楼阳台谈心，已经是晚上九点多了。外面雨大得很，能被风吹进来，我坐在床上，我爸一个人站在窗台边上淋雨，他心情也不是很好。"

因为事情发生得过于久远，他的表述不是那么有条理。

"我们两个人就聊。然后他意外看见一个男人从巷子里冲出来。那个人穿着一件宽松的连帽衫——应该是白色的——穿着一件不大紧身的裤子，背上还有一个比较大的方形书包。"

老太太在对面附和道："就是那么穿的。裤子是校裤，衣服正面写了一个很大的字母。"

马先生苦着脸道:"字母我爸没看清,反正大致的细节都跟大家对上了。我们那个小区老破小,好多年了,又不能拆迁,只能那样。那边路灯很昏暗的,坏了好几个,我爸又有点老花眼。他当时看见人在雨里跑,就大声叫了一下,那个人被他吓了一跳,回过头来看他。我爸说他看见对方眼睛的位置有一点反光,觉得那个人应该是戴眼镜的,但是他又不敢确定。第二天警察过来问话,他才知道,原来前一天晚上那地方死人了。"

警员端着温水走过来,放到他的面前,并将原先已经空了的杯子换走。马先生朝他点了点头表示感谢,端起来喝了好几口。

何川舟面上笼罩着一层阴云,她十分确定地说:"证词里没有提到任何跟眼镜有关的线索。"

马先生忙放下杯子,解释说:"因为他没看清楚,另外四个人都说范淮是不戴眼镜的。其中一个男的告诉他,不确定的事情就不要往外说,可能那只是他的错觉。他也觉得有道理,就默认是自己眼花。他觉得那么多人呢,他只管说自己看见的事实,总不可能大家都错了。"

可惜的是,就是大家都错了。一起设计完美的栽赃案,现场附近唯一真实的目击证人却被洗脑隐瞒了证词。

马先生扯扯嘴角,苦涩地笑道:"他就出庭做了一次证,不得好死了。我爸真没什么坏心,他只是个老实人。你说他说谎害人,不是的。不过现在也讲不清了……"

孙夫人情难自禁,想到这些糟糕的事情,忍不住要哭出来。她用纸巾捂着嘴问:"那个年轻人真的是被冤枉的吗?"

何川舟顿了顿,回答说:"目前还没有明确的证据,我们正在侦查中。"

虽然她是这样说,但众人还是从她的语气里听出了偏向性。

"怎么会有这么害人的人呢?这谁能想到?"老太太埋头抽泣,"那杀了我们家老头子的人是谁?是那个小伙子吗?你说这应该要怎么算?我都不知道该怪谁。"

对面马成功的家属同样心绪复杂。

一场由错误的开端造成的仇杀,让怨恨与愧疚交织在一起,变得无处安放。他们已经不知道应该要以什么样的心情去面对当年的受害者、如今的施害者,只感觉胸口堆积着重重的一层苦闷,永远也无法纾解。

会客室的空气黏稠得像一潭黑水，让众人身处其中难以呼吸。

何川舟闭上眼睛，长长吐出一口气，黑暗的世界里闪过无数零碎的画面，在她睁开眼的同时，又被面前明亮的场景替代。

她一步步走到桌子的侧面，抬起头，低沉而清晰地吐字，告知在场众人。

"马成功与孙乾的案件目前还在调查中……但基本确认，凶手不是范淮。"

几人俱是惊讶地看向她，想从她的脸上看出玩笑的痕迹。

何川舟说得很缓慢，在众人难以置信的目光中，又重复了一遍："范淮没有杀过人。他一直在等待一个真相。"

老太太擦眼泪的手僵在半空，在明白背后的意思之后，胸腔快速起伏，从喉咙里发出数声颤抖的哀鸣。她身边的子女抱着她，让她冷静。

窗外明媚的阳光也无法驱散现场的阴凉。众人仿佛回到了当年那个森冷阴晦的雨夜，在一片不真实的回忆中，看着范淮一步步走向黑暗的世界。

几位家属精神都很恍惚。"怎么会这样啊……这个……"

然而，比起对范淮怀有恨意，他们更愿意用余生去接受这种强烈的愧疚，大概是出于没有逼迫一位青年走上歧途的庆幸。

对一个不幸的人仍能拥有未来的庆幸。

何川舟抹了把脸，将所有的表情都隐去，保持着冷静道："麻烦几位去确认一下笔录。因为直接证人都已经遇难，你们的证词非常关键。"

几人木然地听从，浑浑噩噩地起身，在警员的引导下走出房间大门。

会客厅重新安静下来，很快只剩下何川舟跟穹苍两个人。

何川舟踱步到穹苍面前，静静看着她。

穹苍声音很轻，几乎听不真切："等待真相，是指社会的认同吗？"

何川舟认真思考了下，说："不，我认为是对自我的坚持。"

追求社会的认同永远没有正确的道路，因为在社会上大声发言的人在不断变化，随之漂流终究会因为失去目标而迷失自我。

穹苍笑了一下，说："对。范淮是一个很坚强的人。"

那大约是因为江凌对他的祝福，所以他可以坚定地追逐自己的未来。

　　穹苍低头解开大衣的扣子，将领子往下扯了扯，笑说："我要去医院拿花了。希望那束花也能坚强一点。"

　　何川舟揽着她往外走。"先吃个饭吧，这都中午了。晚点我送你过去。"

案件二　走出迷局

　　沉寂许久的灵魂开始狂啸，要撕碎那个将他推入深渊的人。

　　穹苍朝他走近一步，觉出他的不对劲："范淮？"

　　"我认识他。"范淮的身体像是在颤抖，可是他的声音听不出任何的暴戾，"他来监狱看过我。跟我妈和安安一直有联系。"

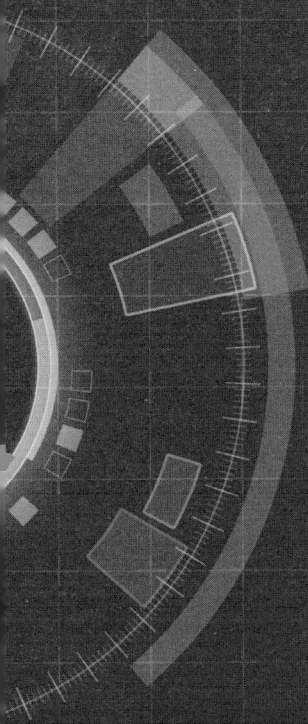

第 九 章

藏 娇

果然儿子只要养久了，总能遇到那么一两个惊喜。

穹苍的期望最终还是落空了。她来到那间已经被整理过的病房时，只看见了空荡荡的窗台，而没有那束白色的经历过命运挣扎的玫瑰花。

"啊，那束花啊？"清洁工阿姨尴尬道，"因为你们已经走了，那束花也有点枯了，我以为你们不要，所以给清理了。"

穹苍有种头顶响雷的感觉。

完了，贺哥的少女心……没了。

清洁工见她脸色严峻，跟着紧张起来，声音到后面越来越轻："怎么办？我今天早上就收了。他们说你不住院了，我才给收的。"

"没什么。"穹苍摆摆手说，"算了，没事。你去忙吧。"

阿姨还是很忐忑，毕竟这是他们老板家的人。她一步三回头，确认穹苍没有要追究，才渐渐消失在走道。

"这要怎么办啊？"

穹苍嘀咕了一声，晃着脚步去了医院外的花店。

她本来想仿制一个类似的作品，好瞒天过海，又怕到时候被贺决云认出来，来个罪加一等。经过了一番良心的挣扎与风险的考量，她最后决定买最贵的、最好的、最大朵的包一束带回去。

何川舟很忙，将穹苍送到医院后就先离开了。穹苍需要自己抱着那束包装浮夸的玫瑰回家。

为了不让花在运输的过程中被碰伤，穹苍特意为它买了一个大包，这样还能彰显它的尊贵与自己的谨慎。做好各种准备后，穹苍终于可以安心了。

一个小时后，穹苍提着个大包出现在贺决云家门口，弯着腰解密码锁。刚打开门，碰巧贺决云从楼道里出来，与她碰上。

贺决云看了眼她手上的行李包，又看了眼半合的大门，脚步挪动挡住了楼梯口，生气道："怎么了！说你两句还离家出走了是不是！"

穹苍把门开大了一点。"我刚从外面回来。"

"哦。"贺决云脸色就跟暴雨骤晴一样，变得极快，迅速恢复了平静。他一指里面，说："进去吧。"

穹苍小步迈进门，贺决云跟着进来。她才刚在玄关处脱完鞋，一回头发现贺决云动作利落地把门给反锁了。

穹苍："……"这倒也不至于吧？

怎么感觉那么像凶杀现场呢？

贺决云干巴巴地问："你今天去哪里了？"

他说出口发现自己的问题十分生硬，像是找碴，怕穹苍真的扭头出走，于是又哼了一声："算了，不想说就算了。"

穹苍："……"Sir（先生），我也没说拒不配合。

她主动解释道："我刚才去找何队了。"

贺决云说："哦。"

男人说哦的时候，就说明事情没完。——穹苍的直男解读语录

穹苍字正腔圆地吹捧道："因为看你在辛勤地工作，我的内心也燃起了一股动力！为了向你学习，我去找何队做了点正事！"

贺决云闻言脸色快速黑了下来，默默将外套脱了，挂到一旁的架子上。

这是在嘲讽他吧？是吧？他也就偶尔请个假吧？哪儿有那么不务正业？

穹苍也发现，比起夸奖，她似乎更适合阴阳怪气和讲冷笑话。

就非常不合适。

穹苍咳了一声，赶紧把包递过去，挽救道："送你一样礼物。"

"送我一个包？"贺决云皱着眉毛茫然了下，然后道，"你真以为能包治百病？"

穹苍："……"

贺决云抓重点的角度总是如此新奇，且层层递进。他没给穹苍解释的机会，自己的脸色又一次变化，再度阴沉下来，质问道："你是觉得我有病？"

穹苍："……？"

穹苍陷入了今天不知道第几次的沉默。她第一次期望自己能再多长一个脑子，好分析出贺决云的行为模式，否则也不至于看谁都像个傻子。

不过好在贺决云的病从来都不严重，可以实现自我治愈。他的脾气跟风一样来得快，去得也快，下一秒，身体就很诚实地把那个杂牌包抱在了怀里，走向客厅。

穹苍忍不住提醒他说："主要是里面的花。"

贺决云愣了下，把包放在茶几上，拉开拉链，从里面抓出一捧保存良好的白色玫瑰花束。

穹苍用重音强调每一个重要的词语："我今天特意去医院拿花。可是清洁工阿姨已经把东西给处理了，所以我重新买了一束新的。你喜欢吗？"

贺决云心里吼叫了一声。

我喜不喜欢有什么用！这花本来就是送给你的啊！

怎么会有这么本末倒置的事情？

怎么就能有人想出这么多办法来气他？

贺决云抬手按住额头。这感觉就好像一拳打在了吸满水的海绵上，不仅使错了力，还把自己滋了一脸水。

造孽啊。

"这根本不是花的事。"贺决云不知道该哭还是该笑，自己在内心世界左右互搏了一番，最后只无奈地挥了下手说，"算了，没事。就这样吧。"

穹苍今天才刚用同样的话敷衍了扼杀过她希望的清洁工阿姨，没想到这么快又从贺决云身上得到了同款宽恕。

她冲贺决云赋予同情的一瞥，并默默走回房间。

做完这些后，贺决云回书房去工作了。

今天在公司他没干多少正事，还差点被宋纾威胁说要投诉。那时候他满脑子塞着稀奇古怪的东西，回到家反而放松一点。

他把今天没处理完的文件和方案全部看了一遍，然后敲着键盘辛勤地写报告。

磨蹭到晚饭的时候，贺决云伸了个懒腰，感到腹中饥饿。他忘了自己还在跟穹苍生气，习惯性扯着长音问道："穹苍，你吃什么！"

正坐在客厅里安静看书的穹苍受宠若惊。她抬手看了眼时间，发现才过去四个小时，听声音贺决云已经无恙了。

她放缓脚步，蹑手蹑脚地走到书房外面，将门推开。

贺决云回头瞅了她一眼，满脸的莫名其妙。

穹苍观察他的脸色，试探着问道："今天工作开心吗？"

"啊？"贺决云说，"工作有什么开心不开心的？"这人傻了吗？

穹苍又问："那你不生我气了吗？"

不问还好，一问贺决云又感到一阵心梗。他憋闷了会儿，半晌后说："跟你生气有意思吗？你都不知道我为什么生气。"那语气颇为恨铁不成钢。

穹苍没有灵魂地跟了两句："对，对，别气坏了自己的身体。"

贺决云用力瞪了她一眼，然后继续低着头点外卖。

穹苍这才大胆走进去，并反手合上门。

贺决云想起正事，身板坐正，提醒道："今天有新证词的事，何队发给我了。但是这种类似二手消息的证据……如果没有更直接有力的发现，还是不能抱太大希望。"

穹苍有心理准备，不至于那么天真。她只是奇怪道："你们在做范淮的副本？"

"是啊。发现案件有隐情后我们一直在完善。三天的技术帮忙做场景还原对进行逆向推理有很大作用。最近一些悬案疑案我们经常会合作。"贺决云摆弄着面前的电脑，而有一下没一下的敲击证明他不是那么专心，"当时尸体发现得太晚，警察赶过去的时候，现场痕迹已经被雨水和附近居民破坏了太多。我们依靠技术修正了一部分，但因为信息太少，还是有很多错漏的细节，只能慢慢补充……"

穹苍细细听着他说，片刻后点了点头，并朝他露出一个微笑。

她的手横过去撑在贺决云的椅背上，弯腰看屏幕的时候自然地压下上身，贴近了面前的人。

这种距离，贺决云能闻见她身上淡淡的沐浴露的香味，他用余光瞥了下，嘀咕道："又干什么呢？整天就纵火，不负责任。渣。"

穹苍："……"所以怨念是不会消失的对吗？

第二天早上，穹苍醒来的时候贺决云已经出门。他离开的声音很小，竟然没吵到人。

穹苍隔着门板闻见了香味，迷迷糊糊地醒来，穿上拖鞋到厨房查看，发现灶上正温着一小锅高汤，边上还有一盘码好的生馄饨，另外一个锅里连水都盛好了。

贺决云在案板上留了张便笺，叮嘱她另起一锅烧开水，下馄饨煮熟后再把馄饨倒进汤里。

明明是很简单的一步操作，贺同学很有理工男风格地写出了每一道程序，且在最后贴心地为她提供了执行失败后可以呼叫的外卖电话，费心地将她当作一个毫无生活常识的人来对待。

穹苍大早上被他给逗清醒了，抬手揉了把脸，拂去一身的倦意。

厨房的玻璃窗没关，带着清新味道的晨风从外面涌了进来，扑打在她的脸上。

穹苍低头数了数馄饨的个数，脑海中冒出半个小时前的画面——贺决云就站在跟她相同的位置，弯着腰，婆婆妈妈地写注意事项。写到一半，或许还会记起昨天没能发泄出来的怨气，然后不满地嘟囔几声，最后恨恨地将内容补完。

这样的生活应该很普通、很平和，然而在穹苍记忆里出现的次数却屈指可数。

江凌离开之后，就没什么人会关心她的生活起居了。

穹苍关掉火，恍惚地站了会儿，随后将心底生出的那点感慨压下，把便笺纸对折起来，打算拿去扔了。她已经走到垃圾桶前面，伸出手的时候莫名其妙打了个寒战，犹豫不到一秒，又把便笺纸收了起来，拿回房间，夹在一本书里。

算了。他们老贺家的东西，都先存着吧。

防盗门前的女士摘下墨镜，露出一双明亮灵动的眼睛，朝着楼上微微一扫。她眼尾上挑，明眸善睐，明明只是一个很寻常的动作，因为她那张明艳动人的脸却显得有种高雅的风情。

下一秒她翻了个白眼，用细白手指上挂着的钥匙在感应门上随意刷了一下，然后推门进去，清亮的嗓音还不停地说着数落的话，稍稍破坏了这一道风景。

"你怎么不想想呢？人家为什么要投诉你儿子？你关爱过他吗？给他送过温暖吗？知道你儿子为什么不想上班为什么没动力吗？一回来就找事，真拿你儿子当社畜啊？喊！"

电话那头的人在她无情的嘲笑下只能选择默默承受。

"干什么不说话？儿子是我一个人生的是吧？小时候我管他，现在长大了你来抢收教育成果，你已经占便宜了！你找他麻烦不就是打我脸？你是对我有什么不满意的地方吗？"

对方咋舌了一下，急急反驳道："我没有！你这扯的都什么跟什么啊？我也是陪着他长大的，怎么就抢收了？"

妇人音调高了一度，然而那软糯的声音听起来不像是有多生气："那你就是说我过度发挥，没事找事啊？"

电话那头的男人被噎了一下，认清现实，再次进入一棍子打不出个响的龟缩状态。

电梯降了下来，貌美的妇人对着里面的镜子仔细理了理自己散落下来的刘海，满意地勾起唇角。

真是美死了！

然而她并不想把自己的好心情传达给电话那头的人，张嘴不客气地道："看见了没有？做事这么不讲道理讨不讨人厌？你就是这么对我儿子的！我告诉你，如果你非要胡搅蛮缠，挑我跟你比比。"

电话那头的人弱弱道："谁要和你比这个啊……"

妇人不耐烦道："行了，我要进电梯了，跟你吵真没意思！"

半分钟后，电梯上升到她指定的楼层。贺夫人迈着长腿走出来，停在门前，特意按下一旁的门铃，等着里面的人出来。

她将包从左手换到了右手，又从挎换成了拎，连续按了好几次门铃，在耐心告罄时，才终于等到了开门的人。

贺夫人昂着下巴，不满地问道："怎么现在才出来呀？"

穹苍低声说了句："不好意思，刚在阳台，没听见声音。"

贺夫人在发现来开门的人居然不是她儿子的时候，愣了愣。待看清是穹苍之后，那高傲完美的脸上出现了一丝明显的波动。

她先是摸了摸自己的脸，又定定地在穹苍脸上看了几秒，表情逐渐失控。

穹苍觉得自己能理解。任谁在儿子家里面突然见到一个陌生人，都会有种白菜没了的感觉。

贺夫人缓缓伸出手，在穹苍准备进行回应的时候，一把抓住门把，将门关了回去。

穹苍："……"

没一会儿，敲门声再次响起。

穹苍快速把门拉开，冲外面的人点了点头。

"不是你开门的方式不对。"穹苍告诉她，"这里的确是贺决云家。"

贺夫人已经控制过表情，她闻言笑了两声："呵呵……呵呵……"

可能她发现这种笑声一点都不贵妇，于是声音突兀地卡住了。她无声地清了清嗓子，抬起头的时候再次挂起一个笑容，只是这次不管怎么看，都带着一点尴尬。

穹苍侧过身，平静地说了一句："请进。"她也有点茫然，但她情绪一向不善外露，起初的惊讶过后就是勇于扛住一切的硬着头皮。

贺夫人步伐迈得很小，问道："决云不在吗？昨天公司的人说他最近没去上班。"

穹苍心道你们家长的消息够滞后的啊。

"前两天他有事请了个假，昨天已经开始正常上班了。"穹苍补充了一下，说，"我受了点伤，所以他送我去了趟医院。"

贺夫人善解人意地说："应该的，应该的，我理解，你没事就好。你现在还好吗？"

穹苍说："谢谢关心。没事了。"

两句话的工夫，二人已经走到客厅的沙发前面。

贺夫人选了个边上的位置坐下，动作间颇有点紧张的感觉。然而穹苍也不大在状态，所以没发现她的不对。

穹苍给她拿了点水果跟饮料，贺夫人含蓄地抬手一挡，表示自己不用。

二人对坐，视线交错。盯着对方看也不是，目光四处飘也不是，气氛诡异得令人头皮发麻，连手脚也无处安放。

贺夫人毕竟是老江湖，她想了想，翻开侧面的包，从里面摸出一本册子和一支笔。

穹苍无法保持淡定了，绷紧身上的每一块肌肉坐得笔直，眼睛朝对方的笔下窥觑。

她熟，她懂，这套路她如雷贯耳，连后面的发展她都明明白白。

贺夫人边写，边用余光打量她，在纸上涂涂画画了好几笔，都不是很满意，最后重新撕了一页，填完金额，犹豫不决地给她递过来。

不知道贺决云值多少钱。穹苍激动地往上面一看。

好多零。有七个零。

一个贺决云就值一千万。不愧是他。

穹苍眼睛都要看花了。

贺夫人时刻观察着她的表情，一见不对，马上开口："你叫穹苍是吧？我在三天里见过你，还跟老贺聊过呢。就是没想到我儿子能……那个……哈哈……"

穹苍把东西放到桌上，对被她省略掉的几个词很是在意。

贺夫人挪到她的身边，温柔地摸了摸她的手，摸到穹苍都要发毛了，才带着歉意道："这我不知道你们的情况，今天心血来潮过来的，也没准备个见面礼。"

穹苍就是脑子搭错线，这下也能接收到她快要溅出火花来的信号，艰难地想要同她解释。

然而她斟酌了一下，发现自己的确不是那么清白。

贺夫人根本不给她说话的机会，摸完手又去揽她的腰，吓得穹苍往旁边躲了一下。贺夫人有点遗憾，还是慈爱地道："现在只能给你点零花钱。不多的，不够再找我儿子要。我知道你这样的人都不在乎钱，所以千万不要误会，这只是意思意思。我们老贺家就有俩破钱，你也不要介意。"

你认真的吗？

穹苍正直面人生中最迷惘的时刻，贺夫人则是喜难自禁，迫切地想找人倾诉一下自己的快乐。

她把果盘跟饮料推到穹苍面前，又一次顺势摸了把穹苍的手，笑道："我先去打个电话啊，你慢慢吃。"

贺夫人快速起身，扭着纤细的腰肢，迈着欢快的脚步，急促地冲往阳台。待来到那个独立的小空间之后，反手关上厚重的玻璃门，同时熟练地拉了个多人通话。

被拉进来的贺家两父子都已经习惯，随意吱了一声就不再说话，耐心等待贺夫人的发言。

贺夫人这回异常宽容，没跟他们计较，娇笑着说道："决云啊，我现在在你家里呢。"

"哦。"贺决云正在工作，不过脑地给了个回复。等手指无意识地将这句话敲在文档上，明明白白呈现在自己眼睛前时，他才反应过来，声音开始颤抖，问道："你说哪个家？"

"当然是你经常住的那个狗窝，不然我去干吗？看你房间里的灰尘呀？"贺夫人知道他刚才走神了，不过没有在意。她侧身靠在窗台上，单手稳住自己被风吹拂的碎发，依旧好心情地说："没想到你这个狗窝都藏得住娇，但是干什么要委屈人家女孩子？你是没有钱吗？我跟你说，你再不展现一下自己的优势是要被人甩掉的！"

贺先生茫然问了一句："什么藏娇啊？"

"我看见他的女朋友了！"贺夫人终于听见期待已久的问题，声音因激动而变得尖厉，"穹苍啊，就是穹苍，我跟你说过哪儿哪儿都好的那个女生！你儿子真靠着假公济私把漂亮姑娘给领回家了！"

贺决云急到挠头："什么啊？不是！"

贺夫人深吸一口气，望着远处的邈邈山影，感觉人生已经无憾。"你儿子大龄单身这么多年，要求多脾气还怪，性格又那么直男，我以为他一辈子就这样了，没救了。没想到啊，人家高智商的天才真的不走寻常路，竟然喜欢'傻白甜'的！"果然儿子只要养久了，总能遇到那么一两个惊喜。

贺决云听得额头青筋突突直跳。

这能是亲妈吗？这得是世仇吧？

贺夫人又是遗憾一叹："就是我没个准备，不知道她在这里，所以没带见面礼，这觉得有点丢人了。"

贺先生只听了半截，当即怒道："谁敢说你丢人！"

贺夫人淡淡道："我自己。"

"哦。"

贺夫人低头看着自己的指甲。"所以我给了她一千万，我怕给多了她不敢收。"

贺决云凄厉一声吼："妈——"

贺决云魂都要给她吓出来了，心说，自己的问题还没解决，亲妈又来插上一刀，他命还能在吗？

宋纾耳朵异常灵敏，听见这一声惊呼，立刻跟鬼一样从窗户后面飘了出来，透过百叶窗的缝隙，朝里面露出一个阴森森的笑容。

贺决云满腔苦意被压在舌根处，一时间有种来日无多的痛苦感悟，他过去一把将窗帘合上，同时把大门反锁，确认没人能进来打扰，然后打开另一扇窗户，站到窗台前面。

贺夫人在那边滔滔不绝地演讲，边说边笑，兴奋之情溢于言表。

"你叫什么叫？我还没说你呢。要不是我突然过来，你是不是都不准备告诉我？你藏得够深的呀！妈妈能批评你吗？智商那么高人品又好，长得漂亮还不慕名利的女生哪里去找？"

贺决云头疼道："妈，您太夸张了，真没有的事！您先回去行吗？"

贺夫人还在激情畅想，只恨天空不够高远："我们老贺家的基因改造，这是要登峰造极了呀！到时候生个智商一百八的孩子，我帮你带！奶奶疼他！"

贺决云给她气笑了，冷笑道："哪里来的智商一百八？您开什么玩笑？您是想生个达·芬奇啊？"

贺夫人十分通情达理："我也没把希望放在你身上，你不需要有太大压力。"

贺决云哭笑不得，捂着额头绝望道："妈，您真的别闹了。"

贺先生不在状态地问："啊？真的吗？"

贺夫人一听他说话就来气："什么真的假的？人家现在都已经同居了，你到底在听什么？我就说你不关心你儿子，这种时候能不能把你手头上那破工作给我放下！"

贺决云再次请求："妈，您先离开我家好吗？我们的关系不是你想的那样！把钱也拿走，您这样莫名其妙往人家手里塞一千万，让她怎么想？"

"那是哪样？"贺夫人皱眉说，"赖上去！我跟你说儿子，她不能睡了你又不负责任。老贺家的人很传统的！"

贺决云万般心绪化作熟悉的心梗。

贺夫人苦口婆心道："我知道她不缺钱啊。人智商那么高，还能安心在大学里做讲师，讲师才赚多少钱，说明她淡泊名利。可有什么办法？你的长处就是有钱啊，你们这"锅不配盖"，除了靠钱，只能靠不要脸。我不是很信任你的实力。"

贺先生这时候再次跳出来说："爸爸支持你！"

贺决云站在高层办公室的窗口，吹着高处不胜寒的冷风，有种想把手机扔下去一了百了的冲动。

贺夫人说："妈妈给了你一张英俊的脸，现在就缺一个聪明的小脑袋了。"

贺决云放弃抵抗，语气凉凉道："不是小天才你就不喜欢了啊？"

贺夫人皱起秀眉，宛如受到了侮辱。"你不要胡说，你这叫过度联想！你不是小天才我也没瞧不起你。"

贺先生感慨道："你们想得真远。婚礼酒席都没商量好，怎么就跳到第二代去了？"

贺决云："……"您想得才是真远。

贺夫人发泄了一通，终于冷静下来。贺决云不停地催促她离开，犹如一台劣质的复读机，她不耐烦地应付了两声，表示自己知道了。

三天总部离这套房子很近，贺夫人知道如果自己再不走，贺决云得亲自杀回来，到时候这人拉着她不停吵吵，会严重影响她在穹苍心中的形象。

贺夫人拿出粉扑补了个妆，又对着小镜子多看了两眼，确认自己完美无瑕，才重新摆出贵妇的姿态朝客厅走去。

穹苍正坐在沙发上看书，见她出来，起身颔首表示礼貌。

"打扰到你了？"贺夫人发觉她的拘束，意识到自己的不请自来的确影响到了穹苍的学习状态，两人的见面时机不是那么合适。她眼中的柔情几乎要化成水，体贴地说："我先走了，顺路去看看决云，你该做什么做什么，不用送我。"

话虽这样说，穹苍还是亲自送她去了门口。

两人维持着最体面的客套，将道别的流程来回拉锯了五六次，直到银色的电梯门在中间合上才结束。

穹苍松了口气，僵了许久甚至已经酸涩的脸部肌肉终于得以解放。

她回到空旷的房间，看着明明与以前完全一致的场景，大脑陷入短暂的空白，忘记了自己接下来要做什么。

过了有一两分钟，她迟缓地从怔神中恢复状态，弯腰重新拾起那张价值一千万的白纸，两指捏着感受了一下，然后带着复杂的心情拿去放在贺决云的书房，用鼠标压住。

遗憾。

可惜。

她依依不舍地离开了书房，并合上木门。

穹苍不知道这时候贺决云是不是正躲在屏幕后面偷看监视器，她觉得是。她回自己房间拿了件外套，整整齐齐地穿好，然后笔挺地站在摄像头前面，跟接受检阅似的敬了个礼。

这一幕显得有点滑稽，以至穹苍自己也笑了出来。

她今天原本的打算是去范淮的案发现场实地勘查一遍，被贺夫人的突然到访稍稍打乱了下计划，不过影响不大。现在时间还早，她去一趟赶得及。

路过鞋柜的时候，穹苍吸取了上次的经验，顺手带上靠在门口的雨伞。

就算不能挡雨，还能遮个阳。

确认一遍没有物品遗漏，穹苍就这么轻装出门了。

第 十 章

怀 疑

孙老太太家开的相机店、马成功的老宅、穿着与范淮相似服装的男子出现的地点，以及受害记者的死亡现场，这几个位置奇异地并不在同一个方位上。

穹苍出门没多久，天空就被一朵巨大的云彩遮盖。太阳缩进了乌云，投下一片阴影。

她叫了辆出租车，报上地名之后闭目靠在座椅上等待。

范淮事件的案发地点位于市区边缘的一个商业区。经过多年发展，周围已经有比较成熟的商业街区，加上附近有几所高校，人流量还算比较稳定。但在十多年前，这个地方只是一个新兴的经济开发区，并没有如今这么受欢迎。至今仍有不少老式建筑存在，可以看出当年的冷清。

在繁华街道的背面，就是各种年久失修、参差交错的老楼房。

穹苍付了车费，顺便在街边的一家小花店里买了几枝白菊花，随后沿着蜿蜒曲折的小巷走进去。

手机定位面对这种复杂的地形也失了功效，穹苍看着毫无规律的分岔路口，有点分不清方向。

这一块老城区的规划不是非常合理。许多房子前面没贴门牌号，或者明明是临近的房屋，因为一个拐角，门牌号就出现了大幅变动。

她在小区里逛了半个小时，加上地图的提示，才终于熟悉了几个关键地点及其互相间的路线。

孙老太太家开的相机店、马成功的老宅、穿着与范淮相似服装的男子出现的地点，以及受害记者的死亡现场，这几个位置奇异地并不在同一个方位上。

穹苍在脑海中画出这片小区的空间图，各种长短不一的线条交织在她眼前，最终拼接成一幅比地图软件更为直观的平面图。

穹苍用伞尖在半空虚无的地图上连接几个地点，并指向主街区的出口，她看着最终曲折交叉的几个线条，露出个似笑非笑的表情。

边上一位上了年纪的老太太搬着小板凳坐在门口晒太阳，一直看着她莫名其妙地驻足、远望、挥雨伞、怪笑，内心升起一股对傻子的同情。

怪可怜的，年纪轻轻的。

老太太见穹苍还要继续往里面走，出声叫住了她："小姑娘，你要去哪里啊？"

穹苍这才注意到老太太的存在，朝前一指，说："前面。"

"前面有人家在装修，路被沙子堵住了，不能从这里过。"老太太摇着手，带着浓郁的乡音提醒道，"再里面以前死过人的，又凶又荒，路早就封掉了，你是不是想去那里啊？要从边上绕。那条路，喏，从那里去。"

穹苍朝她所指的方向看了一眼，并没有马上过去，而是用伞尖点地，走近与她闲聊道："阿婆，您在这里住很久了？"

"是啊。"老太太点点头，反应有点迟钝，过了一会儿才接收到她的信息，回道，"几十年都在这个老地方，能搬哪里去？搬不动了。"

穹苍半蹲下身，好方便她看着自己，问道："那当初这里死人的时候，您也在？"

"在啊。没见着。"她嘴唇翕动，嘴里发出几个意义不明的闷哼，吭哧吭哧地说，"听说死得很不好……我也没看……太瘆人了。"

这一片住着的大部分是老人，年轻人早就奔往更光鲜的地方了。他们可能在这里住了一辈子，对这儿事无巨细一清二楚。

老太太弯腰，从地上拿起簸箕，用干枯的手拨弄了一下里面的豆子，瞥她一眼，说："你也来打听这件事。"

"还有其他人？"穹苍眼珠一转，了悟道，"记者跟警察吧？最近这件事确实又受到了关注。"

"不一样嘞，跟他们不一样。"老太太努努嘴，瞅向穹苍手边的白菊花，

"不是来打听，是来送花的。"

穹苍略显错愕，低头看了眼手上的白色菊花。淡淡的香味在空气中浮动，凑近一点就能闻见一缕清香。

受害人家属一般会去坟前进行祭拜，没有多少人会选择到遇害地点进行悼念。过去太过惨痛，只怕要触景伤情。

会来这种地方的多半是心有不忍又心怀愧疚的人。那人可能无法坦然地去墓碑前进行探望，同时又一次次心存侥幸地回到这个地方，想要找到这场悲剧的源头。

穹苍手指紧了紧，捏得花束外的塑料包装纸出现褶皱变形。

她能猜到那个人是谁，不由得放轻声音，问道："她经常过来吗？"

"什么叫经……"老太太说着，假牙险些滑出来，她赶紧用手推了一下，摆放好位置，才继续道，"就每年会抽空过来几次，拿束花放上去，或者帮忙清理一下。那边很乱很脏的，她每次来都要忙活半天。我也不知道她是谁，看她难过的样子，肯定是那个女孩子的家里人……唉，不过她也很久没过来咯。今年我就没见过她。"

穹苍发现自己对江凌其实也不是很了解。不知道那个看起来单薄的女人一直在做着什么事，试图承担着什么责任。她总是用一种好像能包容所有事的笑容去面对别人，而将最苛刻乃至血淋淋的一面留给自己。

她留给穹苍很多，可惜那个时候穹苍不懂，和许多人一样不懂她关怀跟温柔的背后是什么，所以没能为她做些事。

直到后来，笨拙如穹苍才开始被越来越猛烈的愧怍包围——"那是一个幸运的人对一个不幸者的愧怍。"

穹苍喉头干涩，半晌才低沉地说了句："她以后都来不了了。"

老太太怅然轻叹，可惜地摇了摇头："还那么年轻。"她想起什么，又说："刚才一对小年轻也进去了，穿得神神秘秘的，你们认识吗？"

穹苍愣了下，偏头看向小巷深处，抿紧唇角，随后含糊地应了一句："不知道。我去看看。"

穹苍单手拎着花束，朝老太太所指的位置走去，经过几个拐弯，顺利抵达案发现场。

记者死亡的地点如今已经鲜有人至。它离后方的大马路其实不远,当时死者应该是从对面的街道跑进来避雨的,结果遭遇不幸。她遇难后,整条小路都因为勘查而被暂封,附近的居民也因为克服不了心理障碍,纷纷搬迁。这条路就这么彻底荒废。

因为无人清理,左右斑驳的高墙上长满了青苔,空气里透着一股令人作呕的污水味道。地表坑坑洼洼,还有居民将废弃的家具丢到这里,没清理干净,留下几块发霉了的木板。

穹苍站在那个小凉亭,或者应该叫雨棚更为贴切,她站在台阶的前面,无法复原出这个破败建筑十几年前的模样。

经过这么久,现场不大可能还有线索残留。

她把花轻轻放到地上,在四周看了一圈,在地上找到了行人的足迹,便顺着脚印的方向跟了过去。

穹苍走得并不快,默默整理着自己的思绪。她不着急,如果范淮想见她的话,一定会在前面等她。

她用雨伞在地上弄出一声声有节奏的敲击,在路过一个拐角的时候,不出意外地看见了一双黑色的鞋子。

穹苍视线一寸寸往上移,最后定格在范淮戴着口罩的脸上。

上次见面,穹苍根本没机会好好打量他,这次才有机会看清楚。

范淮的头发比失踪前要长一些,略微挡住眼睛,身形也消瘦不少,以至眼部轮廓变得更加深邃。他站姿板正,流畅的肌肉线条以及身上无法卸去的戒备,让他看上去像一匹时刻等待迎击的孤狼。

穹苍站在他的对面,静静与他对视,却无法从他的眼里读出他的思绪。

他的眼睛里好像藏着很多东西,又好像已经什么都没有,黑得如同一个旋涡,叫人无法再窥探。

穹苍偏过视线,望向他的身后。一个穿着低调的女生站在不远处,戴着宽檐帽,躲在阴影下时不时朝他们这边张望。

范淮能够避开警方搜查,在 A 市完全躲藏起来,说没有人帮助是绝对不可能的。但穹苍没料到会是这样一个小姑娘。

穹苍笑了下,自己也觉得意外,再见范淮时她的第一句话会是:"每次见面你身边都带着一个女生,看来你的异性缘不错啊。"

"一个朋友。"范淮沉声说，"您还是一样地爱开玩笑。"

他的声音在穹苍听来已经有点陌生了，以至穹苍在调侃完这一句之后就陷入了沉默。

她不知道接下来应该说什么，所有寒暄可以用到的话在他们之间都不成立。

"过得好吗？"
不可能好的。

"最近怎么样？"
不是很乐观。

"未来有什么打算？"
报仇翻案。

一个个都不合适。
穹苍决定发挥贺夫人的精神，问道："缺钱吗？"
范淮说："不缺。"
穹苍说："哦。"
没了。
贫穷得只剩下少量金钱。
良久，穹苍抛掉各种不切实际的想法，说了一句："回来吧。"
没有起伏，没有激动，只是最寻常的劝告，却带着叫人安心的力量。
范淮痛苦地道："我回不来了。"
他以为自己会永远行走在黑暗之中，能留下的顶多是一个模糊的背影。只要他走到阳光下，就会和阴鬼一样被照得烟消云散。

十年牢狱和污名给他烙下了不可磨灭的印记。他的生活习惯、思维想法，都证明他曾经以犯人的身份生活过。他记忆力越好，伤口越是无法愈合。

范淮低下头，整个人被一片阴影淹没。"有时候知道太多，是一件很痛苦的事情。我要清晰地面对自己犯下的错。"

"什么是你的错？"穹苍缓了缓，肯定地告诉他说，"这不是你的错。"

范淮低声呢喃道："是我的错。"

范淮极度讨厌这个地方，这里昭示着他悲剧的开始。一站在这条街上，他就觉得逼仄而窒息。江凌却一次次地回来，一次次地奢望，又一次次地遗憾离开。她对自己的信任也许早就消磨在这条街的每一个角落，只因身为母亲的固执还在坚持。所以她才会选择离开。

全都是因为他。

穹苍用从未有过的保证语气朝他说道："我会替你翻案的，很多人都在帮你。再给我一个月的时间。"

范淮眼皮一跳，上前抓住她的一只手臂，敏锐地问道："您是不是已经知道了？田兆华背后的那个人。"

穹苍用舌尖舔了舔后牙，没有马上回答。

"告诉我。"范淮看出她的犹豫，身上翻涌起一股压制到极限的情绪，"老师，如果您真的想帮我，那就告诉我！"

穹苍感受到手臂上一阵刺痛，她冷静地说："那你先告诉我，你想做什么。"

范淮反问："您不是说我可以信任您吗？"

穹苍觉得在范淮面前的每一个问题都难以回答。

范淮没有催促，时间在二人中间一分一秒地过去。渐渐，他松开手，后退了一步。

穹苍斟酌了下，说："你上次跟踪的那个瘾君子……"

范淮打断她："我不是说他。"

穹苍喉咙干涩，可她还是不自觉做了个吞咽的动作。最后，她坦白："目前有少量的证据指向李凌松。"

"李凌松……"范淮呢喃着这个名字，神思逐渐飘远。

他感觉自己的心跳在加速，在到达某个频率时，几乎要从胸腔跳出来。沉寂许久的灵魂开始狂啸，要撕碎那个将他推入深渊的人。

穹苍朝他走近一步，觉出他的不对劲："范淮？"

"我认识他。"范淮的身体像是在颤抖，可是他的声音听不出任何的暴戾，"他来监狱看过我，跟我妈和安安一直有联系。"

何川舟签完字朝里面瞥了一眼。负责看守的狱警笑了下，示意她直接进去。

作为经常跑动的刑警，何川舟跟他们已经混得熟稔。她脱下修身的外套挂在手臂上，走进房间。

"丁希华"歪着脑袋坐在里面，见她出现，敷衍地扯了扯嘴角。

他问："穹苍呢？"

"别忘了，你是我抓到的。"何川舟并没有因为他刻意流露出的不屑而动怒，在他对面坐下，同样讽刺道，"把你的高傲收一收吧，手下败将。"

"丁希华"抬手摸了把头发。

一般的囚犯不至于要求剪这么短，可他几乎剃成了光头。

在摸到毛刺刺的手感时，"丁希华"笑了一下，说："你看，我总是忘记我已经没有了头发。"

何川舟坐姿随意，安慰说："放心，你失去的东西只会越来越多。"

"丁希华"缺乏共情能力，某种程度上来说，表现出来就是脾气很好。他淡淡说了一句："我只是用来警醒我自己不要再犯同样的错误而已。"

"你的第一个错误还没有得到解决，可不要在监狱里待得太安逸了。"何川舟摸出一张照片，贴在玻璃窗上，展示给"丁希华"看。她问："你是不是去见过李凌松？"

"丁希华"抬起下巴。

"李凌松？"他视线定在对方的脸上，思忖过后，摇头道，"我觉得不是他。"

何川舟皱眉问："为什么？"

"丁希华"不大配合，道："感觉的事情哪里有那么多为什么？"

何川舟按住照片，往后靠到椅背上，目光灼灼地盯着他，那眼神里带着明确的杀气与烦躁。"丁希华"被她瞪着反而笑了出来，两手高举投降道："我明白，我明白。但那真的只是一种感觉而已。"

"什么感觉？我可不认为你是个跟着感觉走的人。"何川舟冷声道，"不要再用感觉应付我第三次。这样的事情毫无意义。"

"丁希华"身体前倾，手肘撑在桌面上，想了想，隔着玻璃指向那张被她翻到背面的照片。

"李凌松作为 D 大知名教授，确实来找过我，想让我协助他完成一项社会心理学的研究课题。除我之外，还有好几位学生会的同学。但他并没有对我说什么奇怪的话，只是简单地陪我聊了一会儿天……""丁希华"说着声音淡去，嗤笑一声，"看来不管是多资深的心理学家，也要跟着程序走。我不喜欢被人做测试的感觉，所以中途叫停了。"

何川舟问："然后呢？"

"嗯……""丁希华"视线飘向别处，回忆道，"他没有放弃，一直试图接近我。在我父亲出事之前，他几次尝试与我对话，假装无意地跟我交流了青少年犯罪以及特殊人群应该怎样融入社会的问题……"

何川舟敏锐问道："他知道你以前的事？"

"不知道。""丁希华"顿了下，"我是说，我不知道。"

何川舟觉得自己太紧张了，放松神态，点点头说："你继续。"

"丁希华"摊手："我没什么好继续的。"

他不需要李凌松来告诉他怎样去看待青少年犯罪，更早以前已经有人与他接触并朝他传递了这类信息。除此之外，他知道一个心理学专家会用什么样的方式去接近病人，去切入话题。他看着李凌松在自己面前装作第三人的姿态，其实暗暗觉得可笑，也在反向考察着这位行业大牛的表现。

"丁希华"平静地陈述道："李凌松和那个人的体系虽然有点相通，但持有的观点并不相同。基于对同一个学科的掌握，对事情却有着截然不同的理解。他们的观点会在不经意间流露出来。李凌松除了心理学上的知识，自我意识更偏向于儒家的思想，有那么点'克己复礼'的味道。而那个人不是。"

幕后人会挑唆，会怂恿，会促使他站上危险的刀锋。那个人会告诉他，天才就是天才，与世人不同，将他与社会群体分离，再看着他从高处跌落。

"丁希华"说着心绪恍惚，再次被拉入那段可笑的过去。他抬起眼皮，对上何川舟清醒的眼睛，才重新敛神，嘲弄地接下去："不过，这个谁知道呢？现在想想，李凌松出现的时机的确很奇怪。这有可能是他的另外一项实验。忠诚度实验？清醒度实验？确认计划进展？又或者是什么别的挑选标准。从各方面来说，他真是一个完美符合条件的人。何队长，你怎么看呢？"

何川舟不带感情地一字一句地回答道："不怎么看。验证，排除。职责所在。"

"丁希华"低笑了声："你们这样的，其实也挺可怕的。"

何川舟不以为意。"只要他们不犯法，我会是人民的好朋友。"

她拿起挂在椅背上的衣服，起身道："没什么补充的话，今天我先走了。你好好改造。"

"剪刀石头布，一个最简单又最复杂的模型。"何川舟走到门口的时候，后头的男声突然道，"当对手说：'接下来，我要出布了。'多了一个条件，却让一个原本简单的排列组合问题变成了数据模糊、概率不定的复杂模型。"

何川舟回过身。

"丁希华"微低着头，眼底暗芒涌动，他意味深长地道："希望这一次你们不要再抓错人了。"

何川舟安静地听他说完，唇角勾起浅浅的弧度。"承蒙吉言。不过，我从来把这种只能靠概率的游戏当作赌博。公职人员，严禁赌博。这也是你今天会坐在这里的原因。"

房门清脆的关合声成为二人对话的终结。

穹苍看着范淮。说真的，有时候她能从范淮的身上看见自己的影子。无论是孤苦无依的人生，还是备受偏见的环境，都有那么一些重叠的部分。

所以她无法旁观范淮流离漂泊在外。

穹苍耐心地和他说："李凌松见过她们，这不是什么奇怪的事。他是我的一个长辈，且是业内的权威。江凌找他帮忙，很寻常。"

范淮开始抗拒："我自己会证实。"

穹苍问："你自己证实？然后你想做什么？"

"代价。"范淮侧过身，咬碎了每一个字，"他应该为自己做过的事情负责，就算他的寿命已经没有价值。"

穹苍深吸了一口气，不知道该和他说什么。

"范淮，这个社会是有规则的。"

范淮冷厉道："尊重规则就能活得好吗？"

穹苍说："虽然这样说对你很残酷，但是纵观人类社会秩序的发展，都是在痛苦的奠基下产生的。"

范淮自嘲地笑出声："所以为什么是我？选定一部分人牺牲，也是人类发展的秩序？"

"范淮，有些事情已经无法改变。"穹苍缓声安抚道，"会变好的，我向你保证。"

范淮眼中闪过一道水光，他很快合了下眼皮，将自己的软弱丢弃，摇头道："保证是最没有用的东西。我要去找我自己的答案。"

范淮戴上帽子，把整张脸遮起来，转身离开。

穹苍在后面叫道："范淮。"

远处的女生紧张地看着二人。

"范淮！"

范淮走了两步，最后还是变得迟疑，并停了下来。

穹苍快速跟上去，把伞挂在手腕上，从兜里摸出一张名片。她把边角卷曲的部分抚平整，递过去说："江凌和范安的墓都在这里。有空就去看看。"

范淮跟块石头一样立在原地，似乎这是一个很艰难的举动。经过漫长的准备，他才将手从口袋里伸出来，指尖发颤地接过名片，捏在手心。

"我相信你。"穹苍低声道，"就像你相信我一样。"

穹苍跟在范淮身后，目送他离开，一直到他的身影隐没在茫茫人海之中。

她停在街头，看着川流不息的车道与人声鼎沸的商场，感受无数人从身边走过，却又如早晨缥缈的薄雾一样触不可及的寂寞。

她将手揣进口袋里，沿着路边的人行道踱步前行，走了一段，才察觉到口袋里的手机在不停振动。

穹苍猛然一个激灵，心知不妙，摸出手机一看，主页屏幕上果然挂着明晃晃的一串未接来电，全部来自贺决云。

贺决云急切地给她打了十来个电话，见她不接，中间又穿插了多条短信。

起初还是很淡定地询问她的去向。

"你去哪里了？出门干什么去？"

"你怎么回事啊？为什么不接电话？"

"有空了回个电话。"

"你把支票压鼠标底下是做什么？我不是偷看监控，我只是以为你人没了。你给我敬礼又是几个意思？"

到后面越发暴躁。

"为什么不接我的电话？还连短信都不回！你生气干什么要冲着我来？我又没惹你！"

"你上次惹到我我也没跟你计较，怎么轮到你连个招呼都不打人就跑没了？"

"说好了没事别离家出走，你不会用这么幼稚不冷静的套路吧？"

"你再不回电话我报警了啊！我要用权限开定位了。你那么大人了怎么能玩失联？"

"穹苍！你这样我也要生气了啊！"

一阵狂风暴雨般的发泄之后，短信发送时间出现了一个空当。就在刚才，贺决云发来了满是平静的一句话。

"有空了回个电话。"

平静的背后显然是一副超脱的胸怀，形象生动地描绘出了贺决云放弃挣扎、缴械投降的觉悟。

穹苍静默许久，认真阅读了几遍短信内容，那点因为范淮而积攒起来的忧郁最终被贺决云给击了个稀碎，连残渣都沿着流水线被运进了焚烧厂。

真是……自带表情包的一段文字。

穹苍不知道贺决云对她的生存能力究竟有着多大的误解，不过是寻常出个门而已，急得好像未成年人走失了一样。但被人关心总不是一件会让人觉得讨厌的事，穹苍甚至还因为贺决云的抓狂而觉得有点好笑。

她握着手机，往里侧退了退，蹲到一家店铺前方的台阶尽头，以免挡住别人的路。

穹苍还是明白的，这种时候她不能直白地跟贺决云说"我没有听见"，那贺某人大抵会把她彻底拉到黑名单里去，加上上回还没有清算的旧账，短时间内她都要面对一个阴阳怪气的 Q 哥。

穹苍考量片刻，认真编辑短信。

穹苍：我来见何队了。

贺决云的短信第一时间发了过来，可见他一直在盯着手机。

贺决云：又去见何队？你跟何队到底什么关系？你们不是才认识不久？

穹苍一阵自我怀疑。

何队……何队不行吗？

贺决云：为什么不接电话？

穹苍：何队不许我接电话，要肃静。

贺决云：怎么这样啊？那你为什么不回短信？

穹苍：何队不许我开铃声，刚才在街上，周围太吵，没听见振动。

穹苍：[难过] 不好意思啊。

这个解释很蹩脚，但可能是最后的那个表情很好地唬住了贺决云，小贺同志纠结了不到一秒钟，还是将这一页轻轻翻过。

小贺真是一个善良的人。

贺决云：我以为你跑没了知道吗？下次有事出门能不能先给报个备？

穹苍认错的态度一向是飞速且没有灵魂。

穹苍：我错了。

贺决云很气。他气愤地打下了两个字——算了。

穹苍：我出门没带东西，走之前朝监控器挥了下手，我以为你懂。

贺决云：我懂什么！挥手是什么意思你不知道吗？而且你根本不是挥手，你是敬礼！敬礼难道不是致别吗？谁平时出门是敬礼的？还把钱给留下了。你让我从哪个方面懂？正面还是侧面？

他们两人脑回路对上的概率本来就不高，心有灵犀这一点在他们身上经常失效。贺决云没觉得这问题有多严重，毕竟语言的发明不就是为了促进交流吗？了解是要在长期共同生活的条件下创造的，穹苍都没给他机会。

如果穹苍经常给他出类似的考点新奇的阅读理解题，他年轻脆弱的心脏真的承受不住一次次的心梗。

但是这事也不能全怪穹苍。贺决云意识到了。何队得背大锅。

穹苍正想着该怎么安抚，前面那条满是暴躁的信息突然不见了。

贺决云撤回了一条消息。

贺决云：今天晚上回来吃饭吗？

穹苍被贺决云突如其来的包容弄得有些惭愧。然而那种感情只是稍做停留，没能帮助穹苍说出真相。

穹苍：回来的。

贺决云：嗯，早点回来。我先去工作了。

随后就没了动静。暴怒的贺决云就这么轻易地给自己顺了毛。

穹苍看着停滞的手机界面，谨慎起见，给何川舟也发了条信息，跟她知会一声，说如果贺决云来问，帮她兜个低，证明今天自己去找她了。

这条信息何川舟离开监狱后才看见，这时候已经十分钟过去了。

何川舟坐在车上，心想现在的年轻人真是不得了，还在谈恋爱阶段呢，就开始找人打掩护，一点都不坦诚。

不过如果是穹苍的话，多半是有她难以解释的正当理由。

何川舟往下翻了翻聊天记录。

贺决云并没有来找她打听，于是她主动给贺决云发了一条信息。

何川舟：穹苍跟我在一起。

贺决云接到这条迟来的报备短信有点茫然。

贺决云：忙完了？那你让她接电话。

何川舟面不改色地回复：我们要进去探监了，再说，晚上她会回去的，别催。

何川舟处理完贺决云这边，直接给穹苍打了个电话。

穹苍倒是很快接起来，何川舟语气随意地问道："人在哪儿呢？"

穹苍那边听着很安静，她说："准备去医院。"

"你这还没好？"何川舟惊讶道，"复诊你让我给你打什么掩护？你没事吧？"

穹苍解释了一句："我想去探望一下李凌松的前妻。"

何川舟放心道："哦，我也正要过去。那就医院见。"

穹苍说:"好。"

李凌松的前妻穹苍没见过多少次,她只记得两人已经离婚很久了,关系比较寡淡,育有一个儿子,叫李瞻元,比穹苍父亲还要大两岁。

其实她见李凌松的次数也是屈指可数。李凌松研究社会心理学,同样是一个感觉很敏锐的人,他能察觉到穹苍对自己的抗拒。在方起不曾出现的时候,他对穹苍提供的大部分是经济上和学习资源上的帮助。后来方起跟穹苍混熟了,他才多了一个跟穹苍沟通的渠道。

可惜,方起未能使他们关系缓和,每次两人对话仍旧带着明显的疏离。

穹苍站在医院门口,她挑了个漂亮的果篮,又买了一束花,提在手里,上去探望。

病房信息是穹苍找方起打听出来的。连方起也不知道他师娘的生日快要到了,还是辗转去找了李瞻元询问,才把确切信息告诉穹苍。

穹苍到的时候,病房里除了李凌松的前妻——薛女士,还有一位中年看护。

她不着痕迹地在房间里扫视一圈。

病房装饰得很温馨,花束、摆台塞在各个角落,甚至显得有点拥挤。连被子和床单也换成了鲜艳的花色,不像别的病房一样那么冰冷。说明家属把她照顾得很好。

穹苍草草看了一眼,快速收回视线,落到薛女士身上。

薛女士的神志看起来是清醒的,只是身体很虚弱,异常瘦小,堪称瘦骨嶙峋。她关节处的骨头向外凸起,更像是一层皮挂在骷髅上。

病床附近摆着各种精密仪器,监测她的体征。现有的医学其实已经无法给她提供过多的帮助,只能让她稍微好过一点。

薛女士盯着她的脸,半晌没认出人。穹苍自报家门后,她想了好一会儿才对上号。

"原来是你,没想到你会过来看我。"薛女士很惊讶,声音沙哑,朝她点了点头,"让你担心了。"

穹苍在她身边坐下,因为床头柜上摆满了东西,穹苍把果篮和花束都放在了地上。

"没什么。我跟李叔不常联系，所以最近才知道您病了。"

"别说是你，我跟凌松也不常联系。"薛女士笑了一下，牵动脸上的肌肉，使皱纹变得更为明显，"他只钻研他的学术，别的事情都不关心。不过我们早就离婚了，不用那么常走动。"

薛女士伸手捋了把枯槁的头发，想让自己的形象看起来不至于那么狼狈。然而她的病情已经很严重，即将走到生命的尽头，被病痛摧毁了大部分的优雅。

穹苍上前帮她把枕头垫起来，并帮忙整理了下她散落下来的白发。

"谢谢你还抽空来看我，那么麻烦。"薛女士轻声说，"其实我还好，没必要给我过生日，我也不能吃蛋糕。"

穹苍跟她客气了两句，拆掉果篮，从里面拿出一根香蕉。

薛女士摇头："我不能吃。"

缠绵病榻太久，鲜少走动，有个年轻人可以聊天，薛女士明显很开心，连气色也好了一些。她舒展开眉眼，慈祥地看着穹苍，问道："你多大了？"

穹苍回说："快二十七了。"

"也好大了。我当时认识你爸爸的时候，他才是个半大小子，一转眼连你都这么大了。"薛女士唏嘘了两声，又问道，"你有男朋友了吗？"

穹苍摇头，拖动着椅子到床头的位置，好奇地问道："您当初是怎么跟李叔认识的？"

"没怎么认识，同学，自然而然就在一起了。"薛女士一双眼睛弯起，虽然眼珠混浊，却带着光彩，调侃道，"失望了吧？没有你们年轻人向往的故事。"

"前段时间我翻到了一本诗集，里面有他写给您的诗。"穹苍满是羡慕地说，"李叔不仅有才华，而且还很浪漫吧？"

薛女士像是听见了一句很天真的话，半是无奈半是觉得好笑道："浪漫？他吗？不不，他一点也不浪漫。他做的最浪漫的事就是给我写过一首诗，也就只有一首，已经被你看见了。他拿那首诗用了很多年，后来出诗集他还用，真是受不了。如果不是他年轻时候长得帅，我才不会看上他。"

穹苍面露惊讶，薛女士看着她的表情，低笑出声。

"他人就是这样，不是他的观察对象，他话都不想多讲，很呆板的。"薛女士放低声音，神秘地告诉穹苍，"虽然他研究社会心理，对别人的爱情可以说得头头是道，可是自己不会实践，或许是见得多了，就冷淡了。可能在他眼里，人类的冲动只是不同的激素在作祟。"

穹苍开玩笑道："从科学的角度上来说，这也没错。"

薛女士说："感情就是最不科学的事情。你们这些年轻人哪。"

听起来，薛女士对李凌松不是完全没有感情了。或者说，哪怕李凌松没有留恋，薛女士对自己的前夫也还有着类似亲情的维系。

那他们为什么要离婚呢？

穹苍将这个问题问了出来。

薛女士听见，有那么一刻僵硬了下，而后不大自在地说："就是不合适。性格不对，无法继续生活了。"

她不知道，她脸上的皱纹将她每一种情绪都暴露了出来。因为脸颊过于干瘦，她的每一丝表情变化都十分明显。

穹苍不动声色地点了点头，压低上身，靠近了她，笑说："合适不合适我不懂，但李叔就是我心里的男友标准，脾气好，有礼貌，有才华，有声望，对女性也绅士。我如果找男朋友，也想找这种类型的人。"

薛女士摇头说："找对象不能光看脾气好。有时候你觉得的脾气好，只是不喜欢生气而已。婚姻跟你想的不一样，想得太美好，过着过着就过不下去了。当然，每个人想要的不一样，找你觉得好的。"

她伸手摸了摸穹苍的头，又很快收回。带着老人斑的双手垂落在柔软的被面上，不停地颤抖。

穹苍抓住她的手，用手心包裹住她冰凉的指尖，问道："李叔平时不怎么生气吗？"

薛女士反问："你见过他生气的样子吗？"

穹苍绞尽脑汁回忆了一遍，跟发现了什么似的新奇道："好像还真没有，不过我是晚辈。"

"他有时候也会生气的，要看他在不在意了。"薛女士闪烁其词，想将这个话题尽快带过去，"你现在在哪里工作？"

穹苍半真半假地跟她说了一些。薛女士毕竟年纪大了，脑子转得不快，对穹苍也没什么警惕性，基本上是有问必答，只在一些敏感的问题上做了回避。

穹苍不想让她起疑，问到她觉得尴尬的地方就不再深入。

二人融洽地聊了半个小时左右，穹苍拿出手机查看，遗憾道："时间不早了，我得回去了，下次再来看您。"

薛女士遗憾地张了张嘴，努力想要坐起来，朝墙上的挂钟看了眼，说："再留一会儿吧，今天休息，阿元应该会过来。"

她提到自己的儿子，才想起来辈分乱了，自己笑个不停："我儿子才应该是你李叔，凌松已经是你爷爷辈了。"

穹苍不以为意地道："没什么关系，我见到李叔一般都喊他教授，他不会发现的。"

薛女士跟找到什么笑点似的，止不住地笑，也可能是因为心情好。老年人总是因为一些莫名其妙的事情就高兴半天。

穹苍给她掖好被角，和她细声说了两句，转身出去。在她走到门口的时候，去路被一道黑影遮挡。

竟然正好是李瞻元来了。

男人差点与她撞上，下意识地朝后退了一步，拉开距离，见到她先是愣了下，而后友善道："是……穹苍吗？你怎么过来了？"

他戴着一副金丝框眼镜，继承了李凌松英俊的外表，身上有股书卷气。但他并没有跟李凌松一样走学术的道路，而是跑去创业了。

他的性格和情况穹苍都不是很清楚。祁可叙死前，穹苍曾见过他几次，可因为年纪太小，印象不深。后来他就没有再出现。

这是穹苍第一次认真注意到他的存在。

李瞻元推了推自己的镜架，而后想去搭穹苍的肩膀。穹苍对着这个比自己高半个头的男人侧了下身，不着痕迹地躲过，指着里面的薛女士道："听人说阿姨病了，碰巧路过，所以过来看看。"

里面薛女士听见动静，叫道："阿元啊。"

穹苍做了个请的动作："我还有事，先不打扰了。"

李瞻元收回手道："好。"

离开病房后，穹苍顺路去了厕所。

她将手伸到感应器下面，用冷水泼洗自己的脸，在脑海中整理刚才获得的信息。

温柔的液体拍打在她的脸上，将皮肤表层的温度带走。心脏因为她屏住呼吸而跳得更为剧烈，大脑也因为血液的有力流动开始加速旋转。

片刻后，水流声停止。穹苍抬起头，睁开泛着血丝的眼睛，大口呼吸，同时余光从镜子中瞥见自己身后有一抹黑色的身影。

穹苍顿时脊背僵直，浑身汗毛都竖了起来，再仔细一看，才发现来人是何川舟。

她两手撑在洗手台上，闭上眼睛，重重吐出一口气。

何川舟靠在墙边，哭笑不得道："公共厕所，我出现应该不至于吓到你吧？"

穹苍用力抹了把脸，将水渍揩去，碎发仍旧湿漉漉地贴在她的额头。

何川舟从包里掏出一张纸巾，给她递过去："看你们聊得开心，我就没有进去打扰，毕竟我的身份尴尬，出现容易叫人误会。"

穹苍接过，草草擦去自己脸上的水渍。她的眼睛因为进了水，周围一圈淡淡发红，反倒让她原先苍白的脸多了点气血，也让她退去了些不近人情的冷淡气质。

穹苍把纸巾丢进垃圾桶，舔了舔嘴唇，说："我在想，李凌松为什么那么热衷于社会心理学？他为什么对个体间的关系如此感兴趣？为什么喜欢观察不同类型的人群？

"每次我见到他的时候，都猜不透他心里在想什么，而他总是试图探问我的心情，仿佛永远都处于工作状态，所以我很不喜欢他。"

何川舟透过镜子看着她的眼睛问："然后呢？"

穹苍声音淡淡道："是不是因为那是他无法踏足的空白领域？他跟'丁希华'一样，天生就有别于大众群体。所以他特别冷静，好像永远都能置身事外。"

何川舟眉心微微蹙起。

穹苍定定地看着镜面里的自己，渐渐觉得陌生。她后方的何川舟同样一瞬不瞬地盯着她，让她恍惚间生出些毛骨悚然的错觉。好像自己一直都是这么被人隔着面单向的镜子死死观察而一无所觉。

"如果是那样的话，他不会做出给韩笑写情书，与她婚外出轨这样的事。他要做的是观察、学习，而不是诱导。他没有那么强大的同理心可以控制这一切，他并不擅长表现。"

"韩笑真的会不顾一切地爱上一个比自己大三十多岁的男人吗？"

第 十 一 章

目 标

对方为什么要将她当作测试用的靶子？又究竟是从什么时候开始盯上她的？

是将她当作无聊人生可以与之竞争的对象，还是视为某个目标的延续？

随着穹苍话音落下，厕所里陷入一阵死寂。镜子里的两张脸上皆像是蒙着一层冰霜，冷得可怕。

这起案子原本就扑朔迷离，支队众人经过数月不眠不休的努力，才好不容易从夹缝中抓到一点线索，结果还没顺着这条藤摸出半个瓜来，又有了被推翻的征兆。任谁知道心情都不会好。

何川舟的压力很大，她领导的压力更大。猜测是无法作为证据进行支撑的，如果再这样回到原点，他们的努力很可能会白费。

何川舟不知道穹苍在跟薛女士的对话里获知了什么，但这一次她并不完全赞同穹苍的想法。

好比"丁希华"，他同样是一个依靠伪装来融入社会的人，且伪装得并不完美，不还是有女生疯狂地迷恋上他，愿意为他付出生命？

感情这东西有时候不一定会符合世俗的道理。你无法用逻辑去肯定地推导它，因为它会让人鬼迷心窍。

何川舟用探究的眼神看向穹苍，后者似乎未有察觉，只若有所思地低着头，整理被打湿的衣袖。

之前的调查过程中也曾经出现过各种迷惑信息，穹苍一直很坚定自己的猜测。为什么这一次她这么利落地排除了李凌松的嫌疑？

少顷，何川舟问出口："你怎么了？"

穹苍抬起头，不明道："我怎么了？"

何川舟说："你好像很焦虑的样子。"

穹苍脸上闪过一丝讶色，下意识地侧身避开何川舟的目光。

她不知道是不是自己想得太多。在病房里的时候，她脑海中冒出过一个很是惊悚的想法。因为跟薛女士聊得比较轻松，那个念头并不强烈，很快被她按了下去。在门口碰见李瞻元的时候，它又跳了出来，且非常强烈。

对方为什么要将她当作测试用的靶子？又究竟是从什么时候开始盯上她的？

是将她当作无聊人生可以与之竞争的对象，还是视为某个目标的延续？

是在发现她的特殊天分时，还是更早？

穹苍的唇角僵硬地绷成一条直线。她微微张开嘴，放松脸上的肌肉，轻吐出一口浊气。

穹苍的父亲是车祸死的，母亲是精神崩溃后自杀死的。他们二人的死亡，在当年来看都只是意外，而如今已无法确定，那些所谓的意外背后是不是还藏着更多的巧合。

穹苍忍不住想要问自己——是吗？是这样的吗？

李凌松在她生活中出现的时间明明那么早，他认识且熟悉自己的父母。是不是她的人生从一开始就不平常？她只是一个比"丁希华"更加迟钝的局内人。

一名路人推门进了厕所，刚迈出一步，就被里面死气沉沉的氛围给震住了，以为自己是撞见了什么了不得的对峙现场。她踟蹰片刻，不知道是该克服自己的恐惧，还是该克服自己的生理需求。

最后，可怜的路人皱着一张脸悄悄从墙边跑过，进了里面的坑位。

何川舟朝穹苍点了点下巴，示意去外面说，这里不大合适。

二人相继出了厕所大门，沿着医院的安全通道去往停车场。

穹苍不远不近地跟在何川舟身后。何队没有回头，也没有逼问，二人一路默契地到了车前面。

何川舟拉开车门准备进去的时候，穹苍整理完自己的思路，轻声开了口："我不是说这件事跟李凌松无关的意思，我是说给韩笑写情书，跟她有染的人，或许不是李凌松。"

何川舟掀起眼皮，点了点头。

案件的线索在李凌松身上重合得太多，但在人物侧写上又有一定的出入。就算他不是主谋，也是个关键人物。他们的方向是正确的，只是前路还不明朗。

车厢内被太阳晒得过于闷热，何川舟升起车窗，并开了空调。她等穹苍也坐进汽车前排，才缓声问道："你觉得是我们查错了，还是说目标不止一个人？"

穹苍慢吞吞地系上安全带，摇头道："我不知道。但我觉得应该不会全错。"

何川舟说："那你告诉我，你刚才在想什么。"

穹苍呼吸渐沉，斟酌半天，最后只道："我在想，我是不是遗漏了什么重要的信息。"

祁可叙出事的时候，穹苍还太小，只知道她的精神越发不正常，不知道她平时出门都见了谁，做了什么事。

祁可叙离世之后，家里的东西因为老旧，大都被人收拾走，只留下了几张照片、警队的勋章，以及二人曾用过的部分旧衣服和书本。

穹苍从来不去翻那些东西，它们至今仍留在穹苍的老房子里。

何川舟见她神色阴沉，态度避讳，正想开口，边上手机铃声突兀地响了起来。她摸出来扫了一眼，见来电人是谢奇梦，直接开了免提。

"小谢。"

"何队。"谢奇梦那边喘着粗气，似乎是在爬楼梯，他快速汇报道，"我们全面搜查了梅诗咏的家，可是没有多少发现。离开田兆华之后，她曾经搬过两次家，丢弃了大部分的物品，我们没有明确的搜查目标，只能跟没头苍蝇一样。"

穹苍顺着声音看向了屏幕。

谢奇梦继续道："我们找同事调查了梅诗咏的聊天记录。初步筛查后，也没什么发现。她的家属已经很不满了，不停催促我们离开。"

何川舟"嗯"了一声，说："你让大家先撤吧。我给你发个定位，你先过来。"

　　半个小时后，谢奇梦按照提示将车停到她们旁边。他该庆幸这个时间段的市中心交通通畅，不堵车。

　　青年从车窗里探出头，看见旁边座位上的穹苍，惊讶地叫出了她的名字。

　　"穹苍？你怎么也在这里？"

　　"我们来看李凌松的前妻，顺路碰上了。"何川舟越过穹苍的位置，朝谢奇梦招了下手，"过来。"

　　谢奇梦从副驾驶座上拿了个文件，而后到她们这边来。

　　他从座位中间的空隙里将文件袋递过去，说："没找到什么有用的东西。只有一些十几年前的文件副本，不知道能不能派上用场，我们先拷贝过来了。"

　　何川舟拆开，草草翻了一遍，发现确实没什么用，起码跟他们想知道的案件全无关系。

　　穹苍借着后视镜观察后座的青年。一段时间不见，谢奇梦的变化还是挺大的。他把头发整个剃短了，只剩下一层楂。皮肤粗糙了不少，气质也沉稳下来，不再像个一惊一乍、稚气未脱的年轻人。

　　谢奇梦发现她在打量自己，有点尴尬，不动声色地朝边上挪动，想将自己塞进角落。

　　何川舟发现他的小动作，悠悠叫了声："小谢啊。"

　　"欸。"谢奇梦立马又坐到中间，靠近前排，等待何川舟的吩咐。

　　何川舟随意地将东西递了回去："还给你。"

　　谢奇梦接过文件，小心问了一句："没收获吗？"

　　"有点收获。"何川舟低着头在手机备忘录上记录，"我们不应该把调查方向局限在一个人的范围。"

　　谢奇梦脸色大变，瞪大眼睛道："那还能是个团队？李凌松他……那么多的学生啊！"

　　何川舟一脸"你倒是真敢想"的表情，朝后视镜瞥去。"那倒是没有你猜的那么恐怖。"规模那么大，早变成邪教了。

　　穹苍也朝后座偏了下头。

　　她错了。谢奇梦的一惊一乍还是没有改变。

谢奇梦面露窘迫，随后放弃最后的挣扎，坦然接受自己在穹苍面前愚蠢的现实。他转移话题说："其实李凌松我也认识。"

何川舟不大在意。"当年祁——嗯，那时候应该是见过。而且李凌松年轻时也算半个体制内的人了，跟警局里的不少人都打过交道。"

谢奇梦犹豫不决，嗫嚅着道："我是说，当年我妈找过他。"

何川舟手上动作顿了下。

谢奇梦开了口，后面的就没什么好隐瞒的了。他说："我爸说，我妈当时精神状态不是很好，又不想去看医生，怕被人议论，我爸就给她介绍了李教授。李凌松的学生里有不少是在正规大医院精神科任职的，他帮忙牵线，给我妈开了药，做了治疗，后来就慢慢好了。"

何川舟问："什么时候？"

"就穹苍住我们家那段时间。我妈怀孕，压力很大。开始的时候，因为她在孕期，症状也不严重，医生不建议吃药……"谢奇梦边说边看着她们，"当时觉得他人还挺好的，现在想想，是不是有点奇怪？"

好像许多事情都是这样，一旦有了怀疑，就会感觉什么都是错的。

李凌松的脸上如今是写满了"不清白"三个字。

何川舟朝穹苍无声做了个口型：你怎么看？

穹苍摇头：这谁知道？

谢奇梦对她二人打哑谜的行为大感不满，忍不住问："你们在说什么？"

何川舟搪塞道："没什么，你可以下车了。我先送穹苍回去，五点会议室准时开会，你在群里通知一下。"

谢奇梦遗憾地应了一声，推门出去。

何川舟依言将穹苍送到小区门口，路上两人有一搭没一搭地聊了会儿。穹苍把在病房里跟薛女士的对话过程大致复述一遍，并据此对李凌松做了个简单分析，何川舟颔首表示同意。

在二人即将分别时，何川舟叫住了她。

穹苍站在车外，俯下身听她说话。

何川舟锐利有神的眼睛从下方看着她，措辞许久，最后郑重地说了句："有什么事情记得跟我说。我不勉强你，但是我希望你能相信我。"

穹苍半合着眼，深深吸了口气，随后轻声道："帮我查查我父亲跟李凌松，以及李瞻元之间的关系。"

何川舟眉毛惊讶一跳，保持着镇定道："我知道了。"

贺决云回家时，穹苍正在倒腾她的小房间。

穹苍住过来后，陆陆续续从原本的家里搬了许多书过来，贺决云见她活动不开，专门给她分了间书房让她存放，此时她快把原本井然有序的书房翻得一地狼藉。

穹苍翻找东西的方式跟她做事截然不同，完全不讲条理，就平铺，乱丢，还美其名曰："我都记得在哪里。"

就算你是真记得，是不是也应该考虑一下观赏性的问题？

贺决云无法在她的个人小书房里找到合适的落脚点，只能停在门口嫌弃道："你干什么？拆家呢？"

穹苍拿着东西转过身，朝他说道："你回来啦？"

贺决云听见这话心情很复杂，但想她能按时回家已经是不错了，遂轻快地"嗯"了一声。

他提着裤管蹲下，就近拿起两本书翻看，问道："你在找什么？"

穹苍半跪在地上，用大拇指按着书页飞快翻动，说道："不知道。"

"不知道？"

穹苍喘了口气说："找感觉。"

贺决云闻言不知道该如何评价，干笑着道："挺玄学的啊，你们这些天才。"

穹苍脑袋一晃，放下手里的东西，小心走出房间，脸上挂了个笑容，叫道："贺哥。"

贺决云浑身一颤。这都叫上贺哥了？了不得啊。

他警觉地道："怎么？"

穹苍拉他起来，推着他往书房走，温柔又尊敬地说："用你三天的权限，帮我查一个人吧。"

贺决云恍然大悟，随即痛心，板起脸教育道："所以态度好点就没好事了是吧？穹苍同志，你说你这样对吗？"

穹苍心说，贺哥这认知就肤浅了。她态度不好的时候，事情只会更不好。

穹苍将人按到座位上，顺手帮他开了个机。

贺决云倒也没拒绝，只是不能放弃小人得志的机会，干咳一声，拍了拍自己的肩膀。穹苍上道地给他揉了两下。

贺决云一朝春风得意，挑着眼尾问："没吃饭啊？这不轻不重的，挠痒痒呢？"

穹苍点头："是没。"

贺决云顿时被噎得说不出话。

穹苍连网页都给他开好了，请他输入管理员账号。

贺决云熟稔地敲下键盘，并进入后台准备搜索数据库，这才问了一句："你想查谁？"

"李瞻元。"穹苍眼睛盯住屏幕，用手在半空写了下具体的字，"李凌松的儿子。"

"不一定能查到什么信息。"贺决云说着，按下回车键。

三天的数据库很庞大，但那只是基于用户愿意使用三天软件并授权的情况来说的。如果对方平时就很注重自己在网络上的隐私，那么他们也搜索不到什么关键信息，还得依靠公安机关去抽调档案或走访调查。

贺决云设置好筛选条件，界面上很快跳出一个系统整理出的信息表格。

"××科技有限公司，年少有为啊……"贺决云念出信息后顿了顿，加重语气道，"当然，没有我有钱。"

穹苍觉得莫名其妙，瞅了他一眼。

你们有钱关我什么事？这都要炫富的吗？

贺决云继续往下翻。

"没有结婚？"贺决云诧异，回到前面的个人信息确认了一遍。

"李瞻元已经五十多岁，不是曾经离异，而是一直没有结婚。"

穹苍说："也许人家是不婚主义者。只谈恋爱，不结婚。"

贺决云紧张起来，看着她义正词严道："穹苍我跟你说，如果另一半不同意的话，这就是不负责任耍流氓！"

穹苍："……"你是要教我做事吗？

穹苍勾勾手指，示意他把鼠标往下拉。

再下面，是各种跟李瞻元相关的采访稿。贺决云翻看一遍，挑了家正规媒体公司的文章点进去。

这则采访稿记录了李瞻元学生时期的回忆，以及他创业的各种艰辛。是他年轻时应母校邀约作为优秀校友而接受的一次采访。

其实也不是很艰辛，毕竟李瞻元有头脑又有人脉，而且还不缺金钱。大学时期他集结了一帮同学，直接开了家公司，然后就走上了致富的康庄大路。

整篇采访稿里没什么值得注意的，全是一些场面话。

——最感激的人是母亲。

——最崇拜的人是父亲。

——最难忘的是大学时期单纯又贫穷的日子。

贺决云正准备关掉，右手被穹苍按住。穹苍顺势接过鼠标，将页面往上翻动，选中一段平平无奇的文字。

记者问他，是不是人生一直这么一帆风顺、难逢敌手。李瞻元顿了顿，露出一个无奈的笑容，说："不，其实我有一个远房表弟，他的成绩比我好，体育也比我好。因为长辈关系近，我们两个一直都在同一所学校上学。开始他比我小两岁，低两个年级。后来他因为太聪明，跳级跟我做了同班同学。大学的时候，我们终于分开了。"

记者惊讶："真的吗？可是我看你的履历，你高中的时候可是拿过全国竞赛一等奖的啊。"

李瞻元摊手："他也是。"

记者笑道："他的异性缘肯定没有你好吧？"

李瞻元也笑："虽然他年纪小一点，但他可是我们高中的校草。"

记者应该是有种不妙的预感，没再接着问，而是很快转移了话题。

贺决云来回看了两遍，不解道："这怎么了？"

穹苍摇头："没怎么。"

"李瞻元的远房表弟？"贺决云嘀咕道，"那这人也算是你亲戚吧？"

穹苍淡淡道:"应该算吧。"

贺决云扭头问:"你认识?"

穹苍撇嘴:"不算认识。我还没见到他,他就没了。"

贺决云将文章翻到最后,编辑特意在下面配了一张图。

屏幕上显出几位获奖人员回校后的合照。站在中心位的少年相貌清爽帅气,五官脸形虽然没有成年后那么硬朗,却已相差不多。跟同样不修边幅的高中生站在一起,他英俊得有点引人瞩目。

贺决云猛地扭头,再次看向穹苍。

穹苍鼓励地朝他点了点头,说:"我爸。"

贺决云顿时语塞,吞吞吐吐地道:"李瞻元跟你爸还是同学啊?"

"应该是,我不知道。"穹苍说,"我以前没了解过他们的事。"

贺决云关掉采访,又搜了些别的线索。

遗憾的是,李凌松就是贺决云所说的注重网络隐私的那种人。他不喜欢使用三天的第三方交易平台,不经营个人社交账号,对游戏、论坛一类的也不感兴趣。

贺决云在公开的网络上找不到跟他有关的重要信息。而疾病或财产一类的,三天就更没有权限调查了。

穹苍思忖一阵,用手肘轻推着他说:"你再查查祁可叙。"

贺决云迟疑道:"你确定?"

穹苍点头。

贺决云再次输入祁可叙相关的筛选条件。

祁可叙的情况就不一样了,她的人生履历几乎清清楚楚地摆在后台。当然这主要还是因为警方为三天提供了许多的档案资料,用以建立副本模型,再加上祁可叙本身喜欢使用三天的软件,留下不少痕迹。

穹苍也是第一次了解自己母亲年轻时的生活,以往都只是从别人的嘴里听上一两句。她眼睛盯着屏幕,细细阅读资料上的内容。

贺决云拖开椅子,将正前方的位置让出来,方便她看得更清楚。

穹苍身体前倾,右手抓着贺决云的座椅扶手,指尖不自觉地发紧。

她记得在第一个副本里,祁可叙的成绩很好,考上本校研究生应该不成问题。可能是受了当初那件事的影响,最后她的成绩一般般,只考上了一所双非大学的研究生。

成绩不够优异，她没能拿到奖学金，家里不会为她负担。她只能自己在外勤工俭学，赚取学费。

祁可叙选择的工作就是医院护工。这工作虽然很累，但工资确实不错。只不过医院里鱼龙混杂，祁可叙相貌出众，又没有背景，不享受正式员工的保障，应该做得不大开心。

穹苍正阅览到一半，贺决云放在键盘边上的手机振动起来。两人正看得全神贯注，皆是被这动静吓了一跳。

贺决云见来电显示是何川舟，以为是自己搜查用户信息的事被发现了，做贼心虚地接了起来。

"喂？"何川舟平稳的声音在房间里响起，"在公司还是在家？"

贺决云调整了下，语气如常道："在家。"

何川舟说："方便吗？帮我查一下李瞻元的信息。"

穹苍："……"

贺决云扫了眼身边人，干巴巴道："你那边不能查吗？"

何川舟说："我们查了，很干净。"

贺决云缓缓说："我们这边也很干净。"

何川舟明白了："哦……"

尴尬了。

气氛诡异地安静了会儿，何川舟再次问道："穹苍在你身边吗？"

"在的。"

何川舟见也没有外人，干脆就这么说了。

"穹苍，我问过李局了，李局说你母亲当年在 D 大附属医院里做护工，就是李瞻元介绍过去的。"

穹苍严肃起来，接过贺决云的手机。

"什么？"

"嗯。李瞻元的企业有资助贫困生的慈善项目，你母亲就是他们的资助对象之一。因为她手头比较拮据，李瞻元主动为她介绍了这份工作。他还特意跟医院里的人打过招呼，让他们给祁可叙安排一些比较好说话的女性病人进行护理。李凌松在 D 大附属医院是比较有声望的，祁可叙的工作时间不稳定，依旧接到了不少单子。之后你父亲眼睛受伤，也送去了 D 大附属医院医治。"何川舟一连说了一串，换一口气，继续道，"你父亲那时候刚刚受伤，很倔强，坚持不要护工，后来李瞻元让祁可叙去试试，祁可叙就去了。巧了，他们两个意外合得来，结果就在一起了。"

"啊……"穹苍讷讷道，"这样啊……"仿佛见证了自己诞生的全过程。

何川舟还补充了一句："就是这样。你父亲出院后，没多久就准备求婚了。说真的，我没想到你爸眼睛都不好了，眼光居然还那么毒辣，找了个那么漂亮的妻子。这不是惹人忌妒吗？"

穹苍心说，她也挺羡慕的。

何川舟顿了顿，又说："李瞻元跟你父亲关系还算不错吧。虽然血缘不是很近，但因为住在同一个区，交流比较密切。后来你爸做了警察，李瞻元跑去做生意，关系慢慢淡了。除此之外，也没什么特殊的。"

穹苍"嗯"了一声，何川舟那边也沉默下来。

贺决云正闲适慵懒地靠在椅背上，耐心听穹苍的起源故事，突然就发现没声了，还有一道灼热的目光直勾勾地盯着自己。

贺决云头皮发麻，端正坐姿，戒备道："你看着我干吗？"

穹苍怂恿道："情感专家来说说。"

贺决云阴阳怪气地说："你不还是社会伦理专家吗？"

穹苍叹道："这技能无法对自身生效，而且我想听听正常人的想法。"

"不是，你们想让我做什么分析？什么叫正常人的想法？"贺决云憋了口气，觉得她们两个特别离谱，摊着手道："我也没知道多少事情啊！"

何川舟循循善诱道："就你知道的，发挥一下。"

"这我能发挥什么？"贺决云抓瞎了，一通胡说，"难不成还是李瞻元倾心你的母亲，对她百般照顾，还没来得及表白，祁女士却因为他的牵线先爱上了你的父亲。李瞻元从小处处被你父亲压制，终于在至爱被夺后情绪爆发，心理开始扭曲，慢慢走上了变态的道路。他借助李凌松所掌握的各种信息进行谋划，以破坏他人的人生为乐。你们觉得这样可信吗？"

"逻辑非常滞涩。"穹苍失望道，"看来 Q 哥的想象力不够丰富。"

何川舟说："要不我让小谢试试？"

穹苍拒绝："小谢同志过于天马行空，还是谨慎使用。"

　　贺决云见她们还真侃上了，哭笑不得道："你们当是《故事会》呢？这也太不正经了！"

　　何川舟忍下笑意，说道："行了行了，不跟你们开玩笑，说个正事。穹苍，明天我们还要审讯朱彦合，你有兴趣的话就过来一趟。"

　　贺决云一时没反应过来："朱彦合是谁？"

　　"就是上次那个瘾君子，差点掐死穹苍的那个。"何川舟语气变得严厉，"这个人一直装疯卖傻，什么都不肯交代，我们两边人都问不出来。我提议带你过去试试。你就当是受害者去协商，跟我们进去。"

　　她一提，贺决云就想起来了，顺嘴骂了一句。

　　穹苍快速应道："好。"

第 十 二 章

证 据

"十一年前的 11 月 18 号，你还记得吗？"

"朱彦合吸毒很多年了。"

在前面带路的警察回头看了一眼，确认穹苍跟贺决云都跟上了，才继续不紧不慢地跟她解释道："他以前是个记者，在某次走访调查的过程中，无意间接触到毒品。按照他自己的说法，是因为职业压力过大加上有点好奇，就吸了一口。呵呵，毒品这玩意儿，吸一口就没有试一试的，他不意外地成瘾了。"

年轻警员的脸上露出种无奈又嘲弄的表情来。他们赌上性命打击的事情，在无知的人眼里竟然只是"找点乐子"。这种理由他们显然是听得多了，可每次听见仍旧觉得十分荒谬。

"朱彦合对毒品交易市场了解得并不深，被我们抓过好几次。劝导、警告、社区戒毒都试过，但是毒品这种东西吧，一旦沾上，你说戒掉嘛，基本是不可能的。尤其是冰毒跟一些新型毒品，碰上就完了。朱彦合吸了这么多年，其实懂这道理，可他还是忍不住，居然靠着人脉真的搞到了这种东西，成功把自己送上了不归路，我们拦都拦不住啊。"警察用手指点了点额头，怒其不争道，"吸毒吸多了的人啊，这儿真的不正常！能送他去坐牢反而是救他。"

穹苍不由自主地摸上自己的脖子。当初的疼痛已经不在了，但淤痕还淡淡地留着。这个痕迹估计短时间内无法全部消退。她问道："朱彦合平时表现老实吗？"

警察又回头看了穹苍一眼，点头道："老实。"这位警察明显对朱彦合很熟悉，是"老朋友"了，对朱彦合的日常生活和过往职业都了解得一清二楚。

"他在我们观察的几个瘾君子里，算是比较听话的，只局限在自己吸。不贩、不分享、不聚众，之前也没出现过吸大了跑出去伤人的情况。他家里其实有点积蓄，父母给他留下的两套老房子全部拆迁了，加上他自己也会写点稿子赚钱，所以日子还算过得去。不过他写的稿子很多都是胡说八道，赚流量，没下限。唉，以前他是个好好的社会新闻记者，现在完全变成了个八卦狗仔记者，还是没什么职业道德的那种。得亏没人告他，否则他早赔光了……"

"喏，到了。"警察停下脚步，拉开面前的门，退到边上，做了个邀请的手势。

穹苍朝他点点头，率先走进去。

里面已经站了几个面孔陌生的青年，他们见穹苍出现，偏头看了眼，又很快转回去，没有出声。

有两人正坐在屏幕前面，盯着里面的人影。还有一人悄悄缩在角落吃饼干。其余人则是安静等待审讯的进展。

穹苍站在靠墙的位置，视线朝屏幕扫去。

密闭的房间内，朱彦合被禁锢在椅子上，一件好好的囚服被他穿得皱巴巴的。

他的脊背深深佝偻着，很像一把无法挺直的弓，混浊的双目一直不停地在四处乱转，注意力无法集中，右手还不停地抓挠自己的脸或者脖子，在皮肤上留下红红的印痕。

不管怎么看，他的精神都不算正常，处于轻度焦虑的状态。

先前那位给穹苍做讲解的缉毒警察比较热情，停在她身边，继续跟她搭话，指着屏幕道："你能相信吗？他才不到四十岁。"

朱彦合实在没有三十多岁男人该有的样貌。他眼睛涣散无神，皮肤松弛暗黄，手脚还有不少痘疤暗疮。你说他已经四五十都大有人信。

在他的对面，坐着何川舟与另外一位刑警。长桌后方是架设好的摄像机，镜头直直冲着朱彦合。

何川舟没着急审问，她目光沉沉地注视对面，来回旋转手中的笔。笔身在桌面发出一下一下的撞击声。如果不是那点轻微的响动，穹苍都怀疑视频是不是开了静音。

两人都装出沉得住气的模样，试图消磨对方的耐心。

终于，何川舟翻开面前的档案，问了一句："十一年前的 11 月 18 号，你还记得吗？"

朱彦合两手合拢，捂住半张脸，不停朝手心吹气，一双眼睛大睁着，看向何川舟，却不出声。

何川舟缓声接下去："这天晚上，A 市下大雨。你尾随并杀害了你的同事孔某，随后与他人合谋将罪行嫁祸给范淮。这是一起有计划的犯罪，让你逍遥法外十多年。"

朱彦合闷声笑了起来，肩膀抖动，笑声如同从喉咙里硬生生挤出的怪调。他放下双手，表情夸张地道："警察叔叔……不是，这位警察同志，不会吧？你说我吸毒、扰乱社会治安就算了，那么多年前的杀人罪也要不明不白地扣到我头上？"

何川舟抬起下巴，满是不屑地瞅他一眼，冷笑道："你自己心里清楚究竟是不是不明不白。"

朱彦合咧嘴露出个冷漠阴森的笑容，低声说："我没有杀人。你没有证据。"

何川舟合上档案，往边上一丢，目光逼视着他："你因为杀了人，难以承受内心的压力，所以才会吸毒。本来你可以有个大好前程，却因为这件事情赔上了整个青春，你觉得值得吗？现在你还是不敢说实话，难道，你要一辈子这么浑浑噩噩到死吗？"

朱彦合用力舔舐着自己的后槽牙，眼神游离，只重复着："我没有杀人，我没有！"

何川舟说："你没有杀人，那你怎么会去杀穹苍？你分明是怕行迹败露，所以做贼心虚。"

"我不认识她！"朱彦合摆正脸，一字一句地说，"我吸毒吸多了，神志不清，你懂吗？我根本不知道她是谁。我打人，顶多再拘留几天，你们别想给我扣杀人的罪名！"

何川舟放缓语气，劝导道："我知道，是有人怂恿你这么做的。那个人在利用你。你看看自己现在这落魄的鬼样，再想想对方光鲜的生活，你不觉得很不甘心吗？"

朱彦合放空表情看向天花板，全然当作听不见。

旁观的几人按住鼻梁，疲惫地叹了口气。

朱彦合来来回回就这么几句话，不配合、不承认。被问到敏感的地方，他就闭口不言，生怕自己露出什么马脚，一见形势不妙，则佯装自己毒瘾犯了发疯，要求治疗。众人拿他完全没有办法。

眼见又进入熟悉的死胡同，边上的中年男人遗憾叹道："看来刑侦支队的何队也没什么办法啊。"

穹苍黑洞洞的眼睛里闪过暗光，勾起唇角做出个无声的讥笑。她伸手解开自己衬衫上的第一颗扣子，感觉呼吸顺畅不少，低沉道："我进去看看。"

贺决云一把拽住她的胳膊，不是很赞同，毕竟他对朱彦合有着绝对厌恶的印象。

"我跟你一起进去？"

穹苍抬了下手表示拒绝："不用，大家都在，没什么危险。你在这里等我吧。"

她是何川舟要求带来的，几位警察虽然不抱什么希望，但是也没阻拦。调查范淮案件本来就是刑侦支队的任务，他们几个缉毒的只是慕名过来旁观一下。

门口的警员给穹苍开了门，门板开合的轻微响动将里面三人的目光都吸引了过来。

穹苍不急不缓地抬步进去，出现的瞬间，里面的气氛都有了微妙的变化。

她故意踏重脚步，踩在地板上。那闲适的态度与放松的姿势全然不像是来审讯室会见一个当初意图杀害自己的犯人，而像一个高傲的胜利者前来巡视自己的领地。

何川舟轻笑，朝边上的警员使了个眼色。那位年轻警察自觉收拾好东西起身，将椅子留给穹苍。

穹苍没有过去落座，她围绕着朱彦合缓缓转了一圈。

被脚步声包围的朱彦合明显变得焦躁，他不停舔着自己的嘴唇，并用手和牙齿去撕上面的死皮，同时低下头，盯着自己面前那块浅色的桌面。

突然，一双手拍上朱彦合的肩膀，将朱彦合激得打了个寒战。

穹苍那低沉冰冷的声音在他耳边响起，还隐隐带着笑意。

"你既然敢来找我，就应该知道我是谁吧。"她弯下腰，贴着他的耳朵道，"有些人不是你惹完就可以跑的，现在是不是很后悔？所以说为什么要吸毒呢？你要不是自己跳出来，我都不知道该去哪里找你。麻烦你了，还给我省了工夫。"

朱彦合木然转动着眼珠，抖着肩膀将她的手躲开。

穹苍不以为意，继续在狭小的房间里走动。"你觉得我们没有证据，就不能拿你怎么样了？这你就错了。你不说，不代表我问不出来。"

她正好走到空着的座椅旁边，单手将它提起，搬到朱彦合的对面，相隔不超过一米，而后在对方回避的目光中，施施然坐了下去。

"朱彦合，小心一些。我不指望你会说实话，就算你说了我也不相信。但是只要你说谎，我都可以看出来。你最好确保自己不会露出任何端倪，控制住自己的表情……"穹苍脸上挂着那种不可一世的微笑，伸出一根手指指着他，一字一顿道，"比如任何的瞳孔颤动、鼻翼翕动……"

朱彦合偏过头。

"手指抽动、姿势变化……"

朱彦合立即将手从桌上缩了回去，交握放在腿上。

"喉结震颤、肌肉紧绷。"

朱彦合朝后靠了一点，活动了下肩膀，从鼻间哼出一口粗气。

穹苍笑出声来，跷起一条腿，坐得毫无正形。

"人类最无所遁形的是潜意识动作。你们不就是想挑战我这个吗？这么感兴趣，正好让你见识一下。"

她扭过头，朝着摄像机的位置说："麻烦打个灯。"

很快有人屁颠屁颠地捧了三盏小台灯进来，摆在朱彦合的边上，调整好角度，将他的脸照得通明。

朱彦合气急败坏地叫道："拿开！干什么！"

警员不顾他的反抗，架好设备，又火速离开。

何川舟一把拎起摄像机，摆到朱彦合侧面，双手握着三脚架，站在边上静立不动，似笑非笑地看他挣扎。

朱彦合快速在二人之间扫视了一遍，从来没想过自己会被两个女人的气势压迫到难以喘息。

她们一个站着，一个坐着，一高一低的眼神里俱是探究与蔑视，那种宛如看着残渣败类的姿态，让他原本就不大平静的情绪又开始波动。先前平息下去的毒瘾，似乎在反攻，顺着血液，密密麻麻地爬上他的头顶，意图掌控他的理智。

朱彦合扭了下脖子，看向另外一面，咬紧嘴唇，迫使自己冷静。

"11月18日，晚秋，夜，大雨。这天天气很冷，你穿上提前准备好的卫衣，跟在你同事孔某的身后。你知道，她今天会去见一个人，一个学生，范淮。"

穹苍的声音低缓而平静，像一个置身事外的念书人。

"你决定要杀人，不是因为受了谁的指使，是你自己要杀她。你们是同事，你出生在一个普通的家庭里，你自卑、圆滑，在老家拆迁之前，还特别贫穷。然而孔某不一样。她漂亮、大方，没有金钱烦恼，讲究媒体人的精神……呵，也是。你这样的性格，怎么可能会为了某个人牺牲自己呢？你只能是为了自己。为了遮掩自己那点……无耻的欲念。"

朱彦合面皮抖了抖。只有自己被强光照射，让他有种无所遁形的错觉。

穹苍胜券在握地笑了出来，引得朱彦合再一次瞪向她。

"你如此恐惧我的出现，是不是因为你知道自己当初做的事并不是那么天衣无缝？

"你看着三天推出一个又一个跟范淮有关的副本，你害怕，觉得警方最终会查到你的身上。毕竟陷害范淮这件事情不是你设计的。你对那五个证人都不熟悉，也没有信心。你的本性就是胆小、怯弱、自私的，否则也不会在事发之后还需要依靠毒品来缓解自己的压力。"

朱彦合脸上的肌肉开始不受控制地抽搐，他顺势冲着穹苍龇牙。

穹苍浑若未见。

"你看着五位证人接连被害，确信还有人知道当年的真相，正在展开疯狂的杀戮。你不知道自己会不会是下一个，也不知道杀人者的目的是什么。是报复，还是为了灭口？"

朱彦合抬起戴着镣铐的手，摸了摸自己的脖子。

"你异常焦虑，备受折磨。因为这起案件，你被毒品毁掉，面目全非。在杀人的时候，你从没想过自己的未来会是这个样子的。你不能允许自己卑微地苟活了这么多年，最后却还是竹篮打水一场空。即便你知道错了，即便已经走错了那么多步，你也希望它能永远错下去。因为你无法面对后悔这种情绪……没有如果，你不敢想象如果。"

穹苍说得很慢，呼吸近得仿佛在他耳边。

"你觉得是因为我和警方的穷追不舍，才让你陷于今天的境地，所以你想杀我。你是一个记者，就算不那么正规，你也认识一些三教九流的人。你让他们注意我的行踪，说是想采访我，然后尾随我，寻找动手的时机。"

朱彦合张了张嘴，没发出声音。他的额头爬出一些细汗，在强光的照射下明显地反射着光芒，不知道是毒瘾造成的，还是紧张造成的。

穹苍不等他开口，先一步道："对。你的表情告诉我了。"

朱彦合捶了下桌，高声叫道："你胡说！我没有！"

他越是想要辩解，穹苍越是冷静。

她的眼神里带着无比的自信，仿佛已经窥破了所有事情，将他深深钉在原地。

"你那么害怕，是因为你自己也不确定是否有证据遗落。"

"没有！"

穹苍看着他的表情，笃定地开口："遗落在了现场。"

朱彦合的汗水顺着他剧烈的动作向下洒落。在台灯的光照下，他额头上的青筋外突出来，五官变得极为狰狞，他近乎咆哮地叫道："我说了不是！有的话你们就拿出来啊！你们根本没有！"

穹苍了然道："遗落在现场，但是警方后期搜查的时候却没有发现。说明是被人拿走了。"

朱彦合的声音像被刀刃生生切断，他意识到自己正在暴露，强行控制着不让自己继续出声。

舌根苦涩，他用力吞咽了一下，喉结不住滚动。

此刻他已经无法顾及自己的表现，只拼命思考着应该怎么办。然而逐渐爬涌上来的毒瘾，让他几乎失去思考的能力。他满脑子的想法都在"反驳"和"无用"两个词之间徘徊，挑不出一条有用的建议。

穹苍沉沉吐出一口气。

"五个证人。一个说的是实话，一个是被诱导的，他们没有去过现场。其余三个是有人替你安排好的。根据他们的证词来看，案发当天丁陶喝得酩酊大醉、人事不省，所以不可能是他。吴鸣的证词里，他一直站在路边，也没有靠近过案发现场。所以唯一有可能的就是梅诗咏。"

朱彦合闭上眼睛，嘴里发出磨牙声。

穹苍起身，走到他的面前，居高临下地看着他。

"梅诗咏受人挑唆，想要借着怀孕上位，结果不仅没有成功，还逼死了自己的爱人。也许她是受人胁迫，才会站出来替你做伪证。但她内心肯定有所怨怼。"

穹苍的声音犹如恶魔的低语："你说，她会不会还保留着证据，等着反将一军？"

朱彦合再次睁开眼睛，双眼猩红、呼吸沉重，头顶冷汗簌簌直落，全身肌肉不时痉挛抽动，已经没有多少正常人该有的样子。

也正是因为这样，众人确信他被穹苍戳中了痛处。

"你毒瘾犯了。朱彦合，你的谎言到头了，等着吧。"穹苍冷漠地说了一句，对着摄像机肯定地道，"梅诗咏，再做一次搜查。她那里一定有证据。"

朱彦合狂吼一声，猛地想朝穹苍扑过去。何川舟一直在观察他，见他发难，第一时间伸出手拽着他的头发往桌上一磕。

"砰"的一声巨响，朱彦合还不死心，想要挣扎。门外的警察快速跑进来，将他的脸死死压在桌板上，让他无法动弹。

穹苍静静看着他发作，一步步退出审讯室。

刑侦队的人已经闻讯而来，差不多都堵在门口。他们表情急切，见穹苍出来，却主动让出了一条路。

谢奇梦紧跟着她的步伐，语速飞快道："梅诗咏真的留下了证据吗？我们已经地毯式地搜查了三四遍，可是什么都没有找到。现在家属很不配合，我们不好工作。我们究竟要找什么？"

穹苍干脆地说："找不到那就继续找。"

何川舟从后面过来，几人纷纷叫道："何队！"

何川舟整理着自己的衬衫衣袖，穿过人群走到穹苍身边。

一名警员问道："就算当初梅诗咏带走了很重要的证物，但她真的还留着吗？那个证据既能证明朱彦合杀人，也能证明她做伪证吧？无法确定她是不是会保留。"

众人最怕的也是这个。

谢奇梦试探道："要不你再去问问，少了的是什么东西？"

穹苍淡淡瞥向他："你以为我真能读心啊？"

"啊？"一个新人警员一脸傻气道，"这不差不多吗？"他看着很像啊。能看穿一个人是否说谎，跟读心不是差不多？

何川舟不客气地朝他脑袋拍了过去，将他推开。

人在说谎时的许多反应，在紧张、害怕的情况下同样会出现。而接受审讯时，这两种情绪是十分正常的。不管穹苍的眼睛看得多清楚，哪怕能看穿对方身上每一块肌肉的变动，都无法作为说谎的证据来推导。

不过是利用双方情报的差异，以及朱彦合对穹苍天然的畏惧，用模糊不清的信息进行诱导式的提问。

他们看的不是朱彦合是不是在说谎，而是他什么时候开始崩溃。

穹苍摩挲着自己的手指，深思后开口："你们找不到，也许不是因为你们搜查得不够仔细。"

谢奇梦愣了下。

穹苍轻声道："前车之鉴啊，就摆在眼前。梅诗咏还有什么亲近的家属？"

谢奇梦当真是如梦初醒，他下意识地想去拿资料，随后发现手头没带。

"有！梅诗咏还有个正在上小学的儿子！她出事之后，孩子就被舅舅带走了，我们只见过一次。"

穹苍问："田兆华的儿子？"

"从年纪上看……应该是。"谢奇梦恍惚道,"难道是他藏起来了?可是为什么呢?"

何川舟不容他多想,拍了下手,叫道:"该忙的都忙起来了。贺先生呢?请跟我去一趟梅诗咏家。"

所有人扭过头,开始寻找那个失踪的男人。最后数道目光齐刷刷落到人群之外一个正在玩手机的男人身上。

贺决云无辜地同他们对视。

谢奇梦举手:"我——"

"你长得太吓人,不行。"何川舟点着贺决云,"快点过来,大哥哥,帮个忙。"

贺决云:"……"

"大哥哥,"穹苍脚步轻快地往外走,"也带我一个。"

贺决云是长得一脸正气,就差在脑门上刻个"我是好人"的标记。但是放他出去应对受害人家属,是不是有点过分了?

他走的又不是人民公仆的路线,他只是个无情资本家。

贺决云幽怨地回头看了眼,那两个不善良的女人只是不走心地朝他挥了挥手,催促他赶紧上去。将他拐上贼船之后,居然连售后服务都不提供。也就是他脾气好,否则肯定撂挑子走人。

贺决云提起一口气,抬手叩响面前的木门。他尽量敲得有节奏,敲得平缓,以表示自己的礼貌到访。

然而里面的人没能感受到他的善意,在他规律地敲到第六声的时候,嗒嗒的脚步声冲了过来,防盗门被粗暴地拉开。

贺决云还没来得及开口,里面的中年男人冲着他的脸就是狂喷:"怎么又来啊我说你们!你们到底有完没完!你们还是警察吗?你们比流氓都不要脸!再这样我就去公安局投诉你们了!整天叽叽歪歪的,有那工夫去抓凶手,别总是来骚扰我们普通市民!真是有病吧你们!"

贺决云被劈头盖脸地痛骂一顿,感觉脸上铺满了他的口水,心里委屈却没处说。他暗道听穹苍叫一声"哥哥"的代价可真是太大了,心里默念着回味了一遍,将身为贺总的霸道气场压下。就当是牺牲,以后要还回来的。

"你好。我们……"

男人根本不理会他，自己骂完爽快了，下一个动作就是要关门。贺决云更快一步，用手扳住了门板。

"你干什么！"男人厉声一吼，响声在空旷的走道里震出了荡气回肠的感觉。他叫道："放手！马上！"

穹苍跟何川舟手挽着手、肩并着肩站在楼梯间，看着这场属于两个男人的战争。

贺决云对她们两个完全不抱希望，强劲有力的手臂不容置疑地将门板又往外拉了一寸，说道："先生，请冷静一点。配合调查是公民的义务。"

男人见争不过去，索性松开手，要从自己的秋衣里找手机。"你要让我们配合多少次？还义务？你这叫骚扰！我现在就投诉！"

贺决云冷静地说："如果您不想我们以后每天都来找您请求配合的话，那就配合我们最后一次。这是最后一次。"

男人放下手机，狠狠指了下他说："好，这是最后一次，你自己说的！我这就去拿钥匙。如果再反悔，我找记者，找你们领导，我投诉死你们！"

"不用找钥匙了。"贺决云说，"我们这次来，不是为了搜查梅诗咏的家，我们是来找田文冕的。"

田文冕，就是梅诗咏的儿子，今年读小学六年级。

男人刚走出玄关，闻言转过了身，神色复杂地盯着他们。

贺决云说："我们有两句话想问他。"

"你们想干什么？"男人戒备地道，"他还是个孩子！他妈妈已经走了，受不了你们刺激。有什么话不能问我，非得问他？"

贺决云指了指自己，又指了指后面一直当背景板的两位女士，问道："你觉得我们当中的哪一个会刺激到他？大家都是想解决问题的，没有人真是因为闲着来故意惹事的，你说对吧？"

男人迟疑不决，脸上带着明显的不情愿。或许是觉得这样僵持下去确实没有意义，考量一番过后，还是生硬地妥协道："都进来吧。"

这段时间网上闹得比较凶，田文冕暂时从住校转成了走读，以减少外界舆论对他的影响，同时还能让他尽快适应新的家庭。

男人过去敲了敲里侧小房间的门，没多久，一个半大的少年慢吞吞地从房间走出来。

田文冕跟自己的舅舅其实并不熟，但母亲去世后他无处可去，只能跟着过来。

骤然遭遇至亲离世的悲剧，田文冕短时间内成长了许多，看着比同龄的孩子要早熟不少。他走到客厅站在那里，睁着一双下三白的眼睛，冷冰冰地看着三人。

贺决云请他坐到沙发上，田文冕一派老成地走过去，选了个位置，不吭声，也不反抗。

男人跟着入座，隔在二人中间，用壮硕的身躯挡住贺决云大半的视线，仿佛他是个危险的敌人。

在社交媒体高度发达的今天，十三岁的少年其实已经懂很多了，何况田文冕一看就很聪明。

贺决云想了几种含蓄的开头，想循序渐进地跟他交流，刚寒暄了两句，就被田文冕无情打断。

"你想问什么直接问吧，不要浪费我的时间。"

坐在另外一个沙发上的穹苍与何川舟俱是赞同地点头。

贺决云没好气道："要不你们来？"

何川舟客气道："你来，你来。"

贺决云干脆放弃套路，直白地问道："你母亲给你留下什么特殊的东西了吗？旧的，少说有十几年历史。"

田文冕面无表情地说："没有。"

穹苍突然插话："他有。"

田文冕转动着眼珠瞟向她。穹苍与他视线相交，勾起唇角笑了笑。然而田文冕并不领情，又冷淡地转了回去。

男人不服气道："怎么？你们问话还自带答案了？不相信那就别问啊，这唬人玩儿呢？"

穹苍大动作地起身，在男人目不转睛的注视下，去饮水机前接了两杯水。递一杯给贺决云，又端了一杯给何川舟。

她重新在沙发上坐下，一手放在膝盖上，慵懒地说："你们继续，不用在意我。"

那从容流畅的动作让男主人看得一愣一愣的。

"不是，你们到底是来干什么的？"

穹苍无辜道："喝杯水而已，不介意吧？"

叫她这一打岔，男人忘了自己刚才想说什么，悻悻作罢。

贺决云弯下腰，好让自己的视线能越过男人看见田文冕，继续问道："东西，你放在了哪里？"

田文冕稚气未脱的脸显得有些僵硬。

穹苍再次抢答："他在想着该怎么骗你。"

田文冕不悦地瞪了过去。

穹苍低笑两声："他恼羞成怒了。"

贺决云深感头疼，只是不知道这两个小孩到底哪个更让他头疼。

"大哥哥请你先不要说话，可以吗？"

穹苍无所谓地摊手，暂时退出战场。

贺决云又问了一遍："东西你放到了哪里？你知道那是什么对不对？它很重要。你母亲愿意保留那么长时间，就说明她也希望有一天能说出真相。你不应该让她失望。"

田文冕阴沉着一张脸。男人见他不想回答，准备开口打岔，又听田文冕清晰吐出两个字："烧了。"

在场众人皆是一惊。

贺决云表情变得极不自然："烧了？"

田文冕平静地点了点头，保持着目不斜视，说："跟我妈的骨灰一起烧了。那种东西留着干吗？"

贺决云"噌"地站起来，严肃道："你认真的？你知不知道你现在轻描淡写的几句话，能决定多少人的命运？田文冕你不小了，我希望你想清楚再说话。"

田文冕手指攥紧，放在膝盖上，一板一眼地道："我希望你们不要再把精力放在这些没有意义的事情上。"

贺决云听着自己变调的声音问道："没有意义的事情？"

田文冕一字一句说着好像排练过许多遍，说出来连个磕绊都没有："死的人已经死了，坐牢的人也已经坐了，可杀人的凶手还没有找到。警察最应该做的难道不是去查找凶手吗？而不是追溯死者的过去和责任。我只知道，我妈没有杀人。"

贺决云被这孩子自以为是的态度给气到了，一时竟然说不出反驳的话。

穹苍放下水杯，晒笑道："你以为你不拿出证据，警方无法结案，三天不能制作并发行游戏剧情，就没人知道你母亲做过什么事？天真啊。"

田文冕敏锐地看向穹苍，身体紧绷起来。

男人的目光一直在数人之间徘徊，听见穹苍开口，感觉背后起了一层密密麻麻的鸡皮疙瘩。

他侧身护住田文冕，对穹苍有些畏惧，提防道："你想干什么？"

"没想干什么，我就是在思考一个问题。"穹苍的声音让人听不出生气的意味，而每个字连在一起，就不是那么好听了。

"现在的小学生是不是都很愤世嫉俗啊？这样才能显得自己清醒，特别有用。你觉得凭你十几年的人生经历，能指挥比你大好几轮的社会精英去做事吗？"

"等一下，等一下！"男人知道这件事情的发展方向已经不对，目前来看是他们理亏。他将三人巡睃了一遍，大概觉得穹苍是里面管事的，也是脾气最差的，上前拉住她说，"你跟我过来一下。"

穹苍起身，跟着他去了外间的阳台。

男人把玻璃门和窗帘全部拉起来，确认客厅的人听不见他们的对话，才压着嗓音开口："这个……同志，我知道你们也不容易，但这孩子他更不容易。"

男人从兜里掏出烟，手指捏得不大稳当，想递给穹苍。

穹苍说："我不抽烟。"

"不抽烟啊……"男人又把烟尾按了回去，抬起头说，"同志啊，不要这样跟小孩子说话……他还小，不懂事。"

穹苍笑了下："你知道我这辈子最讨厌的一句话是什么吗？"

男人拿烟盒的手停在半空。

"就是'他还小，不懂事'。"穹苍脸色瞬间阴沉下来，对着这个成年男人，不必再装作很和善的样子。

"他还不懂事，所以浪费整个刑警支队的警力，看他们忙得团团转却不出声。他还不懂事，所以可以为了自己母亲的名声，把别人的牺牲当作理所当然。就跟他母亲一样，因为当时还小，所以自私地去破坏他人的家庭，不择手段地达成自己的目的……"

男人猜到她要说什么，脸上血色褪去，同时爬升起一股羞愧与不堪，他怒斥道："你不要再说了！"

穹苍顿了顿，仍旧不留情面地说了下去："因为她当时不懂事，所以间接逼死了田兆华。后来又因为不懂事，陷害了一个无辜的人，导致范淮家破人亡。背了那么多条人命，她仍旧心安理得地做着一个好妈妈。十几年后，她那个不懂事的儿子再次藏着证据，想让范淮就这么为他母亲认下罪名。这些都是因为他们母子的不懂事。怎么，全世界欠他们的了？得心甘情愿地为他们做出牺牲？你是他舅舅，你只让我们理解他，却不教他什么是最基本的道德观，你想让他成为什么样的人？"

男人紧张地看了眼门口，咬牙斥责："我让你不要说了！"

穹苍冷笑一声："这件事从一开始就错了，你还要用这样的错误再去创造另外一个错误？田文冕已经十三岁了，他很清楚自己在做什么，会造成什么样的结果，只是他还不知道这样的结果会造成什么样的伤害。你应该告诉他，而不是回避。回避不是保护，你在践踏他对这个社会的认知。"

男人恼羞成怒，冲着穹苍叫道："你到底是哪个警局的？把你的证件拿出来给我看看！我外甥是未成年人，未成年人你懂吗？你不能这样对他！"

穹苍无视他，挥开他的手，径直推门进去。然而她没有回客厅，而是快步去了里侧田文冕所住的房间。

田文冕看见，站了起来，跑过去想拦住她。后面的男人也慌乱起来，加快步伐追了上来。

然而两人都慢了一步，大门在他们面前重重合上，并从内部反锁。

"开门！你想干什么！"

男人抓着门把手上下按动，同时用力敲击着门板，然而没有用处。他气急败坏，拽住靠近了的贺决云，质问道："你们这是怎么回事？还擅闯民宅，这是犯法的知道吗？你们是警察也不行！快点让她出来。"

贺决云飞速应承着"好好好"，将他挤开，占据了门口的位置，而后不轻不重地敲门，呼唤道："穹苍，快点出来啊，人家要告你的，你这是犯法知道吗？犯……犯什么法来着？"

男人发现他三个居然是狼狈为奸，暴怒中又觉得很荒唐。"你们什么意思啊？赶紧给我开门！你们到底是不是警察？简直无法无天了！"

"不好意思，她不是警察，她是我们的顾问。这个人也不是警察，他是三夭的工作人员。您开门的时候，我们没来得及说清楚。"何川舟不急不缓地摸出证件，展示给男人看，"不过我是。您想找我很方便，想找我的上级领导可能不是非常方便。他老人家一直在各地开会、安排工作。非刑事案件他管不上。"

男人瞥了一眼，发现这人职位还不低，于是更生气了，有种被权势欺压的感觉。

然而何川舟态度亲和，无论如何也跟"暴力执法"扯不上关系。她拉着男人往边上走了一步，安抚地说："不过您放心，人是我带来的，我管。"

她将证件放回去，又从口袋里摸出手机。

男人见状信以为真，以为她要叫同事过来帮忙了。

何川舟翻了会儿手机，走到门边，郑重道："穹苍啊，一定要遵纪守法，我们公安机关办事，是有严格的程序规定的，有公安部会议通过的明文规定。不过你也不是我们内部人员，所以我还是先给你念念《刑法》，你自己斟酌一下。

"哦，对了，另外要提醒你一句，非法获得的证据，法院是不会采用的。比如偷啊，抢啊，伪造啊，诈骗啊这些，都不行——你到底在里面干什么？你听见我的话了吗？"

田文冕见他们一直在搅浑水，气急，从空隙的地方踹了门板一脚，疯狂叫道："出来！不要动我的东西！你快点出来！"

下一秒，门真的从里面打开了。穹苍脸上覆着一层冰霜，站在门口。

几人的叫喊声戛然而止，定定地看着她。

穹苍抬起手，手上拿着的赫然是一个记事本。田文冕气冲冲上前夺过，抱进怀里。

"'致我亲爱的妈妈。'"穹苍轻轻吐息，"'我把爸爸送给妈妈的礼物，锁在生日的小盒子里。这样我就知道你们还会在我身边。'可惜，很抱歉，那不是你爸送给你妈的定情信物。我知道你没丢，拿出来吧。"

田文冕面无血色，死死咬着自己的嘴唇。

穹苍沉吟片刻，提个主意："这样好了，你把东西拿出来，我就告诉你杀死你母亲的凶手是谁。"

田文冕倏然抬头，怀疑地看着她。

"不用这样看着我，我真的知道。我还见过凶手。"穹苍勾起唇角，蛊惑地说，"你是想继续隐瞒这件事情，还是把害死你父亲和母亲的凶手都找出来，你自己选。哪个更重要，你觉得呢？"

何川舟不赞同地叫了声："穹苍。"

穹苍肯定地道："警察抓不到她的。你想知道的话，只有这一个机会。"

田文冕深深呼吸，脑中一阵天人交战，最终还是敌不过穹苍话里的条件，试探道："真的？"

"真的。"穹苍伸出手，"东西呢？是你愿意主动交给警方的东西。"

男人按着田文冕的肩膀，嘀咕道："你们……你们怎么能这样啊？"

田文冕深深看了穹苍一眼，做了决定，从几人中间钻过去，进了房间，随后从床底下翻出一个有蓝色涂层的金属盒。

他小心掀开盖子，从里面拿出一支笔，表情复杂地握在手中，最后抚摸一遍，决绝地递给他们。

何川舟顾不上穹苍的谈判方法是否合理，戴上手套，先将东西接了过来。

"这是什么东西？"

粉红色的，比一指稍宽的东西。因为年代久远，边上装饰用的一圈塑料已经开裂，外层的金属也开始生锈。何川舟拧了一下，从缝隙里看见一些电子元件。

"是录音笔!"何川舟心头巨震，同时在笔身上看见了当年那位死者名字的缩写字母。

她急匆匆将东西装进袋子，叮嘱贺决云道："我马上送去提取音频。贺决云，你看着穹苍啊！"

贺决云惊讶叫道："你觉得我看得住她?！你搞错没有?"

何川舟已经跑到楼梯间，大喊了一声："反正我们公安内部没给她透露过任何消息！"

田文冕以为他们出尔反尔，拽住穹苍的衣角，尖声道："你说了会告诉我的！"

"可以，我告诉你。"穹苍低下头，一根根掰开他的手指，"站好，希望你能成熟一点接受。"

田文冕退了一步，跟头小牛崽子似的憋着一股气："你说！"

穹苍沉默半晌，开口发声时已是异常平静。

"范安，范淮的妹妹。因为哥哥入狱，被丈夫长期家暴，最终不堪忍受，自杀了。她死之后，她母亲也自杀了。范淮逃离警方的监控，被通缉了。"

田文冕明显愣在原地，脸色铁青，难以处理这种复杂的信息。

男人不知道该做些什么，用一双大手捂住田文冕的耳朵，将他揽进怀里，指责道："你不应该告诉他！"

穹苍问道："不过问的事情，不代表它会消失，只是你不会知道，有什么人在承受着不应属于他的伤害。我不告诉他，你以为他不懂? 他可以天真快乐? 不，他要一辈子憎恨那个杀害他母亲的人，要憎恨警方的无能、社会的无情。这样的欺骗是善意的?"

穹苍低下头，朝田文冕道："当然，你现在依旧可以选择憎恨，但你起码应该知道，这个错误的起点在哪里。别再说什么过去的事情已经过去了、追查真相是没有意义的事情。过分自私是很可怕的。你以为我们在干什么? 我们在追求的就是怎么结束。"

谁也不知道它的起点在哪里，然而它已经蔓延出了多个支点和悲剧。没有真相，所有的冤魂都不会安息，所有的受害者都不会停止受伤。

只有无比清晰地认识并面对这种残酷，它才有终结的一天。

穹苍理好衣领说："感谢配合，我先走了。"

贺决云闻言如蒙大赦。

他甚至想放个礼炮。

第 十 三 章

违 和

"一种代表着父亲，一种代表着母亲。那范淮代表着谁？"

　　录音笔十几年来保存得很好。田文冕应该仔细研究过，损坏了部分外壳，但没有损坏里面的零件。

　　技侦人员很快将音频文件完整地读取出来。一群人坐在会议室里，拉上窗帘，紧闭大门，隔绝所有的杂音，开始听取里面的内容。

　　孔钟灵，十一年前不幸死亡的记者。她有随身携带录音笔的习惯，这一支是案发前几天她刚刚购置的新工具。在遇害时，她正坐在遮雨的凉亭里记录当天晚上发生的事。

　　背景里有雨滴砸落在地面破碎四散的声音，中间夹杂着各种脚步声与遥远的汽车鸣笛声。女性低缓的声音在空气里震动，重现了那个下着大雨的混乱夜晚。

　　她心情很好，报告完当天采访的进展后，低声吟唱起来，在断断续续的旋律中，出现了第二个人的声音……

　　第一段音频播放完毕。杂糅的背景音戛然而止时，犹如大海的潮水从边界退去，仅留下一片空旷的沙地。会议室里出现一种空荡荡的安静，刑侦支队的众人都生出一种相似的难以言说的情绪。

　　他们夜以继日地追查、寻找真相，可是当真相平静地来临的时候，他们却无法平静地接受了。

有些遗憾，也有些怅然若失。有种终于走到了终点的庆幸，又有种不甚圆满的难过。

结案了。这次真的可以结案了。可是已经太晚了，离开了太多人。

这一切真是造化弄人。

昏暗的光线中，人影互相靠近，渐渐响起一些细碎的私语，伴随着沙沙的书写声，此起彼伏。

技术人员很快点开前一天的录音记录。众人再次噤声，捕捉音频中的关键信息。

许久后，窗帘重新拉开。刺眼的光线照进窗户，同时涌进一阵清新的风。视野的开阔，驱散了室内的部分沉闷。

众人一齐将目光投向前座，等待何川舟的指示。

何川舟两指夹着一支黑色的笔，习惯性地旋转笔身，指尖被画出一道黑色的印迹。片刻后，她翻过手掌，将笔重重在桌上一扣。

那一声清脆的响动打破满室寂静。

不算高大的身影站起来，挺直了脊背，带着领导者的威严，她用低沉的声音叫了一声："谢奇梦。"

谢奇梦起身立正，大声应道："在！"

朱彦合极不配合，被警察押着走进来时，还在不断叫嚷。

"为什么又找我？怎么又叫我！你们到底有完没完？街上打人的事我认了，你们不能老拿别的案子审问我！听见了没有！赶紧起诉！开庭！我不要住在看守所！"

他还穿着早上的那身囚服，身上有一股汗味，刚从毒瘾里缓过神，没多大力气，连脖子上的抓痕都是新鲜的。

两位青年警察不容抗拒地将他按在桌子前面，他挣得锁链锵锵作响。

谢奇梦冷眼看着朱彦合耍无赖，等了一阵，见他还不消停，用文件夹砸了下桌面，警告道："够了啊，别逼我对你不客气！"

朱彦合停下动作，吸了吸鼻子，斜睨着他，一眼认出他是个资历尚浅的警察，面带些许不屑道："怎么是你？那两个女人呢？"

谢奇梦嗤笑："你以为这是什么地方？还允许你点单啊？二十年多人套

房居住权，可能都配不上你。给我坐好了。"

朱彦合似乎预料到了什么，咧开嘴角，露出一个肆意的笑。然而那种笑容里看不出任何高兴的意味，只是纯粹地做着僵硬的表情，以掩饰自己的内心。

他调整好姿势，正对着他们，第一次精神地抬起自己的头，像是等待他们宣判结果。

谢奇梦朝边上的人点头示意，那位警察利落地按下电脑中的播放键，就听见一个女声在房间里响起。

他们截取的只是很简短的一段音频，前后不足三十秒，却清楚记录了孔钟灵遇害时面临的情况。技术员设置好重复播放的模式，让死者离世前最后的一句质问不停在房间里回荡。

朱彦合起先还有情绪波动，听到后面的时候彻底安静下来，表情已经很平静。他歪着头，目光没有焦点地落在门板上，神情全然不似刚进来时那般嚣张。

随后，他不知道是想起了什么，胸腔震动，发出一声声的怪笑。

谢奇梦观察着他，示意同事先将录音关了。

声音停止，像木锯一样切割着朱彦合的酷刑也终于结束了。朱彦合吐出一口气，颓丧地倚在桌子前。

当最恐惧的事情到来的时候，他感受到的竟不是恐惧，而是前所未有的解脱。

"居然真的有？你们这么快就找到了？"朱彦合眯着眼睛笑了笑，"看来真是命运啊。她死这么多年都没放过我。"

谢奇梦翻开笔记本，询问道："朱彦合，帮助你买通证人，指使你诬陷范淮的那个人是谁？"

朱彦合没有回答，他将脸贴在冰凉的木板上，嘴里发出些无意义的音节，任由口水顺着脸颊滑落到桌上，俨然一副破罐子破摔的样子。

谢奇梦抿紧唇角，说："朱彦合，如果你愿意配合调查，指认从犯，我们可以帮你说情的。"

朱彦合含糊地问道："你们说情？法院真的能给我减刑吗？"

"说情是个机会，不是个保证。"谢奇梦冷淡道，"朱彦合，你还有别的选择吗？"

"死刑吧？"朱彦合肯定地说，"影响特别恶劣、吸毒、伤人、社会危害性大，肯定是死刑。"

没想到他还挺有觉悟，谢奇梦无法反驳。

以这个案件的严重程度来看，朱彦合多半是死刑。

朱彦合动了下，用衣袖擦去嘴角的液体，力道很大，在皮肤上留下了淡红色的擦痕。

他觉得自己挺搞笑的。如果当初他主动站出来，编个好点的理由去公安局自首，认罪态度良好，表现真诚，说不定现在都快改造出来了。

他得来了这苟延残喘的十一年，十一年里他远离家人朋友、抛却信仰、丢弃廉耻，行尸走肉一般，失去了所有正常的生活，沉迷于毒品所带来的虚妄的快乐，活得像只地沟里的老鼠，都是为了什么？

为了什么？日子越是一天天地蹉跎过去，他就越想不明白这个问题。

人类可以逃开法律，但是永远都逃不开自己。

"那个人是谁？"谢奇梦语气软化，试图拉近与他的距离，"其实真正害了你的人就是他。可是最后呢？你在这里接受惩罚，他却逍遥法外，难道你不会觉得不甘心吗？"

朱彦合缓缓眨了下眼睛，似乎没有听见他在说什么。

谢奇梦加大声音，自顾自说下去："除了你之外，他还用这种方法害了很多人。所谓人之将死，其言也善啊。你就当最后做件好事，指认他，给那些死者一个交代。"

他从桌上拿起两张照片，举在半空，问道："李凌松，还是李瞻元？"

朱彦合许久才从自己的情绪里抽离，他维持着一个动作，眼神重新有了焦点，死死盯住左侧的照片，从喉咙里挤出沙哑的三个字："李……凌松。"

何川舟用脚顶开门，将手上的一个杯子放到桌上，客气地推过去，寒暄道："又见面了，李教授。"

"嗯。"

李凌松十分冷静，哪怕被两个警察强制传唤到公安厅，他依旧表现得从容不迫，甚至在路上的时候，他都没有过多地去探听这些人将自己叫过来的原因。

"谢谢。"李凌松没有去动桌上的东西，他视线追着何川舟，这时才问了一句，"你们这次叫我过来，是有什么事吗？"

何川舟不急不缓地走到对面，拉开椅子坐下，点头道："是有一点事，我们找到了一个很多年前留下的证物，想让你看看。"

"希望我能帮上忙。"李凌松说，"最好只是一个误会。"

高清摄像头将他脸上的每一道皱纹都记录下来，然而还是未能拍到他失态的表情。

何川舟抬了下手，边上的人会意，开始播放录音。

"……今天是妮妮去世整三个月……我发现，不止一个人跟妮妮的情况相像。她也许不是唯一一个……"

音频的音量被调低，使得孔钟灵自言自语的话语变得模糊，像某个深夜电台的女主持人。李凌松微微侧过头，听得很认真。

何川舟翻出笔记本，看着上面密密麻麻的字迹，说道："录音很长，你随便听听。我可以给你总结一下。"

她就着那段录音做背景，用自己低沉的声音把整理出来的案件叙述出来。

"十一年前，一个叫孔钟灵的记者在一片居民区被人杀害。那天晚上，她本来是去见一位高中生，结果天上突然下起大雨，她为了躲雨，跑进了附近一个未封闭的小区。不久后，两人结束会面，孔钟灵还没来得及离开，凶手穿着跟高中生一样的衣服将她杀害，并仓皇而逃。同时，三名与凶手素不相识的证人协助他完成了罪行的嫁祸。"

李凌松摘下眼镜，用衣袖小心地擦拭镜片，顺着她的话题沉着道："嗯，这个案子我知道，我看过很多新闻。怎么？确认是一起冤案了吗？难道你们找到真凶了？"

"是的。"何川舟笑了一下，没有抬头看他，用手指摸着页角处的褶皱，眼睛快速在文字上浏览，"你说，这是不是命运？凶手染上了毒瘾，成功蛰伏十几年后，最终却在毒瘾发作的情况下露出了马脚。他有多年的吸毒史，意志力薄弱，根本撑不住警方的审讯，很快就主动承认了自己的罪行。

偏偏他的毒瘾就是因为无力抵抗杀人的压力所染上的。这真的……很巧妙，像一场命运的安排。"

李凌松不大清明的眼睛睁了睁，继续手里的动作，说道："是吗？那这是一件好事。只能说事物都可以究其原因。只是我不知道这跟我有什么关系。"

"我们还是先来说说孔钟灵的事。"

何川舟示意他不要着急，两人很有耐心地做着拉锯，谁也没有率先露出端倪。

"孔钟灵遇害之前，一直在调查一位朋友的死因。她有一个很好的闺密，叫妮妮。案发三个月前，妮妮自杀身亡，死前的表现十分诡异，引起了孔钟灵的注意。"

李凌松重新戴上眼镜，听见这个名字没有任何反应。

"两个女生关系很好，直到有一天，妮妮告诉孔钟灵，她谈恋爱了。孔钟灵没有见过闺密的男朋友，也不知道他究竟是谁，只是从好朋友的口中得知他是一个很优秀的青年。她很为闺密感到高兴。

"恋爱之后，妮妮变了很多。从来不染发的她，去烫了个淡红色的微鬈发。并将原本珍爱的长发剪到了过肩的长度。她以前不爱吃糖，但是慢慢地，包里多了一种橙子味的水果糖。她开始喜欢看诗集、看报纸，喜欢听古典乐，哪怕她从来没有了解过。除此之外，她还开始学习曾经很讨厌的烹饪，连穿衣的风格都变得成熟职业起来。孔钟灵渐渐觉得她很奇怪，仿佛完全变了一个人，爱好、习惯，都在对着另一半进行妥协，这样的爱情太卑微了。她就想见见自己这个闺密的男朋友。"

李凌松听到这里，似有所感地问了一句："她是不是我的学生？"

背景录音里的女声停顿了一下，那个轻柔的嗓音终于给他带来些许的熟悉感。可惜李凌松对声音并不敏感，脑海中冒出的能与之对应的人足有十几个。

何川舟没有马上回答，接着用那种平淡的语气把笔记里的内容念完。

"孔钟灵最后没有见到对方，但是妮妮也察觉出异常，她觉得自己被控制了。于是，她听从孔钟灵的建议，狠狠心跟那个男人分了手，又找了一个新的男朋友……然而这不是结束。没过多久，妮妮自杀了。"

李凌松对这个结局毫不意外。

何川舟大费周章地拉他过来，总不是为了让他听一些年轻人的恋爱历程。

何川舟合上笔记本，手盖在封面上，终于抬头看向了李凌松。

"孔钟灵很难过，她想不明白妮妮自杀的原因，于是她开始调查。毕竟死亡原因是自杀，她本来以为查不出什么，只是想找到妮妮的前男友。结果，在排查妮妮的社交关系的时候，她偶然发现了另外一个自杀死亡的女生。她去见了对方的家属，发现两人的经历异常相似。在生前的某段时间，这两个女生甚至连长相、发型、喜好、行为都很像。那个女生的自杀时间比妮妮要早一年多。你觉得这会是巧合吗？"

李凌松缓缓摇头，而后问道："你想说这个发现代表着什么呢？"

何川舟第一次如此清晰地认识到李凌松是一个什么样的人，哪怕是现在，他都没有流露出任何负面的情绪。难怪连穹苍都那么抗拒出现在他面前。

他很温和、很慈祥、很善意，同时也异常冰冷。

"妮妮会跟对方有联系，是因为她们都认识你。妮妮是你的学生，那个女生是你的调查对象。妮妮在帮你做实验记录的时候加上了她的好友。"

李凌松预料到后面的对话，开始沉默。

何川舟从笔记本下面抽出两张压着的照片。她垂眸凝视着那两位女士的面庞，认真比对她们二人的五官，片刻后发出一声感慨："真的很像。"

她拿起照片，踱步过去，将它们并排摆到李凌松的面前，问道："像吗？"

李凌松扫过那两张带着青春气息的脸庞，未做评价。

何川舟观察着他的反应，又回去抽出三张照片，捏在手里，一张张铺到他的桌子上。

一张是韩笑年轻时在网上留下的自拍。一张是田兆华出事前后，公安机关为了调查人物关系所留下的档案照片。而最后一张，是韩笑前段时间大闹三天时的监控截图。

几张照片上的人物风格截然不同。第二张照片里的韩笑与前两位女生有着相似的装扮。因为她的年纪更大，那种成熟风格下的她看起来更加自然。

何川舟弯下腰，一只手肘撑在桌子上，另外一只手从几张照片上滑过。

"妮妮的眼睛、韩笑的脸型，还有这个女生她笑起来时的嘴角，都很像一个人，你说是吗？"

李凌松喉结滚动了下。

何川舟最后从西装里侧的口袋里摸出一张照片。她翻转了下，放到桌子另外一边。上面是薛女士年轻时的模样。

同样的淡红色微鬈发，同样的妆容，同样的穿衣风格。她看起来比三人要更瘦一点，眉目间也更平和一点。但明眼人只要一眼，就能发现她们之间的相似。

那种相似里有刻意安排的细节，正是因此，才让人觉得更加恐怖。

那是诱导，是控制，是预谋。

"说实话，发现这件事情的时候，我们都吓了一跳。我还以为是现代版的陆振华，但我有个疑问。"何川舟说，"人类的心理防御其实很脆弱。所以，心理学的力量对一个意志力薄弱的人来说到底有多大？如果是您，李教授，您觉得心理学能成为一种兵不血刃的新兵器吗？"

何川舟盯着李凌松镜片后的眼睛，试图看穿他的内心。然而在社会上摸爬滚打了那么多年，见过形形色色人群的心理学教授早已习惯了面上波澜不惊。

直到何川舟最后一个话音落下，李凌松依旧保持着平静。他微微垂下睫毛，除此之外，没有任何的表现。

何川舟又问了一遍："李教授，你没有什么想解释的吗？"

李凌松吸了一口气，温和地说："对于这种事情，我觉得不需要解释。"

何川舟一哂："是啊。因为能杀的都杀了对吗？所有的证人。"

李凌松抬起头。

在何川舟以为他要辩驳的时候，他突然说道："这些人，我的确都认识。听起来也很有道理。"

何川舟皱眉。

李凌松淡淡道："你们说的没错。"

何川舟脸上惊讶的神色几乎掩饰不住，一直安静地做记录的警员也失态地停下了动作。

李凌松今天第一次笑了出来，让人看不出真假。他说："怎么了？你们找我过来，不就是想让我承认吗？我的确对她们做过心理研究。"

何川舟问："然后呢？"

李凌松答："然后就跟你们想的一样，诱导她们，完成我的实验。"

几人没有丝毫的高兴，只觉得无比诡异。警员按下录音的暂停键，房间彻底安静了。

何川舟默默走回自己的座位，李凌松低沉地开口："是因为我没有像普通嫌犯一样反驳、抗辩、疯狂、绝望，让你们觉得很意外吗？我只是觉得那样做没有意义，我没有什么需要宣泄的情绪。"

何川舟问："为什么？"

"为什么？"李凌松思考了下，很现实地回答说，"我已经这个年纪了，承不承认有什么关系？我做了一辈子的社会心理学研究，却还没有研究过自己。我想，我可以坦然地接受生活中发生的任何事情。"

国内没有教唆犯罪相关的法律规定，但如果性质恶劣的，法官会以从犯或杀人的罪名进行判决。而七十五周岁以上的老人，可以从轻处罚。

李凌松就算进去，也坐不了几年牢。或许只有几年，或许还是缓刑。他的确没有什么好畏惧的。他损失最惨重的顶多就是自己累积多年的声誉。

何川舟冷硬地问道："为什么？"

李凌松好脾气地问："你的这个为什么，又是指什么？"

"为什么要这样做？"何川舟口中一个字一个字地往外蹦，"如果你真的那么爱你的前妻，为什么要跟她离婚？她还没有死，你为什么要寻找她的替代品？她住在医院，不见你平时有多关心她。"

李凌松像对待自己学生一样详尽地向她解释："不是什么替代品，她是我第一个认真研究过的目标，所以我选定她作为我的范本。也没什么特别的理由，我只是想观察不同人的反应而已。其他目标也是这样。你说的没错，心理诱导的确是一种新兵器。"

这次换成了何川舟无法言语。

"我就是这种没有感情的人。我跟她结婚只是因为合适，想要融入社会，显得不那么特别。不是因为爱情。所以最后我们离婚了。"李凌松反问道，"你们不是早就猜到了吗？"

何川舟听着他云淡风轻的语气，内心再难平复。她的手按在桌子上，指尖不停地轻颤。

"那你的实验成功了吗？"

李凌松说："实验没有成功或者不成功。他们所有的表现，都是一种数据。"

何川舟的直觉告诉自己他在说谎，只是他的谎言编织得特别完善。她抓着仅有的一个漏洞，追问道："那么，为什么你当初逼死了那两个人，却唯独放过了韩笑？"

她大声地质问："为什么你当时放过了韩笑？！"

李凌松的表情与她呈现鲜明的对比，他镇定地说："不是我放过她，每个人的承受能力不一样。她还有一个女儿，她比我想象的要坚强，脱离了我的掌控。"

何川舟冷笑着道："是吗？"

李凌松点头，摘掉自己的眼镜，摆在桌上。随后端起桌上那杯已经凉掉了的水。

"你可以不相信，但确实都是我做的。"

谢奇梦想打电话告知何川舟他这边的进展，然而在拿起手机的时候，迟疑了下。

他再次看向对面的朱彦合。后者正仰头望着天花板，仿佛是一个了无生趣、静候死亡的人。

不是仿佛，他的确是。

谢奇梦叫道："朱彦合。"

朱彦合神色稍动，转过头看向他。

谢奇梦问："你说的是真话吗？"

朱彦合沉沉做了几个呼吸，最后露出个满是恶趣味的笑容。

"你猜。"

贺决云开车载着穹苍从田文冕家里出来，半路在市中心堵了一下。等离开拥堵区的时候，两个人都觉得有点饿。

穹苍随意选了家酸辣粉店，带着贺决云进去体验六块钱一碗的快乐。

她站在白色的收银柜前面，跟找碴似的提出一串要求："不要醋、不要辣、不要葱、不要香菜、少蒜。谢谢。"

贺决云听着满是迷惑："不酸不辣，那你吃什么酸辣粉？"

穹苍叹道："没办法，我就好这一口。"

所以他不明白这一口到底是哪一口。贺决云茫然道："所以你就吃了个寂寞？"

穹苍拿着收银小妹给她的号码牌，回过头说："那倒没有，跟你吃饭不怎么寂寞。"

贺决云愣了下，反应过来后脑袋里面响起一阵又一阵咆哮。

穹苍这浑蛋是在撩他吧？是吧！

然后马上就会翻脸不认人了。

她怎么总是这样？！

贺决云还在自己的世界里震颤，穹苍动作利索地付了钱，转身对他说："我给你点了份一样的。"

贺决云脑子里的轴卡了下，抗拒道："谁要吃这种阉割版的酸辣粉？"

收银小妹妹问："那小哥哥你到底要不要加料啊？"

穹苍就用一种没有感情的眼神盯着他。贺决云想起那么多因咸甜之争而破碎的感情，犹豫片刻，最终还是扛不住这个女人的压力，放弃道："算了算了，就这样吧。"

两人找了个空座坐好。

等酸辣粉上来之后，贺决云面带怀疑地唆了一口，发现……竟然还不错。

这家店的汤底很浓郁，没有酸辣味，也不会觉得寡淡。

穹苍看着他品尝，表情逐渐放松，并开始享受起来，心里暗笑，搅着碗里的粉丝道："感受到了吗？这就是天才的世界。"

贺决云差点因为她的厚颜无耻而噎住。他擦了下嘴，干巴巴地说："你别以为你逗我我不知道。"

"是吗？"穹苍还挺惊讶，反思自我道，"那我下次委婉一点。"

贺决云又好气又好笑，警告道："你不要太过分啊，穹苍同志，我不是次次都会配合你表演的！"

穹苍满是敷衍地应了一句："嗯嗯。"

两人吃到一半的时候，手机上都收到了来自何川舟的邮件。

何队让人把整理好的录音文字版完整给他们发了过来。

穹苍点开后，看见一团密密麻麻的字体，脑袋有点发疼。她三两口吃完了粉，拿起手机查看上面的信息。

贺决云也快速吃完，起身拍了拍她说："先回家。"

回到车上，穹苍坐在副驾，继续翻看那段冗长的文字，并时不时将关键内容念出来，分享给贺决云。

贺决云听得七零八落，但把握住了关键内容。

孔钟灵显然是怀疑李凌松的。她认为李凌松在怀念与前妻的感情，所以利用自己教授的职权选取并控制目标。

她在调查到这一步的时候，就被人杀害了。从时机上看，李凌松的确有很大的嫌疑。

贺决云听得眉头紧锁，狐疑地问道："李凌松……是他吗？"

"不大合理。我不赞同。"穹苍摸着自己的后脖颈，若有所思道，"但是我也没有证据。"

贺决云刚想问她哪里不合理，听见她后半句话又闭嘴了，干脆保持安静，不打扰她的思路。

在文档翻到最后一页的时候，穹苍手指顿住了。她将那段简短的对话来来回回看了许多次，直到大脑都出现错觉，对文字感到陌生，才放下手机，唏嘘道："如果能找到范淮就好了。"

可能是因为无法将结果传递给范淮，也可能是因为情绪在漫长的追查过程中挥发了，穹苍的心情并没有想象中的那么激动。

大约更多的是如释重负，可以坦然地去江凌的坟前告诉她一声，答应你的事情我给你做到了。范淮的确是清白的。

这其实是件沉重的、不值得开心的事情。

贺决云察觉到她的低气压，快速偏了下头，安抚道："等警方正式发布公告，他应该就能出来了。"

穹苍张了张嘴。

然后呢？

这个一直被她忽略，又很让人无力的问题跳在她脑海里。

然后要做什么呢？

要重新准备去面对一个新的开始，是件极具挑战性的事情。穹苍不知道她能帮范淮做些什么。

她私心希望这个人的未来可以光明坦荡、一帆风顺，不要被过去的黑暗阻碍。

她将范淮看作自己永远的学生，也是半个陌生的家人。

贺决云跟会读心似的，语气轻快地说："然后他可以来三天工作，我给他开条子。你说他的空间思维能力那么强，那他不是很适合三天的建模工作吗？你知道负责我们《凶案解析》建模的技术工工资有多高吗？光小组奖金也得有几百万吧。如果你也想留下的话，那你们还是同事了，多巧啊。"

穹苍顿了顿，问道："你的重点究竟是在'如果我可以留下来'还是'如果他可以过来'？"

贺决云挑眉，嚣张道："你了解成年人的世界吗？为什么要让我做选择题？"

外面天色渐渐灰暗下来，贺决云顺手推开车内的灯，好让她看得更清楚一点。

橘色的光线照亮车厢，从上方打下，将贺决云原本就硬朗的脸部线条打出阴影，使之变得更为分明。他唇角噙着一抹微笑，专注地看着前方，身上散发出一股淡淡的温暖的味道。

穹苍歪着脑袋看他，看窗外的光影在他脸上明明暗暗地变化，心里不由得想到，多数时候贺决云与她并不是那么心有灵犀，但他总是十分敏锐，又十分温柔，所以在需要他的时候，他会变得安全可靠。

跟他在一起，心情总是轻飘飘的，好像晒着太阳，有种慵懒又闲适的感觉。

穹苍两指夹着虚无的卡片，在他边上刷了一下。

"嘀。"

贺决云问："什么卡？"

穹苍笑道："好人卡。"

贺决云迅速变脸，无情道："不收这卡。你给我下去，以后都别回来了。"

穹苍说："不。"

贺决云忍了忍，还是忍不住，怒斥道："你信不信我给你开沟里去？啊？你以为我不敢是吧？还好人卡，搞批发都没你发得这么勤。你哪儿搞的买一送一？"

穹苍在一旁抖着肩膀忍笑。

等天色黑下来之后，何川舟那边结束审讯，处理完一些文件，终于有了时间打给穹苍。

"喂。"

单单这一个字，穹苍就听出了她的疲惫。

"怎么了，不顺利？"穹苍开了外放，把手机放到茶几上，问道，"朱彦合招了吗？"

"招了。"何川舟语气里带着稍许欣慰，"我们会重新整理资料，对他提起公诉。"

贺决云听见动静从书房走出来，端着电脑坐到边上。

"李凌松那边难以攻克？"穹苍不意外地说，"证据并不明确，不能指望他露出马脚，再找找吧。"

"他也招了。"何川舟清晰地吐出几个字，"他说都是他做的。"

贺决云惊呼："李凌松？"

"嗯？"穹苍同样觉得不合常理，一时间感受到的是对结果的怀疑。

何川舟说："你们等等，我先去泡杯咖啡。"

何川舟从来没有进行过这样的一次审讯。明明场面很平静，她却有种被压抑的感觉。

穹苍从柜子下面翻出纸笔，静静听何川舟总结今天李凌松的供词。

"他大可以否认、狡辩，但是他承认了。他给我的感觉是没有任何的悔意。不是那种犯罪者目空一切的猖狂，而是仿佛知道一切事情又独立于外的清醒。"何川舟沉声道，"可是在我刚提起妮妮的时候，他好像真的有一些困惑，仿佛他不记得这件事情。我不知道是不是我的错觉。"

穹苍思忖片刻，自言自语地说了句："一个能将情绪控制得那么好的人，为什么会做出风格如此疯狂的策划？"

违和，是的，是挥之不去的违和感。

李凌松是可以用"实验观察"为理由去解释自己的任何犯罪行为，然而穹苍找不到他各种行为间的逻辑性。

情感缺失，不代表一个人会容易冲动、思想偏激，甚至有可能恰恰相反，这种特性会铸就一个极度克制、过分冷静的人。同时文化跟修养也会影响一个人的行为习惯。

李凌松作为相关专业领域里的权威人物，彬彬有礼、受人尊重。他用了大半生的时间去探究人类这个社会群体的特征，将自己融入进去，又怎么会突然对"摧毁一个人"这种课题感兴趣呢？

人类的心理本身就带着自私与脆弱，他不应该是最清楚的吗？

退一步说，如果他真的在偏激地进行这项学术实验，以他的性格应该要更加严谨。

选择目标、制订计划、控制变量等等，他都会做到万无一失。

那他就不应该给韩笑寄送自己的手写信，不应该对实验对象倾注过多的感情。

他应该是以上帝的视角、旁观的心态，不带任何私心地欣赏这场人为打造的命运。

然而不是。穹苍能感受到幕后人强烈的情绪。

何川舟略微沙哑的声音打断了她的思绪："李凌松说，他是想知道一个人离犯罪的距离究竟有多远。这是很多社会心理学家都想研究的课题，只不过他相对而言没有道德障碍。"

穹苍听到这句话，大脑反而清明起来。她闭上眼睛，放缓呼吸，将自己沉浸到一个绝对平静的状态里。

她自认也是个相当理智的人，如果刨除所有的杂念，她现在就站在李凌松的位置，要开始策划这项实验了。

这是值得她追求一生的课题，是她学术领域的终点。

她要从挑选目标开始。

"控制变量，是实验里最重要的一个环节。就算是社会心理实验，也会先利用各种测试进行目标筛选。李凌松的这个实验里变量是什么？不变量又是什么？范淮、'丁希华'、韩笑、薛女士之间，有着什么不可替代的共同点，或者变动的关联点？"

共同点有，但是太少。这些人有着截然不同的生活环境、喜好、性格、智商，乃至意志力。

如果是穹苍，她不会把这些人圈在自己的实验目标里。太过混乱，她不知道能从这些人身上看见什么。

穹苍睁开眼睛，说："当我被拘捕，罪行暴露的时候，我一定要向所有人展示我这项'伟大'的研究。毕竟我为它耗费了那么多的心血。我会向世人介绍、炫耀、公布结果。我要在万众瞩目中承受所有人的争议，为心理学领域留下浓墨重彩的一笔。"

何川舟沉默。

穹苍问："李凌松向你提过他的实验计划吗？"

何川舟声音很轻："没有。"

"你现在去问他的话，他一定能给你答出来，毕竟他很聪明。"穹苍用手指抵着自己的下巴，视线虚虚地落在前面的电视柜上，"但是，我觉得他说的不是真的。"

何川舟问："那你认为应该是怎么样？"

穹苍身体往后一靠，表情凝重地摇了摇头。

见她没有要开口的意思，贺决云只能人工为她传递信息："她刚刚摇头了。"

何川舟说："她什么时候点头了你再告诉我一声。"

贺决云顿了顿，百思不解道："你们就不能开个视频？！"

何川舟说："忘了。"

贺决云正要为这两个女人与众不同的大脑发出一声感慨，肩膀上变重了，穹苍几乎是半靠在他身上，对他道："你给我看看薛女士年轻时的照片，还有另外几个人的。"

贺决云麻了半边身体，转过屏幕方向，将照片放大给她看。

几张相似的照片放在一起，乍一眼看去，竟有些分不清楚。

穹苍定定地在她们脸上注视了许久，眉头越皱越紧，最后，眸光闪动了下，像是终于想通了什么。

贺决云忙问："怎么？"

穹苍低声道："假使说，假使说我们真的错了，对方的目标从一开始就不是所谓的天才，不是什么掌控。"

何川舟的声音听起来更重了，应该是她将手机拿到了耳边。她问道："那应该是什么？"

"是我们错了。"穹苍半蹲到地上，抓过面前的纸笔，在几个人的名字上画了个红圈，"其实目标的特征一直很明确。"

她在几个女性的名字边上点了点，笔尖飞速划动。

"女性。与薛女士年轻时相似，意志力薄弱，会慢慢服从他的指令，朝着他理想中的模样进行改变。类似韩笑、妮妮。

"他对这些人倾注了爱意、控制欲、占有欲。田兆华并不是他的目标，但他是韩笑的丈夫，所以他希望田兆华可以跟韩笑离婚。为此，他不惜唆使梅诗咏去破坏田韩两人的婚姻。"

贺决云跟着挪动过来，目光扫了眼纸张，又落在穹苍紧绷的脸上，怀疑道："可是田兆华遇害后，他就失踪了啊。"

"因为韩笑让他失望了。韩笑的自作聪明跟自私间接害死了田兆华。这跟他的计划也许有一些出入。"穹苍冷静地分析，"薛女士是一个很温柔的人，韩笑这样的性格，就算与她再相像，也成为不了她。"

何川舟问："那他为什么杀了妮妮，却没有杀韩笑？"

"因为占有欲。"穹苍把笔尖戳在纸上，"韩笑一直爱着他，愿意为他离婚、付出一切，而妮妮跟他分手了。分手对他来说是一种背叛。他无法容忍背叛。或者说，他无法容忍自己的目标移情别恋。"

贺决云嗫嚅着吐出几个字："这么双标吗？"

穹苍指向另外一个名字，用不带温度的声音说道："'丁希华'，情感缺失、家庭关系疏离、学习能力优秀，缺乏对自我的准确认知。他的特征其实跟李凌松有着些许的相似。这个人在'丁希华'身上耗费了巨大的心力，对他进行漫长的引导、教化，陪伴他度过了整个青春期，试图将他培养成一个符合自己理想的人。"

贺决云了然地接过话题:"然而'丁希华'同样让他失望了。所以他放弃了'丁希华'。"

穹苍点头。

贺决云抬起头问:"那范淮呢?他选择范淮是为什么?"

穹苍说:"范淮,家庭美满、长相出众、智商超群、人际关系优良。性格乐观、态度积极……"

贺决云听见这段溢美之词,差点脱口而出一句够了,还不如干脆用个"完美"来取代。

穹苍未有察觉,一口气将剩下的话说完:"他似乎很想将范淮引上真正犯罪的道路,因此对范淮极其残酷。他对范淮抱有的是摧毁、痛恨、不惜一切的疯狂。"

贺决云仔细回忆了一遍幕后人对范淮使过的种种手段,不得不承认穹苍分析得很对。一切都明朗起来。

"一种代表着父亲,一种代表着母亲。那范淮代表着谁?"

穹苍脸上的肌肉因为紧绷而颤动了下,她用力咽下嘴里的唾沫,缓声道:"你还记得李瞻元年轻时的那篇报道吗?他最感激的人是母亲,最崇拜的人是父亲。而他还提到了一个人,也许是他一辈子都忘不掉的人。"

贺决云回想起来,感觉有股寒意在顺着脊背向上爬升,不由得倒抽一口凉气。

何川舟等不到他们二人开口,不由得催促道:"到底是谁?"

穹苍敛下眉目,淡淡道:"我父亲。"

何川舟惊道:"什么?"

穹苍站起身,将冰冷的手指收进掌心。"我要回一趟家。"

第 十 四 章

指 引

她觉得这是一种指引，是亡者埋藏在漫长岁月里给她留下的痕迹，让她与自己的父母又有了一丝微妙的联系。

贺决云二话不说，拿了钥匙跟穹苍一起出门。

银色的汽车亮着前灯，刺破宁静的黑夜，在大路上驰骋。

临近午夜的城区，高楼大厦仍旧闪烁着灯光，五彩斑斓的灯火连成一片繁华的景象，映衬着漫天暗淡的星辰。

贺决云腾出一只手调整后视镜的角度，转动着眼珠，小心观察穹苍的情况。

穹苍在最初的时候有些走神，似在沉思，随后那份沉思慢慢变成了昏昏欲睡，没过多久，她干脆半靠在座椅上打起了轻鼾。

贺决云哭笑不得，主动放缓车速，用了将近一个小时总算跨越半个城区，将穹苍送回原先的住所。

他车刚停下，还没来得及叫人，穹苍已经睁开眼睛。她抬手按了下额头，迅速恢复清醒，推门出去。

这地方穹苍已经很久没回来了。搬家之后她的活动范围一直围绕着住处附近，只是偶尔回来拿些需要用到的东西。

先前搬家，她扯了几块布用来遮挡家具，其余东西都没怎么整理。于是当她推开老旧的房门时，潮湿的味道混着灰尘一起从空气里飘了出来。

穹苍摸黑进去，顺手打开边上的开关。

光线洒下，画面清晰。分明是她自己布置出来的场景，隔一段时间再看却有了种陌生的感觉。

贺决云紧跟着走进屋，问道："你回来是想找什么？"

穹苍想起正事，径直走向书房旁边的小杂物间。

木门侧面已经生锈的金属合页随着穹苍粗暴的开启动作，发出可疑的响声。

穹苍恍若未闻，蹲下身，从底下一排的箱子里挑中了一个塑料收纳箱。

她奋力将箱子抽出。移动物品的过程中，灰尘簌簌地掉了下来。

这久疏打理的情况绝对不是几个月时间可以达成的。可见穹苍平时就不怎么动这个地方。

贺决云用手在鼻子前面挥了挥，弯下腰，看着穹苍拆开箱子，并从里面摸出一沓纸片。

贺决云茫然道："这些都是什么？"

"贺卡、明信片、感谢信，还有学校的奖学金红包之类的。"穹苍低垂着视线，纤细的手指小心整理着里面的物品，指尖已经被染成了黑色。

"祁可叙小时候很少会收到礼物，所以来自别人的东西她都会存着，不管有没有用。"

这里面有些是病人送给她的，有些是曾经的同学寄给她的，还有一些是学校发放的空白明信片。

祁可叙不会再看，也不会再用，就将它们全部放到了小仓库里。

穹苍快速筛选着，在翻到一张蓝色卡纸的时候，动作停了下来。

遒劲有力的字体记录了几句简短的诗歌，内容并不露骨，感情却很丰沛。

落款上写的是单个字的"李"。

贺决云也看见了，第一眼瞥到其中的两句：

"……你的眼睛，是薄暮时流光溢彩的绚丽天空，是闪动着粼粼银光的浩瀚大海……"

他瞬间起了身鸡皮疙瘩，暗暗遗憾自己没李曦元的文艺细胞，否则也不至于以"单纯"的朋友关系，孤男寡女共处一室……这么长时间。

真是造孽啊。

穹苍继续往下翻，又在后面找到了两张来自"李"的明信片。

这几张卡片都被随意地混在其他物品中间，可见祁可叙压根儿就没放在心上，甚至没把上面的诗歌当回事。

"你看。"穹苍的声音在静谧的黑夜里显得特别沉稳，有种清澈的溪流沿着光滑的石头缓缓淌过的感觉。

"祁可叙很笨的，就算李瞻元做得再多，她也只喜欢我父亲一个人。"

贺决云顺势接过她手上的东西。"这不是很好吗？"

"是很好。"穹苍扯扯嘴角，露出个不大好看的笑容，"不好在我父亲离开得太早了。"

贺决云不知道该如何安慰。人生聚散，总是有种被命运作弄的唏嘘。

穹苍埋头，最终在箱子的底部摸到了一张折叠过的白纸。这次上面留着的不是诗了，而是一幅精细的手绘图。

一位长头发的美丽女士闭着眼睛，沉睡在黄昏的余晖之中。

一条毛毯盖在她的身上，已经从胸口滑落至她的腰间，她侧身躺着，任由乌黑笔直的长发遮挡住她的半张脸，睡得很是香甜。

她的身后，是一栋样式模糊的木屋，远处是郁郁葱葱的树林，天空被渲染成了一片斑斓的彩色。

这幅精湛的画作并没有得到重视，从它被那么简陋地压在箱子底部也可以看出。经过多年的不善保存，画上的图案已经有些模糊，中间有许多黄色的晕染开的水渍，不知道是沾上过什么脏东西。尤其是左上角，还缺了一个大口。

贺决云凑过脑袋，认认真真辨认了画作上的每一处细节。

他确定上面的女人就是祁可叙，从画面中透露出的恬静美好的气息可以看出绘画者对她的偏爱。

"画里的人并没有何队说的那几种特征。没有微卷的长发，也没有类似的妆容。"贺决云看着穹苍紧皱的眉头，小心说道，"这说明什么？说明你母亲并没有被李瞻元控制？"

穹苍一瞬不瞬地盯着面前的画纸，眼珠上下滚动，分出一丝精力，迟钝地思考了他的话，才心不在焉地回了一句："嗯？"

贺决云实在不明白这画上有什么值得这样注意的。"嗯什么？你是在看什么？"

"我在看这个背景，我觉得它有点眼熟。"穹苍淡淡瞥了他一眼，而后指着纸张左上角的缺口道，"我翻到过这东西，你看，这里是我的口水，我还咬过它。"

贺决云沉默两秒，而后惊讶道："你流口水你……你那么小的时候就能记事了？"

穹苍欲言又止，张了张嘴，无奈说道："你还真信啊？"

贺决云："……"所以你能不能在紧张的时刻保持正经？

穹苍见他眼神幽怨，忍住没笑，解释说："祁可叙没有这件裙子的。她从来不穿这么西式复古的服装。"

准确来说，高中毕业之后，除了工作服，祁可叙穿的衣服都偏向中性。偶尔穿裙子，也不会穿宽领低胸的裙子。

她长得漂亮，又家境贫寒，最厌恶别人窥探的目光与暗中的骚扰。然而不是人人都是君子，她只能用这种聊胜于无的方式去保护自己。

贺决云隐隐像是有些感觉，却又抓不到痒处。"所以这幅画……"

"所以这幅画，不是写实的，它是李瞻元想象中的场景。那么画里的这个地方对李瞻元来说，或许有别的意义。"穹苍正色道，"这幅画以前被祁可叙压在箱底，她经常不在家，我没事做，翻出来看过——我是说，它跟田芮家里的那幅画有点相像。"

贺决云完全想不起来。"哪一幅？"

穹苍将满地散落着的东西随意装回箱子里，带着一丝迫切道："去一趟田芮家吧。"

"现在？"贺决云抬表看了眼时间，时针已经快要转到午夜，这个点拜访，说扰民都不为过。他迟疑道："这不大合适吧？"

穹苍仰起头，用一种说不清情绪的眼神无辜地看着他。

贺决云没扛住，很快就没骨气地妥协道："行行行，我先给她打个电话。她要是接了我们就过去，她如果没接，就明天再说。这样可以吧？"

田芮那边很快接起了电话，并同意他们过去，当然听声音她的心情应该不是非常愉悦。

午夜的住宅楼里，刻意放得轻缓的脚步声在楼道里回荡，伴随着模糊不清的对话声。

女生从里面推开房门，天花板上的感应灯随之亮起，照亮内外三张白皙的脸。

田芮疲惫地睁着眼，眼下是一片淡淡的青黑，她用力揉了把脸，嘟囔道："你们找我还能有什么事啊？还非得大半夜的。"

穹苍一把抓住她的手臂，将她轻轻推了一下。

"干什么啊？"田芮脚步虚浮，闭着眼睛任由她带着自己往里走。

穹苍轻车熟路地来到上次的地方，在田芮的注视下将画翻了出来。

穿着白裙子的女人跟一个小女生站在古朴素雅的木屋前面，被一圈溪流环绕。

小朋友的世界比较天马行空，周围的河流快被画到天上，表现森林的方式也是用一排排三角冠的树木。

贺决云仔细比对了一番，艰难地将它与穹苍家里的画作联系起来，心里仍旧有点自欺欺人的勉强。

得是想象力何其丰富的人，才能认出这是同一个地方？

那位被他深深敬佩的女士正指着画作上的木屋认真询问："这幅画是你画的？"

田芮不明所以地点头："是啊。"

"这是什么地方？"

田芮清醒了一点，然而脑子还是转得不快，她蹲下身，从穹苍手里将画接过，一面用手指描绘线条，一面从记忆库中搜寻有限的内容。

努力过后，她还是按着鼻梁晃了晃脑袋，深受挫败道："这我怎么记得？好久之前的了。这地方很重要吗？"

穹苍放缓语气，循循善诱地道："特征。你把记住的特征告诉我。这条河是在什么地方？长度、宽度、走势是怎么样的？山上有什么花什么草？从你家去这个地方需要用多长时间？或者你是从哪个高速口走的，路上经过了几个山洞？"

小朋友对山洞或者花草一类的记忆会比较清晰。田芮被穹苍提醒，慢慢回忆起一些被她忽略的细节。

她也不知道有没有用，将自己能想起来的东西尽量描述出来。

"我记得……过了五个山洞。路上还看见过一个水上游乐园。有一条……河，或者是溪？里面有鱼。路边有些会结黑色果子的树……"

田芮叙述得有些杂乱，然而在数据越发健全的地学信息系统里，她给的答案已经足够推导出准确的地理范围。

穹苍望向贺决云，后者自信地打了个手势，拨通电话联系三天的后台人员，将内容和指令发布下去。

随后便是耐心的等待。

田芮很是困倦，眼皮不停地下垂。母亲住院的这段时间里，她几乎无法入睡，每天都在疲惫与失眠之间挣扎。一个人的空荡荡的房间让她缺乏安全感，哪怕有心理医生的疏导，她也无法适应。穹苍跟贺决云的到来反而让她久违地放松下来。

田芮趴在沙发上不知不觉中睡了过去。

穹苍本来还想让她确认一下最终地点，盯着她的睡颜看了会儿，最后给她披上条毯子，轻手轻脚地离开家门。

二人坐到车上，开着天窗，吹着秋夜里的凉风。

过了约有一个小时，加班工作的技术小哥打着哈欠，将符合条件的地址范围发送到贺决云的手机里。

贺决云利用地图软件在范围内搜索着指定的木屋，很快找到一栋搭建在半山腰的木质小楼。

从放大的景象来看，小楼的侧面有一片花圃，花圃并未经过专业的打理，大部分是绿油油的草地，夹杂着一朵朵白色的不知名野花。但屋前的道路清理得很干净，可见平时会有人去定期打扫。

只消一眼就可以看出，这地方与祁可叙那张图画里的相差无几。

贺决云有些惊讶，恍然道："居然是真的？"

最后的突破口居然是在祁可叙多年前收到的一幅画里？

穹苍紧抿着唇角，感受着胸腔里剧烈跳动的心脏，耳边有轻微的嘶鸣。

她觉得这是一种指引，是亡者埋藏在漫长岁月里给她留下的痕迹，让她与自己的父母又有了一丝微妙的联系。

　　仿佛暗淡的图像再一次闪烁起来，仿佛已经消逝的人化作无形的线牵引着她走向真相，仿佛诡谲的命运在这一刻终于创造出些许的温情。

　　这种说不清道不明的感觉，让她生出指尖发烫的错觉。

　　穹苍掩饰地摸了下鼻子，控制好语气，无波无澜地说道："这应该不是巧合，将自己爱的女人带到能让自己安心的地方，是一种象征性的意义。这栋房子对双亲离异的李瞻元来说，或许有着他童年美好生活的缩影。寻找或改造出与母亲相似的恋人，带她去自己记忆中最安全的地方，他是在追求家的安定感。

　　"这是他最不设防的地方。如果还能找到什么证据的话，只能是这里。"

　　分明是很平静的一段话，贺决云莫名听得心潮起伏。漫无目的的追逐，数次的迷失，他们终于扼住了对方的致命点。

　　他马上将地点信息告知何川舟，让对方进行二次确认。

　　何队也是个奋战在熬夜第一线的资深人物，接到情报后，第一时间投入到新的工作方向中。

　　没多久，她打来电话，确认了这栋木屋的产权。

　　这里是薛女士的老家。李瞻元年幼时，经常跟着父母来这里过暑假。

　　贺决云松了口气，感觉尘埃落定了大半，说："明天早上带人过去勘查一下。"

　　"什么明天早上？"何川舟的声音异常亢奋，让贺决云怀疑她究竟喝了多少咖啡。"现在过去，路上耽搁搜索一下，差不多就要到早上了。我喊两个值夜班的同事马上出发，你们那边怎么安排？"

　　贺决云当然是想回去睡觉的。为人民服务也要分日夜，他加班可没人给他开工资。

　　他偏头瞅了眼穹苍，后者用清澈的眼睛望着他，满怀希冀地叫了声："贺哥……"

　　贺决云顿时感觉自己也被灌了杯有毒的咖啡。跟美色什么的没有关系，这主要是精神上的觉悟。

　　他干咳一声，容光焕发道："我们现在过去！到地方见！"

深夜的山林间回响着呜咽的冷风，树影摇曳着在地上投下鬼祟的黑影，暗淡的月光被遮挡在厚重的云层之上，唯有大声地对话能驱散一点空气里的阴森。

贺决云拨开面前的杂草，见穹苍走得艰难，干脆拉住她的手拽着她往前走。

二人速度缓慢，等他们到的时候，何川舟已经带着队伍发挥出自己飙车的实力，抵达现场进行勘查。

窗户透出明黄色的灯光，杂乱的脚步在屋里进进出出。

何川舟得到消息，从二楼窗户探出头朝他们招了招手。

屋内的摆设很简单，基本都是常用家具。几位技侦人员正在埋头工作。

何川舟沿着楼梯走下来，并说道："屋里有日常洗漱用的生活用品，不久前应该有人来过。但是房间跟地板已经被清理过了，我们正在寻找完整的指纹。"

贺决云咂嘴："不会那么小心吧？"

真有人能将自己的每一个痕迹都消除掉吗？

何川舟笑道："那应该是不至于的。屋内清理得并不干净。"

众人都认为，受害的女性不止妮妮跟韩笑两个。这两人都是李瞻元眼中的失败品，被他早早抛弃。在她们之外应该还有几位不知情的女士。她们可能已经遇害，也可能像韩笑一样失去了李瞻元的踪迹。

从某种程度上来说，李瞻元胆魄惊人。他会享受操纵他人情感的快乐，享受人性风险所带来的刺激，所以在诱骗女性之外他还会教唆杀人。

这种胆量，只有不断地成功与尝试才能培养出来。

韩笑目前还在重症室治疗，其余的证人都已经离世，他们希望能够在这栋房子里找到新的人物线索，好帮助警方指证李瞻元。

何川舟没时间跟他们说太多，让他们自己安排，又回了二楼勘查。

因为夜里值班的警员人手不够，贺决云临时受命，拿着相机帮助他们拍照记录。

穹苍在屋里逛了一圈，没什么发现，独自走出木屋。

贺决云本以为穹苍会随便找个地方坐着，不过是一转身的工夫，就发现人不见了。他左右寻不到踪迹，心下一惊，赶忙跑出去找。

出了门，就看见穹苍站在院子的白炽灯下，眼神幽深地盯着他的方向，一瞬不瞬，披着半身阴影，仿佛是一个夜间的游魂。

贺决云被她看得瘆得慌，酥酥麻麻地起了层鸡皮疙瘩，等朝她走过去，才发现穹苍看的根本不是自己。

贺决云顺着她的视线往原地望去，用气音问了一句："你在看什么？"

穹苍缓缓转过头，黑白分明的眼睛定定地看着他，同样用气音回道："你有没有发现，两幅画的视角其实是一样的？按照视线方向、光线、位置来看，李瞻元就是从这个角度在观察绘制图像。"

贺决云低下头，看着脚底下的土地。

不知道为什么，这僻静的环境加上穹苍说话的语气，总是让他想要默念一遍社会主义核心价值观来护体。

穹苍没打招呼，突然退了一步，与他拉开距离。

贺决云瞪眼："你干什么？"

穹苍深弯着腰，借着昏暗的灯光在草皮上搜寻，随后道："去找把铁铲来，挖挖看。"

贺决云惊恐地问："你认真的？"

"认真的。"穹苍用脚尖蹭了下地面，将已经干枯的野草踩下去，"虽然秋天的草地都很秃，可是这块地连秃了都比边上的要矮一截，我觉得有点奇怪。"

野草已经枯萎，但是叶片依旧坚韧地扎在土里。周围的枯草是一簇簇地堆在一起，仍旧可以看出春夏时的茂盛。到了中间这一块，只留下几片短小的枯叶，像是刚抽出来，还没来得及生长的新植株。

贺决云找不到反驳她的理由，干脆随着她折腾。"那你等等，我回去找找。"

没多久，贺决云顺利从木屋里翻出两把小巧的铁铲，与穹苍一人分了一把，各自拿着工具，蹲在地上捣鼓起来。

过了约莫半个小时，一位技侦人员困得两眼发花，停下工作出来透气。他挥舞着手臂舒展筋骨，还没来得及呼吸一下新鲜空气，就发现穹苍在前边掘土。

年轻警员忍不住心肝一抖，生怕穹苍的行为给何川舟带来灵感，到时候大家都要加入挖坑的队伍里。

他快步冲过去，压着声音道："你们不会是要掘地三尺吧？真没到这地步啊顾问们，咱们先在屋里找找吧，不要急。"

这把小铲子并不适用于重度工作，穹苍挖了那么半天，将地面铲得坑坑洼洼，也才勉强刨出两个坑，铲子前段却已经卷了。

穹苍抬头扫视了那位警察一眼，不为所动地继续干活。

技侦人员觉得她这种沉默寡言的模样特别像世外高人，不由得打听道："你在挖什么？"

穹苍漫不经心道："就随便挖挖。"

技侦人员觉得莫名其妙，道："这怎么随便挖挖？寻龙点穴靠风水啊？"

穹苍竖起铲子，往泥地里戳了进去。突然"铮"的一声，不是铁铲与石头的碰撞声，而是金属与金属之间的撞击声在空气里短促地响了起来。

三人皆是愣住了。

技侦人员跟贺决云倏然抬头望向穹苍，双目炯炯有神。

穹苍用铲子铲开上面一层泥土，技侦人员见她动作过于粗暴，怕她破坏证物，连忙阻拦道："你别动，你别动！放着我来！"

他一溜烟跑回木屋，很快又抱着自己的工具箱颠儿颠儿地出来。何川舟等人闻风跟上。一群人围到发现地周围，反而将穹苍挤了出去。

几人小心翼翼地动作，最终从土里挖出一个盒子。这盒子分明已经有了很多年的历史，表面一层全部氧化生锈，看不出原先的模样。

何川舟让人直接撬掉开口处的小锁，将盒子打开，入目就是几张随意叠放的女性照片。

何川舟戴上手套，将它们取出来一一查看。

不知何时，天空已从一片墨黑转至灰白，晨风一阵阵地吹，将林间的薄雾驱向别处，现出茵绿的原貌。

边上的青年用手电筒对准相片照明，方便同事利用软件识别人物。

一共是七张照片，代表七位女性。除此之外，盒里还装着一个U盘、几部手机。东西全部用袋子封好，外侧分别贴上了三个证人的名字。

毋庸置疑，这些物品应该就是李瞻元控制三名证人陷害范准的把柄。

几人亢奋地聊起天来，声音里带了淡淡的笑意，周围的气氛陡然轻松。

"可以啊，这李瞻元。"

"今晚这加班真是值了，敲一顿火锅可以吧？"

"大功一件，那明天换完班必须让他们请！"

他们最喜欢的就是这种会给自己记小本本的嫌疑人。

目前来看，证据或许比他们想象的还要明确。

何川舟压抑住疯狂跳动的心脏，站起身道："全部带回去检测！大家收拾一下，做好记录。"

她半跪了太久，这一下猛地起身，眼前有点眩晕。边上的青年扶了她一把，被她挡开。

贺决云见她这样，不忍道："何队，你也休息一下吧。"

"赶回单位，就差不多到上班时间了。"何川舟用着社会人士常用的借口，"明天吧。"

贺决云下意识地想吟一首《明日歌》。

"你们也累了吧？之后等我们消息就可以了。"何川舟摘下手套，过去拍了拍穹苍的肩膀，那表情里带着无比的器重与欣慰，"今天帮大忙了。"

贺决云松了一口气，感慨说："终于可以回去睡觉了。"

要是往前倒个五六年，在他上大学那会儿，熬他个三天三夜都不成问题。但是现在，通宵一晚他已经觉得困乏了。

穹苍也不是很有精神，刚才在边上站着，眼皮一直往下耷拉。

何川舟意味深长地瞅他一眼，叮嘱道："不要疲劳驾驶。你们如果累的话先在这儿休息一会儿，等清醒了再开车。"

这种地方，要是能走，那是一刻也不会想多待，更别说是休息了。

贺决云跟他们聊了两句，拉住穹苍先行离开。

二人回到家，一面对熟悉的环境，强烈的困意就迟缓地席卷而来。他们随意吃了两口东西，各自回房间休息。

可能是因为生物钟不对，穹苍这一觉睡得特别浮躁。

她的梦境交叉着各种光怪陆离的画面，意识迷离浮沉，真真假假分不清楚。

在不知道第几次陷入半梦半醒的状态里时，一阵强烈的振动声将她吵醒。

穹苍陡然意识到自己还在做梦，浑身打了个激灵，随即睁开眼睛。

紧拉着窗帘的房间里一片昏暗，被子被她踢到了床脚，床头柜上的手机正在不停地振动，亮着微弱的光芒强调自己的存在。

穹苍用力抹了把脸，将那种迟钝的知觉抹去，探过身拿起手机。

她眯着眼睛，在上方的菜单栏里看见了现在的时间，原来已经是下午了。

来电显示是何川舟，穹苍单手滑开，将它放到耳边。

何川舟没任何铺垫，开口就说了一句："一个好消息和一个坏消息！"

穹苍按着额头，配合地猜测道："范淮确认清白了？"

何川舟那边顿了顿，原先高亮的声音低了下去，显然她根本没想到还有这么一个"好消息"。

"目前这个已经是肯定的了。我们整理好资料就会对外公布。这件案子影响很大，厅里都很重视。将清细节关键之后，会由李局出面正式公告，不要着急。"何川舟解释了两句，又说，"那还有一个好消息一个坏消息。"

穹苍背靠在床头慵懒地说："那就先听好消息吧。"

"我们顺利找到了照片上的两位女性，她们还活着。"何川舟说，"我们联系两人进行了简短的交流，她们都承认李瞻元曾经秘密地追求过她们。一个在六七年前，一个在大概五年前。李瞻元劝说她们隐瞒这段男女关系的同时，诱导二人进行一定的改变。但在交往过程当中，他并没有与女友发生过性关系。李瞻元这人态度忽远忽近，还喜欢柏拉图式的恋爱，让两个女士很没有安全感。当她们提出想要结婚的时候，李瞻元就跟她们分手了。"

穹苍闷声道："嗯？"

惊讶是有的，但要说多意外倒也不是。

如果李瞻元真拿她们当母亲的缩影，下不去手也算合情合理。

何川舟接着往下说，语气里夹带了些意味不明："我们又一次调查了李瞻元的个人情况，大概是因为警方的再三询问，医生有了些许动摇。他告诉我们，李瞻元在青春期就发现有性功能障碍的问题，但是在李凌松的请求下，所有的体检报告里都隐瞒了这一情况。李瞻元积极医治过这方面的问题，可惜都没什么成效。这大概是天生的。"

穹苍微微张开嘴，被这消息震得有些发愣。

虽然这样说很冒犯，但是有性功能障碍的男性，出现心理变态的概率的确会比较高。社会的歧视跟内心的自卑会让他们抑制不住地想要寻求发泄口。而像李瞻元这种生活在父亲光环下却又缺失家庭关爱的人，误入歧途也不是什么无法理解的事了。

极度的自卑背后就是狂傲。利用对他人的凌虐，来证实自我的强大。从征服的过程中，满足缺失的快感。

李瞻元有那样的能力，所以他真的那么做了。

这一次穹苍心底不再有那种诡异的困惑，而像是所有的拼图都回到了原本的位置。

只不过……穹苍仔细想了想，不明白李瞻元有性功能障碍对自己来说算是什么好消息。

在何川舟眼里，大概任何的新线索都是好消息。

穹苍问："那坏消息呢？"

何川舟深吸一口气，没有马上开口。

电话那头骤然的沉默，让穹苍生出一股不祥的预感。

"李瞻元跑了。"何川舟还能保持冷静，然而低沉的声音里依旧涌动着一丝愤怒，"小刘他们昨天带队守在李瞻元的小区门口，没看见人和车出现，但是今天早上去抓捕的时候，他的家里已经是空的了。是我的错，昨天他没去医院探望他母亲我就应该知道不对。我以为我们动作很快，他应该察觉不到。"

穹苍心绪并没有什么很强烈的波动。抓捕李瞻元完全是警方的工作，跟她没什么关系。她还是更关心范淮的公告会在什么时候出现。

电话那头有人扯着嗓子在喊何川舟，何川舟应了句，最后对穹苍道："行了，我就是怕你挂心先跟你说一声。马上我们还要开会，先挂了。"

她不等穹苍回应，直接挂断了电话。

穹苍看着跳回到首页的屏幕，才发现方起在两个小时内给她打了有十几个电话，还有无数条微信。

穹苍皱着眉，犹豫着要不要回拨过去，手机再次振了起来。

方起标志性的声音急切地响起，甚至都没跟她追究没接电话的问题。

"穹苍，这是怎么回事？老师被抓了你知道吗？"

穹苍"嗯"了一声，从床上爬了起来。

方起呼吸沉重，急得声音尖细："你知道内情的对吧？为什么！你们怀疑他什么？他不可能杀人的！"

"你觉得我们会冤枉他吗？他是自己承认的。"

穹苍一把扯开窗帘，猛烈的阳光刺了进来，让她眯起眼睛。

方起那边呼吸粗重，几次斟酌着开不了口。他很想问，然而又不敢面对。有些话一旦问出口，就要颠覆三观，他无法接受自己一直以来最尊重的恩师其实是一个没有社会道德观念的杀人犯。

"师娘说想见你。"方起嗫嚅道，"李瞻元也不见了，手机失联。听说今天有警察上门找人。"

穹苍对他的试探给予了无情的回应："畏罪潜逃了吧。"

方起被震住，说不出话。随后他那边传来一声沙哑的低吼，似乎在揪着自己的头发哀鸣。

"薛女士见我想做什么？"穹苍用不容私情的态度回复道，"我不方便再跟她接触，也不能给她透露什么消息。没什么事的话，就算了吧。"

"她快不行了。"方起无力地说，"她真的想见你……算了，你自己决定吧。"

穹苍脑海中浮现出薛女士那张慈爱又憔悴的脸，对方祥和的眼神与关怀的神态犹在眼前。她移动着视线，在一旁的化妆镜里看见自己表情松动，眼底闪过些许犹豫。随后，她轻声回了三个字："那好吧。"

面对薛女士，穹苍的确没什么好说的。

她停驻在玻璃窗外，看着里面的病人猛烈咳嗽，脸色因为窒息而变得通红，大脑就更是一片空白。

薛女士拍着自己的胸口，躺在病床上用力喘息，在生命线的尾端痛苦挣扎。

方起站在她旁边，眼神悲戚却无能为力。

很快，几人发现了穹苍的到来。

薛女士迷茫的泪眼闪了闪，向护工跟方起挥挥手，示意他们都先出去。

方起经过穹苍身边，停下脚步，张口欲言，对上穹苍的视线后，又神色复杂地止住了。他混沌的大脑已经想不出这种时候应该说什么，最后只道了一句："谢谢啊。"

等人离开，穹苍反手合上门，一步步走进去。这一次她与薛女士保持了距离，站在离床尾半米远的位置，没有靠近。

薛女士的神志还很清醒，她用手撑着坐直起来，目光在穹苍脸上转了一圈，耷拉着眉眼，问道："谁杀了人？"

她问得那么直白，倒是让穹苍感到错愕。本以为她会说一些"误会""不可能"之类用于宣泄的话。

薛女士眼尾下沉，让她整张脸看起来尤为悲伤，眼睛却是前所未有地明亮。她直直看着穹苍，沙哑道："你说吧，我知道。你上次来找我的时候我就知道，你没事肯定不会过来的。"

穹苍思索了片刻，迎着她的目光，说道："不是李凌松，就是李瞻元。李凌松承认了，李瞻元消失了。"

薛女士脸上的皱纹伴随着她的表情向下沉去，她恍惚道："凌松不会杀人的。他看起来很木讷，其实很温柔。他做的好事是出于好心。当初他想接你回去，也是出于好心。他是真的爱护自己的学生，否则不会有那么多人尊重他，他总会露出马脚，你说对吧？"

穹苍不知道李凌松在里面扮演着什么角色。不过李瞻元选择目标的情报肯定是来自李凌松强大的人脉，有好几个人都是他通过李凌松才接触到的。

李凌松或许是从犯，或许是无力阻止，或许是真的不知情，这些都没有关系。事情发展到今天，已经与他脱不开干系。

他那么聪明，不可能一无所觉。

薛女士回忆起来，手指抽搐的幅度开始增大，她用力攥紧被子，颤声道："其实是我的错。是我身体不好，遗传给他，才会让阿元跟我一起受罪。我对他很愧疚，所以竭尽所能地想要补偿他。凌松觉得这样不对，我们在教育理念上出现了很大的分歧。"

穹苍放轻语气问道："所以你们离婚了？"

"差不多吧。"薛女士闭上眼睛，鼻翼翕动，"阿元在青春期的时候，状态不大稳定。他会说谎……陷害别人，说得特别真实。但是几次说谎都被凌松揭穿了。凌松是心理学专家，他觉得这种行为很严重，把它说得很夸张。我讨厌他把每件事都当成学术来研究，我觉得他这样没有感情，根本不像是在对待自己的儿子。"

穹苍沉默。

"我觉得阿元长大能学好，几个小孩子没说过谎？可是后来我病了，根本管不了他。我也看不出他究竟是不是在撒谎，只能相信他说的每一句话。他长大后变得很完美，事业有成，又风度翩翩。"薛女士苦笑起来，说，"小时偷针，大时偷金。所有的父母都不以为意，但它真的会发生。很多错误都是源于父母的溺爱，对吗？我对他太溺爱了。如果我以前同意凌松管教他，说不定就不会这样了。"

穹苍听着她深刻的忏悔，不明白她为什么会选择对自己诉说。

"您知道他做了什么吗？"

薛女士摇头。

"他说谎我看不出来，但是他偷偷发短信、打电话，我还是知道的。他身上偶尔会有女生的香水味，可是他又否认。"

这大概是来源于母亲的直觉，在某些地方她们比侦探还要敏锐。

"凌松一直很理智，我知道，我以前以为阿元也是。后来我发现不一样。他是想成为像他爸爸那样的人，所以在外表现得很冷静。"

穹苍皱眉道："您到底想说什么？"

"方起跟我说了一些事情，他说那个人是在针对你，他想把你诱导成罪犯，想把很多人的人生毁掉……我……我不知道阿元做不做得出来，但是有些事情，我觉得应该告诉你，不然可能就没人知道了。"

薛女士终于说到了这里，又感觉难以启齿。她忍不住去回避穹苍的眼神，想了想，又抬起头。

她本来可以从容地迎接死亡，可是偏偏在生命的最后时刻发生了让她措手不及的事情。

这里面有她的责任，她无法心安理得地当作不知道。

"我记得阿元刚认识你母亲的时候，经常在我面前提起那个名字，还带她过来给我看。真的是很漂亮乖巧的一个女孩子。他虽然不说，但是我看得出来他喜欢小祁。"

穹苍听见说这个人，额头上的青筋开始不自然地跳动。

薛女士跟呢喃似的往下说："他以前都不喜欢吃糖，可是因为小祁喜欢，他也开始喜欢。他是第一次明显地喜欢一个人。我很替他担心，因为他不大方便结婚。结果小祁根本不喜欢他。

"那段时间，我看得出来他很压抑。他觉得自己有问题，可是你父亲也有问题，何况小祁根本不知道他身体不好。你父亲那时候眼睛看不见了，脾气暴躁。在适应眼伤的时间里差点打到人。可小祁还是喜欢他，愿意关心他、亲近他。阿元很难受，不明白自己为什么比不过别人。我从没见过他那么失态的样子。"

穹苍安静地听她说下去，心底激荡着一股不平静的情绪，手紧张地攥紧，缩在衣袖里。

"你父亲去世之后，阿元对你母亲很关心。他那么积极，我以为会有机会。"薛女士敛下眉目，声音很轻地道，"你母亲死的那一天，阿元从外面回来，身上还带着一股奶粉味。我问他是去看小祁了吗，他说没有，一直在公司。我没在意。然后第二天我就听见了小祁自杀的消息。"

穹苍浑身一震，脑子里像悬着个巨大的铜钟一样嗡嗡作响。

她觉得空气开始凝固，氧气变得稀薄，无法顺畅地呼吸，导致手脚软得快要站不住。

她用了许多年的时间去接受祁可叙自杀的事实。可如果不是，她应该报以什么样的心情？

她听不见自己的声音，但大抵是不大客气的。

"那我父亲是怎么死的？他杀的？"

"这个跟他真的没有关系。"薛女士急了起来，胸膛剧烈起伏，"那时候小祁快生了，她出去买你要用的东西，你父亲过去接人。他看不见，听见红绿灯读秒结束就要过去。结果有个司机闯红灯了。小祁在对面看见了，大声喊他，他听到了，停在中间，司机转方向……就那么正面撞上了。"

　　穹苍张开嘴，突然发现自己发不出任何声音，喉咙像被死死掐住了一样，陷入彻底的失神。她眨了下眼睛，眼眶里一片干涩，酸得生疼。

　　薛女士的话在她耳朵里变得不真切。

　　"她没告诉过你吗？你妈妈很爱你的，只是她特别难以接受……"

第 十 五 章

逃 脱

他一定会安排一场盛大的落幕。

怎么离开医院的穹苍已经不记得。当她回过神来的时候，只看见贺决云一脸担忧地在她眼前乱晃。

"你想什么呢？"贺决云在她耳边打了个响指，"回来以后整个人都不正常了。怎么？要不要给你找个道士招招魂？"

穹苍嘴唇张了张，用十足坚定的语气，一个字一个字地往外蹦："富强、民主、文明……"

贺决云险些被她身上的社会主义光芒闪瞎，折服道："可以可以，穹苍老师，我愿意为你献身科学。后面的我也知道，你别背了。"

他在穹苍边上坐下，语气随意地问道："今天出去见谁了？"

贺决云醒来的时候，穹苍已经不在家了。电话不接，短信不回，好不容易出现，又是一副失魂落魄的状态。

贺决云就想不明白了，穹苍怎么总是在他不在的时候将自己搞得如此狼狈？

穹苍被他询问，想要回答，语言系统却出现了障碍，不管是实话还是谎言都组织不出来。她抿起唇角，面露不满，还没思考出答案，感觉手上一暖。贺决云的手覆在她的手背上，使她紧握的手指伸展出来。

手指展平放在腿上的时候，穹苍感觉身上盘旋着的那股郁气也随之减轻不少。她才发现刚才自己的身体肌肉是紧绷着的。

穹苍抬起头，看着贺决云柔和的眼神，缓缓开口道："今天薛女士告诉我，祁可叙有可能不是自杀的。"

这么多年过去了，穹苍以为自己的情感可以变得很淡薄，可以装作毫不在意地将所有的事情都按照理性的方式来进行分析，把所有的逻辑都按照固定的形式去进行排列。

可是她不行。

她的记忆很清晰，她永远会记得那一天祁可叙按着她的头施虐的画面，记得对方充满仇恨地看着她，希望她不要出现在这个世界上的眼神，也永远记得自己当时的茫然跟无措。

她承受了不该属于她的恨意。她不甘心。这种不甘心既不理性也没有逻辑，更永远得不到补偿的机会。

然而，每次回忆起祁可叙这个人，穹苍最恨的其实不是祁可叙的反复无常，而是她的不负责任。

比起她精神疾病所造成的不稳定，穹苍更憎恨她抛弃自己的行为。

她对自己的暴力，穹苍可以把它埋在很小的一个角落，往上面铺上她对自己好的回忆，只需要给一个简单的理由就可以解释。

可以理解祁可叙的痛苦，理解她的不受控制。

这是一个年幼儿童刻在基因里的对母亲的孺慕。但是自杀这件事穹苍一辈子都无法释怀。

只有自杀者的亲属才能体会，那是一种价值被否定的痛楚。仿佛自己的存在不曾在对方的心里占据过重要位置。

明明她把祁可叙当成自己的全部。身为一个母亲，怎么能够就这样离开？

穹苍眼底泛出温热的水意，她用力眨了下眼睛，想将那股酸涩憋回去。还未将情绪消化，一只手伸过来，捂住她的眼睛，然后按着她的肩膀，将她揽进怀里。

穹苍仿佛被对方手心的温度烫到，眼皮一阵颤动。随后那只手移到她的背后，跟安慰似的一下下拍抚。

穹苍深吸一口气，下意识想要抽身回来，然而贺决云手上的动作虽然温柔，手臂的力量却很强大，让她没能动弹。

贺决云许久没有出声，只是单纯地抱着她，似乎在努力思考要说些什么。

在时间安静的流逝中，贺决云的心跳开始加快，应该是终于想好了，而他在开口的时候又努力保持着平和，让自己的声音带着足够的冷静。

"我听别人说，在人的一生当中，父母的存在其实不是最深刻的，因为他们能陪伴子女的时间不长。人慢慢长大，就要学会离巢，开始独自生活。"

穹苍靠在他的胸口，脸颊感受到他隔着衣服传来的体温，这种能听见对方心跳的距离，让她有种极其真实的感觉。她能凭着直白的心跳窥破对方的内心。

贺决云说话时声带与胸口一起传来轻微的振动，他问："那你知道什么关系是维系时间最长的吗？"

穹苍有点出神，没听见他后面的声音。

贺决云憋住口气，自问自答："是爱人。是认认真真想过一辈子，想为对方负责的那种爱人。"

穹苍愣了愣。

贺决云一鼓作气地问出来："我年纪也不小了，所以穹苍老师，处对象吗？"

这个问题问得有点突然，但又好像十分合理。贺决云的"狼子野心"早有端倪，而在长期的相处过程中穹苍并不觉得讨厌。

穹苍的注意力被彻底带偏，大脑陷入混乱的思考。思维第一次像匹野马一样，没有方向、没有目标地在脑海中疾驰。

贺决云察觉到她的安静，心里有点发虚，手臂的力道微松，但是转念一想，又说服了自己。不乘虚而入，什么时候才找得到女朋友？单身这么多年就告诉了他一个道理，做人不能太客气。

贺决云决定适当地展示一下自己的"壕无人性"[1]。

"我有钱，对吧？以后你想做什么就做什么。只要你不过分任性，基

---

[1] 网络流行语，指有钱人暴露自己的财富，引人羡慕嫉妒。

本可以为所欲为。比如每天在一千平方米的大床上醒来，在厕所里摆七个纯金镶钻的马桶，请一百零八个用人专门负责你的生活起居，建一栋城堡特意存放你无处安放的草稿纸……"

穹苍脸上闪过一阵迟疑。原来她在贺决云心里就是个神经病吗？不过最后一点听起来确实挺诱人的。

贺决云说到一半停住了，也发现自己有点神经质。如果继续畅想下去，恐怕会被穹苍暴力扭送至精神病院。

他对自己的语无伦次深感焦躁，搜肠刮肚又无力补救。

除了有钱，他还能干些什么？！

贺决云正对自己生气，就听见怀里的人闷声说道："我考虑考虑。"

贺决云都做好被拒绝的准备了，听见穹苍的答案，着实惊愕了一把。好在彼此都看不见对方的表情，穹苍错过了他呆傻的模样。

贺决云知道，穹苍的敷衍总是浮于表面，对于想要回避的问题只用"嗯""哦"一类的字勉强回应，而对于她不喜欢的事情，她从来不会客气。

她会说"考虑"，已经是很认真的态度了，且主观上是偏向同意的。

这说明什么？

天才都是委婉的，这就是同意的意思啊！

贺决云激动起来，仿佛刚才听见的就是"我爱你"三个字，血液跟着心跳奏响了一曲澎湃的咏叹调。

穹苍难以忽视，幽幽道："你窦性心动过速。"

贺决云连忙放开她，短暂的手足无措之后，开始今日的贿赂流程。

"吃什么？"

穹苍斜睨着他，觉得他窘迫的样子特别有趣，揶揄道："这不重要。不如先给我来一个纯金镶钻的马桶开开眼吧。"

贺决云皮肤很白，以至耳边浮现的一点红晕都十分明显。

"别闹。"他回忆起一分钟前的自己，不愿意承认那个看起来不大聪明的家伙是霸道总裁贺决云本人，虚张声势地说，"做我媳妇的人才可以提这些无理的要求。"

穹苍不理解他们这些有钱人的生活，不敢太过放肆，转了口风道："那算了。我怕我上厕所的时候会忍不住抗拒地球引力。"

贺决云笑道："怎么？你到底吃不吃？"

穹苍识趣道："走吧。"

当天晚上，方起又给她打了个电话。

接通电话后他沉默良久，最后平静地说了一句："师娘死了。"

穹苍百感交集，含糊地应了一声。

方起却舒出一口气，轻松地说："这样也好吧，她可以走得稍微安心些。"不用亲眼看见自己的丈夫跟儿子被送上审判席，再看着他们接受人民愤怒的唾骂。

方起问："老师那边怎么样了？"

穹苍如实地说："我不知道。没有跟进。"

方起又问："李瞻元跑哪里去了？"

"不知道。"

"哦……"

方起没什么好说的了，而且他有点疲惫。

李瞻元跑了，李凌松又被拘留，薛女士没什么别的亲人，只能由他们几个学生帮忙处理一下后事。

"那我先去忙了。迟点再找你。另外……"方起支吾了几声，叹说，"如果有李瞻元的消息，不管是死是活，顺便告诉我一声吧。"

穹苍更想知道李瞻元去了哪里，她还有事想当面找他问清楚，且这个念头极为强烈，恨不得那个人现在就站在她面前告诉她答案。

穹苍捏着手机，上下翻转，目光无神地落在前面的电视柜上。

李瞻元罪行已经暴露，逃跑无济于事。他习惯了人前风光的生活，应该无法适应四处流窜的困窘。何况如今他最重要的双亲都因为他而深陷不幸，他不可能熟视无睹。

穹苍相信他还在 A 市，或者是在附近。

他憎恨那些破坏了他平静生活的人。比如何川舟，比如穹苍。他正埋伏在暗处，如同双眼闪着绿光的野狼，窥觑着她们的一举一动，伺机报复。

穹苍手指轻动，随后点开自己的社交账号，在上面编辑了一段文字。

这个账号她不常使用，发布的都是些跟工作相关的通知，好友里不是同事就是学生。

她在上面写道：

原来只是一个性无能的心理变态，这种观赏他人痛苦的感觉能让你生理勃起吗？你的所作所为最后只是让自己的母亲承担责任。你看见你母亲声泪俱下地痛哭、忏悔的模样了吗？她就死在冰冷的病房里，死在我眼前。可惜没有人会原谅她，同情她。

穹苍打完字，抬手蒙住自己的脸，在黑暗中长长吐出一口气。

他会来找自己的。一定会。

范淮压低帽檐，吃着碗里的面，透过朦胧的白雾看着面前的手机屏幕。

没多久，车门打开，一个身材娇小的女生钻进来，坐到他旁边。

女生看着他眼底的红血丝，小声建议道："淮哥，要不你先回去休息一下？一直在这里等也不是办法。他不一定会回来的。"

范淮没有作声，他吃了两口，放下筷子，把手机拿到眼前，将信息上下翻动了一遍，嘴里轻声念了出来。

他像是知道了什么，朝边上的女生道："你下去。"

女生抓紧安全带，急道："我不要！"

范淮皱眉，也不想跟她僵持，三两口将碗里剩下的食物扫干净，启动车辆，朝着穹苍的定位驶去。

翌日早晨，穹苍在天空还未彻底转亮的时候就穿戴好出了门。

她特意轻手轻脚地出去，连关门的动作都做得小心翼翼，离开前还确认了贺决云的房间毫无动静，随后一路去了停车场。

她低头整理安全带，顺便给何川舟回了条短信，等她抬起头，就发现贺决云正一脸阴沉地站在车头前。

老贺同志背着双手，用犀利的目光谴责着她，像一个秘密前来视察却发现有重大错误的老领导一样，表情里写满了失望，见她终于注意到自己，冷笑着在脖子上做了个斩杀的手势。

穹苍："……"怎么会这么神出鬼没？

贺决云走到侧面，敲了敲窗户。

穹苍迎着清晨的西风，先发制人地问道："你怎么过来了？"

"你还问我！背着我干见不得人的事情，你还怕我发现是不是？"贺决云几乎要跳脚，面目扭曲地哂笑道，"没驾照你就敢上路？你够豪横的啊你。知道我国每年要发生多少起交通事故吗？知道每年因交通事故而死亡的都在十万人以上吗？这行业不需要你添砖加瓦！"

穹苍被他训得一愣一愣的，弱弱说了句："我用的自动驾驶。"

贺决云吼她，一手用力指着方向盘："自动驾驶也得要驾照啊！你上路没个突发情况？"

穹苍喉咙滚了一下，不知道自己在慌什么，可能纯粹是受他情绪影响。她冷静下来，解释道："我叫了代驾，他进不来小区。我现在是出去接他。就……一公里的距离？"

"撤单！让他回去！直接给他好评！"贺决云想想，不高兴地补充了一句，"不撤我就给他差评！"

代驾何辜？

贺决云不依不饶："而且叫代驾又怎么了？我告诉你，从这里到小区门口就算只有一公里，那你也是无证驾驶的一公里！你在犯罪！你对不起那么多年给你上思想品德教育课的老师！开门！按下边那个亮起来的地方！"

穹苍知道，快一步地按了下去。

贺决云拉开车门，提溜着她的后衣领，跟抓小鸡似的将她拎下来，高冷地点点下巴，示意她去另外一边，然后自己坐进驾驶座。

穹苍理亏，一声不吭地坐到旁边。贺决云跟头雄踞在自己领地的狮子一样，慢条斯理地整理着白色的衣袖，将内翻的领口和没系对的纽扣归于原位，动作里带着三分霸道、三分凉薄，还有四分当场捉拿的骄傲。

穹苍："……"

贺决云火气消了一点，问道："要去哪里啊？"

穹苍迟疑着没有回答，反问道："你不去上班吗？"

贺决云说："我准女友开着我的车大早上莫名其妙地背着我出门，我还上什么班？"

他头发都是乱的，显然是从床上一蹦而起急忙冲出，还记得换上干净的衣服已经是极限，过多的要求显然太过苛刻。

他对着镜子抓了把自己蓬松的头发，发现头顶有一撮怎么都压不下去的呆毛，恼怒中又一次瞪向穹苍。

穹苍第一次发现贺决云这人挺会打蛇随棍上的。怎么就准女友了？怎么还可以主动给自己升 title（头衔）？

臭不要脸。

贺决云挣扎没多久，决定放弃自己的发型，先将车开出小区。

他行过了小区门口的栏杆，靠边停下。不远处一个穿着蓝色工作服的男人原本正两手插兜地朝门口张望，见他们出现，立马小跑着过来。

青年弯下腰，在车窗上敲了两下，叫道："穹苍老师。"

穹苍抿着唇，别过脸，满目深思地望着窗外。

贺决云缓缓降下车窗，木着一张脸与外面的人对视。青年认出是他，倒抽一口凉气，随即想伸手遮挡。

贺决云当然认识他，别以为戴个帽子粘个胡须就可以伪装成另外一个人。前段时间大家还见过好几次，建立起了革命情谊，就差勾肩搭背互称兄弟了。

贺决云一手架在车窗上，笑道："老张同志啊，公职人员现在可以兼职代驾了吗？何队给你开工资吗？还是工资太少，你们不得已要找点路子来养家糊口啊？"

青年干笑着弯下腰，挥手跟他打了个招呼。

"好巧啊，我这就是路过，顺便来接穹苍老师去逛逛街，开拓一下……"他在贺决云逼视的目光中含泪闭嘴，觉得自己这人民公仆做得太惨了，接个人跟来偷情似的，一点体面都没有。

贺决云审视地看着他们道："你们到底想背着我去什么地方？"

保安看他们的眼神已经很不对了，摸下巴的细微动作里透露了他丰富的想象力。

贺决云不希望在未来的某一天听见关于自己的绿帽谣言，招手说："先上车！"

青年立马跳上后座。

"何队。"对讲机传来沙沙的声音，显然这一带的信号并不好，青年按着耳机道，"人没了，房子空了。"

何川舟沿着平坦的小路往上行走，目光不时在两侧的田地扫过，设想着李瞻元出现在这里时的情形，最后脚步不急不缓地停在一栋乡村自建房的前面。

房子的大门两侧还贴着已经褪色的春联，院子里停了辆黑色的轿跑型小汽车。

正在里面记录的青年见她到场，走出来跟她介绍道："何队。这就是李瞻元开出A市的那辆套牌车。但是他名下并没有这辆轿跑车，公司财产里也没有登记，不知道是用谁的名字买的，也不知道他手上还有多少类似的交通工具。"

如果李瞻元狡兔三窟的话，他们的追捕行动恐怕又要陷入被动。

这一幕简直似曾相识，当初范淮逃跑的时候他们就经历过一次。区别在于范淮最终能成功逃脱，跟何队一时的犹豫也有些关系。

何川舟相信范淮不是凶手，也认为范淮能够帮助他们牵引出调查方向，只是她没有明确的证据。

何川舟眼神深邃，看着空旷的房间用力抹了把脸，两手叉腰地站在院子里。

他们申请支援，数十人连夜翻查监控，最后是扩大时段，一辆车一辆车地进行排查，才终于找到这辆套牌车，再根据套牌车的行车路线"火线追凶"。

那么多人连夜不休，结果竟然还是晚了一步。

明明他们每一次都已经踩中对方的命门了，李瞻元仍旧能像幽灵一样甩开他们。

"快了。"何川舟不知道是在跟他们说，还是在跟自己说，"加把劲，我们赶上他的节奏了。"

这种时候，李瞻元肯定比他们更恐慌、更害怕。

"何队。"耳机里再次响起一个男声，对方似乎是站在风口的位置，声音听着不大清晰，"在路口发现了一个私人架设的摄像头。我们试着连了一下，信号已经中断了。"

边上的青年大叹可惜地捶了下腿。"看来李瞻元知道我们追过来了，他不会再回来了。"

何川舟眉头紧皱，内心有种不祥的预感，但是在脸上没有分毫表现。她舔了舔嘴唇，朝着众人下达指令："李瞻元肯定才刚走不久，就算他再神机妙算，也不可能原地失踪。所有人！加大范围排查周边的道路，去村里调取监控，确认李瞻元离开的路线！联系周边的派出所，让空闲的工作人员帮忙排查。小刘，你暂时留在村里，去找本地居民打探一下情况，看看有没有什么发现。"

众人被分派好工作，大声应了句，立即跑动着过去安排。

何川舟还是有些不安，案件临近收网时她经常会有这样的感觉，这让她到最关键的时刻也能保持足够的警醒。毕竟越接近结尾，嫌疑人被逼至绝路就越可能会出现变故。

她想了想，拿出手机，编辑了一条短信。

何川舟：小张，你那边有情况吗？

小张：没什么问题，就是贺决云也跟上来了。

何川舟：李瞻元不见了，他可能会去找穿苍。你记得灵活应变，不管遇到任何情况，以保证生命安全为首要目的。

小张：是！

何川舟：你们到哪里了？我让附近派出所的人去接应你们一下。

小张：刚上国道，我给您发个定位。

黑色的眼睛被遮掩在帽檐下，男人深深藏着半张脸，盯着平板电脑上的画面目不转睛。

在看见警车从他家门前经过时，他表情抽搐了下，差点咬破自己的嘴唇，又很快恢复自然。

汽车音响里正在播放一首摇滚曲，炸裂的音乐与沙哑的嘶吼不停撩拨他内心深处的焦躁。

男人跟着节奏晃了晃头，随后关掉软件，一拳捶在方向盘上。

他一下又一下发泄似的捶打着面前的黑色圆盘。汽车发出刺耳的鸣笛声，将他未能喊出口的愤怒都宣泄了出来。

片刻之后，男人终于冷静下来。他停下动作，抚摸右手的指节，等调整好情绪，重新打开另外一处的监控，看着贺决云那辆车驶出小区，沉沉吐出口气。

他缓缓将车开到监控摄像头的下方，摘下口罩，无所顾忌地对镜头后面的人露出了一个满是阴森的笑容。

大早上，即便是主城区的交通也十分通畅，贺决云开着限速的60迈，听老张磕磕巴巴将事情给讲清楚了。

何川舟带人循着线索追击李瞻元去了，又担心穹苍一个人会走霉运，就让他过来保护一下。

老张对穹苍做了个遗憾的表情，摊手说："不是我不帮你隐瞒啊，是兄弟我真的包不住了。"

穹苍无奈地说："我只是想去给我父母扫个墓，没别的事情。"

昨晚李瞻元失去踪迹，开始逃亡。穹苍想，如果李瞻元要找上自己，起码需要时间安排，所以她刻意挑个大早上的点，让李瞻元没有反应的机会，这样路上会比较安全。

她本意是如果何川舟那边始终没有线索，她就在墓园附近等待李瞻元的出现。那个男人天性高傲，面对我国天网系统的追捕，肯定无法接受苟且的生活。

他一定会安排一场盛大的落幕。

"没别的事情不叫我？开车我不行吗？"贺决云一面设置导航，一面不平道，"我是没有手还是没有脚？这种事情你宁愿辗转找何队帮忙，麻烦别人，也不来找我？"

穹苍眨着眼睛，无奈道："有困难，当然是找警察叔叔。"

贺决云说："那你现在的情况跟以前不一样，你有困难可以来找我。我比他年轻，也比他强壮，还比他能打。这种事找我不是更好？"

老张知道这种时候开口不合时宜，会影响他们两人之间的友谊，但他还是难以容忍人民公仆的能力被低估，于是压着嗓音说了一句："我配枪了。"

贺决云视线朝后视镜一扫："配枪了了不起吗？这辆车是我的！这车通

体防弹！"

"哇！"老张同志为了自己不被丢下车，敷衍地夸了一句，"好厉害啊……"

穹苍："……"现在能皮也是刑警的必修课了吗？

贺决云转动着方向盘，将车开往路标指示的方向，又不解地问道："你父母的墓怎么会是在 A 市外面？他们不是一直住在 A 市吗？"

穹苍说："长辈安排的。"

墓地是很早以前就选好的，选在 A 市城外，据说那边风水好。穹苍父亲的许多亲属都葬在那里。

他们两人去世，后事都不是穹苍料理的。因为离得太远，心里又有点抵触，她去扫墓的次数寥寥可数。

贺决云看了下路程，还有一个多小时。穹苍出门偷偷摸摸，连早饭都没吃，导致贺决云也是饿着肚子。

他示意老张去翻后座的包裹，说："吃点东西听点歌，慢慢来吧，我车上备了点饼干跟饮料。"

老张欣慰道："谢谢啊！"

贺决云说："我跟准女友说的。"

老张："……"友情消失了。

穹苍从老张手里接了盒小面包，还有一盒饼干，随便吃了点。

贺决云余光看着她脸颊鼓动，认真吃饭，心里跟挠痒痒似的不安分起来。他咳嗽一声，暗示说："穹苍，我也没吃早饭。"

穹苍应了一句："哦。"

然后没有了下文。

贺决云："……"是非要我求你吗？你吃我的东西难道就不会嘴软？

他不能冲穹苍生气，只能借着后视镜瞪了眼老张。

都是他，电灯泡。穹苍才会变得含蓄。

老张悄悄给车窗开了一条缝，试图用呼啸的风声来挽救车内的尴尬。

这能是他的错吗？他只是一个开不上车的代驾而已啊。

国道的路修得比较曲折，路面也不是十分平坦，好在这辆车底盘很稳，并没有颠簸的感觉。

老张一直在后座发短信，跟何川舟那边联系好的人进行交接。他手指飞动，时不时还要回头看一眼车后的情况。

这疑神疑鬼的模样让老张自己都有点想笑。老职业病了。

贺决云在开一段环山起伏的道路时，终于还是忍不住，问道："昨天的事情你考虑清楚了吗？将近 12 个小时了啊，就算除去 8 个小时的休息时间，你还有 4 个小时可以用来思考。考虑一遍，假定需要三秒钟，那么你就可以考虑……"

穹苍帮他算出来，小声提醒道："4800 次。"

"是啊，4800 次！"贺决云用余光小心打量她，说，"你那么聪明，考虑 4800 次还解不出来的，得是世界未解之谜了吧。"

穹苍低声吐字："它本来就是啊。"

老张茫然道："什么问题？"

二人异口同声地回答。

贺决云说："婚姻。"

穹苍说："爱情。"

穹苍疑惑地看向他。

"爱情、爱情。"贺决云咳了一声，掩饰自己步调过快的事实，"父——男友之爱人，必为之计深远。就这么个意思。"

穹苍："……"我就知道你还是想做我爸爸。

贺决云没安静一会儿，又说："你是不是觉得自己会有危险，昨天才拒绝我？李曕元就是一个疯子，抓到他之前，你没有安全感。其实你本来是想答应我的。"

穹苍没有停顿地飞速接道："不是。"

贺决云一字一顿地说："你肯定是！"

"你不要这么执拗。"穹苍说，"你都不接受我的答案，那你还问什么？"

贺决云理直气壮道："你没给解题过程。我有理由怀疑你是口是心非。"

老张没想到自己还能被牵扯进这番男女的爱恨情仇中来。可是他听了一会儿，没明白，扒拉着前座的靠背问道："啊？你们不是早就交往了吗？都同居了啊。"

贺决云闻言，得寸进尺地大吼："看！你看！在别人的眼里我已经没有清白了，你是不是应该对我负责？"

穹苍有那么一瞬间想把他的头按在前面的风挡玻璃上。当初邀请她同居的人到底是谁啊？这清白难道不是你贺某主动献上的？

老张觉得自己终于明白了，一副过来人的语气说："你们是……那个关系啊？哦，我懂，我懂，时代开放了嘛。不过年轻人，还是稳定一点比较好。如果夜生活都可以很和谐，是能试着发展下一步的，好好想清楚。"

听得贺决云都以为老张比自己高一个辈分。

两人都不说话了。

他们的夜生活十分纯洁，也很和谐，但完全没有老张想象中的那么丰富。

老张以为他们是害羞了，笑嘻嘻地靠回椅背上，让他们两个单身狗好好品味人生哲学。

正在贺决云酝酿着下一句要说的话时，从拐角处的视野盲点驶来一辆SUV。对方原本好好开在自己的车道，看见他们之后，突然实线变道，朝他们冲了过来。

贺决云眼睛瞪直，骂了一声，飞快掉转方向，将车拐向山体内侧。

他的车性能好，开的车速也不快，这一撞问题不大。他借着山体的摩擦力，安全将车停下。而那辆SUV因为紧急制动在护栏上撞了一下，打了个圈，前后掉转了方向，就停在他们后方。

贺决云没有马上下车。他察觉到了危险，浑身肌肉紧绷着，两手死死握住方向盘，借由后视镜观察那辆车的情况。

距离过远，他看不见车里的人究竟是谁。

很快，SUV车灯再次亮起，里面的人踩着油门朝他们冲了过来。

贺决云这时候深刻体会到了李瞻元的确是个不要命的疯子。

"×！"贺决云跟着起步，朝前方加速开去，试图跟后面的车辆拉开距离。

然而这一片的道路九曲十八弯，有不少大车会经过，并不适合飙车。贺决云没李瞻元那么不要命，不敢猛踩油门，偏偏后面的车跟疯狗似的一直咬着他们，拿车头不住顶撞，根本不计后果。

"他怎么会出现得这么早！"

老张在后座根本坐不稳，被惯性甩得东倒西歪，伸手去摸自己的配枪，几次尝试，只能将它拿在手里，却无法瞄准射击。

老张叫道："你开稳一点啊！"

"这段山路，你说怎么可能开得稳！"贺决云一心多用，注意力全凝聚在前后的车辆和大角度的弯道上，他叫道，"穹苍，抓紧！"

穹苍抓住边上的把手，脸色一片青白，胃部有一股酸液在翻腾，险些就要喷出喉腔。

贺决云往前逃了一段，还是没能甩开后车的追击，最担心的一幕却发生了。

前方转弯的位置传来几声鸣笛，等距离变近，发现是一辆小货车正在弯道超车，而左侧车道上是一辆红色的大型货车。

贺决云瞳孔紧缩，恐惧化作凉意爬上他的脊背，同时也让他的注意力变得更加集中。

与其被前后夹击或者被大车碰撞，贺决云当机立断，踩下刹车，撞向一旁的护栏。

车辆冲破石栏，沿着斜坡往下坠了一段，随后翻滚下去，并在树木的格挡下顺利停了下来。

第 十 六 章

惊 险

"欢迎你们，终于见面了。"

视角快速翻转，穹苍感到一阵眩晕，再分辨不清任何方向。她的手指因为过于用力而发白，由于失重和碰撞胸口一阵发闷，难以呼吸。

她紧紧闭着眼，咬紧牙关，想要扛过这一次事故。在车辆终于停下时，她的头被什么东西撞了一下，温热的液体顺着额头流出，意识逐渐陷入迷迷糊糊的黑暗。

车厢内部并没有受到太多损坏，但是贺决云在撞车下去的时候，刻意将车子左侧转向下方，以致现在他左半边手臂已经被撞到发麻。

那阵猛烈的撞击结束之后，他的大脑呈现出一片空白。他后仰着头，靠在椅背上，痛得龇牙咧嘴，眼睛里分泌出生理泪水，只能依靠不停地大口呼吸来缓解。等那道白光过去，他意识开始清醒，立即用衣袖将视野里的朦胧用力蹭去，顶着那种刺骨的疼痛，尝试抬起左臂。

左手的肌肉不停发热、颤抖，稍一挪动，那种痛感就开始加剧。贺决云抬到一半只能放弃，转头去查看穹苍的情况。

"穹苍？穹苍！"

穹苍没有回应。

贺决云艰难地解开安全带，爬过驾驶座，用手擦了把穹苍额头上的血渍。后者五官紧紧皱起，嘴里发出一声颤抖的呻吟，下意识地避开了他探查的动作。

还是有一点意识的。贺决云松了口气。

穹苍那边的门被茂密的树丛给遮挡住了，贺决云反身踢开车门，用右手小心地降低椅子高度，将穹苍抱到驾驶座来，再把她运出车厢。

只是做这一个简单动作，贺决云脸上已经满是冷汗，他把人平放在地，粗略检查了一遍穹苍的身体情况——没有骨折，除了头部以外没有明显外伤。

情况并不严重。

贺决云呼出口气，又去后座查看老张的情形。

老张在车祸前解开了自己的安全带，想探出窗户从后方制衡那个追击者。结果车翻得太突然，他一下子撞到前排的靠椅上，晕了过去。

贺决云半趴在后座的座椅上，试探了下他的鼻息，确认他也还活着，只是因为他没系安全带，无法确认他身上是不是有严重骨折，贺决云也不敢轻易将他挪动。

"何队，你看！"

青年抱着电脑跑过来，将屏幕正对着她点击播放。

视频里正好是李瞻元露出全脸，朝他们微笑的监控画面。

"这是挑衅吗？他是什么意思？"青年脸上浮现怒意，"他这也太嚣张了！"

何川舟表情凝重，没有出声。

当一个逃犯愿意主动暴露自己的行踪时，要么是他胜券在握，即将逃出生天，要么……

频道里一个女声汇报道："何队，李瞻元的行车路线出来了。他在往靠近 A 市的方向行驶。我们正在追踪他的车辆，但是中途失去了踪迹。"

何川舟声音严厉："什么叫失去了踪迹？"

"就是没了。车牌号跟同款车型的车我们都没捕捉到。可能是他中途又换了辆车。"女声语速飞快，"这里有一个施工路段，附近经济又不是非常发达，监控设备长距离缺失。我们没办法追得太细。"

抱着电脑的青年用力敲了下键盘，讽刺道："这李瞻元可真是老奸巨猾！他是不是早有准备？就他这性格，恐怕连自己后事都安排好了。"

李凌松被捕的时候，他应该已经有所预感，所以动作才会那么迅速。常年的伪装和犯罪经历让他早早安排好了一切。

何川舟冷冷道："我看他是狗急跳墙了。"

青年问："现在怎么办？"

女声道："我们正在确认方向，重新调整计划。不要着急，给我们十分钟。"

何川舟声音里有难以察觉的颤抖，她细声道："李瞻元最好的挑衅方法是什么？"

"啊？"青年抬头，"是什么？"

何川舟抬起眼，看着远处的高山，声音缥缈："是在警方的围捕和保护下再杀一个仇人。"

众人感到一阵恶寒。

何川舟深吸一口气，叫道："不要找了，马上定位小张，将附近的队员全部调动过去，查看他们的情况。李瞻元去找穿苍了！"

汽车前方的音响在沙沙地发出噪音，老张压在身下的手机一直振个不停。

贺决云想把它拿出来，又难以着手。紧跟着，他的手机也响了起来，车祸后的事故信号已经自动发送到交通部门。

贺决云平稳住呼吸，向工作人员汇报这边的伤员情况。还没交代完，何川舟的电话打了进来。

贺决云把信号切过去，用颤抖的手将手机用力按在耳朵旁，收拾好心情，告诉何队三人在半山坡的位置遇到了李瞻元的埋伏，另外两人已经无法行动。

何川舟声音发紧，仿佛脸上被狠狠抽了一巴掌。然而越是这种时刻，越是需要镇定。

她用最沉稳的语气安慰贺决云，表示警方的人已经在附近，马上抵达现场，让他注意安全。

贺决云简单说了声好。

挂断电话，贺决云喘着粗气，靠在车门的位置调整状态。他抬手揉了把脸，往手心里哈着热气，等好一些，弯腰在车座底下翻找医疗包。

这时，不远处传来一阵草木窸窣的响动，一道人影从上方跳下，脚步稳健地朝这边走来。

贺决云屏住呼吸，用舌头舔了舔干涩的嘴唇，在地上捡起一块石头，沿着汽车侧面慢慢朝对方迂回靠近。

他佝偻着腰，根据对方的脚步声悄然行动，在正式会面前，对方的脚步声先行停了下来。

贺决云心跳失速，低头看见地上被拉长的影子，心里暗道不妙，还没来得及反应，一根铁棍已经敲了过来。

"×！"贺决云厉声一喝，后撤躲避，同时抬手格挡。

铁棍用力敲在他的右手小臂上，疼痛让他手指张开，紧握的石头随之落到地上。贺决云的耳边尽是海浪般的闷声鸣叫，让他听不清周围的声音。同时李瞻元那张用口罩遮了一半的脸出现在他面前。

贺决云咬紧后槽牙，在嘴里尝出了一丝铁锈味。他喉咙里发出一声低沉的嘶吼，在李瞻元还没反应过来之时径直朝李瞻元猛扑过去。

李瞻元年纪虽然大了，动作却很灵活。当即旋身一躲，避开贺决云的袭击。

二人擦肩而过的当口，贺决云脚下横扫，蓄力踢向对方的脚踝，在将对方撂倒的同时，自己也因为惯性摔在地上。

贺决云虽然受伤，但身上却爆发出了前所未有的蛮力。他身手敏捷地在地上滚了一圈，找准方向，趁着李瞻元挣扎着起身的时机，再次用双腿绞住对方的右脚，往边上一拉。

"嗬——"李瞻元一声低喝，身形不受控制地摔到贺决云旁边。他脸上的口罩已在打斗中被蹭下，露出他怒红狰恶的面孔。

二人互相敌视地望着，眼中俱是浓浓的烈火，如有实质的杀气几乎要化成尖刀，将对方生生凌迟。

两人扭打在一起。贺决云的两只手都处于半废的状态，近距离搏击没有任何的优势。他迎着李瞻元的拳头，一口咬住对方的耳朵，死死咬紧牙关，似要从对方身上啃下一块肉来。

李瞻元大声痛呼，顺手从地上抓起石块，狠狠砸向贺决云的头部。

两人跟野兽似的搏斗，进行最血腥的原始厮杀。

贺决云被捶打得视野发花，感觉体温在随着血液快速流失，口腔里又被浓烈的血腥味充斥，引得胃部一阵阵作呕。即便如此，他依旧不肯放手，只知道缠住面前的人。

突然，他的腰侧传来一阵电流，让他全身都痉挛地抖动起来。他本能地卸下力道，四肢蜷缩在一起，紧跟着手脚不听使唤，被李瞻元推到一边。

李瞻元捂住耳朵，半跪着忍受这股疼痛。等调整过来，他随手把电击器丢到边上，趔趔趄趄地站了起来。

他没有趁机对贺决云施加报复，甚至没有多看贺决云一眼，只把贺决云当作最不起眼的一条蛆虫，径直走向车后，找到穹苍，把人扛在肩上。

贺决云视线里全是星星点点，等神志重新恢复的时候，只看见李瞻元扛着人即将消失在树林里。他嘴里发出几个无意义的音节，焦急地往前面爬去。

范淮的车一个急刹停在路边，看着车道中间飞溅出来的汽车部件，直觉告诉他不妙。

女生慌乱叫道："淮哥！"

范淮脸色凝重地说："你下去看看。"

女生下车，脚步仓促地跑到被撞毁的石栏旁边。她还没下去，就看见了满脸是血，正艰难往上爬的贺决云。

贺决云的手心被割破，爬过的地方留下了一个个血印，铆足了劲，不停向上挪动，树林深处还有老张一声声虚弱但又绵长的呼喊。

有一瞬间，女生被这恐怖阴森的画面给吓住了，怔在原地不知所措，直到范淮出声喊了她一声，她才恍然惊醒大声叫道："有人！还活着！"

范淮问："穹苍呢？"

女生帮忙转问。

贺决云浑身肌肉都在颤抖，脸上表情更是狰狞可怖，活像一个从地狱里爬出来的修罗。

他想说话，可惜已经没有力气，只能伸手朝前方一指以做示意。

太阳被茂密的树叶遮盖，从缝隙里透出刺眼的光线。一直萦绕在山头的薄雾此时已经被彻底驱散，像化入空中一样消失不见。蔚蓝的天空下，长长的山道不知能通往何处。

女生滑下山坡准备过去帮忙，耳边听见了汽车发动的声音，她探出头，发现范淮果然开车先跑了。

"啊——淮哥！"女生尖叫起来，可还是唤不回已经离开的范淮。她低头看了眼贺决云，心下焦急，也只能继续下去把人拉上来。

等贺决云爬上山道，一辆鸣着警笛的汽车从拐弯处飞驰而来，在地上拉出一道长长的刹车线，并最终停在他们的位置。

"找到车祸地点了！何队，找到车祸地点了！"

穹苍在被李瞻元放到地上的时候就半醒了。她背靠着一个铁罐，鼻子动了动，在空气里闻见了一股浓郁的汽油味。

穹苍挣扎着坐直身体，可是两手被绑在身后，无法自由活动。

她睁开眼睛，环顾一圈，确认这是一个废弃的工厂，而她被放在了二楼的一个平台上。平台边缘有一个老旧的铁质护栏，但从栏杆生锈的程度看，不知道能承担多少重量。

穹苍从车祸的恍惚中回过神来，缓缓地吐息。

"李瞻元。"穹苍喊他的名字，"李瞻元，出来吧！"

没人回应。但穹苍知道他肯定在。

一片死寂中，一层的大门突然被打开，光线透进来的同时，响起了嗒嗒奔跑的脚步声。对方踩在被四处丢弃的金属板上，坚硬的鞋底发出沉闷的撞响，清晰地将他的距离通过声音传达给二楼的人。

穹苍爬到平台边缘，看见一个逆光的身影停在大厅中间，正在四望观察情况。

"范淮！"穹苍朝下叫道。

范淮循声抬起头，摘下帽子，露出底下那张年轻又英俊的面孔。

"李瞻元不见了。"穹苍声音不大，但在这间安静的厂房里回荡，依旧十分清亮，"他还在这座工厂里。"

范淮一言不发，朝她这边跑了过来。楼梯间里脚步声越来越近，随后范淮推门走了进来。

他蹲下身给穹苍解身后的绳索，可是那条绳子绑了死结，又特别坚固，他磨得手指发红，还是没能扯开。

没多久，李瞻元也出现了。

穹苍眼皮上的血渍已经干涸，让她总有一种脸上有异物的错觉。她半合着眼，眉毛一高一低地看着入口。

范淮一手按住她的肩膀，将她往自己身后推。

李瞻元并没有趁机发难。他用手一顶将铁门锁上，在两声清脆的落锁声之后拔出钥匙，当着两人的面随手将它丢了下去。

穹苍的眼皮在跳动，且是左右眼一起狂跳，跟跳踢踏舞似的，挑动她的神经。

李瞻元往前走了一步，笑着从后腰的位置抽出一把刀，在二人戒备的目光中将刀丢到地上，用脚尖踢了过去。

范淮跟穹苍的眼底都出现一丝凝重之色，但没表现出来。范淮上前一步捡起武器，一面盯着李瞻元，一面去割穹苍的绳索。

李瞻元与他们保持着三四米远的距离，静静看着他们。

他似乎很有耐心，走路的步调、说话的语气，都带着从容不迫的淡定。可是如果去看他的脸，就会发现他的脸上正闪动着无比疯狂的神色，嘴角的狞笑更是让人脊背发凉。

穹苍第一次见到他的时候，他还是一个温和儒雅的中年男人，此时他摘下眼镜，那种随和的气质荡然无存。让人难以相信同一个人可以有这样截然相反的两副面孔。

等范淮将穹苍的绳索割开，李瞻元拍了拍手。清脆的掌声孤独地响起，代表了他一个人的狂欢。

"欢迎你们，终于见面了。"

他诚挚地诉说了自己的欣喜。

贺决云坐在警车后座，一旁的青年正粗糙地给他清洗伤口。

他脸上有一道偏深的伤痕，鼻青脸肿的，双手重伤，看着像个伤残人员。

何川舟看得直皱眉，劝道："你先回去行不行？"

贺决云倔强道："不行！"

看他的表情恨不得要喝其血，啖其肉才能泄愤。

"你跟上来也没什么用。去医院吧。你要是出了什么事，我们责任就大了。"何川舟郑重道，"我向你保证，一定安全把穹苍带回来！"

贺决云眼神黯然，咬了下牙，坚定道："我要看着……是我把穹苍给弄丢的。"

何川舟不知道该怎么安慰他。她的指挥也有原因。她没想到李瞻元被逼迫到绝路之后就彻底疯了，疯狂到这种地步。

频道里不停传来众人的汇报声，所有人都在马不停蹄地搜集线索，寻找李瞻元的踪迹，为这场时间的争锋抢夺宝贵的优势。

"穹苍身上的定位消失了。"

"根据车牌号已经重新追踪到方向。"

"无人机拍摄到了李瞻元的车，现在将地点发送过来。"

"前方有车祸，正在通知交警处理。"

"看见范淮的车了。"

"无人机拍到了工厂的位置，李瞻元停下了。"

"确认李瞻元的位置，已经通知救护车和消防，请保证各条道路交通通畅。"

"已联系附近派出所，引导周围居民进行转移。"

"……"

一股隐隐的兴奋与紧张，夹杂在那些冷静的声音里。最后响起了老张悔恨不已的哭腔："我没完成任务！"

何川舟："……"

贺决云同样开始不正确地反省："早知道我就应该直接跟他对撞！比性能我的车能输吗？啊？大不了一起翻车！"

老张说："我就应该开枪，反正后面没车，打歪了也能干扰一下他的行动。"

何川舟赶紧叫停他们："人已经差不多找到了，你给我躺下，先休息一会儿。别瞎闹。"

车辆一路疾驰，开车的警员靠着自己多年飙车的技术"火花带闪电"地疯狂超车，然而在路上被一起恶意制造的车祸给阻挡了下。

司机不走寻常路，直接从中间硬生生开了过去。

几分钟后，车辆碾过一条凸起的减速带，整个腾空起来，轮胎刚刚落地，又是一个急刹。

贺决云被晃得头晕目眩，边上的人已经开始纷纷解安全带。

"到了！定位就是这里！"

李瞻元那辆车头被撞到凹陷的车停在路边，除此之外，还有范淮的座驾。地方绝对没错了。

一行人匆匆跑到门口，推了把铁门。

"这门锁了。还是个自动锁，挺新的，特意换上的。"

"李瞻元真是属兔子的，狡兔三窟，一个没少！"

何川舟用脚踹了一下，未能撼动大门分毫。她挥了下手道："上家伙开锁！小刘小马去周围看看有没有别的入口。野猴，爬顶上去查看一下情况！"

外面是兵荒马乱，而工厂内的三人还在对峙。

穹苍很平静，哪怕心脏正如擂鼓般跳动，大脑里却是静如止水。她看着李瞻元，冷冷说了句："你没有退路了。"

"我的确没有退路了，不过我也不需要。"李瞻元在靠墙的一个铁桶上坐了下来，似笑非笑地看着她，歪着脖子反问道，"那你们有吗？"

穹苍鼻翼翕动，闻了闻，嗅到股轻微的烟火味。她趴下身，朝一楼看去，就见工厂深处冉冉飘来一股白烟。

这疯子居然把厂子给点了！

穹苍深吸一口气，但坐起身来的时候还是一贯地面无表情。

范淮小步移动，从侧面贴近，将三人的位置拉成了三角形的牵制状态。

李瞻元瞅了他一眼，又收回视线，似乎并没有想抵抗的心情。

穹苍一手撑着护栏，讥笑道："怎么，死到临头，想给自己找个陪葬的？你放心，你死后不会寂寞的，有很多人还在下面等着你。"

李瞻元顿了顿，认真地说："我没有杀过人。"

一句话激怒了范淮，他猛然抬起眼，身上带着浓重的杀气，低沉道："你说你没有杀过人？！"

"人都不是我杀的。"李瞻元摊开手，一脸无辜道，"我的手上干干净净。"

范淮死死握紧手中的刀，胸膛不住起伏，眼前已经浮现出他将刀锋扎进李瞻元喉咙的画面。只要那么一刀刺下，就可以让这个伪善又恶毒的人永远地闭上嘴，就可以让那些枉死的人得到一些安慰。喧嚣的声音回荡在他耳边，范淮需要用理智才能将这个不断翻腾的恶念压下。

穹苍冷笑着道："你要是真的干净，今天为什么要把我们堵在这里呢？"

李瞻元仰着头，了无生趣地说："因为这游戏我玩腻了。"

"玩？呵呵……"穹苍一哂，像是听见了什么很好笑的事情。她脸上的血渍配上她沉闷的笑声，让她整个人看起来有种虚幻的张狂。那种张狂，加剧了她眼里的讽刺感。

穹苍说："不是吧？你从出生起就有缺陷，丧失了男性最基础的生理特征，从此一生都在自卑中度过。你有资格说你是在玩？难道不是穷极一生在遮掩自己的残疾吗？"

李瞻元的眼神骤然犀利起来，朝着穹苍刺去。

"你是在玩别人，还是在被别人玩？"穹苍越说越觉得好笑，"变态、恋母、缺爱。喜欢的女人不喜欢你，重视你的母亲被你伤害，你想超越的人一辈子都压在你的头顶。你卑鄙、卑劣、卑微，还要自欺欺人地装作一个人上人，不过就是一个丧心病狂的跳梁小丑而已。弄清楚了，不是你觉得玩腻了，而是你玩不下去了。"

提起薛女士，李瞻元难得有了点失态，他抽搐着唇角的肌肉，憎恨道："是你逼死她的！"

"是你。"穹苍抬起下巴，一字一句地说，"所有的坏事都是你做的，薛女士受到的打击都是来源于你。你从不对自己做的事情感到后悔，那就要你母亲去面对自己的良知。"

李瞻元脸色变幻不定，愤怒、焦躁、憎恨等种种情绪闪过，几乎要喷出火来，最后他想起了什么，定格在一个充满恶意的微笑上。

他问："你知道你母亲怎么死的吗？"

穹苍的大脑仿佛被铁锤重重敲了一下，她目光幽深，平视着对方，沉声道："你杀的，薛女士告诉我了。"

"不是，她是自杀的。"李瞻元笑得开怀，拖着长音，回忆似的目光乱瞥，在半空中挥舞着手臂，"我把她带到一个没有人的高楼。她裤子上沾了奶粉，头发凌乱，特别狼狈，一看就是个疯子。"

穹苍口腔干涩，做了个吞咽的动作，喉咙里传来轻微的刺痛。她知道，那天她踩着凳子去够奶粉的时候，因为没有拿稳，将奶粉罐子给摔下来了。

李瞻元痴痴发笑，笑了一阵，继续道："她说，她要去找医生，求我放她出去。她很后悔，说自己不应该打你。看她那么可怜，我就给了她一个建议。我说：'每天傍晚五点左右，会有一个管理员来大楼检查器械和锁门的情况，但是他不会上天台。你有一个办法，可以让自己被他发现。只要你的尸体被确认，警察一定会去你家里找你的孩子，到时候你女儿就能去看医生了。'"

范淮错愕地看向穹苍，后者依旧维持着自己的面具，只是垂放在两侧的手臂暴露了她内心的动荡。像沙漏一样，血液不停地从心脏流出，胸口的位置快要变得空荡荡。

"她真的很笨，她太笨了。哈哈哈——"李瞻元用手势做了个飞翔落地的动作，而后陷入癫狂的大笑。

"她为了救你，完全放弃了思考。这就是一个女人愚笨的结果。我一直看着她歇斯底里，从痛哭流涕，到苦苦哀求，最后彻底放弃，坐在天台边上发呆，在夕阳快要落下去，天空一片通红的时候，咻——"

祁可叙还记得自己是一个母亲的，把穹苍放在比自己更重要的位置上。只是她已经不再热爱生命了，她最不重视的人就是自己。

李瞻元一直观察着穹苍的表情，没能从她脸上看见哀恸还觉得失望。

穹苍用冰冷的声音说道："所以她宁愿选择死都不愿意跟你在一起吗？"

李瞻元的笑容顿时凝固在脸上，眼睛里散发着凶狠的光。

"你给她的是两个选择吧？怎么，她的宁死不屈伤到你的自尊心了？她可以为了一个瞎子陷入疯狂，却不肯给你一点好脸色。证明你在她心里是多么恶心的存在。"穹苍耸着肩膀，"也是，除了你妈，还有谁能爱你？所以你恋母。你真可笑。"

"所以，你是不是很想杀了我？"李瞻元张开双手，吼道，"来啊！"

穹苍摇头，看向下方已经开始卷过来的火舌，说道："为你这种人，不值得。"

"真的吗？"李瞻元转向范淮，低语怂恿道，"来啊，你不想杀了我吗？刀就在手里，错过这个机会，就再也没有了。你不想找我报仇吗？"

空气里的温度开始上升，火焰顺着汽油迅速蔓延，浓烟飘上平台，带着浓郁的呛鼻的味道，让穹苍忍不住眼睛发酸。

这门比预想中的难开，跟市面上的大部分锁不一样。随车的警员也不是个专业开锁的，他一个干刑侦口的人只是因为这点小才艺而被迫上阵。

他被众人盯得冷汗直流，更加不能平静。

而真正的专业支援还在赶来的路上，就算速度再快，距离这个地点还有五分钟的路程。

趴在高墙上，从铁窗口往里探查情况的警员时时汇报着里面的情形。

"着火了。"

"火势蔓延过来了。地上泼了汽油，按照火势的情况……我们大概还有五分钟到十分钟的时间。"

"三个人打起来了！手里有刀！"

贺决云闻言急得跳了起来，身上肌肉再次开始抽痛。"谁打谁！"

警员被他影响，跟着叫了起来："范淮打李瞻元！"

贺决云顿时松了口气，感觉生命力又回来了。

何川舟看不下去，对了下时间，有限的耐心彻底告罄，叫道："不行了，算了，直接开车撞吧！时间时间时间！"

众人赶忙收拾了东西，从门口清开。就近的青年第一时间跳上驾驶座，两辆车一起后退，蓄势待发。

工厂内，李瞻元还在不遗余力地唆使范淮："范淮，像个男人一点！你知道你妹妹过的是什么生活吗？你想想自己在牢里的那十年。"

范淮浑身一颤，又被拉入那道最恐惧的深渊，他咬牙道："闭嘴。"

李瞻元说："我一说有证据，那个女人就像条狗一样跪在我面前……"

范淮不能再听，嘶吼道："我叫你闭嘴！"

"我手上干干净净，没杀过一个人，但是她不一样，她真的杀了他们。"李瞻元遗憾道，"我都做到这样了，你还是那么没出息。"

他话音未落，范淮已经握着带寒光的刀冲了过去。

穹苍颤声叫道："范淮！"

"对，对！"李瞻元被他压在地上，丝毫没有生命被威胁的恐惧，反而极度亢奋道，"杀了我！有本事你就杀了我！"

范淮的刀尖离李瞻元的脖子只剩一指远，方才幻想了无数次的场景得以实现。他的血液在疯狂叫嚣，那是一种压抑许久后终于解放的快乐。

几个声音在他脑海中不断盘旋，占据他的脑海：

——刺下去！你就解脱了！

——这样的人死有余辜！

——如果不是为了报仇，你活到现在是为了什么？

然而他的手腕上还有一双瘦弱的手，白到近乎透明的手背上青筋根根外突，硬生生拽住他，扼制住他的杀意。

范淮转过脸，眼底是一片猩红，无声地发出自己的质问——不恨他吗？不想杀了他吗？

他们两个人的人生再没有重来的机会，全被这人轻描淡写地给摧毁了。

就是这种东西！

穹苍放缓呼吸，努力平和地道："他就是一个不敢自杀的懦夫，他只是想把你拖下水。"

刀身压到李瞻元的脖子上，切进皮肤，流出一道血液。

伤口让李瞻元更加兴奋起来，他开始疯言疯语起来：

"你知道我为什么会选中你吗？纯粹只是因为我看你不顺眼。那不过是我无聊时的小游戏！"

"嘭——"入口处传来一阵震天的响声，应该是有人在试图破门。

穹苍这才注意到，已经有人来了。

他们这一下的动静，让范淮有了片刻的分神。

李瞻元恶心地笑道："我跟范安的丈夫关系很好，你知道吗？"

范淮眼中闪过决绝，手上悬着的刀锋再次往前逼近了一点。

"范淮……"穹苍两手颤抖，根本敌不过他的力量，她哑声道，"江凌临终时，给我打过一个电话。她对我说，她不应该请求我做你的老师……”

范淮怔了下。

江凌的声音永远是柔和而轻缓的，那一天，她在电话那头用缓慢的语速跟穹苍倾诉道：“对不起啊，穹苍老师，跟范淮扯上关系，也给你带来了那么多的麻烦。”

穹苍说：“我不知道你在说什么。”

江凌自言自语似的说道：“真的，我相信我儿子是一个好人，但是，不是所有的真相都可以被世人承认的，坚持了那么多年，其实是我自己累了。我以为做好最坏的打算，我们一家人还可以从伤痛中重新开始，但是我现在发现我错了。

“我不应该叫他们那么坚强，不应该不给他们希望，不应该让他们按住自己的嘴，说不出话来。我没有做好一个母亲，没有保护好儿子，也没有保护好女儿。我太软弱了。”

最后，江凌如释重负地吐出口气，用极其坚定的语气第一次在穹苍面前说：“范淮是无辜的。他是无辜的。”

穹苍哽咽道：“你以为她为什么自杀？因为她想告诉所有人你是清白的！她想告诉所有人你们过得好难，你们已经走投无路了，她在恳求他们放过你。她没有别的证明方法。范淮……江凌希望你好好活下去。”

穹苍沙哑道：“为了这种人……不值得的。”

范淮嘴唇颤抖，眼泪止不住地往下淌，顷刻打湿了他的脸庞。他想起江凌的脸、江凌对他说过的每一句话，突然失去了全部的力气，慢慢收回自己的手。

所有的愧疚和不安都不知道该倾倒在什么地方。

这一刻，范淮迷惘，不知什么样才能叫好好活着。

李瞻元见此情景，不满地咂嘴一声，曲起膝盖朝范淮的腹部顶去，在范淮弓起身体的时候，一脚踹在他的腹部，将他踢远。

穹苍下意识地去查看，脖子猝不及防地被李瞻元从后方勒住。

剧痛袭来，穹苍彻底无法呼吸，她脸色涨红，掰着李瞻元的手臂，用指甲抓挠，试图让他松手。而李瞻元以想拧断穹苍脖子的力道牢牢将她禁锢在身前。

穹苍脚下用力踩蹬，带着李瞻元不停后退。

李瞻元被贺决云打过一顿，力气已无法维系，脚步趔趄地后退，根本站不稳。

两人在平台上东倒西歪地乱撞，最后碰倒了摆在边缘处的汽油桶。

汽油洒在二人身上，浓重的刺鼻气味溢满他们的鼻腔。李瞻元被压在下面，眼睛被彻底糊住。

他痛苦地叫了一声，闭紧眼皮，却还是不肯松手。

范淮爬起来，跟他们纠缠在一起，三人跌跌撞撞冲向了栏杆。

李瞻元看不清，一直到腰身撞上护栏，才清楚自己的位置。

穹苍一见这情形，深深看了范淮一眼，没有停住趋势，也没有开口叮嘱，猛力朝外，带着来不及松手的李瞻元一起翻了出去。

范淮被她的举动吓得惊慌失色，千钧一发之际，抓住了穹苍伸出的手，将她吊在半空。李瞻元则直接摔到了一楼。

一层的火已经烧过来，卷着汽油飞速覆盖到李瞻元的身上，将他裹成一个火球。

李瞻元当即发出声声凄厉的惨叫，他疯狂地在地上打滚。然而现场的一切都是他布置的，没有任何能灭火的工具。

他起身朝着门口的方向跑了一段，随即又因为疼痛而倒下，嘴里尖锐地喊叫："啊——救我！救我！！"

在真正面临这种生不如死的痛苦时，他失去了所有的体面，原来也不过就是个脆弱的小人物。

穹苍冷眼看着李瞻元在生死间挣扎，不知该怀着什么样的心态。范淮却根本无暇分心，只顾抓住她的手腕。

穹苍身上也被汽油泼了一道，那滑溜溜的液体布满她的手臂，无论范淮用多大的劲，都无法将她拽上平台，反而看着她不断下滑。

如果就这么摔下去，她的结果跟李瞻元没有两样。

"穹苍！"范淮憋住一口气，脸色转向深红。

穹苍仰着头与他对视，二人能看见彼此眼中的火光。

一滴汗落到穹苍脸上，又坠了下去，迅速化作白雾消失在火焰中。

"别松手！求你……"

穹苍反手抓着他。那手心的液体，已经不知道是汗还是汽油。

当范淮快要坚持不下去的时候，门口传来一声巨响。在汽车多次的猛烈撞击下，前方的大门终于轰然倒塌。

何川舟等人迎着火势，跟披着金光羽衣的英雄一样朝他们冲来。

"灭火！把人搬出去！"

几位警察拿着车上用的小型灭火器，朝李瞻元身上猛喷。

另外几人来到穹苍的下方，一起拉着条毯子，叫道："跳下来，我们接着！快！"

穹苍笑了笑，嘴唇张合，朝范淮说出一句话。

范淮闭上眼睛，松开了手，泪水流下去。

"有汽油有汽油！快往穹苍身上喷！"

"范淮，跳——！"

"消防来了！快让开！"

"范淮接到了！所有人往外撤！"

视野里是一片熊熊燃烧的火红。

——我们的世界会好的。

第 十 七 章

结 束

他希望真正的结束是尘埃落定，再也没有漂泊。

穹苍闻到了一点消毒水的味道，可她却是站在大街上的。

周围人群熙来攘往，谈笑风生，然而脸上都蒙着一层马赛克似的阴影。他们从穹苍身边穿过，像是完全没有看见她，如果仔细去听他们的对话，会发现内容颠三倒四，根本不明白是什么意思。

穹苍思维有些混乱，看着眼前停滞的红绿灯，久久伫立在原地。

这一个地方她非常熟悉，街边商家的门牌她都记得一清二楚，包括隔壁小吃店红黄招牌上沾着的油星。

可是她不知道自己为什么会站在这里，一个只有她真实的世界。

像是秒针轻轻拨动了一下，世界恢复正常，红绿灯上的数字开始出现变化，绿色的小人标志在显示器中快速走动。

一道黑色的高大身影从穹苍身后走出来，行动间带起的风里夹杂着淡淡的香气，穹苍愣了下，感觉原本灰白色的世界突然有了色彩，看着他的背影，下意识地抓住了他。

男人偏过头，表情有些错愕，那张年轻英俊的面孔极为清晰，连每一道皱纹都线条分明。

这时一辆黑色的车从前方疾驰而去，男人听见声音，无神的眼睛又转向车道。

穹苍手心的温度开始上升，随即沁出一层冷汗。

祁可叙从对面快步过来，朝穹苍点了点头："谢谢你。"

她抽出一张纸巾，擦了擦男人的额头，带着庆幸的语气道："你知道吗？刚才有人闯红灯了。"

男人抓住她的手，浅笑着说了一句："是吗？东西都买好了吗？"

祁可叙重重点头："嗯！"

男人摸过她手上的袋子，挎在手臂上，随后又笑着跟她说了两句话。

穹苍听着自己细如蚊声的询问："几个月了？"

祁可叙笑了起来，眼神温柔似水。"37 周，快生了。"

穹苍问："叫什么名字？"

"还没想好呢。"她一手按在肚子上，神态中是无比的慈爱。

穹苍喉咙滚了滚，沙哑问道："你爱她吗？"

"当然啊。我……"祁可叙后面的声音像化进风里，听不清楚。

穹苍笑了起来。

祁可叙停下声音，奇怪地问道："我认识你吗？"

穹苍释怀道："也许以后会认识吧。"她又看了男人一眼，低声说："我要回去了。"

祁可叙问："你去哪里啊？"

穹苍顿了顿，仰起头，迎着旭日的阳光，双目熠熠生辉。她笑道："回家吧。我要回家了。"

画面出现蛛网般的裂缝，然后尽数化作光点散去。

穹苍鼻间闻到的气味又浓郁了一点，机器嘀嘀运作的声音变得明晰。与此同时还有一双温热的手抓着她的手心，又抚过她的脸颊。

贺决云压着声音在那里叫道："妈，你别摸她了！你这样看起来特别……那什么，有一点点猥琐。"

贺夫人哼了声，不理他："你自己摸不到，还不让我摸啊？"

这是什么虎狼之词？

贺夫人叨叨着："把自己搞成这个样子，还什么都没搭上，也好意思说我。什么叫猥琐？你没被妈妈摸过啊？我这么大一个站你面前你看不见？"

贺决云没忍住，说了句："你怎么就知道我什么都没搭上？"

贺夫人不屑地睨他一眼，抛掉形象也要表现出对他的鄙视。

贺决云不甘心地说："我都伤着了，妈你能不能给点关爱？"

"你烦死了，你不要跟我说话。"贺夫人一提这个就气，挥了下手，不耐烦道，"傻白甜扮不好，病美人你也不会？你就给我躺着，到时候——欸，穹苍醒了呀？"

贺决云听见这话，连忙支起身想查看，结果手臂的酸痛让他跌了下来，重新砸在枕头上，又牵动了头上的伤口。

贺夫人白他一眼，训斥道："你又搞什么？让你别动别动，闲不下来是不是？要留疤的懂不懂？"

贺决云也气，龇牙咧嘴道："我是你亲生的吗？"

贺夫人为了补救那点岌岌可危的血缘亲情，过去帮他掖了掖被子的边角，将四个边角全部折进去，把他封印在床位上。

穹苍眨了眨眼睛，只记得自己被水枪滋了一下，加上吸入不少毒烟，刚送上车就晕了过去。她抬手看了看，发现身上的衣服已经换了，汽油也被擦得很干净，没有不舒服的地方。

贺夫人转回身来，坐在她旁边，一脸慈祥地看着她。

穹苍眼珠转了一圈，问道："范淮呢？"

贺决云脸色黑了点，不情愿地说："在隔壁病房。"

"哦……"穹苍清了清嗓子，又问，"李曕元呢？"

贺决云闻言冷笑了下："还活着。重度烧伤，在手术室呢。你放心，我把最好的医疗团队都派过去了，一定尽可能地让他多活一段时间。"

穹苍点头："好。"

贺决云等了等，发现穹苍没了动静，不甘心地问道："然后呢？"

"然后？"穹苍迷惑地道，"然后挺好的？"

贺决云："……"敢情自己连个第三都捞不到。

贺夫人见他那别扭劲儿，怀疑自己儿子是不是就没生"任督二脉"这东西，否则耳濡目染也该被自己给打通了。她弯下腰，主动对穹苍说："然后我们家决云也挺好的。"

贺决云顿时有种赤裸的尴尬，大叫了声："妈！"

贺夫人捂住耳朵："干吗？当我聋啊？"

"我知道。"穹苍像细沙一样的声音在边上响起，"听起来就中气十足的。"

贺决云不说话了，恨不得自己没长这张嘴。

贺夫人无情地笑出了声。

穹苍醒了，除了有点头疼就没什么大碍。她喝了碗粥，表示想出去走走。

这家医院穹苍也算是二回熟了，她踩着拖鞋，在狭长的走道里缓步行走，并在通明的尽头看见了站在阳台上的范淮。

范淮摘掉了帽子，指缝里夹着一根烟，眉宇间说不清是凄然还是恍惚，连烟快烧到尽头了也没有察觉。

穹苍推开玻璃门，与他并排站在一起，远望着天际处的余晖，怔怔出神。

火红的光色将天地连成一片，跟今天早上的那场大火竟有相似的热烈。只是一个代表了温度，一个代表了黑暗来临前最后的灿烂。

范淮已经快要忘记这样光明正大站在人前的感觉了，忘记自己上一次正面迎着他人目光是什么时候。

他微微张开嘴，吐出一口薄烟，眼中的迷惘被朦胧的白雾遮掩，最后全部掩盖在闭起的眼皮下。

穹苍问："什么时候学会抽烟的？"

范淮抖了抖手指，将烟掐灭，笑了下说："无聊的时候。"

穹苍指向正坐在蓝色连排椅上时不时朝这边张望的那个女生，戏谑道："那个女生，是你女朋友？"

"以前打工的时候认识的一个朋友。"

范淮跟着看过去，后者以为被发现，心虚地低下头。

范淮很快收回视线，语气平静地说："对我很好，有点笨。"

穹苍不知道他后面接的那两个短句是单独的陈述，还是因果关系。

范淮偏过头，状似不经意地问道："那时候你跟李瞻元打在一起，就那么跳下去，不怕我接不到你吗？"

"还行。"穹苍不在意地轻笑，说道，"我说过，我相信你，就像你相信我一样。"

范淮跟着她笑了一下，而后一手插进兜里，摸出烟盒。"你出去吧，我再抽根烟。"

穹苍拍了下他的后背说："该戒烟了。"

范淮举着手示意了下："最后一支。"

警方的公告是在一个早上发布的。

在众人都刚从困顿中苏醒，仓促行走在上班的路上时，正式的通告被发布到网上。

案件的具体内容没有直接公布，只简单写了结果，表示警方抓到了十一年前雨夜凶杀案的最新嫌疑人，详细调查过程会在今天晚上的新闻发布会中进行宣告。

三夭转发了这条博文并置顶在首页，随即相关热点快速在网上发酵。各大官方号和营销号纷纷转载，网友打开社交软件，看见的头条都带着范淮这个名字。

范淮的案子备受关注，但主要原因并不是十一年前的杀人事件。当时这起案件的杀人手法不够残酷，侦查过程也不曲折，唯一的争议点大概就是未成年人犯罪。

真正让它备受瞩目的是三夭的多次副本联动以及范淮出狱后相继死亡的五位证人。

纵然网友已经有了类似的猜测，在真正得知真相的时候仍旧非常震惊。无论是线上还是线下，众人全在讨论这件事情。

"范淮真不是凶手？"

"这居然真的是起冤案啊？那范淮也太惨了吧。"

"凶手实在是过于恶劣，买通证人陷害未成年人，他是跟范淮有什么仇？希望严惩！"

"十几年前的案子了，当时的嫌犯都已经刑满释放，没想到竟然还能抓到真凶。唏嘘。"

"如果不是五个证人相继死亡，可能这案子真就悄无声息地结掉了。这算不算是命运？"

"五位证人相继死亡太过巧合，我不认为可以用命运来解释。真凶当初可以买通证人进行陷害，现在也可以杀人灭口。"

网上出现了各种猜测，众人在百感交集的同时也后怕不已。

如果他们是范淮，经历一遍范淮经历的黑暗，可能等不到正义出现的这一天。而生命的宝贵与残酷之处皆在于它没有试错的机会。

沸沸扬扬的争吵到晚上八点时抵达高峰。

上千万人同时在线，蹲守直播间观看警方的新闻发布会。

何川舟等人作为案件主要侦办人坐在台上，应对记者问答。

这一次的公告，他们准备了很久。李局说得十分平静，表情中带着肃穆，语气几乎没有起伏，在报告的同时，连同十一年前的案件侦查情况也进行了说明。

在发现死者尸体之后，因为雨天证据被冲刷，警方开始了大范围的排查与走访。

他们询问了整个小区里所有的居民，同时调取了周边监控，确认范淮在案发当时有足够的作案时间，再配合五位证人的证词以及一些其余的间接证据，他们最终选择对范淮提起公诉。

法院依照执法机关所提供的证据，最终判处范淮十年有期徒刑。

十一年间，公安人员有过调动。范淮家属曾多次恳求重新审理案件，由于没有足够的证据支持重启调查，相关的工作只能在私下秘密进行。

负责人员在多次核实过程中都未能获得有效信息，于是档案被重新放置起来。直到范淮出狱，孙乾死亡。

警方起先并没有联想此事，只是很快另外两位证人相继遇难，调查内容部分泄露，在网上掀起轩然大波。

警方立即对范淮进行监控，并成立重案组，多部门联动调查。

数十名工作人员协助翻查录像，重现了三起凶杀案案发时范淮的行动轨迹，未发现他的作案证据。因社会舆论影响过于负面，他们没有放松对范淮的监控。

因为案件没有头绪，重案组多次讨论，最终决定彻底审查五位证人的证词情况。

因时间过于久远，这一项工作进展缓慢。警方在排查过程中遇到了许多困难。

他们开始扩大调查范围，并在翻阅十一年前相关时间点的档案时，从一起未侦破的抢劫案中找到了其中一名证人说谎的证据。

这一发现改变了警方的调查方向。

随后范安夫妻死亡，范淮擅自逃离警方监控范围，警方对其发布了通缉令。

"根据当时警方所掌握的证据，侦查人员做了一个大胆猜测，认为杀死五位证人的凶手系受人挑唆，不止一人。这个猜测，在之后的审讯中得到了证实。"

随后李局分别阐述了警方在调查五起死亡案件时所付出的心血跟精力。

在三天的副本中，决定性证据可能被藏在家里、身边，或者各种小细节中，玩的是解密游戏。

而现实的调查过程要比这曲折许多。

警方会面对许多语焉不详的证词，面对死者家属的唾骂与不配合。翻看数十小时乃至数百小时的监控录像，走访数十乃至上百的普通群众，才能从众多复杂的信息里找到有用的线索。

同时李局还感谢了穹苍与三天对案件侦破所给予的帮助。

所有的努力，都化为轻描淡写的几句话。调查方向几经调整，警方人员不放弃地日夜追查，最终找到了杀害孔钟灵的凶手以及策划这起案件的幕后人。

这场新闻发布会用了将近四个小时才结束，毕竟涉案人员过多，案情错综复杂。

在直播进行过程中，已经有人就李局的发言对案件做了整体的时间梳理。

网友不停刷新着内容，从最初看热闹的状态，渐渐回忆起自己当时参与这起案件时的疯狂。他们对幕后人的深深恶意感到胆寒，也对自己过去对受害人所造成的伤害感到惭愧。

"我只想知道，范淮去哪里了，他还好吗？"

"可以给范淮捐款吗？以前骂过他，对不起，我愿意支付精神损失费。"

"当时带节奏的媒体都有哪几家？他们是真的不无辜吧。"

"我记得范妈妈也因为这件事情去世了，凶手杀死的不仅仅是孔女士，还有所有被扭曲了人生轨迹的人。"

"好无力。网友再怎么悔恨，受害者得到的也只是一句对不起，可是又有什么用呢？"

"范淮刚上高中就被抓走了吧？他真的太可惜了。这世界没学历都不好生活。就算国家有补偿，也弥补不了多少。"

"范淮是个天才啊，就算坐牢也在跟穹苍学习。现在否极泰来，希望他以后一切都好！"

"提醒我了，国民好老师。她能不能跟范淮组个师生档？@三天，考虑一下吧。"

"@三天，给范淮开个直播间吧，我想给他打赏。"

"范淮到底在哪里啊？这个问题我问几个月了。"

范淮此时正在享受自己难得的闲暇时光。什么都不用管，也什么都不用想，可以无所顾忌地挥霍时间。

江凌留下来的房子一直空置，他悄悄过去打扫了一遍，但因为那边有许多故人，他不知道应该怎样面对，又怕触景伤情，就没有住在那里。

穹苍空闲的那套房子终于有了用处，迎来了它暂时的住客。

许多媒体想要采访范淮，都被他拒绝。还有电视台想邀请他去参加节目，或对他进行捐款，范淮也不予回应。

他不希望再因为案件的原因出现在公众视野中，他清楚所谓的舆论是最多变也最不可控的东西。只要他出现得频繁了，理解就会变成怀疑，同情会变成厌弃。恶意在网络这个世界会被无限放大。

他也不希望自己的人生再处于别人的评论之中，不希望别人一次又一次地去挖掘他的过往，他的家人。

他希望真正的结束是尘埃落定，再也没有漂泊。

警方是为了让范淮尽快恢复正常的生活，先公开了十一年前那起谋杀案件的调查结果。之后，随着对李瞻元跟李凌松的审讯，越来越多的细节被公布。

李瞻元承认对范安的教唆杀人行为，李凌松坦承自己的包庇罪行。二人的身份被媒体挖掘出来，摆在公开的平台上接受大众审议。

李凌松的社会地位很高，且影响力巨大。作为行业泰斗，他犯下的错误无论是对业内还是社会，都产生了巨大的冲击。

受过李凌松帮助的人不在少数，曾经的李凌松对他们而言是一盏高高悬挂的指路明灯，无私而慷慨。如今他们发现，在灯火的下方，真的有光线不曾照耀到的地方。李凌松并不如他们所想的那么光明伟大。

那些学生看着他如今受到万人唾弃，心情苦涩难言。他们无法跟着网友一起对他进行责骂，又无力开口为他进行辩解。

如果没有李瞻元，李凌松坚持一生清白磊落，或许会带着荣光离去。而如今，他做过的所有功绩都被抹去，打上了与李瞻元相同的印记。

也许这是父对子的责任，是他多年研究中还未能解透的一个专题。

李凌松接受得很坦然。

网友在得知范安杀人的真相后，同样是不知所措。

他们在三天的副本里曾亲眼看见范安所忍受的生活。在那样不安动荡的环境中，她犯下的错误似乎都可以得到谅解。而她也已经离开人世，一生都在书写着悲剧。

只是，杀人终究是杀人，这是任何动机、任何理由都无法解释的过错。

最后，几位受害人家属相继出面表示了原谅，请求网友停止相关的讨论。

这场悲剧的源头已经无法追究，与其用激烈的情绪去苛责一个已逝的可怜人，他们更希望能用勇气去面对未来的人生。

他们对范安给予了最大的善意，从某种程度上也是为了表达对范淮的愧疚。从此以后，就算做不到相逢一笑泯恩仇，起码可以互不记恨，两不相干，自此恩怨消弭。

因为范淮始终不露面，网友也明白了他的意思，渐渐减少关于他的话题，将目光焦点放在凶手的身上。

这段时间里，范淮其实并没有看新闻，他不在乎那些人的结果会是怎样。

李瞻元重度烧伤濒临死亡，全脸皮肤溃烂，生活难以自理。对他来说，这样的未来生不如死。不管法院如何判处，他的下场都是不得善终。

朱彦合深染毒瘾，难以自控，有数次前科，影响恶劣，大概率情况会被判处死刑。范淮憎恨他，又觉得他可悲，不愿意在他身上再花费一秒多余的时间。

这期间，范淮唯一见的就是公安局的负责人。

何川舟知道他不想被打扰，只跟李局两人来慰问他。三人在客厅里坐了一会儿，没聊什么，说了些家常以及范淮未来的打算。

范淮曾经计划好的未来，都是围绕着范安跟江凌的。如今这两人都不见了，他的未来也变得空白。只不过曾经他的世界是狭窄的，而如今变得海阔天空。

何川舟见他面露迷茫，笑着对他说："不要急，慢慢来。先休息一下，你还年轻。"

范淮听着愣住了。

他还年轻？他一直在自己身上施加了各种压力，经历了比同龄人更为跌宕的人生，停下来想一想才发现，是啊，他才27岁，过完这个新年，也才28岁。

范淮的表情说不出是落寞还是其他什么，他从前无数次以为自己的人生已经到头了，却原来才刚刚开始。

何川舟说："等法院那边的文件落实，你应该可以得到一百多万的赔偿。我们会尽量替你争取。你有什么要求吗？"

范淮脸上的肌肉几不可察地颤动了下，他抿紧唇角，斟酌再三，最终平静地说："没有。"

范淮并不期待这笔钱，他还无法平静地去接受，一想到它的来历，就有种在挥霍母亲与妹妹生命的错觉。

虽然案件结束了，但它的影响始终都在。也许范淮需要用更长的时间才能将它忘怀。

何川舟点了点头，在桌上留下自己的名片，言简意赅道："有事找我，我会帮你。"

范淮抬起头，张开嘴，刚做出一个口型，何川舟已经打断了他："职责所在。"

范淮将名片收起来，起身送他们出去。

穹苍跟范淮并没受到太大伤害，醒来之后就直接出院了。但贺决云由于伤情严重，还在医院躺着。

他几次申请回家休养，表示自己的双手完全不影响正常生活，但都被贺夫人反驳了回来。

贺夫人的理由很简单：你就是活该，欠教训！

她坚决要求行使母亲的权利，贺决云只能留在医院安心养病。好在穹苍没有放弃他，也没有忘记自己生病时贺决云对她的关照，每天准时过来给他送饭。

而穹苍在风雨无阻的送饭过程中，经常能碰见前来探望上级的宋纾同志。

这位精力无限的年轻人，是他们病房里最热闹的存在。每天穹苍坐在病床前面，他就开始向穹苍讲述他老板的英勇事迹，以弥补穹苍在昏迷过程中未能见证的盛大场面。

"当时那个李瞻元拿着一把刀就要威胁我们贺哥，逼他把你交出来，但是我们贺哥，面冷似冰，丝毫不惧。虽然他的左手已经在车祸过程中受到了重伤，但只要他还有一根头发丝儿能动，他就不会放任你遇到危险。于是他霍然上前，挡在了你的面前……

"李瞻元这臭不要脸的傻 ×，被贺哥紧紧按在地上捶打，没有还手的余力。于是他想到了一个阴险的方法，使用现代科技武器！他偷偷摸摸极其猥琐地从自己的裤裆里掏出了电击器，然后趁着贺哥不注意阴险地扎了上去。

"我们贺哥泪流满面……啊啊啊，没有泪流满面！真男人怎么会哭呢？我们贺哥顶着满脑袋血，一面宣誓，一面顺着布满荆棘跟尖石的山道往上攀爬，去向路边的人求救。所以你看，他的手才会伤得这么严重！"

宋纾同志的语言表达可能有些苍白，但是他的肢体动作极为灵活，每一天在表演上都能有新的感悟，高度沉浸的表演，连故事主角都无法打断。

穹苍看了几场，竟然只看见一小部分重复的细节，不由得叹为观止。

明明她才是当事人，竟然比不过艺术细胞丰富的宋纾。

她的赞赏让本就没什么数的宋纾更为骄傲，加快了来病房探望贺决云的频率，整天借着关爱上司的名号，行翘班摸鱼的事实。

贺决云忍了他一次、两次，最后实在忍无可忍，看见他就想将他头尾连成一个圈，然后让他从窗户里滚出去。偏偏宋纾嘴甜又讨人喜欢，俘获了贺夫人的芳心，得到太后懿旨，不仅没有滚犊子，还被准许可以每天光明正大地过来讲段子。

业务熟练了之后，他不仅自己来，还要带上他的同事，让贺决云的心理受到了深深的摧残。

范淮某次意思意思过来跟贺决云打声招呼，正好遇上《凶案解析》项目组的成员前来探视，一群人整齐一致地挥舞着手臂，给贺决云深情演唱《祝你身体健康》。

这首改编自《生日快乐歌》的曲目给范淮留下了极深的印象，只是简单一面，他就被三天的企业文化给震撼住了。

——这似乎是一个待久了会变笨的部门。

——他们到底都在干些什么？

贺决云形象受损，一直跟穹苍吐槽宋纾这个小二货。穹苍觉得他也没好到哪里去，但是不敢说出来。

她端着碗，面无表情地给贺决云喂饭。

每天这个过程总是极为缓慢，吃到饭菜都凉了才能结束。

贺决云细嚼慢咽的样子让穹苍险些忘了他曾经吃饭的速度。

今天是他出院前的最后一天，贺决云吃得更为认真，那依依不舍的神情仿佛在对待人生的最后一顿午餐。

穹苍给他准备了虾和鸡肉，以及豆腐青菜。她仔仔细细地剥完虾壳，将肉送到贺决云嘴边。

贺决云一直盯着她的脸，有点心不在焉，结果虾肉掉到了被子上。

穹苍都没反应过来，贺决云已经以迅雷不及掩耳之势把虾肉捡起来丢进嘴里。

他吃完才察觉不对，抬起头，对上穹苍怀疑的眼神，振振有词地说："不灵活，一点都不灵活！"

穹苍懂的。就像有些人眼盲心瞎一样，老贺同志残的其实是幻肢。

她当作无事发生，面色如常地将剩下的饭菜给他喂完，收拾好东西后，跟他说了一声，去给他办出院手续。

贺决云自认心虚，乖巧应下，换好衣服后坐在小沙发上等她回来。

办出院应该是很快的事情，毕竟医院里的人都认识穹苍，结果贺决云打完一盘游戏，也不见穹苍回来。

他看了看表，发现半个小时过去了，推开房门往外找了一圈，也没发现穹苍的踪迹。

贺决云皱眉，觉得事情不对，主动下楼找了过去。

穹苍待的地方倒是不偏僻，贺决云刚走过休息区，就看见一群人挤在里面咋咋呼呼，吵个不停。

他哭笑不得，原来是碰上了三天的这帮人。

贺决云走进去的时候，这帮小子正两眼发光地围在穹苍身边，激动地叫嚷着一些不知道什么意思的词。而穹苍虽然面色平和，态度却十分"王霸"，心安理得地享受众人的追捧。

宋纾看见他出现，激动地举手叫道："老大！穹苍算命太厉害了，我第一次知道她还有这样的特长！"

贺决云开始思考自己员工的智商究竟有多少。让他们负担三天的日常工作好像很艰难的样子。

众人嘻嘻哈哈地说笑，对穹苍的"火眼金睛"大感好奇。

贺决云挥了挥手，轰赶道："都散开，回去工作了。我今天已经要出院了，你们还来干什么？"

众人遗憾地轻叹，一溜烟地跑开，留下他们两个单独相处。

贺决云不解地看着穹苍，说道："不是要回家吗？走吧。"

穹苍却没起身，而是勾了勾手指，示意他过来。

贺决云弯下腰问："怎么？"

穹苍犹豫了下，说："我有些话想跟你说。"

贺决云下巴一点："你说。"

穹苍表情严峻，视线不停在他脸上巡睃，将贺决云看得紧张起来，最后才低缓地道："我在思考，怎么用凡人能理解的方式告诉你。"

"我在你心里究竟是有多蠢？！"贺决云不满道，"差不多得了，回家！"

他转过身的时候，穹苍特有的嗓音在他身后响起："做我男朋友。"跟她本人一样霸道又突然，还有点不讲道理。

贺决云感觉身上某个部位被烫了一下，可能是大脑，可能是心脏，也可能是指尖。这让他全身肌肉都开始战栗，甚至比之前受伤时还要严重。

好在他所有的激动都隐藏在西装之下。他深深吸了口气，发挥出此生最大的潜能让自己保持冷静。

过速的心跳让他无法衡量时间的流逝。贺决云调整好后，后退一步，回身重新打量穹苍。

所有的氛围都被穹苍架着条腿唯我独尊的坐姿给破坏了。

贺决云觉得刚才那句话理解成"老子看上你了"比较合适。

穹苍催促他："说话。"

贺决云抬起手道："你等等。"

穹苍体贴道："你快一点。"

贺决云指着她："先把你的腿放下。"

穹苍把架着的腿放下来，不可避免地麻到了。她用手捶了捶，眼睛还盯着对方，催促着面前的男人赶紧给个回复。

贺决云觉得有点不公平。

当初他表白的时候，穹苍就对他爱搭不理，连借口都找得敷衍。怎么现在换了她自己，他就得全情配合了？

贺决云脑袋里像是有根玻璃棍在搅拌，他努力用残存的一点理智去思考，并在艰难探索后成功找出了自己想说的话。

贺决云抬起头，生怕她听不清楚，一字一句说得极为认真："从世俗的角度来看，你高攀了，因为我特别有钱。"

"我还特别聪明呢。我是巨聪明。"穹苍接话贼快，"对基因的改造，功在当代，利在千秋，你的财富能保证流传那么久吗？所以你赚了。"

贺决云："……"

贺决云咬牙切齿道："你能不能别那么不服输？你先让让我行不行？！"

"好，好。"穹苍叹了口气，纵容地说，"你继续说吧。"

贺决云又酝酿了一下，想说，从世俗的角度看怎么怎么，但是你在我心底最不世俗的一个角落……转头对上穹苍那张无奈又高傲的脸，发现自己说不下去。

他没了。

贺决云泄气道："算了，我没什么想说的了。"

穹苍问："所以呢？"

"行吧，还能怎么样？"贺决云颓然道，"你说还能怎么办？还能马上领证去吗？"

"那就太好了，你愿意今天上岗。"穹苍挽住他的手臂，带着他走出休息间，"我想去给江凌扫个墓。你作为家属，一起过去吧？"

贺决云麻木道："哦。"

等两人来到医院门口，穹苍才反应过来。她看着贺决云略带遗憾的表情，问道："我是不是打断了你读什么技能条？"

贺决云面皮抖了抖说："我谢谢您。"

穹苍谦虚道："倒也不必。不算什么。"

贺决云差点朝她呸一口，念在两人关系刚刚确立，还经不起波折，又强行忍了下来。他握住穹苍的手，不容置疑地揣进自己兜里，同时目不斜视地注视着前方，装作自然，只是耳朵微微发红。

不久，范淮的车在他们面前停下，车窗降下，示意他们上来。

两人一起坐在后座，前排坐着的是那个沉默寡言的女生。范淮气色好了不少，他看见两人交握的手，笑了一下，试探地叫道："师公？"

贺决云顿时被他一个词给取悦了，如果范淮是三天的员工，贺决云能当场给他加一倍工资。

车辆平稳起步，穿过街巷，开往郊区的墓园。

半路的时候，穹苍叫道："范淮。"

驾驶座上的人靠在车窗上慵懒地应了一声："嗯？"

"有打算吗？老师给你分配工作。"穹苍说，"需要学习一点专业技巧，跟你能力匹配。平时不需要加班，工作强度适中，每年有多个假期，可以轻松年入百万。"

范淮精神了一点，笑道："真的？"

穹苍说着看了贺决云一眼，点头道："是啊，给你走后门。"

贺决云闻言沉思片刻，有那么点微妙的感觉，但是又说不大出来。

一个小时后，众人抵达墓园。

白色的鲜花摆在墓碑前面，随着细风轻抚，微微抖动着花瓣。

范淮跪在地上，虔诚地磕了个头。他不知道该说什么，就用手不停抚摸着墓碑上的文字，好像这样能向她传达自己的平安。

穹苍站在范淮身后，百感交集地说了一句："我把人给你带回来了。"那一刻，好像所有的石头都落了地，所有的落叶都归了根。她肩上再没有任何的重量。

墓碑上的女人眉眼一如既往地温柔，她浅笑着看着几人，笑容化在秋日的暖阳中。

范淮又起身走到范安的墓前，低着头，语气哀伤而温柔，似在耳边轻语："安安，哥对不起你……我来晚了。下辈子好不好？下辈子哥肯定第一个找到你……"

许多受到伤害的人都想用所谓的明天去忘记惨痛的过去，然而其实所有的明天都带着昨日的烙印，正是有了一步又一步染血的足迹，才会有站在这里的今天。否认过去，便要绝望地否认自己。

人生也许就是一条无法回头也无法躲避的道路。哪怕需要披荆斩棘，蹚过刀山火海，也要不停向前。

祝你平安。奔波的游子。

（全文完）

求婚

"收回去！你给我把刚才那句话收回去！"

　　1月25日，距离春节还有一个星期左右，穹苍处理完手上的工作，不得不开始思考一个严肃的问题——她觉得贺决云变了，变得奇奇怪怪的，已经到了她无法忽视的地步。

　　这并不是什么男女交往之后的病态错觉，而是基于缜密观察后的合理推测。

　　因为贺决云的邀请，穹苍暂时留在三天帮忙进行后期测评工作，同时继续维持与公安系统的合作。这样一来，她跟贺决云见面的机会就不可避免地增多了。

　　除却平时工作相关的交接，一有空，贺决云还会过来找她聊天，拉她吃饭。他这种明显没事找事、故意秀恩爱的表现，激得宋纾等单身狗嗷嗷直叫，险些影响了团队内部的和谐关系。

　　但是这两天，贺决云鲜少主动来找穹苍说话，而是用一种试探跟观察的眼神在穹苍办公室的门槛边瞎晃悠。

　　穹苍好几次看见他了想跟他打招呼，但贺决云始终一副忧心忡忡的样子，要么不在状态，要么反身就走，表现极为反常。

　　还有一次，穹苍路过贺决云的办公室，想给他送点水果，推门进去的时候，正碰上贺决云打电话。

他的声音急促而紧张，故意压着声音怕被外人听见，一手在桌上不住轻拍，焦急地跟电话那头的人进行解释，并在发现穹苍出现的第一瞬间立即将电话挂断，丢到桌上。

分明一副做贼心虚的模样。

穹苍问他刚才在聊什么，贺决云抬手挠了挠头发，随后若无其事地说甲方脑子有坑，又来给他提不合理要求，为了保障员工的正当权益，他义正词严地拒绝了。

穹苍露出一个略带怀疑的表情。

贺决云不知道自己说谎的时候脸上的每一个线条都会跳跃。

当然穹苍没有要打探贺决云隐私的意思，她认为就算是男女朋友也可以保持一点距离，只是贺决云的举动实在是太过鬼祟，她很难装作熟视无睹。

回家之后，穹苍认真翻找了许多资料，无果，又找方起做了咨询。

方起给她的答案是："是有毛病，闲得慌啊？"

穹苍皱眉问："你说Q哥？"

方起木然地挖耳朵："我说你。"

穹苍："……"这是不正确的。

穹苍求知的心无法停歇，于是又上情感论坛做了匿名询问，寄希望于广大网友的情感智慧。

网友多数回答都是：出轨了，劝分，不分不是人。

这是不可能的。

穹苍相信贺决云不会干那么道德沦丧的事。

在热心网友五花八门的回复中，穹苍找到了一个相对靠谱的猜测。

这可能就是男性的正常焦虑吧，穹苍心想。毕竟在晋江，30岁的主角已经要被年轻读者嘲讽老男人了，贺决云正在逐渐步入这个阶段。

穹苍对此表示了理解、关怀，以及宽容。她觉得这种时候不能过度刺激贺决云，所以她选择装不知情。

穹苍关掉电脑，淡定起身，往养生壶里加了点枸杞跟党参，等着贺决云回来。

晚上九点半，贺决云才拖着疲惫的身体回到家。

临近年关，公司的事情尤其多。他除了要忙新副本上线的事情，还要策划新年活动。

贺决云瘫软在沙发上，身心俱疲。穹苍给他端了杯枸杞养生水，又听见他捂着扬声器，在那里神神秘秘地打电话。

"好了，好了，我知道了，我会去看你的，你别找穹苍！"

"交给我，我知道我会！我跟她好好说。你千万别冲动！"

"我知道要负责，但是我也不想刺激她。这是两码事。你知道的，穹苍成长环境比较特殊。"

穹苍把杯子放下，朝他笑了笑，而后回了卧室。

晚上睡觉的时候，贺决云一直在床上辗转反侧。

穹苍睡得浅，就算贺决云动作放得很轻，依旧被打扰到了睡眠，一直到后半夜实在抵挡不住困意了，才合眼睡去。

她睡了没多久，不甘寂寞的贺决云又晃着她的肩膀叫她的名字。

"穹苍，穹苍。"

穹苍迷迷糊糊的，听着那一声声呼唤，感觉魂在头顶飘扬，耐不住他烦，皱起眉毛，随便应了一声。

贺决云贴在她耳边，轻声道："穹苍，跟我回家过年好吗？我想带你见我爸妈。他们人很好的，一点也不凶，特别喜欢你。过年的时候两老寂寞，我们回去住两天。你看怎么样？"

穹苍从胸腔里挤出的闷哼明显带着困意，连眼睛都不愿意睁开。

贺决云跟魔鬼低语似的不停地说："穹苍，好不好啊？跟我回家吧。"

穹苍真的是听清楚了，只是无法思考这句话的含义。她满脑子只想睡觉，当下什么都能答应，蹭着枕头点了点头。

贺决云念叨了那么多天的事情终于解决，当即欣喜若狂，什么失眠疲惫没胃口的毛病全部不药而愈，大晚上跟打了鸡血一样靠上去将穹苍抱在怀里。

他抱了一会儿，不满意穹苍背对着自己，又让她转过身来。

穹苍扭过头，眼睛里的迷离退散不少，已经快清醒了。她在黑暗中幽怨地盯着贺决云，说："最后一个要求了吧。"

贺决云笑着点头，终于有了点扰人清梦的自觉。"对，抱着我，马上睡觉了。乖，对不起啊。"

穹苍转过身，挪到他怀里。

第二天一大早，贺决云面貌焕然一新，精力充沛地跑前跑后给穹苍收拾行李。

他把穹苍的衣服全部搬过来，一件件堆在床上，一面整理一面问她："这件衣服带不带啊？要不要买些新的？你不喜欢逛街的话干脆都拍一件来试试。"

穹苍靠在床上，带着事后的茫然，有种喝断片儿了的错觉。

贺决云浑然未觉，又把她身后的枕头抽了出来，一并装到箱子里去。

在他开始整理书的时候，穹苍终于忍不住问："你在干什么？"

贺决云心情很好地收拾着行李说："回家啊。"

穹苍茫然道："那我现在算在哪儿？"

贺决云抬起头看着穹苍的表情，心里美了一下。

这说明在穹苍眼里，两个人住的地方才是家。

他很快乐地解释说："我是说回老家，我爸妈住的地方。"

穹苍愣了下，问道："我答应你了吗？"

贺决云也愣，随即立马大声叫道："你答应我了！"

他以为穹苍想要反悔，急赤白脸地叫道："你昨天自己答应我的！你说'嗯'，你还点头了！"

穹苍脸上浮现出疑惑的表情，歪着头开始回忆。

贺决云感觉自己的青春结束了，一瞬间颓丧起来，两手垂落在箱子上方，没了收拾的动力，也没了生命的活力。

他淡淡叹了口气，眼神里是超脱于年龄的成熟，仿佛已经看破世事，只能对人生妥协。

看他这样子，穹苍心有不忍。她想了想，问道："你这几天神神秘秘的，就为了这？"

"就？"贺决云扯着长音，盯着穹苍，无声地谴责她。

"这是很重要的事！我还没带人回去见过我爸妈！我们老贺家都特别

传统你知道吗？见了我家长，你就是我们家的人了。"

他这边担心得快要形销骨立，穹苍竟然一无所知。是他家的钱不够多吗？是他给的暗示不够明显吗？穹苍能不能受一点诱惑，让他也享受一下被逼婚的快乐？

贺决云低垂着头，遮掩住半张脸的神色，语气哀伤而忧虑。

"唉，我一个大龄单身未婚青年，每到过年的时候，亲戚好友齐聚一堂，我都是他们嘲笑的对象。"

穹苍惊讶，心说，你们有钱人也会有这样朴素的烦恼吗？但是她更关心的是另外一件事情。

"齐聚一堂？"

穹苍不喜欢跟长辈打交道。准确来说，如果不是遇见贺决云，她更喜欢独来独往。

贺决云心里一惊，自觉失言，连忙改口说："背着我齐聚一堂，说我坏话。家里就……我们一家四口。"

穹苍迟疑着说："这样不大好吧？"

贺决云连忙点头："这样非常不好！我妈跟他们说你是我女朋友，他们还不相信。"

穹苍说："这有什么好不相信的？"

贺决云觉得这个问题很难回答。

过了一会儿，穹苍思考清楚了，说："那就去吧。"

贺决云差点叫出声来。他克制地说："真的啊？那我继续整理了啊？"

穹苍点头："嗯。"

贺决云再试探："那今天中午就出发了？"

穹苍难免惊讶："你那么急吗？"

"我不急。"贺决云掩饰地说，"主要是我妈急。她特别急性子你知道吗？"

穹苍是见过贺夫人的，她对那位女士的美丽跟大方都印象深刻，而这两个特点不管放在哪种情境下都不会让人讨厌。于是她蹲下身陪着贺决云一起收拾。

要见贺决云的父母，穹苍其实并不紧张，因为她发现二老比她还要激动。

贺决云打电话告知对方今天要回家时，贺夫人亢奋的叫声在没开外放的情况下都听得一清二楚。

贺决云完全没有出卖自己亲妈的负担，他把手机收起来，朝穹苍笑道："他们要是给你发红包，你记得一定要收下。二老没别的爱好，就喜欢做散财童子。那就是他们的好意。"

穹苍听着血压都有些起伏。

实不相瞒，她也很喜欢做那个永远长不大的童子。

穹苍矜持地"嗯"了一声。

贺决云怕跟穹苍说太多关于父母的喜恶会给穹苍带来压力，他一路天南地北地扯了一点，不知不觉就到了目的地。

贺决云放缓车速，沿着空旷的主路往前开去，很快看见了人影。

小区入口的两侧，十几位穿着统一制服的年轻保安对排而立，严阵以待。

在贺决云车辆缓缓驶过的时候，他们渐次敬礼，声音洪亮地恭迎，并目送二人离去。

穹苍不由得投去了乡下人的目光，今天才知道原来有钱人每次回家都能弄得跟登基一样，实在是太长见识了。那说不定纯金镶钻马桶也不是传说？

穹苍的神情过于专注，所以没看见贺决云强忍着抽搐的眼角。

神经病啊？这到底是谁搞的？

保安队长远望着车辆消失在花园后方，深藏功与名地洒脱一笑——小老板，我只能帮你到这里了！

贺决云一路沉默地将车停在车位上，下车时深吸了口气，在心里默默祈祷双亲没准备什么"惊喜"等待他们。

他牵着穹苍走到门口，解锁后将门推开。

门扉开启时，穹苍同时看见了站在大门后方的贺先生。不知道他是刚好路过，还是一直在等。

贺先生一身西装穿得板正，连头发都梳得齐整。他长相英俊，跟贺决云有五分相像，不过眉宇间看起来比较成熟严肃。

穹苍不着痕迹地打量了他一眼，又低下头看了看自己身上休闲家常的着装，一时间对自己的不够郑重感到惭愧。

穹苍上前，朝贺先生标准地鞠了一躬，礼貌道："你好。"

贺先生被她的架势给震住了，也略微弯了弯腰，朝她点头道："你好。"

两人跟领导人会晤似的，握住手上下晃了晃，表情肃穆，态度端正，仿佛一开口讨论的就是国家大事。

贺夫人冲上来，一手肘击在贺先生的后腰上，挑着美目朝他瞪去。

贺先生一脸无辜。这是他的错吗？

"穹苍来了呀！哎呀，回家还带什么礼物？"贺夫人热情上前，拉着穹苍的手将她请进屋，顺便给贺决云递了个欣慰的眼神。

万万没想到啊，自己儿子真的出息了。

贺夫人将穹苍按在沙发上，贴着她坐在旁边，贺先生被她赶到了另外一边。

她也不知道应该要做什么，只能拼了命地把水果往穹苍面前搬。

穹苍不饿，推拒了下，最后拿了个苹果放在手里，跟她一起看最新出的狗血偶像剧。

贺先生看完片头其实已经很想起身走了，因为他对演技感人的偶像剧没有半点兴趣，可是他又不大敢。

在穹苍过来之前，贺夫人对他耳提面命，说今天穹苍到家后的两小时内，他必须牢牢蹲守在客厅，不管是玩手机还是看电视都没关系，总之不能一个人回书房，之后每天也要有至少半个小时的时间跟穹苍进行交流。

儿媳妇第一次到家里来，他得给人家排面，不指望他表现得多慈祥亲近，起码不要冷落了人。

贺先生觉得很有道理，于是答应了。他当时不以为意，认为跟穹苍的话题应该很好找，随便聊点什么，几个小时眨眼就过。

谁想到贺夫人对此事异常重视，自己列出几个娱乐选项，将穹苍的空闲时间安排得满满当当。贺先生的唯一选择就是被动参与，作为她们的聊天背景板散发光与热。

他给穹苍排面，但是他老婆忘了给他排面。

贺先生不停地低头看手表，数着两个小时赶紧过去，同时为了彰显自己的存在，还得在贺夫人时不时的点名下，干笑着发表一下自己的感慨。

贺决云在旁调节气氛，见他们三人虽然聊得艰难，但还算和谐，也放下心来。

看到后面的时候，贺先生突然释怀了。

他觉得偶像剧有什么尴尬的？再尴尬也没有坐在这里的他尴尬。大家谁也别嫌弃谁。

一旦用这种包容的心态去看待剧情，他竟然感受到了别样的乐趣。

所以两个小时后他没走，他留了下来。他看电视剧的角度变得深入而专业，学会了自由发散，主动搭腔，可谓渐入佳境。

"上市公司连续两年亏损是要 ST[1] 的。"

"这位家境贫寒的女主角住的房子月租起码五千。这个楼盘我觉得不错，前两年刚刚炒起来的……"

他说到这里的时候，终于想到了自己能做的事，异常激动地说："给你买栋楼吧，穹苍！"

穹苍一时没反应过来："啊？"她惊讶的神色太过明显，贺先生不知道读出了什么，又了然地点了点头，说："不行，现在都搞限购，一栋有点难了。还是直接买套贵的吧，这样作为婚前财产省力又保值。"

穹苍为自己的贫穷感到一阵忧伤，艰难地说："不要了，我有房子。"

"那套卖了吧，我听决云说过你住的那个地方安保不大行。哦，你学生要用是不是？要不你直接转给他吧，我给你买套新的。"贺先生说着干劲十足，起身道，"你有什么要求？我现在就去给你看看。"

穹苍被他们有钱人的直接给震撼到了，偏头求助般地看向贺决云。

他说给红包，但没说给房子吧？这两个是不一样的吧？

"爸，爸！"贺决云哭笑不得地拉着人坐下，说道，"让穹苍自己选择，这件事情您就别管了。"

贺夫人听着不满意道："你不要老让人跟你住那套破房子。我上次去看，东西都要放不下了。说不定人穹苍更喜欢靠海别墅呢，你问过了吗？"

穹苍忙说："没有，我挺喜欢现在住的那套房子的。"

---

[1] 指对连续两年亏损的上市公司的股票进行的特殊处理，表示退市风险警示。

贺夫人不由得感动道："多么朴素的女孩子啊。"

穹苍跟着感慨。多么朴素的有钱人啊。

"不要客气。"贺先生终于找到了自己的主场，不愿意放弃，继续劝道，"这也是爸——叔叔唯一力所能及的事情了。有什么要求你尽管提，叔叔一定满足你！"

穹苍觉得这个话题十分诡异，险些被他们传统家族老贺家的糖衣诱惑给打蒙了。最后是保姆出来喊他们过去吃饭，二老才意犹未尽地停止自己的撒钱行为。

吃过饭后，穹苍怕二老再提送房子的事情，直接去了贺决云的房间。考虑到贺先生是个看狗血电视剧都能联想到婚前财产的人，穹苍觉得自己有必要让贺决云去跟对方表达一下婉拒的想法。

"不要让叔叔给我送房子，也不要送什么贵重的物品。我没什么能用的地方。"

贺决云嘴里"嗯嗯"应了两声，手中整理着箱子，正在认真思考一件更加重要的事情。

他买了几件礼物，悄悄塞在行李箱的角落，全都是他精挑细选的物品。

他的计划很完美。每天早上醒来，给穹苍送一件低调又不失奢华的礼物，在对方感动的时候送上一个香吻，等穹苍慢慢卸下防备，再让他妈旁敲侧击地帮忙催一下婚。这样如果不成，穹苍也能明白他的苦心。如果成了……那还用说？

贺决云想得很美，结果可能是因为前几天休息不足，彻底放松之后就睡得很沉。第二天早上等他醒来时，穹苍已经不在房间里了。

他想象中的在清晨醒来的第一眼，为穹苍戴上宝石项链的浪漫画面没能发生。

还没开始，居然就折戟了。

贺决云懊恼地从床上爬起来，在床头柜里翻出装项链的礼品盒，揣进兜里去找穹苍，试图进行补救。

他沿着走廊小跑到一楼，大声叫着穹苍的名字，在拐到客厅的时候，被眼前骤然出现的陌生画面给震在原地。

原本空荡荡的客厅已经被各种东西塞满。礼服、大衣、成排的鞋子，还有各种珠宝项链。

衣服都是刚送来的新款，珠宝则是贺夫人多年的珍藏。

贺决云看着贺夫人手上拿着的那条价值连城、精雕细刻的藏品，再摸了把自己兜里的首饰盒，声音都颤抖了。

"妈？"

贺夫人闻言抬了下头，高兴道："你起床啦？自己随便找点吃的。欸，等等，你觉得穹苍戴这条蓝宝石项链好看，还是戴这条钻石项链比较好看？"

穹苍麻木地站在那里，眼神里一半是强行营业的"快乐"，一半是摇摇欲坠的坚持。

贺决云恍然大悟。

失算了！一个家里三个都有"钞"能力，他被捷足先登了！

贺决云大步上前，说道："妈，你别老拿钱砸穹苍，她不是喜欢钱的人。你这样一直给她塞东西，她不一定高兴的。"

贺夫人后知后觉地不好意思起来。"主要是好久没当妈妈了，都有点不习惯。"

贺决云："……"敢情我长大后就不是您儿子了是吗？

贺夫人握着穹苍的手，脸上是让人不忍苛责的柔弱："乖宝，你会不会觉得我烦人呢？"

穹苍当然说："不会，我挺高兴的。"

贺夫人得到肯定，不管是出于客气还是出于真诚，立马又兴致勃勃道："那就好，那我们少挑两件。先挑一件大年三十穿的好不好？"

贺决云的礼物还是没能送出去，主要是有了对比，他不好意思送。这导致他之后几天都有点怏怏不乐，纵然他极力掩饰，穹苍还是看出来了。

最后是穹苍自己在床头柜里发现了贺决云的小心思。她还在里面看见了对方写在卡纸上的日期跟祝福语，当下有点想笑，又有点感动。

她不动声色地把东西放回去，在过年那一天才把它们重新拿出来。

贺决云等在客厅里，见穹苍换完衣服出来的时候，过去挽住她的手。他起先还没发现，再仔细一看，才发现穹苍戴的是自己选的耳环，自己选的项链，还有自己选的钻石发夹。

他瞪直了眼，惊喜到组织不出语言："你……你……你……"

穹苍笑道:"我怎么了?"

贺决云深吸一口气,终于把气给捋顺了。他在穹苍脸上重重亲了一口,眼里的笑意满溢出来。"你真好看。"

对于求婚这件事情,贺决云是很郑重的。他当然是觉得越快越好,但在穹苍面前完全不敢表现出来,怕把自己的焦虑传递给穹苍。他觉得最重要的是时机,时机把握不对,就可能变成一地鸡毛。

三天的员工同样非常重视。

作为无数篇同人文的创造者,关于求婚结婚之类的画面他们曾畅想过不止一百八十次,对"究竟谁才是最浪漫的男人"这个荣誉称号也曾展开过"火花带闪电"般的激烈角逐,各不相让,难分高下,甚至险些赔上友谊的小船。

于是,在这帮人发现贺决云凭借不知名玄学成功上位之后,就迫不及待地旁敲侧击,在他面前疯狂舞动,恨不得就地化身灯泡,散发出能持续五百年的光与热。

贺决云每天一打开电脑,就能收到匿名人士发来的充满情感的问候邮件。那些长达十多页的策划方案,写得比日常程序开发要真情实意得多,也变态得多。

"亲爱的贺经理,对不起,今天早上我迟到了,我已经进行了深刻的反思。主要原因是,今天早晨我起床时,我的女友告诉我,每天她睁开眼睛,从朦胧的睡梦中醒来,最期望看见的是……"

"尊敬的小老板,感谢您一直以来的无私指导,让我在三天工作的数年时间里受益良多。但当我回忆我有限的人生时,在我记忆中最浓烈的一笔,却是来自一个橙红的午后,我和我的爱人……"

"我智慧过人善良温柔的上级领导!您好!我尤记得,那是一个春天,我亲爱的女朋友要去出差,体贴的您为我批了一天假期……"

贺决云每次看完邮件,都忍不住要抖三抖,这样持续了一段时间后,他开始在自己不正常与员工不正常之间来回摇摆。

他就是太善良，才会让那帮小子闲得慌。

贺决云在后台发了个传送无关邮件将扣季度奖金的警告，置顶提示，精神小伙们的疯狂举动才终于收敛了些。

贺决云按着自己的额头，长长嘘出一口气。

烦闷。都净捣乱。

他靠在老板椅上，闭上眼睛，脑海中不由得又浮现出这两天一直盘旋着的画面。

比起求婚这种长远的事，他觉得维系好双方感情才是迫在眉睫的任务。为此，他已经独自烦恼了很长时间，却因为思维混乱始终没能思考出对策，毕竟让热恋期的人保持冷静是一种过分的要求。

具体说来，其实也不是什么大事。

穹苍前段时间很忙，受邀回 A 大上几节公开课，为了保证效果，她一直在看书写教案，抽空还要去学校做实验。

贺决云去捧过一次场。整个大教室座无虚席，甚至还有不少学生站在走道上。贺决云选的位置有些远了，需要通过墙上的投影屏才能看清楚穹苍的脸。

他戴了一顶帽子，十分低调地将自己藏在暗处。虽然他没有穹苍那么聪明，但也是经历过精英教育的高学历人群，听穹苍上课倒是津津有味。

到这里一切还是很正常，没什么。看见自己的女朋友如此受欢迎，贺决云内心洋溢着骄傲与高兴。

在课程即将结束的时候，一位年轻的老师跑了上去。他站在讲台上，两手撑着桌面，就穹苍布置的思维拓展题与她展开了讨论。

两人说话都是不急不缓的语调，探讨起问题来逻辑清晰，时不时还会插一个轻松的玩笑，很有吸引力，学生听得入神，干脆就坐着没走。

贺决云看着投影里那个男人的脸，越看越觉得不对劲。

哪怕恋爱经验稀少，求知的眼神与求爱的眼神他还是分得清的。那个男人含情脉脉地盯着穹苍，就差把表白直接打在脸上。

聊过几句，青年大胆起来，用手指着试题的时候，状似无意地将身体靠过去。如果不是穹苍礼貌性地后退了半步，两人可能就要贴在一起了。

男人说话的态度也十分亲近，好像两人已经认识了许久。

这种假公济私与穹苍搭话，拉近双方距离的行为，堪称无耻。

贺决云两指压了压帽檐，将自己阴鸷的目光隐在阴影下。他拿出手机，给穹苍发了条短信，问她什么时候回家。可惜台上的人因为讲得太过入神，没注意到手机提示。

贺决云满心烦躁，将手机收起来，身上开始散发出冷气。

有类似感觉的人显然不止贺决云一个。贺决云在耐心等待的时候，就听见边上两个女生按捺不住兴奋的语气，贴着脑袋低声讨论。

"赵老师真的好帅啊！他跟穹苍大佬好配！他也是少年班毕业的吧？长得那么帅还特别绅士。"

"别说了，穹苍有男朋友的。"

"你说 Q 哥吗？他看起来有点傻傻的，而且还不知道真人长什么样。我觉得他跟穹苍大佬会没有共同语言吧。"

"错觉吧。能在三天工作的学历都不低。不能光拿大佬做参照啊，那一般的聪明人看起来也会傻傻的。"

"但赵老师不是一般的聪明人啊！"

"这倒也是……"

多亏了贺决云多年来的高素质教养，否则他肯定当场起身，一句脏话吼到那两个女生脸上。

贺决云不高兴了，贺决云有小脾气了。贺决云……只能把苦往心里咽。他斜眼狠狠瞪了二人一眼，再也忍不住，径直起身走向讲台。

穹苍话正说到一半，抬头看见贺决云，立马停了话题。她朝贺决云隔着半个教室点了点头，手上收拾起教案，不带留恋地说："今天先这样吧，我要回家了。这个问题下节课再跟你们讲。"

边上穿着白衬衫的青年明显有些失望，又很快扬起一个笑脸，温和地问道："什么时候一起吃顿饭吧。"

前排的学生听见了，扯着长音大声起哄。

穹苍瞥了眼远处贺决云的脸色，敷衍道："再说吧。"

后来穹苍就跟贺决云一起走了。

回忆戛然而止，贺决云抬手拂了把脸，心中暗叹一声。他坐直身体，伸长手臂，从办公桌上抄过一瓶饮料，拧开后灌进嘴里。

就因为只是小事，所以他不好跟穹苍借题发挥。错的不是他女朋友，是学校太危险。

贺决云没什么心情，脑海里被各种稀奇古怪的东西占满了，几个小时下来都在消极怠工。他看着桌上一堆没多少进展的文件，干脆行使老板的权利，光明正大地旷工回家。

不到十分钟的时间，他已经站在自己熟悉的家门口。

贺决云轻车熟路地去了书房，一边走一边脱下西装外套，在他准备拧开门把的时候，听见了穹苍清亮的嗓音。

贺决云愣了下，推开门与里面的人打了个照面，穹苍也流露出些许惊讶，手里握着鼠标，仰头茫然地看着他。

贺决云眨了眨眼睛："你……不是，你怎么在家里啊？"

穹苍已经恢复了正常的样子，面无表情道："改成网络课，就回来了。"

"哦……"贺决云反应过来，心里是有点高兴的。他嘴角翘了翘，怕被穹苍看出来，抬手挡住半张脸，随口说了句："这样啊。"

穹苍问："你要用书房吗？"

贺决云忙说："不用，不用，我去隔壁房间，你先上课吧。"

贺决云把门合上，穹苍继续设置直播间的参数。

虽然还没到正式上课的时间，但在线旁听人数已经快破千了。评论区特别热闹，一群人全在刷撒花的表情包以及各种问候。在贺决云出现的时候，他们停了一下，然后又开始刷问号。

"为什么要改成网络课？"穹苍淡淡扫了一眼，回答说，"因为家里安静，我不喜欢上课的时候被打扰。"

一帮学生在底下喊："我们不会打扰你的！［哭唧唧］"

"老师，我们上课很乖的！"

"哪种程度叫打扰呀？我们可以改啊。"

"嗯。"穹苍随意应了一声，"家里比较方便。"

她把课件翻出来，开始讲课。刚开了个头，书房门再次被敲响。

穹苍停下声音，看向门口，贺决云端着个果盘走进来，放到她的桌上。

镜头拍到了他的手，手指细长，骨节分明，一截袖口挽了上去，露出他手腕上的银色手表。

穹苍点了点头："谢谢。"

评论区闪过几条文字：

"这是什么名表？"

"不是什么名表，几万块吧。好像是今年的新款，一个大众品牌。"

"Q 哥的手还挺好看的。所以 Q 哥能入镜吗？"

穹苍见贺决云出去了，干脆地回绝道："不能，他低调。"

"Q 哥好像也不是很有钱啊。"

"虽然是三天的工作人员，但毕竟是一个打工的，能多有钱？"

"阴阳怪气什么呢？以 Q 哥的工资想买几十万的表也是可以的，但是有必要吗？有那钱提升点生活质量不好吗？真以为谁都被消费主义给洗脑了？"

"房子好像也不是很大的样子。Q 哥不会还没大佬有钱吧？"

"开玩笑，大佬缺钱？"

穹苍看得心烦，禁言了几个指点江山的账号。

因为学生太多，很多外校的人也反映想来听课，穹苍就选了三天公开的平台，没对直播间增加任何限制，于是进来了许多看热闹的社会人士。这群人课不好好听，光在那里闲聊，严重影响上课氛围。

房管见她上手封人，明白了她的意思，主动接过任务，开始无情地封号。

穹苍组织了下语言，就着刚才的问题继续往下说。

没过五分钟，贺决云再次蹑手蹑脚地进来，从她身后路过，拿走书桌上的笔记本电脑。

摄像头刚好拍到他窄瘦的腰身，隔着修身的白色衬衫，也能看出他身上极具爆发力的肌肉。

"好腰！"

"让 Q 哥入镜吧！"

"我合理怀疑 Q 哥在抢镜头。"

"做三天的员工真好，可以随时旷工回家。"

"男人的制服诱惑啊。"

"我来了，磕 CP[1]？我可以！"

穹苍不悦地皱了皱眉毛，停止讲课。

她瞥向房间右上角，发现直播间在线人数已经快逼近十万人了，应该是网友闻信赶来，在下面插科打诨。

难怪把好好一个教育板块玩成了娱乐板块。

穹苍正要开口训斥，轻微一声响起，门被推开一条缝。贺决云站在外面与她面面相觑。

穹苍看着他谨慎的表情有点想笑，主动问道："怎么了？"

贺决云小声道："打扰你了？"

"没有。"穹苍面不改色地说，"让他们刷题呢。"

"哦。"贺决云挤进来一点，问，"你在哪个直播间啊？"

穹苍把房间号码报了过去，贺决云快速记下，说："行，没事了，你继续上课吧。"

房间再次归于安静，穹苍点着鼠标把课件翻到下一页，转动着眼珠用余光看了眼评论区。

"喜欢安静？"

"不喜欢被打扰？啊？"

"女神，你到底喜欢这个男人什么啊？他有什么优点？"

穹苍语气冷下来，跟夹着冰霜似的："喜欢他什么？喜欢他身材好、长得帅又有钱，不行吗？再聊无关话题的全封了。这里是上课，想聊天找别的地方。"

"老师，要不你还是回 A 大上课吧？"

"老师你可以给直播间上个密码，把密码发到校网里，就不会有那么多网友了。"

"不去 A 大上课了。"穹苍掀起眼皮瞅了眼门口，确认贺决云不会听见，才小声道，"男朋友闹别扭，这两天顾会儿家。"

等贺决云看见这些血雨腥风的讨论时，已经是第二天了。

---

[1] 网络用语，指对自己喜欢的屏幕情侣表示喜欢和支持。

第二天中午，他坐在沙发上刷新闻，宋纾直接弹了个网页链接给他，怕他不接，还接二连三发了好几条。

贺决云正要发怒，顺手点进去一看，发现里面居然是嘲讽自己的。

博文中有几张照片。前两张是男人的自拍腹肌图，中间两张是豪车跟豪宅，最后两张是极为油腻的自拍照。

"@穹苍，我也有钱有颜有身材，甚至比他高一个档次。你跟我，我保证对你更好。一个打工仔有什么好的？哥哥带你每天坐豪车。"

贺决云看了两遍，被这条微博给气笑了，一时间竟然找不到吐槽的地方。

这人是网上一个比较有名的富二代网红，交过不少女朋友，靠着"壕无人性"吸引了一批粉丝。评论区一帮人在喊老公，还有一帮网友在跟他对骂，吵得乌烟瘴气。

黑红也是红，这种被高度讨论的热度明显让他很受用。

贺决云退到主页搜了下，发现还有好几个人也发了类似的微博，明晃晃地想做小三抢女人。有些是开玩笑的，有些是博热度的，有些的确是认真的。

贺决云顿时怒了，跷起一条腿搭在茶几上，眼神阴冷地看着那几个头像，将他们化作实体，在手心来来回回捏了个粉碎。

有时候，"天凉王破"[1]不是没有道理的。这帮人就该去街上乞讨，体会一下正常人的生活。

宋纾：老大你放心，我们已经跟进了！

宋纾：我们三夭怎么能输？这群臭不要脸的家伙就是在打三夭的脸！

宋纾：三夭的打工仔也不是他们能碰瓷的！他以为自己是谁啊？

贺决云这次没有拒绝，他深深吸了口气，给宋纾发了一个大红包。

宋纾：哇，谢谢老板！爱你么么哒！

贺决云：滚！

贺决云正要上手跟对方开杠，点了下刷新，刷到了穹苍的信息。

就在刚刚，穹苍转发了那条微博，附言道："根据我这两天学习中医的经验来看，你的面相写着肾衰。@中医王××，是吗老师？"

---

[1] 网络流行语，"天凉了，让王氏集团破产吧"的缩写形式。

被她 @ 的那个医生也出现了，简单回复道："确实有点。"

网友没绷住，在底下一片哄笑，各种嘲讽的表情包朝对方喷去，瞬间抢占了热点内容。

那个男人恼羞成怒，连发了好几条辱骂的微博，然而网友十分好脾气地劝他及时就医，还以德报怨地为他推荐当地知名男科医院。

"肾虚就要喝肾宝！"

"我怀疑那肌肉是整出来的。整容行业太发达了。"

"这一刻我散发着圣父的关怀，毕竟你都肾虚了，我怎么好意思再骂你？"

"虽然你是男人，但我允许你说不行。"

贺决云那点没发出来的怒气全被底下的回复给清空了。他闷笑两声，就见三夭官方也发了一条微博。

"三夭自创立以来，一向紧跟国家号召，走贴近基层群众的发展路线。包括企业的管理层，也始终铭记三夭精神。《凶案解析》项目的主要负责人贺先生躬身表率，参与项目组一线研发，且屡次亲身体验项目执行情况……"

配图是一张贺决云穿着西装的侧脸照，那是年会时他站在璀璨灯光下被抓拍的照片。

照片上的人侧脸线条硬朗分明，睫毛纤长，目光明亮，唇角微微带着笑意，看着阳光又温柔。

"有眼不识泰山啊！"

"我被三夭精神深深感动了，嘴角不由得流下了一行热泪。"

"我认真读懂了三夭精神……所以这是 Q 哥是吗？是吗？！"

"下个月，我要看见这个人的企业破产。三夭，不要让我失望，你现在是个龙头大哥了，要自己学会霸总的技能了。"

"帅吗？上辈子做锦鲤换来的。"

穹苍从书房走出来，对着他"咦"了一声。

贺决云立马冷下脸，表现出怒不可遏的样子。

穹苍笑道："你还真生气了？没事看什么微博？"

"我当然生气了！他们这么说我就算了，一帮拜金主义者的自我狂欢而已。可是他们这么说……就是在侮辱你，凭什么啊！也不撒泡尿照照自己！"

他说到后面，先前压下去的怒火又被勾了起来，差点要跳到网络对面跟那几个人撕。

穹苍淡淡说了一句："那就结婚好了。"

"这是能解决问题的办法吗？结婚——结婚……"贺决云说到一半骤然卡壳，等把那两个字细细咀嚼了一遍并吞进肚子里，脸开始一寸寸地涨红，瞪大眼睛，难以置信地望着穹苍。

就这？

这怎么可以？

贺决云脑子里仿佛有一万把机关枪在乒乒乓乓地乱射，把他的理智射成了一个满是窟窿的竹篮子。

穹苍笑道："怎么了？"

"啊——"贺决云叫了一声，扑过去捂住她的嘴，也不管是不是失态，吼道，"收回去！你给我把刚才那句话收回去！"

穹苍挑了挑眉毛，用眼神询问他是什么意思。

贺决云慌了神，想起什么，把穹苍按到沙发上，心急如焚道："你等着。坐着别动啊，绝对不许动！"

他快速跑回自己房间，趴在地上往床底下掏了两把。

自从上次东西放床头柜里被穹苍发现之后，他就换了个保险的地方藏东西。参照了贺先生的建议，他选择了床底，一个穹苍伸手碰不到的地方。

贺决云顺利摸到一个天鹅绒的盒子，攥在手心里走出来。他停在门口咳嗽了一声，然后才一步一步挪动到穹苍面前。

穹苍目光停留在他手上，又若无其事地移开，当作什么都不知道，站了起来。

两人面对面地站着，庄重肃穆，仿佛交接的是什么革命任务。

贺决云几次挣扎，都没能开口说出第一句话。

我喜欢你？

——俗套。

嫁给我吧。

——没有铺垫。

那铺垫到底得是个啥？春花秋月还是山盟海誓？

贺决云很慌张，一慌张他就想挠头发，将自己原本整齐的黑发抓得一团麻乱。

穹苍等了半天，实在等不下去，又不敢像上次一样打断他读条，低头偷偷笑了出来。

贺决云当即红了眼，强装声势道："别笑！"

穹苍颔首："好。"

大约过了有一个世纪那么久，贺决云从盒子里拿出戒指，手指有点发颤，很认真地说："能嫁给我吗？我愿意以后都听你的……"

穹苍说："可以的。"

贺决云也顾不上太多，赶紧给她戴了上去。

银色的戒圈套在对方手指上的时候，贺决云一颗心重重落下了，一直发热的大脑也得以平静。

他努力思考半晌，也没想起自己刚才都说了什么，见穹苍在低头观赏戒指，呆呆问了一句："这流程是不是有点问题？"

穹苍觉得他再纠结下去，得把自己的小脑袋瓜给烧了，忍俊不禁道："不是你的问题，是我的问题，是我太不矜持了。"

贺决云张了张嘴，没发出声音。他眼里有点水润，一把将穹苍抱进怀里，下巴抵在她的肩颈上，声音低沉道："我会对你好的，我一定是这世上对你最好的人。"

穹苍柔声应道："嗯。"

雨夜杀人案：说谎的证人

"所以，关键的问题你一个都不知道。而能证明清白的证据，你一件都没有，是吗？"

8 点 25 分，三天总部。

穹苍准时来到指定的游戏房间外，正准备进去，看见范淮从远处走来。她特意在门口等了一下，在范淮路过时跟他打了声招呼。

穹苍笑道："工作怎么样？"

范淮按着胸前的纽扣，将西装脱下来，嘘出一口气，笑道："还不错。"

他所在部门专门负责技术支持，里面是一群对工作有热情，又不大擅长处理复杂社会关系的年轻人。大家单纯而傻气，每天都洋溢着瓜皮的气息。

范淮目前正处于学习阶段，在同事的引导下慢慢接触三天的相关业务以及三天的企业精神——虽然他觉得这企业精神不学也罢，那帮人疯起来都敢在后台写他们小老板的同人文，还伪装成垃圾邮件打包发送到事主的账号里去，享受在刀尖上跳舞的快感。

范淮很喜欢这种生活，但同时也很犹豫。他不知道是不是应该告诉自己的老师，她每天都在三天工作人员的大脑里忙碌地上演狗血爱情剧。

《冷酷无情大魔王 vs 多情舔狗小娇夫》《黄金天才大脑 vs 世界首富》《多情霸总：天才老婆你别跑》《美丽佳人：世上没有我搞不定的男人》……诸如此类的沙雕玩意儿。

范淮深深看了穹苍一眼，觉得还是算了。

污染她的世界。

穹苍读出他脸上闪过的复杂，觉得有点莫名其妙，换了个话题，问道："紧张吗？"

范淮没有作声，微微低了下头。

三天制作许久的凶案副本终于要进行公测了，而主角就是范淮自己。让他再回到当年的场景，直面当时的困境，对他来说也许是种残酷的挑战。但是，那种蒙受不白之冤的痛苦深深镌刻在他的灵魂里，是之后一切悲剧的源头。他曾无数次地妄想，如果自己当时能走出看守所会是什么样的结果。

这种想象毫无用处。

但是，除了他自己没有人能帮助他走出这段过去。

"没什么。"范淮抬起头轻笑，"早过去了。"

穹苍却是十分认真地说："我会把你带出来的。"

欢迎玩家来到全真模拟直播游戏《凶案解析》（特殊限时副本），您申请的身份是【缉凶者】。案情相关记忆已封锁，请根据已有线索找出真凶，完成情景还原。

身份：QC（你现在是一名公职人员）

玩家评分：97（你已经打败了全国99%的人）

与角色契合度：100%（在不抹黑职业形象的情况下，可无限制地扮演你自己）

剧情进展：50%（你们抓住了一名嫌疑人，他看起来很可疑）

【注】本游戏基于大数据与刑事档案自动生成，请仔细辨别游戏中出现的线索。

熟悉的转场白雾笼罩在穹苍眼前。她的大脑呈现出一片空白，没能在第一时刻运转起来，显然这一次屏蔽的记忆有点多。她皱着眉头，适应了下这种感觉，快速翻阅起剧情介绍，而后将界面关闭。

场景逐渐清晰，露出周围的原貌。

她正坐在一张办公桌后面，阳光透过窗户照亮了她前方的白色书写板。上面贴了十几张照片，还有各种密密麻麻的连线，显然是刚刚开完会议，结束案情总结。

穹苍低下头，用手翻了下桌面上摆着的刚刚打开的笔记本，顺着上面的内容看下去。

没过多久，房门被敲响。对方礼貌性地叩了两声，不等她回应，直接走了进来。

穹苍认出是贺决云，指着对面的椅子，示意他入座。

即便还什么都没有发生，穹苍所属的直播间也已经非常热闹。准确来说这帮观众过度亢奋已经很久了，在穹苍还没正式登录的时候，就已经刷屏了整个评论区。

粗粗一扫，基本是无节操大型认亲现场。

"来了来了！穹苍爸爸我等你很久了，你怎么现在才出来？你失散多年的儿子都自动成年了，再放养我就不认了好吗？"

"老婆你再不出现，我孩子都养不起了。你看，我们生的孩子能组建一个国家。[感动]"

"在想你的365天！"

"我女儿不算新人了吧？为什么这个监察者还跟着她？"

"我就说这个监察者一直在以公谋私，果然没有猜错。"

"看来穹苍的祖孙三代都在评论区齐聚一堂了啊。"

贺决云进了办公室，还没来得及开口就接到了一条系统警告。

【因举报信息过多，无法及时核实。请监察者约束自我行为，查实违规将做批评处理。】

贺决云愣了下，这绝对是他收到过的史上最冤的警告，其中必然有宋纾等人的功劳。

他仔细反思一遍，觉得目前为止自己做过的最错的事情就是活着出现。

这条明显带着唯恐天下不乱意味的站内短信，加上他面前只有穹苍一个人……贺决云小脑瓜一转，觉得大概知道是怎么回事了。

穹苍两手摆在桌上，将笔记本往前移了一点，视线还投在上面。等了一会儿没听见贺决云开口，嘴里发出一个疑惑的音节。

一双手伸到她耳边，将她额前的碎发小心别到耳后，又扯着她的衣领将它拉得挺直，连边角处的褶皱都没放过。

他的动作放得很慢，像是故意拉着时长。直播间的视角就停留在贺决云那双骨节分明的手上，连他若有若无擦过穹苍侧脸的动作都拍得一清二楚，所以画面显得特别暧昧。

最重要的是穹苍没有躲开。

原本还是插科打诨的评论区，在经过一秒的世纪冰封之后彻底陷入癫狂。

网友齐声大呼惊讶。感叹号和混乱的表情跟瀑布一样从小框里飞过。

"天杀老贼！辱我亲父！"

"我就说！我就说！我没了！"

"三天还招人吗？监察者那一种。我可以免费上班。［微笑］"

"你为什么不捏爆他的狗头？啊？爸爸你变了！"

"不——不！！"

这种时候后台的投诉才真的叫如雪花般飞来。宋纾等人手忙脚乱，嘴里咽下一口血泪，差点想给贺决云跪下。

造孽啊！

贺决云接到后台一个痛哭流泪的求饶表情，才满意地收回手，朝穹苍笑了一下。他抽出本子，开始说正事。

"9月21日晚上九点半左右，死者刘璐，女性，在 HY 小区的后巷中被人杀害。她胸前一共中了三刀，三刀都刺得很深，其中一刀刺破了肝脏，是致命伤。

"凶器暂时没有找到，但根据法医验尸结果来看，应该是一把打磨过的水果刀，前端非常尖锐，刀口平滑。一部分刀片碎裂，留在了死者身体里。综合来看，这很大可能是一起预谋杀人案。

"第二天早上五点半，刘某的尸体被附近早起的居民发现，然后报警。民警赶到现场的时候，现场已经被大面积破坏。"

贺决云把一排照片摆到穹苍面前。

照片从各个角度记录下了案发现场。

由于昨晚刚下过雨，地表很是泥泞。昨夜残留的痕迹被雨水冲刷，而早上的新鲜脚印又被留下。

尸体周边围绕着许多杂乱的脚印，那些印记一看深浅度就知道是在尸体被发现后才留下来的。附近居民不知道怎么保护案发现场，导致现场难以取证。

穹苍将照片一张张翻过去，目光最后定格在死者的身上。

那位女性紧闭着眼睛，脸部被雨水泡得浮肿，全身呈现青白色。

穹苍问："死者身上有打斗伤吗？"

"没有。"

"周围人听见呼救声了吗？"

"没有。昨夜雨很大，大部分人家里都关着门窗。加上凶杀地点离马路很近，附近许多居民又都是老人，我们走访一圈，所有人都说自己没听见动静。"

贺决云用手演示了一遍："死者身上的刀口是从正面切入的，而死者没有抵抗，也就是说，凶手突然发难，死者却完全没有防备，对方很可能是她认识的人。三刀中有一个刀口位置偏下，角度倾斜向上，所以案发时两人应该是一个站在台阶上，一个站在台阶下。凶手刺了一刀之后，快速将死者按在地上，用手堵住她的嘴，并很快追加了两刀，确保她死亡后仓皇逃跑。"

贺决云拿出一张地图，用红色记号笔在上面标记了一下。"逃跑路线可能是这样的，有两位证人恰好看见凶手离开。"

两个目击点之间的距离挺远，如果用红线连接的话，路线有点曲折。

穹苍看着图标，左手无意识地摩挲着自己的下巴。

"根据目击证人的证词，我们还原了凶手当天的衣着，以此作为标准进行排查，很快找到另外一位证人。对方在 HY 小区附近开店，已经有十几年的历史。他向我们提供了一个嫌疑人的名字。"

贺决云将最后一张照片放上来。

"宁冬冬。十六岁，现读高一。"

照片上的人五官还带着点青涩的味道，眼睛里是桀骜不驯的笑意，就那么直勾勾地看着屏幕。

这个建模与现实中的范淮并不相似，但那种神韵可谓十分逼真。

穹苍盯着照片看了数秒，随后才将视线移开。

这时，又一位青年敲门进来，停在门口说道："队长，宁冬冬到了。"

范淮坐在封闭的审讯室里，一动不动，盯着桌面，全身上下都写满了焦虑。就算他极力想要掩饰，身上的肌肉还是紧紧绷成一块。

穹苍一眼扫去，就看出他表情中压抑的抗拒。

贺决云走在前面，拉开两边的椅子，与穹苍一起入座。确认摄像头正常开启之后，将面前的电脑打开，准备记录。

范淮听见动静，稍稍抬起头。他对上穹苍的视线，身上那种刺猬般的攻击性卸去一点，沉沉吐息，等着他们提问。

穹苍问："昨天晚上，你去了哪里？"

"HY 小区。"范淮的声音很平坦，重复着那段他可能已经说过无数遍的话，"准确来说，原本不是要去 HY 小区，但是昨天晚上下暴雨，约我见面的人为了避雨躲到了小区里面。我对那个地方比较熟，就同意跟她在避雨棚的位置见面。"

清脆响亮的键盘声紧密响起，那种高速敲动的频率似乎也推动了二人之间的节奏。

穹苍问："然后呢？"

范淮说："然后我去买了一个二手相机。"

"哪里来的钱？"

"赚的。"

"怎么赚的？"

"上课赚的。"

"上课还能赚钱？"穹苍不带感情地笑了一下，"你不要敷衍我。"

两人对话的速度很快，甚至带着一点火药味，这让直播间的观众异常惊讶。

他们原本以为穹苍会循循善诱、耐心地引导自己的学生。然而坐到这个位置之后，她似乎就变了一个人。

范淮依旧低垂着头，任由额前的刘海遮住些许视线。他顿了顿，继续解释道："刘璐让我去帮她听课，记录课上的内容，并调查班里的学生。十二节课，七千块钱。"

"谁的课，哪里的课，为什么？你没怀疑过吗？"穹苍接连抛出几个问题，那灼热的目光似乎要把对方身上烧出一个洞来，"那班里的学生到底有什么特别的？"

"没有。我不知道，当时看有钱赚就没想那么多。"范淮摇头，"那是几节社会心理学的课程。她让我去听课，我就去了。她说没有收获也没关系，到时候把课程录音交给她就行。我觉得很正常，毕竟是知名大学的公开课。"

穹苍挑眉："就这样，七千块？"语气里分明带着笑意，只是这种笑不会让人感到任何友好。

范淮声音放低："对。"

穹苍换了一个姿势，单手搭在桌上，手指握着一支笔上上下下不停地转动。

范淮知道，这个姿态代表她在思考，或者说她在怀疑。

他也知道自己的解释不那么可信，甚至有些荒诞，然而再一次被人质疑、探究，那种冰凉的感觉仍旧不可避免地从他脚底生出，缓缓往上蔓延。

不知过了多久，穹苍终于移开视线。她第一次掀开桌上的文件，用细长的手指夹着纸张来来回回翻看。

"你说你九点二十左右见完死者，之后就跟她道别了。可是你再次抵达相机店的时候，已经将近九点四十五。按照两地路程，不管你走得多缓慢，都不可能需要那么长的时间。"穹苍掀起眼皮，目光锐利地望着他，不放过他脸上的每一个细节，"这段时间你去了哪里？"

范淮说了个出人意料的答案："我穿了一双新鞋子。"

穹苍不明所以地偏过头："嗯？"

"我妈给我买了双新鞋子，我不希望它被打湿。"范淮道，"后来雨越下越大，出去的路地势又比较低，前面有很多积水，不小心就会把鞋子泡坏。所以我在一户人家的屋檐下面等了等，想等雨小一点，再从边上过去。"

他的喉结随着他说话小幅上下滚动，放在桌上的手指也收紧起来，暴露了他的心情。

穹苍问："有人能为你做证吗？"

范淮还是摇头，动作很轻："没有。"

穹苍又问："那有上网记录吗？"

"没有。"范淮的声音变得低沉喑哑，"我当时在打单机游戏。"

穹苍沉默，贺决云也因为二人的沉默而停下了记录的动作。这种令人窒息的安静让范淮脸上出现恍惚的神态。

这一幕太过熟悉，范淮有种云里雾里的不真实感，仿佛自己的灵魂飘出了身外，正在从第三方的视角围观这可笑的场景。

一个罪犯在无从狡辩的情况下，胡扯着可笑的理由进行辩解。他对面穿着制服的警察会用一种不屑、冰冷、讽刺的目光看着他、评价他，并且在心底给他打上一个卑鄙者的标签。

范淮深深吸了口气，将脑海中的零碎画面全部驱赶出去。

穹苍问："刘璐在调查什么事情？她有没有什么仇人？"

"不知道！"

范淮这一次的回答显得有些生硬，他对自己的无力感到生气，也对自己的处境感到不满，所以无法控制好自己的情绪。

轻微的一声响，文件被合上。穹苍一手按在扉页上，分明是没有起伏的陈述，却有着能将人的火气瞬间挑动起来的不和善。

"所以，关键的问题你一个都不知道。而能证明清白的证据，你一件都没有，是吗？"

范淮的眼睛里射出一道怒火，他梗着脖子，倔强地抬起头，向对面的人直直瞪视。那是十六岁的"宁冬冬"唯一能表达抗议的方式。

直播间的观众早已心生不忍，他们用力打字的手指差点将键盘按碎，过强代入感让他们对穹苍都产生了一股怨怼。

"怜爱范淮了，知道他是无辜的之后，我再也不能看他露出任何受伤的表情。宝，快让我抱着安慰一下。[哭唧唧]"

"不要虐了，不要虐了！快虐死人了！[沉痛捂心]"

"穹苍你再这样对范淮，你的儿子们就要跑没了。[微笑]你是不是搞错阵营了？怎么还来了一拨反向输出呢？"

"真实情况应该比现在要更难受吧，毕竟那时候范淮真的只有十六岁，而审讯的警察也没有穹苍那么中立冷静。审讯过程中警方一定会施加很多压力，从对方嘴里获取有效口供。"

"[高亮]范淮从来没有认过罪！从来没有！一次都没有！"

"坦白讲，如果审讯的人是我，我真的会认为范淮是真凶……太巧了吧！我会觉得他连狡辩都不走心。"

范淮对刘璐死亡的细节知道得不多。穹苍很快结束了审讯，起身出去，留下范淮独自落寞地坐在房间里，等待下一个玩家。

贺决云收拾东西的时候，余光看着范淮身上萦绕的阴郁气场，胸口都不由得阵阵发涩。

但是他很清楚，比起不曾存在过的安慰与关怀，那种血淋淋的真实才是范淮真正经历过的人生。

范淮现在已经不需要过期的安慰了。那些被浸泡在淤泥池塘底部无人知晓的苦楚，才应该浮出水面，重见天日。

穹苍大步走出审讯室，在纸张的空白位置快速写下一段话，撕了下来，递给一旁的刑警。

接到任务的警员快速扫了一眼，戴上帽子，径直往外跑去。

穹苍拿出手机，在群里发了一条消息："通知，开会。半个小时后，大会议室。"

半个小时后，能赶回来的刑警都聚集在了宽敞的会议室里，正在外面做排查的警员也找了个相对安静的位置接入群聊频道，旁听他们的讨论。

穹苍跷着脚坐在上首位置，抬起手表看了眼，见时间差不多，冷峻地说了句："那就开始吧。"

贺决云滑动着鼠标，朝着其中一个账号发去视频请求。

投影屏幕上，正是不久前被穹苍派出去执行任务的那个警察。他站在一个类似阳台的地方，手里提着一双白鞋，对着镜头进行全方位展示。

"已经洗了。洗得很干净。"

众人看见这一幕，小声讨论起来。

"这么贵的鞋子，一般不那么粗暴地水洗吧？"

"宁冬冬他妈妈说，她看宁冬冬很喜欢这双鞋子，但鞋底跟鞋面都被泥水打脏，就忍不住洗了。"

"那就没办法看出鞋子的污染情况了，也没办法在鞋底提取出有用证据。"

"我说，宁冬冬肯定是在撒谎吧？他说的那些理由我都不信。就那么巧合？"

屏幕中的人将鞋子放下，而后关闭了视频。

会议室短暂地安静下来，众人齐齐扭头看向穹苍。

穹苍抬手做了个邀请的姿势，示意他们畅所欲言。

几人也不客气，从容不迫地阐述出来。

"宁冬冬的身上有许多致命的疑点。

"第一，是那七千块钱。刘璐为什么要给他七千块钱？上几节课就行？这七千块钱摆明就是白送的吧？为什么非要找宁冬冬呢？还有，如果要给钱，为什么刘璐会选择在晚上？

"第二，宁冬冬没有不在场证明。准确来说，他的所有解释都无法令人信服。

"第三，已经有多位目击证人可以证实，他就是唯一出现在凶案现场的人！"

穹苍淡淡看着发言者，等他说完所有的话才点了点头，平静地问道："那你知不知道，你的推测里也有很致命的疑点？"

先前说话的那人面露错愕，坐正了一些，问道："哪里？"

为了投影清晰，会议室的窗帘紧紧拉着。穹苍的位置恰好在用来照明的灯光下方。

众人看着她，就见她的脸隐在半明半暗的光影之中，轮廓分明，表情平静，却有种不怒自威的凛然气场。

莫名地，众人从她脸上读出了严厉的味道。

穹苍斜着眼，问道："宁冬冬为什么会知道刘璐身上有七千块钱？又为什么会知道刘璐之后要去哪里？"

几人思忖片刻，互相对视，其中一人斟酌地回复道：

"他们之间通过电话。

"通电话的时间跟宁冬冬所说的吻合，是在九点左右。是宁冬冬打给刘璐的，通话时长只维持了短短的一分多钟。没有人知道他们到底说了什么。

"有可能是在对话的时候刘璐随口说了一句：'今天雨很大，我的包里有刚取出来的钱，不能淋雨。'于是宁冬冬知道她身上有钱，趁机以送伞为借口，打听出她的具体位置。"

穹苍似笑非笑道："你觉得合理吗？"

被她盯着的那人顿时感觉身上冷了下。

另外一边的青年插话道："我觉得不合理。根据相机店的老板说，宁冬冬先去他店里坐了一会儿，顺便跟他聊聊天，那时候宁冬冬已经知道自己会拿到七千块钱了，这个时间点在刘璐取钱以前。"

马上又有一个青年补充道："而且刘璐在雨夜里取了一笔钱，再绕路去一个自己不熟悉的小区，种种反常的行动都说明应该是跟人有约的。"

"也就是说，七千块钱的事情宁冬冬并没有说谎。"

"可是为什么呢？难道真的随便去上几节课就能拿到如此丰厚的报酬？这么好的差事哪里找来的？"

刘璐虽然还年轻，但绝对不是一个愣头青。她从事记者职业已经有段时间了，工作沉稳，做事很有分寸，不可能心血来潮去做散财童子。这是他们无论如何都持怀疑态度的一个点。

对成年人来说，七千块钱也许没有那么大的魅力，但是对学生来说，它还是很具诱惑力的一笔财富。

未成年人，尤其是正处于敏感青春期的学生为了七千块钱而犯罪，这个猜想非常合理。

"刘璐是一名记者，而且是知名记者，她曝光过很多社会热点事件，会不会宁冬冬是她的一个线人？"

"我觉得赚钱的事情应该是真的，但赚钱的方式或许不像宁冬冬说的那么简单。他可能隐瞒了某些细节。"

"这种时候还隐瞒，他不要命了吗？"

穹苍静静听着他们讨论，端过桌上的水杯饮了一口。冰凉的液体淌进喉咙，但虚拟的数据并不能真的缓解她的口渴。

"那有没有可能是这样？两人的确相约见面，刘璐也同意支付七千块钱，可是两人在交流过程中发生了冲突，最后宁冬冬错手杀人？"

"我觉得你这个假设比较合理。如果按照宁冬冬的口供，他见完刘璐之后直接拿钱走人，一句废话也没说。又因为地上雨水过多，走到半路时蹲在某个屋檐底下耽搁了十几分钟。而刘璐那边独自一人继续留在原地，在不久后被凶手杀害。"

窸窣的纸张翻动声响起。

"小区里另外一位证人说……他看见凶手从小巷里仓皇逃出的时间是在九点三十左右。根据与案发地点的距离推测，宁冬冬离开后不到五分钟的时间里，刘璐就被凶手杀死了。这个时间点很尴尬，对宁冬冬而言十分不利。"

"宁冬冬在九点四十五的时候再次出现在相机店，买下那个二手相机。从这个被发现地点，一路奔跑，恰好可以在相应时间内抵达店铺。过分巧合。"

"根据我们向通信公司调取的通话记录，当天晚上刘璐只跟宁冬冬有过联系。"

"所以……"

众人说完，抬起头面面相觑，眼神里俱是写着相同的意见，在沉默中达成了共识。

越分析，越觉得凶手就是宁冬冬啊。

穹苍的声音冷不丁地响起，将众人注意力都拉了过去。

"宁冬冬对这个地方很熟，他去过好几次。"

众人茫然道："是吗？"

穹苍朝贺决云抬了抬下巴，后者会意，在电脑中找出 HY 小区的地形图，投映在前方的白幕上。

穹苍起身过去，单手支着桌面，另外一只手握住鼠标，半边身体虚靠在贺决云身上，在屏幕中找到凶案现场、几个目击点的位置，然后用红线连接，并慢慢滑向范淮最终出现的相机店。

"宁冬冬不是第一次去这个地方，他应该很清楚怎么跑，往哪里跑，才能够有效避开人群，同时快速离开 HY 小区。可是他却偏偏绕了一个远路，深入住宅区之后再从靠近街区的方向回到相机店，导致一路上多出了四位能指证他的目击证人。"

穹苍换了个绿色的线条，重新在地图上标注出路线。

这样一比对的话，凶手似乎从一开始就跑错了方向，因此后面的道路变得迂回曲折起来。

"可是——"坐在下方的青年叫出声来，指着地图道，"队长，你画的这个不能通行啊。"

穹苍转身，缓步往窗户的方向走去。"地图上虽然没有标注明确的道路，但其实是可以通行的。中间只有一堵高度不超过两米的围墙。以宁冬冬的身高和身手想要翻越过去轻而易举。"

贺决云放大地图，将现场真实路况播放出来。确实跟穹苍说的情况一样。

警员迟疑着说："可能是他不知道吧？"

穹苍停在玻璃窗前，往两侧推开窗帘，室内瞬间明亮起来。

"他知不知道，你要试试才能下结论。"

范淮的房间重新迎来两个警员。警员给了他一支笔，还有一张白纸，同时丢下简单的一句话："把 HY 小区的路画出来。"

范淮面露迷茫，下意识地拿起笔，却没动作，仰着头问："然后呢？"

警员加重声音，眯着眼睛道："越详细越好，把你知道的细节全都画出来。懂了吗？"

范淮审视了他一会儿，无法从他脸上看出什么，片刻后低下头在纸上描绘起来。

他的速度很快，且手很稳，画出的线条几乎没有抖动，笔直得像用直尺画出来的一样。这种人要么是经过专业练习的，要么是天生资质出众。

因为警员说了要详细，范淮连两侧房屋的构造都简易地画了出来。几分钟后，他抬起头淡淡说了一句："画不下。"

警员垂首站在他身侧，正看得傻眼，被范淮接连叫了两次才回过神。

他拿过纸张，对折起来，尴尬道："倒也不用画得那么详细。缩略图，把 HY 小区的道路图画出来就行了。就跟地图软件上的那样懂吧？主要是不要漏掉所有的细节。细节！"

范淮看他的眼神变得有点复杂。如果对方不是警察而他也不是嫌疑人，他可能已经遵从年轻人内心的直白，一句"瓜皮"赠过去了。

警员干咳一声，道："行了，我再去给你拿张纸。"

还是一样的白纸，铺到范淮的桌上。

范淮拿到手之后，用指节比了一下长度。他用了大约一分钟的时间确认大致范围和比例，然后便使用那支红色的笔流畅地画了下去。

警方提供的笔都是特殊制作的，它的笔尖只有小小的一截露在外面，无法用来自我伤害，同时使用起来也不大顺手。

范淮运笔却十分熟练，不停转动着纸张，以与常人不同的角度，像描绘过千百次一样快速将雏形勾勒出来。

不到半个小时的时间他就完成了手上那幅精细度很高的素描。

"厉害啊……"

警员一时没忍住，爆了句粗口。他一手捏着纸，一手开着地图软件，视线不停在左右之间移动。他边上的同事做着跟他相同的动作。两人用自己的表情生动形象地表现出了什么叫"不敢置信"。

年轻警察愣了许久，终于吐出一句："你是成天没事描地图玩儿吗？"

范淮斜睨他一眼，不是很热情地回答道："没有。"

线条的长度、转折、角度，简直跟复刻一样。如果不是亲眼看见，青年绝对不会相信这是个没有经过专业训练的普通高中生所画出来的。

而在地图软件上没有标注出的那条小路，在范淮的画里很清晰地被标注出来。中间用两道横线代表围墙，证明他的的确确到过这个地方。

年轻警察回忆了一遍自己对宁冬冬的调查结果，求证地问道："你的学习成绩是一般般吧？"

范淮眉头轻皱道："那又怎么样？"

"没什么，没什么。"青年很是感慨地叹了一句，"就是觉得应试教育……确实不够完美。"

范淮意识到自己被委婉地夸奖了，一时间心情十分微妙。

其余警员已经从监控屏幕中目睹全过程，虽然没具体看到结果，但根据同事的反应也能猜到一二。

穹苍一手插在兜里，依旧是一副平和镇定的表情，看起来尤为高深莫测，像是不会为任何的意外产生动摇。

她慢悠悠地开口道："如果你们还有怀疑的话，可以让他再画一下局里的地图，让他将今天走过的地方全部画出来。"

几人忙道："不用了。"

穹苍点头，面色如常道："宁冬冬有非常卓越的空间想象能力，对于距离、方向等三维空间的数据十分敏感。跑错路这种事情绝对不可能发生在他身上。这或许也是凶手没有想到的。"

"在过于慌乱的情况下呢？"

"如果他心理素质真的那么差，就不会在杀人之后还能冷静地去买相机了。这很矛盾。"穹苍思路清晰地将一个个错误猜测全部否定，"相反，我认为真正的凶手应该是第一次来 HY 小区。这个小区的道路规划不那么合理，所以他只能依靠地图定位去寻找出路，一路疾跑却还跑错了方向。"

众人点头，这样的解释确实更加合理。

然而他们的心情并没有因为这个重大发现而感到轻松，反而因此变得更为凝重。一个个面沉如水，仿佛狭小的监控室内流动着的不是空气，而是某种能将人溺毙的液体。

"可是凶手穿着宁冬冬的衣服……"

如果，如果凶手真的不是宁冬冬，那么几位做证的证人又应该怎么解释？

这起案件到底牵涉了多少人？他们为什么对宁冬冬怀以如此大的恶意？

直播间的评论区变得混乱，网友的关注点千奇百怪，说任何话题的都有。

三天管理员不敢懈怠，不停点击刷新，审核评论内容，好保证风向正确，没有激进分子趁机恶意带节奏。

冤案一类的事件本身就是争议热点，其中最难评判的就是关于责任的归属，很容易引起敏感话题。

"说真的，如果不是站在上帝视角，我的想法会跟警方一样。巧合太多，我没办法相信范淮的证词。"

"所以公安系统是很需要各种专业人才的。他们社会责任大、工作危险度高、精神压力重。从事公安工作却浑水摸鱼的，真的是害人害己。"

"如果当初是穹苍主办这个案件……"

"别想了，世界上一共才几个穹苍啊？"

"出现了，看起来好像很简单，其实是心里没有数系列。"

"不是，范淮这一手看起来就知道不简单啊！"

穹苍等人再次坐到会议室里，开始制定新的调查方案。

一旦换了思考角度，整个案件就变得截然不同，有种雾里看花、难辨真假的感觉。这一次，在分析的过程当中大家都带了一点迟疑跟谨慎，不再像以前那么大胆。

准确来说，目前为止他们的线索全都是基于推测。所有真实获取到的人证物证只能将凶手指向宁冬冬，而这一假设被暂时推翻了。

众人根据穹苍的建议，尝试着梳理一遍已知信息，再次捋出案件的脉络。

"凶手知道宁冬冬穿着什么衣服，也就是说他一直在跟踪宁冬冬，持续了有一段时间，做过完善的准备。他还知道宁冬冬今天要去跟刘璐见面。"

穹苍站在椅子后面，两手搭在椅背上，略高一截的视线从众人脸上扫过。她低了下头，发白的指尖扣在深色的红木上，不急不缓地说道："宁冬冬当天穿的是校裤，那件宽松连帽衫的款式也很寻常，是同龄人经常会穿的衣服。案发时灯光昏暗，距离过远，天上又下着大雨，路人未必能看清楚。类似的身形、类似的颜色、相似的款式，加上一定的心理暗示，就会让他们潜意识认为凶手穿着跟宁冬冬一样的衣服。"

众人愕然，被穹苍各种大胆而不拘于常规的想法惊到了。

"也就是说，凶手其实不一定穿着跟宁冬冬一模一样的衣服？"

"我是说可能。找到同款衣服需要时间，找相似的却很简单。凶手又没有继承宁冬冬的衣柜，怎么能够确保宁冬冬一定会在这一天穿那件连帽衫？如果宁冬冬心血来潮穿了一件新衣服呢？"

穹苍的每一个停顿都恰到好处，带着种莫名其妙的力量，将众人原本有些急躁的心情安抚下去。

"我们没有必要将凶手的能力想象得过于高超，这样很容易陷入他们的思维，被诱入对方的节奏。当证词与逻辑存在矛盾时，应该对证据的真实性做再一次的确认。"穹苍面朝左侧，抬手指了个青年，问道，"有证人明确表示自己看见的是宁冬冬吗？"

青年先是点了点头，为了保险，还是翻了遍笔记。

"有。一名叫丁陶的商人是在路口附近看见宁冬冬的。他将宁冬冬的打扮描述得比较清晰，包括对方衣服正面的大写字母。我们将照片拿给他看，他也点头表示确认，第一时间指出了宁冬冬。

"还有一个叫吴鸣的学生，他看见宁冬冬从巷子里面出来，并在地上捡到了一个书包挂件。经确认，挂件的确属于宁冬冬。

所以两人的证词显得极为可信。

一个清朗又疲惫的声音紧跟着响起："我们之前初步调查过几位证人之间的关系。他们的生活背景和社会环境完全不同，甚至彼此间互不相识，完全是偶然间碰到一起的路人。跟死者或者宁冬冬在社交上也没有重合范围。因此，我们之前判断几人的口供是真实可信的。"

说话的人用大拇指抵着自己的太阳穴，眉毛因为头疼而深深纠在一起。他抬起头看向穹苍，迷惑不解道："如果他们是做了伪证的话，那凶手是怎么把他们聚集在一起的呢？凶手究竟是在针对宁冬冬，还是在针对刘璐？"

穹苍踩着瓷砖边缘处的黑色线条，在房间里踱步，众人视线追着她一起移动。

"一般来说，下雨天的晚上，很难因为一次擦肩而过的机会就记清楚对方的衣着跟长相，除非他的记忆力十分惊人。我更倾向于他们是被叮嘱做出了这样的证词。如果问得再详细、再强势一点，或许能从他们的反应上发现一些端倪。"

之前询问证词的时候，他们的确掉以轻心了，并没有对几位证人生出怀疑，也就没有多加试探。现在看来，如果穹苍的观点才是对的，那几位证人也是本案的嫌疑人之一。

"刘璐。"穹苍停了下来，语气很肯定地说，"还记得我们之前的假设吗？凶手是刘璐认识的人。刘璐是一位社会记者，她可能会得罪很多人，还是从最基本的社会关系摸排开始吧。"

穹苍身体前倾，屈起手指在桌面上敲了敲，正在快速记录的青年立即抬起头，紧张地看向她。

穹苍说："你去翻找一下当天的监控记录，路口的、商家店铺的，还有银行的。我怀疑那天凶手其实一直跟在刘璐身后。在刘璐和宁冬冬见面时悄悄躲在暗处。案发地点没有监控，就往前面找。将刘璐当天的行踪完整地调查出来。"

青年匆忙应声："是。"

穹苍又面向众人，有条不紊地吩咐道："再去询问一遍相关证人，要他们将细节全部说清楚。有收获来告诉我。"

"好！"

"那宁冬冬呢？"

"放了。"穹苍表情像是在笑，只是那笑意阴气森森，看着让人心头发慌，"告诉他们几个，宁冬冬已经被放了，看看他们的反应。"

众人比了个手势，颇有点恶趣味地道："懂！"

穹苍轻轻一扬手："去吧。"

众人各自领了任务，准备散去忙活，一个穿着黄蓝色外卖服的小哥背着个大包走过来，站在门口高声问道："外卖是这里的吗？"

正在收拾桌上东西的警员整齐一致地抬起头，先是看向外卖小哥，再跟着领头那人一起转过身，像望着老母亲一样地望着穹苍，感激涕零地呼唤："队长——！"

"我的，我的。"贺决云举手认领，冲着那帮饿狼似的小子咂了咂嘴，

"我给你们队长点的。该忙的都去忙吧，别多想，啊。"

众人顿时心痛如绞，那种落空的期待全部化作愤慨射向贺决云，幽幽发光的眼睛里分明写着"这个叛徒！""出卖肉体，臭不要脸！""居然在国家机关走潜规则，这个男人太黑暗了！"之类的谴责。

贺决云："……"在三天的世界里，他不应该是王者一般的存在吗？

这群傻×NPC到底是谁建的模？夹带私货了吧？

外卖小哥顶着一帮人民公仆的灼热目光发挥出了自己毕生最高的服务水准，小心上前将菜品摆好，然后跟御前公公一样一鞠躬、二鞠躬地退了出去。

贺决云看得不忍心，给他打了一个好评。

没多久，被释放的范淮也走过来，在他们桌边一起坐下。三人围着会议室的大桌，关上门悄悄在里面吃晚饭。

网友们很酸。程序员为了不浪费自己投入的精力，特意把食品外观做得极为精致。镜头不停从餐盘上扫过，那袅袅升起的白烟，将正在上班的社畜的魂都给勾出来了。

"我依稀记得，Q哥是批判过这种在副本里吃东西的行为的。[咦——上下打量]"

"是什么让一个男人走上双标的道路？是美色？是金钱？是爱情？都不是，是臭不要脸。"

"让我看看都有什么菜……麻辣小龙虾、炭烧牛排，那条清蒸东星斑是不是有点过分了！！"

"我似乎知道了什么。舔狗舔到最后，应有尽有。[若有所思]"

三人顺利聚首，丝毫没有面对副本的紧迫感，那闲适的氛围甚至可以再开瓶酒调剂一下。

范淮吃了几口，问道："能把资料给我看看吗？"

穹苍随手将边上的笔记本递过去。

范淮两手立起本子，以一种标准的小学生看书姿势将内容认认真真扫了一遍，然后说："东西少了。"

穹苍放下筷子问："什么东西？"

"笔记本和录音笔。"范淮目光停在死者遗物那一条记录上，用手指点住示意道，"刘璐的职业习惯，她不管去哪里，都会带着录音笔和一个手掌大小的黑色笔记本。那天晚上我见到她时，她正在听录音笔里的内容。它看起来跟普通的笔很像。你们清点清楚了吗？"

穹苍将本子接回来，确认了一遍内容，半合的眼底暗芒闪过，开口仍旧不动声色。

"录音笔长什么样？"

范淮也记不大清楚了，毕竟时间太过久远。

"刘璐一直用的是支黑色的录音笔吧？但是被我不小心撞坏了，我就赔了一支给她。我买的是粉红色的，侧面带一个夹子，最顶上还有个小弹簧一样摇来摇去的绿叶子，看着不像录音笔……"

穹苍快速翻动书页，从里面抽出一张照片，按在桌上推过去。照片里是从刘璐身上找到的所有物品。

范淮看了眼，很确定地说："没有。"

三人坐着都沉默下来，各怀心思，没有开口。

对方会将录音笔带走，就说明它是很关键的证物。可是从案发到现在已经过去了太长时间，凶手有足够的机会去处理罪证，他们未必能找到。

而且，如果现实中这支笔已经消失了的话，哪怕掘地三尺，三天也无法将它复原。

三人草草将桌上的餐盒收拾了，带着自己的资料回到办公区。

半个小时后，先前出去查监控的警员回来了。

青年气喘吁吁地在位置上坐下，将打印出来的图片甩到桌上，一手不停扯着自己的衣领，带着无法平稳的气息朝穹苍竖起一个大拇指。

"绝了，队长，你猜得还真没错！"

穹苍拆开外面包着的纸，埋头翻看照片。截取的画面像素不够清晰，只拍到了男人影影绰绰的半张脸。

青年靠过来讲解："这是银行大门的监控摄像头拍到的。刘璐取完钱离开之后，过了一两分钟，一个穿白色连衫帽、深蓝色宽松裤子的男人跟着离开了。他一直低着头、脚步仓促、动作鬼祟，我觉得很可疑，所以我去调了别的位置的监控，顺利拍到了他的脸。"

"确认了！"青年用手指戳着照片，眼中闪着兴奋的光芒，"他是刘璐的一个同事，叫万章，跟刘璐搭档有一年多的时间。根据交通监控录像显示，刘璐离开公司后，他就一直跟在刘璐身后。在 HY 小区 200 米远处的一个路口摄像头也拍到了他。他在晚上九点左右出现，十点左右离开，有足够的作案时间。现在最大的问题是——"

没有证据。监控只能作为间接证据。就算他们的推理再可信，也无法将万章送上法庭。

穹苍对着照片盯了许久，随后若有所思地放下，点了点头。

青年激动的心情在她长久的安静中平复下来，一偏头，这才发现范淮的存在。

"欸，小弟弟你怎么还在这里？赶紧回去上课吧，学生不要耽误学习。"

范淮顶着一张年轻的脸，听到这句话百感交集。他翻着眼白瞥了那位青年一眼，默默转过身背对着青年。

青年感觉自己受到了无声的嘲讽，忍不住摸了摸自己的脸。

没关系，脸皮够厚，可以当无事发生。

紧跟着，穹苍放在桌上的手机振了起来。之前分派出去的警员效率很高，陆续都有了结果。

穹苍点开外放，男性粗犷的声音从扬声器里传出。

"队长，我跟证人又核对了一遍细节。住在 HY 小区里的那个市民说自己当时看见一个人影从凶杀现场的方向冲出来，穿着跟宁冬冬很相似的服装，但他其实还漏了一个细节没说，因为担心是自己看错了。他说，凶手有可能是个戴眼镜的人，因为他当时看见了一道镜片的反光。"

电话里的人还没说完，等在一边的青年立马咋呼起来，叫道："万章就是戴眼镜的啊！他就是目前最可疑的人了！"

电话那头的人继续说道："如果是这样的话，吴鸣跟丁陶几个人的证词就比较奇怪。我们现在正准备去见一见他们。"

"把宁冬冬也带过去。"穹苍将手机拿起来，与范淮交换了一个眼神，

"告诉他们，目前已经有明确的证据证明宁冬冬是从另外一条路上走的，看看他们的反应。"

男声低沉地笑了下说："好，那我现在过来接人。"

挂断电话，穹苍顺手拎起放在地上的黑色书包，递给范淮说："背上你的小书包，去门口等叔叔接你。"

范淮抽着嘴角嘀咕了一声，将背带挂在手臂上。

穹苍指挥说："背上。待会儿装得无辜可怜一点。"

范淮有点抗拒，但还是把书包正正经经背好。

警察小哥很满意，这样才有高中生的样子。

穹苍瞥向那个看热闹不停点头的年轻人。后者挽起袖子，跃跃欲试道："是不是马上传唤万章？"

穹苍手向下一压，示意稍等片刻："顺便再申请一张搜查令，去他家里看看能不能找到一支粉红色录音笔。"

"好嘞。"

一个支队的人要么去刘璐的公司搜查她的工作记录，要么在做五位证人的背景复核，要么去了万章家里进行地毯式搜索，只有贺决云闲了下来。

老贺同志颠儿颠儿地跑去门口买了两杯奶茶外加一袋子水果，路过大厅时，顺道收获了一批忌妒又发酸的眼神。

然而如今的贺决云已经不是从前的 Q 哥了。一个成熟的男人在漫长的躺赢过程中，要么学会沉默，要么学会享受。现在他就喜欢这种潜规则的感觉。

被宠爱不好吗？

万章到时，审讯室已经快被贺决云弄成茶话会。前面的桌子上摆满了瓜果，两人一手一杯奶茶，一派闲适地坐着等他进来。

万章不由得停下脚步，面带迟疑地看向二人。在短暂的观察中，他敏锐地品出了两人"彻夜决战、不死不休"的坚定觉悟。

负责将他带来的警员见他不动，推了他一把，示意他坐到对面的位置上去。

万章脸色凝重，拖沓着向前，短短几步竟走得异常沉重。

他想起那位警员路上透露给他说宁冬冬已经被释放，心下更是认定警方已经有了重大发现。连日的担忧与恐惧终于落实，万章失魂落魄地扶着桌角坐下。

他失去焦点的眼珠没有规律地转了几圈，像是终于下定决心，周身气场放沉，整个人呈现出一种封闭的状态来。

穹苍放下奶茶，语气随意地问道："万章是吧，刘璐认识吗？"

万章低下头不回答。他知道警方的审讯手段非常高明，会利用嫌疑人精神紧绷的心态，在不知不觉中设下陷阱。他此时的状态不够理智，无法确保自己会不会在无意中透露出线索，干脆消极回避。

穹苍抬起眼皮瞅着对方，继续发问："9月21号晚上，你去了哪里？"

万章打定了主意不吭声不反应，面对她的询问，连端坐的姿势都没有任何改变。

穹苍诧异地挑了挑眉尾。

这都还没正式开始，寒暄的固定流程已经进展不下去。万章就差把"我是凶手"这四个字明明白白地写在脸上。

穹苍语气不善地将照片丢出来，甩在他的面前。"刘璐死亡当天，你一直跟在刘璐身后，你为什么要跟踪她？

"刘璐死亡的时候，你就在附近，你在那里做什么？

"你不解释吗？你以为你不解释就不会说错话？

"哑巴了？还是无法反驳，所以默认了？"

"……"

审讯室内只有穹苍一个人的声音。无论她说什么，是诱导还是激化，万章都保持缄默。

这场审讯变成了一出独角戏。

穹苍说得多了，渐渐也觉得没趣，咳了一声，点头道："行，那我就把凶案当天的事情再给你分析一遍。"

她按照时间顺序将万章尾随、潜藏、杀人、逃窜的过程说了一遍。

"衣服鞋子丢哪里去了？上面应该染了刘璐的血吧？第一次杀人害怕吗？"

万章闻言只是眼皮跳了跳，身上的肌肉因为长期维持一个动作而变得僵硬，导致动作不自然。他挪动了一下，仍旧一言不发。

在穹苍说到后面的时候，万章已经意识到了，警方会不停地跟他扯东道西，就证明他们手上并没有明确的证据，他是安全的。

想通这一点，万章放松了些，抖了抖肩膀，轻轻嘘出一口气。

穹苍发现了他这个小动作，皮笑肉不笑地呵呵两声。

贺决云适时地为她递上奶茶，带着点殷勤道："喝点东西，消消气。"

贺女士看着直播界面上刷过的各种吐槽，利落地点了屏蔽弹幕。

她个人是十分满意贺决云的表现的，以至吃进嘴里的葡萄都更加香甜了。

别人在玩游戏，她儿子在认真谈恋爱。这是什么？这就是男人的魅力。

她一高兴，就忍不住想花钱，钻石、名表、首饰……当然这些都比不上给他们老贺家的智商代表人打赏来得有意义。

于是，网友们正在热情向三夭管理员展示自己也可以做舔狗的决心与天资，猝不及防地被一排排的打赏通知给摁到了地板上。

所有的打赏都来自同一个ID：贺哥有钱，是这么这么有钱。

我管你多有钱？在三夭的地盘上，哪个姓贺的敢说自己特别有钱？天花板还在上头镇着呢。

网友第一反应是觉得这ID烦，挡着自己发挥的机会了，等看着那个ID的信息跟瀑布似的不停刷过，且像是没有尽头地飞流直下，从沉默，到动摇，不出五分钟的时间，网友彻底叛变。一群没有节操的人哭天喊地在那里叫爸爸，哭求认一认自己这个失散多年的儿子。

草率了。是他们不自量力。原来这就是金钱的力量！

穹苍翻动着面前的笔记本，时不时抬头看一眼万章。

双方已经这样僵持了两个多小时。

到后面，万章脸上忍不住流露出一丝喜色。他双手放在桌上，十指不停交叉叠动，等待自己走出公安局的那一刻。

快了，应该快了。这些人没有证据，最多只能拘留他二十四个小时。

万章舔了舔嘴唇。长时间的焦灼令他口腔干涩。

穹苍主动问："要喝水吗？"

万章活动了下自己的脖子，避开穹苍的视线。

穹苍无所谓地笑道："你以为我是在跟你的意志力做斗争？不，我只是闲着无聊，看着你顺便等人而已。"

万章不搭腔，用手揉捏着自己的肩膀。

没多久，穹苍的手机响了起来。振动声在安静的房间里尤为突兀，让万章原本就绷紧的神经微微震颤。

穹苍看清来电人，意味深长地睨了对面的人一眼，没有避讳，直接开了免提。

低沉的男声响起，背景十分安静，应该是在无人的角落。

"队长，我们找到了刘璐的工位，也翻阅了她留在桌面上的资料跟文章，去跟他们公司的负责人比对之后发现有些许出入。于是我们请技术人员调查了刘璐的电脑使用记录，发现在9月22日早晨的时候，刘璐的电脑被删除了几个文件，使用痕迹也被修改过。"

电话那头的人在汇报的时候，穹苍的眼睛一直盯着万章，表情似笑非笑。

万章听到与自己有关的内容，呼吸沉重了一点，但还是死咬着牙关没让自己显出过多异常。他只在心底不停默念"没有证据"四个字，以让自己保持足够的平静。

青年继续补充道："另外他们主编说，刘璐前段时间旁敲侧击地跟他暗示过万章收受贿赂、替人写假文章的事。由于没有证据，加上企业影响不好，主编找万章谈过话，把事情低调处理了。至于刘璐有没有继续追查得罪万章，他也无法确定。"

穹苍两手抵在下巴上，饶有兴趣道："听见了吗？"

万章出了会儿神，听见声音才重新注意到她的存在，半垂下睫毛，跟个死人一样，不予反应。

穹苍挂断电话，并没有借机向万章进行咄咄逼人的审问。她的手指在屏幕上滑了几下，然后选中一个号码，拨了过去。

一个十分具有时代气息的土味彩铃在空气里回荡，折磨人般地响了两次之后，终于结束。

"喂，队长？"

穹苍问："你们那边怎么样了？"

"哦！有收获，正想待会儿告诉你呢。"青年中气十足道，"丁陶已经承认他是做了伪证。那天晚上他喝得烂醉如泥，确实在街边出现过，但其实什么都没看见。吴鸣还在负隅顽抗，说应该是自己认错人了。还有一位女士借口自己孩子生病了，一直在搪塞我们，不接受我们的查问。目前来看，这三人串供的可能性很大，我们准备申请调查他们的通信记录，看看是不是有共同联系人。"

穹苍言简意赅道："行，我知道了。"

万章有点焦躁不安。他干咳清嗓，用力吞咽着嘴里的唾沫。

穹苍冲他笑道："你是不是以为自己做得完美，可以逃出生天？遗憾的是只要你做过，就一定会留下痕迹。越不经意的地方，就越可能会暴露你。"

她说得很有耐心，像是在逗弄手上的猎物，消遣自己无聊的人生："你猜我下一个电话会打给谁？"

万章仰起头，表示自己漠不关心。

穹苍笑了下，两手抱在胸口，身体后靠在椅背上，态度傲慢地开口："其实你留下了一个很大的漏洞，或者说，你对HY小区太不了解，所以犯了一个大错误。

"那一天，你杀死刘璐，从她身上拿走了她的笔记本跟录音笔，找地方将其销毁。你以为这两样东西就是最后的证据。只要能确保将凶器、服装、录音笔处理干净，就没有人可以证明当天杀人的凶手是你。再加上你还有三个同谋去帮你转移警方的视线，你很安全……这个过程你自己猜猜，究竟是在哪里犯了错。"

万章眼神闪避，虽然没有正面回应穹苍，但从细节来看他真的在思考这个问题。

穹苍目光明亮如炬，一动不动地落在他脸上，似乎要将他脸上的面具剥离下来。

她声音变得幽幽的，像秋夜里凄冷的晚风："那支粉红色的录音笔可爱吗？那其实是宁冬冬刚送给刘璐的……"

不知道是因为提到了什么，万章的瞳孔有明显的震颤，表情也在一瞬间闪过一丝不自然。他极力掩饰，下一秒抬手抹了把脸。

穹苍顿了顿，思忖后，试探着道："你拿走了刘璐的录音笔。"

她没有放过万章脸上每一处线条的变动。"是一支粉红色的录音笔。"

万章反应很快，他用力拍桌喊道："你在诈我？！"

穹苍加快语速，用清晰又响亮的声音飞速说道："你是她的同事，知道她出门习惯性会带录音笔。你害怕她在工作时留下什么对你不利的信息，所以你把东西带走了。但是你不知道，刘璐原先的录音工具坏了——"

万章嘴唇颤抖，避开她的视线，仰头看着天花板。

"你不知道她的笔坏了，现在用的其实是宁冬冬送给她的那一支！所以你拿走的是刘璐带在身上来不及丢弃的旧工具。"穹苍字字有力，"可现场确实没有找到她丢失的录音笔，是你的同谋拿走了它，却没有告诉你。你跟他们之间的关系并不牢靠。"

万章欲盖弥彰地低吼道："我不知道你在说些什么！"

穹苍快速回拨刚才的那通电话，在铃声结束的第一时间叫道："有一位证人从现场拿走了重要证物！"

万章红着眼睛站了起来。

"一支粉红色的录音笔……"穹苍脑海中闪过三人的证词，下结论道，"是那位女性，那个带小孩的妇女。马上找到她！"

"知道了！"

三人粗重的呼吸声彼此交错，就像离弦的箭在射出的前一秒硬生生止住了，万章腿部的肌肉从蓄力到放松只用了不到一秒的时间。最后一刻，残存的理智将他拉住，让他重新坐下。而众人间最后的平和只用一张薄纸堪堪遮住。

穹苍放下手机，等待着结果的到来。

时间从这个时候开始拉得漫长，对万章来说，每一秒都如同行走在刀尖上，分外煎熬。他的思维在自我安慰与恐慌之间做着斗争，几乎要将他撕裂。

当振动再次响起的时候，万章整个人如同被抵在案板上的活鱼，猛烈地弹跳起来。

"队长。"电话那头的青年语气很平静，将手机拉远。

扬声器里传来沙沙的电流声，随后响起一个略微模糊的女声。

"万章，怎么是你？你来干什么？"

"你走近一点，我有事想跟你说。"

"不用了，你是不是在跟踪我？我告诉你，你如果继续这样，我就对你不客……嗯——你疯——"

挣扎声越来越轻微，并很快被雨水覆盖。简短的对话直白地重现了刘璐生前的最后一个场景，加上前面可以证明时间的录音，这是最无可辩驳的铁证。

万章沉沉呼出一口气，在录音被播放出来的瞬间，脸上最后一丝血色也终于褪尽。警员从外面冲进来，将他双手按住，给他戴上手铐。

万章本来是想挣扎反抗一下的，可等他动动手指，才发现自己已经浑身虚脱，提不起半点力气。他的后背甚至在他没察觉的时候已经被一层冷汗打湿。

穹苍闭上眼睛，感觉有什么东西从她心口淌过。她轻声问道："宁冬冬呢？"

"哦，他刚刚回家了。我看时间不早了，就同意他回去了。"

范淮走到自己家门口的时候迟疑了下。他看着大门两侧已经褪色的春联，抬手按下门铃。

这个时候，这个家庭还是平静的，连门口摆设的花盆都透露着温馨。他竟有点不忍打破这样的温馨。

过了一两分钟，里面毫无声响。

范淮后退两步，以为是三天没有建设这边的模型。他低头苦笑了一下，说不出心底是轻松多一点还是遗憾多一点，正欲转身离去，就看见一道身影从楼梯转角处出现。

范淮看着那张熟悉的脸，双脚硬生生定在原地，没来得及掩饰脸上的错愕。

是江凌的脸，江凌的声音。她还年轻的面孔上带着慈爱的光，朝他微笑，像平常一样说着最普通的话。

"回来啦。"

范淮鼻腔刹那间酸涩，因这三个字哽得说不出话来。他用了许久才寻回自己的声音，闷声回了一句："嗯，回了。"

江凌走上来，牵住他的手，带着久违的温热，包在掌心。她摸出钥匙，打开家里的门。

"怎么不进去呢？跑哪里去了？我都找你好久了……"

镜头没有拍到她的脸，在防盗门被推开的一瞬间，游戏画面变为黑色，所有的呢喃全部消失，只剩下"副本通关"四个字留在屏幕中间，昭示着一切已经结束。

灵魂互换的一天

做妈妈怎么那么辛苦?

贺决云跟朋友聚餐的时候，稍稍喝了一点酒。

结婚以后，他就差不多戒酒了，每次只敢小抿一口意思意思，担心酒气熏到儿子。时间还不到十点，他就先离席回家。

大概是好几天没睡踏实，他今晚觉得特别疲倦，简单洗漱后直接躺下休息，不到五分钟就沉沉睡去。

日出东升，他被清晨的阳光晒醒，睁开眼睛，发现身体还是异常沉重，没有一点休息后的轻松。

贺决云按着自己的太阳穴坐起来，觉得有点不对。

天色都亮了，按照他的生物钟，大脑应该清醒了才对，最起码不该是这种混沌疲倦的状态。

贺决云晃了晃头，继续坐着休息。他往边上摸了把，奇怪地发现穹苍竟然已经起床了。

这时脚步声从屋外响起，贺决云叫了声"老婆"，抬起头就看见一个和自己长得一模一样的男人从门口走了进来。

两人眼中是相同的错愕，面面相觑，沉默了许久。

许久，贺决云才睁大眼睛，难以置信地叫了句："你是谁?！"

"穹苍。"对面的人说，"贺决云?"

贺决云终于意识到不对，抬手摸了把自己的脸。这骨骼，这轮廓，这皮肤，他是很熟悉的，但绝对不是他。

贺决云掀开被子，火速冲进厕所，果然在镜子里清晰地看见了穹苍的面容。

一刹那，他脸上血色褪尽。

"怎么会这样……"贺决云撑着洗手台，喃喃道，"我不就是喝了两口酒吗？总不至于是假酒吧？"

穹苍从后面走过来，两手按在他的背上以做安慰。她倒是跟以往一样冷静，脸上毫无波澜，当然也可能是已经惊讶过一回，此时接受现实了。

两人透过镜子观察对方的表情，目光闪了闪，而后又是一阵沉默。

贺决云捂住脸。这究竟算什么事儿？

突然，外头传来一阵微弱的哭声。两人齐齐一愣，赶紧跑去隔壁的房间。

汤圆已经醒了，脸上挂着两颗豆大的泪珠，此时一手扒拉着被子，摇摇晃晃地想要站起来。

贺决云上前将他抱到怀里轻哄。

汤圆挣扎了下，挥舞着手臂指向穹苍的位置，含混不清地叫道："爸爸。"

贺决云一时间心绪复杂。

汤圆出生之后，大部分的育儿工作都是贺决云做的。换尿布、起夜一类，全部是他上手。

一是那时候穹苍生产完还比较憔悴，贺决云不想叫孩子打扰她。二是他真的很喜欢汤圆，想做一个爸爸该做的事。其实那时候有保姆跟贺夫人帮忙，他适应得很快，并没有太辛苦。

不过也正是因此，汤圆跟他在一起的时间比较多，平时听话的时候喜欢妈妈抱，发小脾气了就想要爸爸抱。

穹苍说："给我吧。"

贺决云无奈地把汤圆塞到她怀里，并纠正了下她不是非常标准的动作，让她抱着能舒服一点。

汤圆靠在穹苍怀里，不哭了，又回过头看贺决云。

贺决云失笑道："看我干什么？小没良心。"

穹苍单手抱得轻松，觉得很新鲜，说："你先去洗漱吧，我抱着。"

贺决云点头："好。"

贺决云挽起袖子，在厕所里认真检查了一遍自己的身体。

哪儿哪儿都不得劲，全身没有力气，脚步沉重，身体跟灌了铅似的，精神很疲惫，像长期休息不足，腰腹部也有隐隐的酸痛，可又说不上究竟是哪里不舒服。

难道是妊娠后没有保养好吗？贺决云嘀咕了声，给牙刷挤上牙膏。

他身体一直很健康，力气也大，因此不大能体会穹苍这种羸弱的感觉。加上穹苍鲜少跟他说自己有哪里不舒服，贺决云也不知道她生完孩子后还有这些影响。

都那么长时间了，汤圆都会说话了。做妈妈怎么那么辛苦？

贺决云洗完脸出去，穹苍正抱着汤圆坐在客厅里玩玩具。

贺决云说："我这腰怎么有点酸？"

穹苍抬起头，茫然道："要不你先坐着休息会儿？"

贺决云："……"

穹苍平静地建议："喝点热水。"

贺决云小声道："我以前没让你喝点热水吧。"

"没有。"穹苍说，"但我是真的建议你喝点热水。"喝热水多有用啊，这办法可不直男。

贺决云应了一句，拿着电脑去点早餐。

吃过早饭后，最大的问题来了，两人上班要怎么办。

穹苍十分贴心地说："没事，我可以去帮你工作。"毕竟她之前就在接触三夭的业务。实在不懂，临时突击学习一下或请外援帮助，问题不大。

贺决云心里大吼：可是我不能替你去讲课啊！

贺决云正着急，想到了什么，眼睛倏地一亮，站起来道："亲爱的，公司那边你请假吧，你跟着我一起去上课好吗？"

穹苍狐疑地望向他。

贺决云掩着嘴咳了一声："我上课的时候你可以在一旁指点我，或者干脆换成你上。怎么样？"

穹苍看小贺同志的眼神变了，带着点揶揄。

她怎么样还不确定，但贺决云应该是挺美的。这人想打的鬼主意几乎都写在了脸上。

穹苍没什么意见，他想做就去做好了，毕竟两人都结婚了。按照贺决云的话来讲，属于夫妻正当权利。

贺决云见她不反对，便笑道："那就这么定了？我让阿姨待会儿不要过来了。收拾收拾，我送你去学校。"

穹苍提醒他："我没有驾照的。"

贺决云表情僵了下，又很快调整过来，说："没关系，我让宋纾送一趟。"

贺决云乐颠颠地跑回房间换衣服，他拉开衣柜，看着里面满满当当的衣服简直要挑花眼。

穹苍自己是喜欢穿中性休闲服的，配上她清冷的气质看起来有点酷酷的。但是贺决云喜欢给她买各种好看的衣服。

贺决云抽了条过膝长裙出来，在镜子前面比照了下。他用手对了对胸围和腰的长度，忍不住用手摸了下。

穹苍路过，恰好看见这一幕，一番欲言又止，最后说："不要吧，大清早的。"

贺决云脸色爆红，将裙子丢到床上。"没有好吗！我没做什么，你别乱想！"

穹苍"哦"了一声。

贺决云冷静了些，又冲到门口叫道："我就是有又怎么了？你是我老婆！"

穹苍说："哦！我没说什么！"

贺决云在衣柜前面犹豫了得有半个小时，最后才终于选定，搭出一套白衬衫加牛仔裤。直男的审美，中性的风格，挺符合他俩共同的要求。

贺决云站在镜子前面又看了会儿，不大满意道："气色不是很好。"

"那就化个淡妆。"穹苍走过来说，"我帮你。"

最后单贺决云收拾就用了一个小时，准备汤圆要用的琐碎物品又用了半个小时，其余小事磨磨蹭蹭，刚好凑了两个小时。

宋纾在车里都要等到发毛了，两人相继出现的时候他满脸哀怨。

贺决云试图掩饰尴尬："催什么？女士出门的时候有点事不是很正常？给点尊重，给点理解好吗？"

宋纾从后视镜里看他，语气殷勤地道："嫂子，没别的意思。我主要是怀疑我们小老板。"

贺决云："……"从某种意义上来说，猜得倒是也没错。

宋纾这人古灵精怪的，平时话很多，开车的时候一路找话题跟他们聊天。他平日喜欢开玩笑，习惯了被贺决云笑骂，随意说了几个冷笑话想调节一下气氛。

结果穹苍没有像往日一样威胁要削他，甚至还很配合地笑了两声，将话题接下去，让宋纾不由得惊惧，跟见鬼了一样。

车开到后半程的时候，他就不停地用余光瞥两人，话渐渐少了，一副忧心忡忡的模样。仿佛见证了顶头上司家庭关系出现问题的全过程。他可愁死了。

车在大学门口停下后，宋纾小心翼翼地降下车窗，支吾道："那个……嫂子，你要是累的话，其实请假一天也是可以理解的。"

穹苍单手抱着汤圆，视线忍不住往他身上瞟去。

宋纾又朝穹苍挤眉弄眼地说："哥，你也是，嫂子去上课而已，你跟得那么紧干什么？汤圆还小，你把他带过来不是给嫂子添麻烦吗？这些事情你们可以好好聊嘛。"

贺决云心说，你脑补了一路，就脑补了这玩意儿？

他一手搭在前座的靠背上，上身往前探去，柔声笑道："亲爱的，下车吧。今天也要辛苦你了。"

宋纾瞪大眼睛，惊在原地。

穹苍忍笑，默不吭声地推开车门下去。

宋纾跟石化了一样，一直到后面的车辆朝他鸣喇叭，他才浑身打了个哆嗦。

怎么回事？他嫂子那句矫揉造作的话将他鸡皮疙瘩都给吓出来了。

原来这就是夫妻间的情趣吗？还怪有意思的。

从进学校开始，贺决云就依偎着穹苍，一副小鸟依人的模样，跟她寸步不离。

穹苍另外一只手抱着汤圆，任由他拥着自己，顶着对面来来往往无数学生略带惊恐的目光，依旧神色不变。

贺决云非常爽快，感觉大出了口恶气，连脚步都轻松起来。

如果不是怕人设崩得太过，到时候有人报警，他还想再发挥一下戏精的潜能，让这帮没步入社会的学生见识一下所谓秀恩爱的力量。

当两人走进教室的时候，学生们当场就沸腾了——当然不是因为贺决云，而是因为汤圆。

穹苍从来没有带汤圆来过学校，所以这是众人第一次看见她的孩子。汤圆也一点都不怯场，面对众人围观，握着小拳头，炯炯有神地与他们对视。

"可爱""漂亮""眼睛好亮"之类的花式夸奖，贺决云听了能有八百遍。他挂着营业式的微笑，让众人回自己座位上去，不要太喧哗。

然而还是有几十部手机架在空中对着汤圆一阵猛拍。过了会儿，风声散出去，慕名而来的学生就更多了，连走廊都开始拥挤。

贺决云第一次如此清晰地认识到穹苍在学校里的人气，这简直和明星一个待遇，或者说明星还得不到她这样的地位。

他有点搞不定这些热情的学生，又不好动手，是穹苍从侧面挤进来，跟保镖似的挡在他面前，将学生疏散下去。

贺决云听见有人在底下惊呼："好有男友力哦！""好帅啊 Q 哥！""这可是传说中的三天太子爷啊！好有霸总的感觉。""跟网络上真的不大一样，难怪穹苍老师喜欢他。"

贺决云："……"这种情况就不知道究竟是在夸他还是夸穹苍。

这堂公开课最后还是由穹苍来上的。

贺决云先拿着课件上台，说了下自己今天身体不舒服，让先生替自己讲课，然后走下台，抱过孩子站在门边。

一众学生原本是有些抗拒的，认为两人授课水平相差太大，等到穹苍的一节公开课太不容易，让贺决云来上未免有些可惜了。

结果穹苍上台之后快速掌握了节奏，将这帮学生治得服服帖帖的。

众人难掩激动，悄悄在桌子底下玩手机发朋友圈。

"贺决云这样的才叫真男神啊！我以前居然没发现？我是瞎了吗？"

"这是传说中的夫妻相吗？我怎么觉得Q哥越来越像穹苍老师了？"

"三天太子爷这课上得厉害啊！思路清晰，逻辑分明。谁以后再说他憨，我就把这视频甩过去。"

"贺哥的憨果然是相对大佬来说的，跟普通人比还是一骑绝尘。我感觉智商被碾压了。[哭]"

贺决云不知道自己的形象已经被扭转了，他忙得根本来不及思考。

一堂课的时间很长，比起别的小朋友，汤圆已经很乖了，他从出生起就不怎么哭。可再怎么听话，他还是一个小朋友，时间一长就坐不住。

贺决云怕他无聊闹起来，打扰了别的学生上课，一直在里里外外不停走动，带他出去散散心，吹吹风，然后再回来。

汤圆离不开人抱，只能窝在他怀里，这样一两个小时下来，贺决云原本就不怎么舒服的腰背更是非常酸疼。

贺决云再次认识到带孩子是件很辛苦的事，尤其是对身体素质不好的女士来说，要做家务，要日夜操劳，要有无穷的体力，还要有强大的内心。

可这多少人做得到啊？大概比他现在的难度高个好几倍吧。他都不敢把汤圆一个人留给穹苍。

不过贺决云这么断断续续地听了一堂课，最后竟然也跟上了。

穹苍这个小脑袋瓜转得特别快，简直就像一台会自我运转的计算机。他只是听到一部分，再结合黑板上的公式，就能自行推演出来后面的内容，对理论的理解能力也得到了前所未有的提升，仿佛打通了任督二脉。

他好奇，又试了试数学运算。大脑的思考速度成倍提升，就差把答案直接写在他意识里了。

原来这就是传说中的天才，这就是传说中的闻一知三？

贺决云一面惊叹，一面乱七八糟地想，穹苍现在用他的脑子，会不会跟在开老爷车一样？

看她侃侃而谈的样子似乎是没有。她做了那么久的天才，都有经验了，说不定能把他的大脑也锻炼得聪明一点。

贺决云打起精神，努力装作没事的模样，靠在墙边。下课铃声响起的时候，他大大松了口气。

穹苍看出他的疲惫，快速推开围过来的学生，走到他身边，从他手上抱走汤圆。她拍了拍贺决云的后背，将他带到一旁空出来的座位上，示意他先休息一会儿。

贺决云也不勉强了，挥了挥手说："你去厕所看看，给他换个尿布。"

穹苍体贴地说："好，你先坐一会儿。"

穹苍前脚离开，贺决云又听见有女生在小声赞叹：

"好体贴啊！居家好男人！"

"好会带孩子，贺哥这样的家庭背景都亲力亲为，这简直是绝佳好老公！"

"汤圆真乖，居然都没哭。"

"肯定遗传了父母的优良基因啊，说不定是个小天才。"

贺决云："……"饶是贺决云都有点不甘心了。

有没有搞错啊妹妹们，他抱了两个多小时，全神贯注地哄着汤圆才让他没哭出来，没人来夸奖他的辛苦，穹苍只是去换个尿布而已，就成绝世好男人了？

母亲的劳动不值钱吗？

穹苍从厕所出来的时候，就发现贺决云脸色不善。她坐到边上，关切地问道："怎么了？不舒服？"

贺决云摇了摇头："没什么。我们回去吧。"

穹苍说："好。"她牵着贺决云起身，往校外走去。

这次贺决云是真的无力地靠在她身上，恹恹的。他想体格不好真是太惨了，明天起一定要定时带着穹苍去运动。这个念头极为强烈，强烈到他甚至恨不得现在就去健身房办张终生会员卡。

穹苍不知道他脑海里在翻腾着些什么，她也不敢问，感觉不是什么好事。

走到停车场的时候，穹苍的手机响了，来电人是贺夫人。她接了起来，贺夫人声音温柔地邀请他们回家吃饭。

穹苍转述了。

"去吧，去吧。"贺决云无力地挥了挥手，"顺便把汤圆交给他们带一下。"

穹苍失笑。"好吧。"

汤圆听见自己的名字，也叫了一下，然后咯咯笑起来。

贺决云捏住他的小脸，轻轻拍了拍。"你还笑呢？待会儿你就笑不出来了。小魔头。"

他在汤圆脸上亲了一下，然后说："我去一趟厕所，宋纾说他会从前面的那条街过来，你在那边等我一下。"

穹苍点头。

停车场附近的厕所路标不明显，贺决云找了两圈才找到。他从主路拐到侧面的偏僻处，准备进去，结果被几个打扮得流里流气的青年挡住了去路。

这几人应该是从前面那条小吃街逛过来的小混混，衣着跟气质都不大正经，身上带着点酒气，嬉皮笑脸的。

为首一人摸着下巴打量他，猥琐道："美女，一个人啊？"

贺决云满身的厌恶都要溢出来了，目光冷冷地看着他。

对面几人无视他的意愿，目光肆无忌惮地在他身上扫视，那眼神一寸寸往上，最后停留在他的脸上，又嘿嘿笑了起来。

贺决云深感被冒犯，胸腔内阵阵作呕。

为首那人吹了声口哨，说："这腿真细。我观察你很久了，穿这么好看故意在附近乱晃，是想诱惑我吧？美女，看来你很寂寞啊。"

贺决云深深吸了口气，在心中默念社会主义核心价值观，让自己保持冷静。

他转换步伐，想从侧面绕过去不和他们计较。然而对面那几个没眼力见儿的又不知死活地拦了过来，为首一人甚至想来揽他的肩膀。

贺决云最后一点克制力随着对方不断放大的脸庞而崩溃，他咬紧牙关，反身就是一拳，揍在对方脸上。

虽然穹苍的身体素质不大行，但贺决云学散打很多年了，不管是潜意识还是技巧，都算一个行家，知道怎么打能四两拨千斤，可以快速有效地一击制敌。

对方没有想到面前这个身材瘦削的人能如此彪悍，毫无防备地被正面击中，等抬起头来，一道鼻血顺着流了下来。

贺决云将手指骨节按得一阵响亮，狞笑着上前。"没有眼睛是吧？脑子里装的全是水？我腿细不细关你什么事？我看你皮挺痒的，这就帮你挠挠！"

贺决云打到正兴起，听见天外传来穹苍的声音，低低叫着他的名字。

他莫名感觉身上发凉，意识也变得飘忽不定，但他没心思思考这是为什么，脚下动作不停，非要教训面前的人。可气死他了，这帮臭男人是怎么回事！

"贺决云？亲爱的！先醒醒！"

意识回笼，画面破碎又重聚，贺决云睁开眼睛，抽了口气。

床头暖黄色的灯亮着，穹苍披散着长发，眉头紧皱，正一脸担忧地看着他。

贺决云用了好久才找回自己的声音，讷讷问道："怎么了？"

"你做噩梦了吧。"穹苍表情缓和，指向床尾，哭笑不得道，"你一直踹被子干什么？"

贺决云支起身，发现被子真的快被他踹到地上了。他赶紧将被子提上来，给穹苍盖上，以免她受凉。

他心虚地说："没踢到你吧？我刚踢得挺用力的。"

"没有。"穹苍给了他一张纸巾，示意他擦擦冷汗，"你做了什么梦？面目狰狞的。"

贺决云想起来还是好气。

"太真实了！"他拍着腿说，"这梦做得太真实了我跟你说！"

他正要描述，又觉得自己做梦变成一个女人这事好像很奇怪，实在有损他的形象。他喉结滚了滚，最后只道："忘了。"

穹苍说："忘了也挺正常的。梦本来就比较光怪陆离，你睡吧，最近累吗？"

贺决云含糊地应了声："嗯。"

　　贺决云继续躺着，大脑却越来越清醒，睡不着了。他翻了个身，问了个很没营养的问题："穹苍，如果有天我破产了……"

　　"嗯？"穹苍漫不经心道，"谁弄的？我帮你'天凉王破'。"

　　贺决云陷入沉默。

　　穹苍偏过头问："怎么了？"

　　贺决云说："没什么……"好重的承诺。比他的梦厉害多了。

　　外头汤圆哭了起来，穹苍准备起身，贺决云先一步跳起来，将她按在床上。"我来，我来，这种苦力活还是交给我，你先休息。"

　　穹苍不明所以："啊？"

　　贺决云捋了把她的长发，笑说："辛苦了。没事。"

　　他低头吻了一下她："就想讨好你一下。"

范淮的生日

那段过往深深刻在他的骨髓里，影响了他的人生。

范淮戴上工牌，走进电梯。里面有一个还在打哈欠的同事，双方视线交会，各自礼貌地点了点头，站到角落的位置。

很快，那个员工出去了，正面的镜子里只剩下一个人。

镜中的人五官立体，脸部线条流畅，下巴胡须剃得干干净净，可是眼皮半合着，似乎没什么精神。

范淮视线上移，看着边框内红色的数字不断向上跳动，从兜里抽出手用力揉了把脸。

今天是他生日。

范淮的生日在某个法定节假日的后一天，以往都是在假期过的，可是今年不大一样，假期前两天刚好是周六日，于是安排了连休。他的生日就变成了假期结束后的第一天。

其实这么多年过去，范淮对生日的感觉已经变得跟普通人不大一样。他甚至快忘记了入狱前的生日是怎么过的。

在服刑期间，监狱会给当月要过生日的服刑人员统一进行生日庆祝，为他们安排生日蛋糕并允许会见亲友。这样的方式让范淮险些忘记自己真正的生日时间。

在监狱的那段灰暗时光里，生日庆祝其实并不能让他感到多高兴，他最期待的只是能和江凌多说两句话。

现在家人都已离世，他的生日似乎也失去了意义。

电梯"叮"了一声，门向两侧推开。范淮扫了眼楼层，默默走出去。

他一直想甩脱监狱对自己的影响，可当各种小事浮现出来的时候，他又会一遍遍地意识到，这很艰难。

那段过往深深刻在他的骨髓里，影响了他的人生。

不单单是他的人生，还有他身边的人。以至当他得到完全的自由之后，感受到的不是世界宽阔，而是无尽的空虚。

范淮想，要不要去请一天假，挥霍一下时间？他应该要试着甩脱那种颓丧的心情了。可是他应该干点什么呢？吃碗面？买个蛋糕？还是去扫个墓？

范淮挠了下头，拐弯走进办公室。

还有十分钟就要到规定上班时间了，但是他的小组才到了两个人，而且那两个人正扭打在一起，面目狰狞，无心工作。

经过一个假期的时间，他们的头发长长了一点，但彼此间还是没有生疏，仍旧不要脸。

二人听见动静的时候紧张地转过了头，战局稍稍停止，见到是他，又重新争抢起来。

"你自己不能去食堂吗？啊？就知道天天抢我的，你有毛病吧！"

"别人家的东西就是比较香你不知道吗！"

"我忍你很久了，我告诉你，不要得寸进尺！我要在沉默中爆发！"

"你要不要脸？这话该我说才对！我跟你工作这么多年了，帮过你那么多次，你去食堂还不知道给我带个早饭，你的良心呢？你不仁我才不义！"

范淮保持着足够的距离，从他们身边绕开，以免自己被无辜地拉入战局。

要知道，这个办公室里的人耍起宝来可是会进行无差别伤害的。

范淮拿了杯子去后面倒咖啡，咖啡机旁边就是个免费的零食柜，里面还有各种速食产品。只要点单，还会有机器人实时送货上门。

当然，对他们来说抢早餐的意义并不只是为了填饱肚子，而是一项必要的晨间运动。

范淮回到自己的座位上，打开电脑，数着最后的时间。

很快，脚步声从走道外冲过来，一群人开始上演"生死时速"的晨间打卡。

"啊！我的双倍奖金——"

"嘀。打卡成功。"

"呼，痛快了。"

几人甩甩头发，神清气爽地走进来，与里面的人打招呼。

范淮见小组组长夹着电脑去了隔间办公室，随手写了个请假条，过去找他批示。

他的组长是一个已经五十多岁的中年男性，其实也是他的主管领导，只不过比起"经理"这个称号，男人更喜欢别人叫他组长或外号。这样跟一帮年轻人混在一起的时候显得他也能年轻一点。

组长听见范淮说要请假，眼睛都直了，用力一拍桌，怒道："请假？我们这里所有的人都想请假！我还想来个永久带薪休假呢，我说出来了吗！"

范淮："……"在这里工作这么些年，他最大的感触就是，三天整个部门都透露着不寻常。

组长问："为什么要请假？！"

范淮犹豫了下，将请假条抽了回去，当作无事发生地转身离开。

"嘿——"男人在后面叫道，"我要个解释很过分吗？你凭什么就这么走了？你们这些男人现在都这个样子了是吧？"

范淮抽出椅子，往后一靠，从电脑里调出放假前还没做完的项目，继续做了下去。

中午的时候，众人还陷在假期过后的慵懒里，一面打着哈欠，一面相约去楼下吃饭。

范淮收拾了下桌子，特意将身份卡锁在抽屉里，然后假装无事发生地跟上众人步伐。

留在公司倒是有这个好处，他很难在同城找到比三天食堂更好吃的餐厅了。这里的餐食囊括各大菜系，可以任意挑选，品质有保证。更完美的是对内免费。

唯一令他难以消受的就是员工刷身份卡，在生日当天系统后台会出现特殊提示。

来公司的第一年他不知道有这个彩蛋，在节假日前的最后一天过去吃饭，突然就听见系统提示了一声："您的生日在法定节假日内，三天携全体员工预祝您生日快乐！"为他打饭的那个阿姨猛然抬头。

再之后的尴尬，范淮简直不敢回忆。

范淮走到餐厅门口摸摸口袋，推说自己的卡忘带了，让同事捎他进去。

"哦……"同事点了点头，神态自若地为他刷了下卡，笑道，"下次别忘了啊。"

同事那拖得意味深长的尾音差点让范淮以为自己被识破了，好在对方没说奇怪的话，似乎只是他多想了。

范淮干笑了下，跟着走进去。

餐厅一向是比较热闹的，尤其今天有一批学生前来参观学习，此时正好过来吃午饭，室内变得比以往更加拥挤。

范淮打了碗面，坐到内部员工区，吃到一半的时候拿出手机刷新一下信息。

他的主要工作是副本建模，纯粹的技术岗，一般不怎么需要对外沟通。加上他不喜欢社交，平时往来的基本是自己的同事。

但是穹苍之前给他介绍了不少学术界的大拿，以帮助他适应现代科技，而那些长辈聊着聊着又给他推送了不少名片，说是他的亲妈粉。他不方便拒绝，就全加进了好友。

因此他的朋友圈画风混杂，极度割裂，热闹非凡，却又莫名和谐。

范淮往上翻了翻，看见贺决云刚刚发了四张照片，是他在和穹苍吃午饭。

底下员工们各种花式吹捧：

"天造地设！郎才女貌！"

"哇，老板好男人！"

"老板娘虽然只有手出镜，但是真的好好看啊！"

"尊敬的老板，能让老板娘百忙之中为我看一看代码吗？"

范淮默默在底下点了个赞。

贺决云高兴的时候，发起奖金来是没有道理的。这就是传说中有钱人的任性。

吃完面，范淮整理了下桌上的东西，让清洁机器人过来收拾。他走到餐厅门口，发现一群人聚集在角落，吵吵嚷嚷着什么，而且人群大部分是女生。

别的同事从附近路过，说了两句。

"好像是汤圆。"

"没关系吧，是不是小老板喊他下来跑腿？"

"没关系是没关系，汤圆的安全等级比你我高多了。就是很想去抱抱，机会不多啊。"

范淮愣了下，穹苍的儿子怎么会一个人跑到餐厅里来？他特意绕过去看了一眼，就这么一眼，穿越过重重人海，和汤圆的眼神对上了。

"小短腿"今天穿了条背带裤，身后背着个黑色的小书包，蓬松的头发带着点卷曲，看着乖巧懂事。他默不吭声地滑下椅子，跟在范淮的屁股后面。

范淮："……"

范淮无法忽视，低下头问："你妈妈呢？"

汤圆说："忙。"

范淮又问："那你爸爸呢？"

汤圆面不改色道："也忙。"

范淮心说我刚才还刷到贺决云的朋友圈了，他拉着你妈妈的手去隔壁餐厅吃午饭。两人有说有笑闲适得很，哪里忙了？！

边上的女生听见，已经心疼地叫了起来。

"好可怜的小弟弟，爸爸妈妈不在家是吗？是不是害怕了？"

"唉，现代社畜的悲哀啊。根本没有时间带小孩。"

"他真的好可爱啊。要是我我都不舍得把他丢下。"

范淮："……"哪种社畜？是他爸妈养的那种吗？

汤圆仰起头眨了眨眼睛，漆黑的眸子明亮清澈，打定主意要跟着他。

范淮弯下腰想抱他，被他摇摇头拒绝。

"我自己可以。"汤圆向他伸出右手，示意要牵。

范淮握住，将他小小的手包在掌心，感觉柔软又温暖。范淮问道："我带你去找你妈妈吗？"

汤圆还是一个说辞："她忙的。"

范淮迟疑了下："可是我也要工作。"

汤圆奶声奶气道："我很听话的，哥哥。我陪陪你。"

边上的女生比汤圆还紧张，生怕他拒绝，问道："可以吗？你弟弟一个人看起来很寂寞。你要是实在不行的话，把他留在这里，我们帮你照看也行。"

汤圆转了下身，踮起脚，伸长另外一只手示意。

范淮笑道："又要抱了吗？"

汤圆嘿嘿笑了下，将头贴在他的肩膀上，搂住他的脖子，卖萌卖得可谓娴熟。

范淮确实也抵抗不了，偏头亲了他一下，抱紧了他，将他带往办公室。

办公室的人看见他们两个，惊喜道："怎么把汤圆给抢回来了？厉害啊！"

"不愧是你，干得漂亮！"

"哎呀，宝贝儿，怎么今天没有去爸爸那里呀？"

众人围着汤圆闹了一阵，午休时间结束之后又开始工作。

汤圆很乖，他虽然年纪小，但智商比同龄人高上很多。在这一点上，他比范淮和穹苍都要幸运，能从小得到正确的对待和看护，不用自己摸索。

范淮给他搭了张小书桌，他很安静地自己待着。他解下身后的小书包，在里面掏啊掏，摸出几本绘本来。

午后的阳光和煦温暖，从玻璃窗外照进来。窗边那棵枝叶茂盛的发财树投下一片斑驳的树影，照在汤圆的身上。

汤圆自己读了一会儿后，跑去找范淮要电脑查资料。

范淮手上没有多余的电脑，就顺手把手机给他了。

汤圆玩了会儿，摸出纸笔练习自己的名字。

汤圆的大名特别难写，叫贺曦风，笔画很多。他觉得自己这个根本不是大名，而是大大名。

所以他十分羡慕自己的小伙伴。小胖虽然笨笨的，但是名字很简单，叫于以，随便画两笔就可以了。

汤圆认认真真地写，试图将中间的字写漂亮。连名字都写不好看的人，会被小朋友嘲笑的。

在他辛辛苦苦写了半张纸的时候，边上的手机响了起来。汤圆下意识地接过，放在耳边"喂"了一声。

电话那头的人愣住，而后小心地问："你好，请问你是？"

汤圆一本正经地说："我是汤圆。"

他拿开手机看了眼，见上面备注着三个比他名字还复杂的字，瞬间将对方当成了自己的难兄难弟。

"喂？你说话呀，姐姐。"

薛暮衡虽然没怎么见过汤圆，但知道他是穹苍的儿子，笑道："你好呀，你现在在范淮哥哥身边吗？"

汤圆手上画来画去，问道："我是啊。你是他妹妹吗？"

薛暮衡忙说："不是的。"

"哦。"汤圆说，"你等下，我给他电话。"

他小跑着过去，把手机还给范淮，说："很难写的人。"

范淮不明所以，待看清名字之后又有点哭笑不得，揉了把他的脑袋，接起来道："喂。"

"那个……"薛暮衡小心问道，"你今天晚上什么时候下班啊？我可以给你送饭吗？"

范淮点着鼠标，随意道："食堂有饭。今天不提早下班。"

薛暮衡声音小了下去："哦。"

范淮顿了顿，又说："要不你过来吧，下班后一起去吃晚饭。"

薛暮衡高兴道："好啊！"

汤圆听见了，抓着范淮的裤子想要凑热闹："我可以一起吃吗？我就吃一点点。"

范淮弯下腰，盯着他的小脸说："咦，你晚上还不回家吗？是跟妈妈吵架了吗？"

汤圆扭过脸说："妈妈爱我，我才不会。"

范淮又和薛暮衡聊了两句。他说话的语气总是平平淡淡的，没有起伏，因为一边工作一边接电话，回答的速度不是很快。但是他神态放松，也并没有露出什么不耐烦的意思。

汤圆在他身上看见了穹苍的影子，妈妈跟爸爸打电话的时候就是这个样子。

汤圆观察了会儿，扯住他的袖子招了招手。

范淮会意，俯身下去，将手机拿开一点，听他说话。

汤圆问："她是你女朋友吗？"

薛暮衡听见了，在那头沉默了。她心脏不由自主地加速跳了两下，而后觉得有些尴尬。

她是范淮的女朋友吗？她其实只是个一直跟着范淮的人而已。参与过范淮最落魄的人生，帮助过他，因此跟他走得比较近。算是目前他身边最特别的一个女性。但是她从来没有问过范淮这样的问题，因为她潜意识中认为这个问题早已写好了答案。

范淮是个那么骄傲的人，哪怕在最无助的时候依旧有着不可击败的尊严与坚持，这是薛暮衡所没有的。她这辈子做过最荒谬的事，最执拗的坚持，也只是一点陪伴而已。可那和范淮的意志比起来简直幼稚得不值一提。

他们两个人有着截然不同的背景和性格，人生轨迹能够出现交叉已经是场意外，她怎么能有更多的想法，去奢求进一步的关系？

薛暮衡吸了口气。就算她心里是这样认为，可如果听见范淮说出冷漠的话，还是会觉得伤心。她明显感觉到范淮在那边沉默了数秒难以回答，唇角不由得泛起一抹苦意，正准备将电话挂断时，就听见范淮坦然地回答："是啊。"

薛暮衡怔住了，当下脑子里跟有个钟在响似的，怎么也回不了神，思考的能力好像随着脸上不断攀升的热度而被烧毁，跟宕机的系统一样无法响应。

她用两只手一起捂住手机，生怕它从手心掉落。

"嘿嘿。"汤圆像是知道了什么，捂着嘴不好意思地笑起来。

范淮摸他的头，也笑道："笑什么？"

汤圆摇头："没有什么。"他小跑着回到座位，不再打扰范淮打电话。

范淮看了眼从刚才起就没有声音的手机，确认通话还在进行中，叫道："喂。"

"我……"薛暮衡急急忙忙地出声，慌不择言道，"那个，今天晚上一起吃饭吗？"

范淮面色如常道："好啊。"

薛暮衡懊悔地拍了下自己的额头，又问："那我能给你带礼物吗？"

"我没什么缺的。"范淮说，"不过可以。"

薛暮衡恍惚地说："那你先忙，我晚点过去找你。"

"嗯。"范淮挂了电话，继续处理手上的工作。

办公室安静下来，只剩下各种键盘的敲击声。

在时间即将到达五点的时候，在地上玩了一下午的汤圆站起来，走到范淮身边，背着手看他。

范淮弯下腰问："怎么了？"

汤圆将自己的画作送给他，乖巧地道："哥哥，祝你生日快乐。"

范淮狐疑接过，看了眼画上的图案。

画上是一个点着蜡烛的蛋糕，边上围着一圈小人儿，角落里是锦簇的花束，天上太阳和星星在一起发着光。整幅画明亮又热闹，带着满满的童真。

范淮越过画纸上方，看着汤圆，惊讶道："你怎么知道今天是我生日？"

"大家都知道啊。"汤圆挠挠耳朵，"所以妈妈让我来陪你呀。"他一脸"我好善解人意"的表情。

范淮没想到自己还享受了这么高等级的服务，而他竟毫无察觉。

汤圆歪着脑袋问："你不开心吗？"

"开心。"范淮把画放到桌子上，回过头道，"谢谢你，我会好好保存的。"

这时，五点的铃声准时响起，办公室众人整齐一致地停下手头的工作，靠在椅背上伸了个懒腰。

组长踩着点走出来，推开隔壁办公室的玻璃门，豪迈地宣布道："崽子们，今天下班了！"

范淮突然有种不是很美妙的预感，不幸的是这种预感在下一秒得以印证。

坐在窗户边的同事快速将窗帘拉上，振臂的姿势像蝴蝶展翅，带着无比的欢快。原来还挺明亮的房间立即被昏暗的光线笼罩。

紧跟着，五颜六色的灯光在角落亮起，躁动地闪亮再闪亮，将气氛带往非主流的方向。

其余人不知从哪里摸出了礼炮，对着天花板一阵喷射。无数的亮片从空中纷扬落下，撒了范淮满身。

范淮快被他们准备的惊喜给搞窒息了，在众人热烈的掌声中手指微微发颤，然而这还不是结束。

大门被推开，一个又一个人唱着歌走进来。因参与的人数过多，还有不少员工停留在外面的走道上。

单从玻璃窗后影影绰绰的轮廓就可以看出，来的绝对不在少数。

范淮一眼就看见了人群中间的穹苍跟贺决云，二人前面还有一个戴着厨师高帽的人，推着辆大型蛋糕车朝他走近。

范淮有种被出卖的感觉，受伤地看向自己的老师。

"不是我。"穹苍举起双手以示清白，"整个方案我都没有参与，除了让汤圆来陪你一起上个班。"

简而言之她的想法是最正常的。

穹苍指向边上唯恐天下不乱的青年："是你的同事要求并策划的。不过他们的想法真是美妙又独特，充满了创造力。我个人表示支持。"

贺决云在一旁幸灾乐祸道："所以我从不让搞技术的去做美工。"

范淮哭笑不得，他觉得这帮人根本就是在借给他生日的名头过瞎胡闹的瘾，而且还玩了把大的。他很想转身就逃，最后还是在众人期待的目光中走到了蛋糕前。

灯光再次亮起，只不过这次是正常的暖黄色照明灯。厨师把切蛋糕的刀递到范淮手中，鼓着掌以示欢迎。范淮对着面前这个画满了笑脸的奶油蛋糕，举刀迟迟不落。

众人催促道："随便切啊，大家等着吃呢！"

"欸，先等等，有人来了！寿星公，有人找你呢！"

范淮抬起头，就见薛暮衡提着个袋子被人一路推过来。

穹苍拍了拍手，跟着喊道："都让一让啊，先让女主角走进来。"

薛暮衡受到众人瞩目，紧张地抓着手提包，脸色涨红道："你们是在组织庆生吗？对不起，我真的不知道。"

她的声音彻底淹没在一帮人的起哄中，没激起一点水花。她还来不及解释什么，已经被人推到了范淮身边。

薛暮衡完全是云里雾里，她没想到三天组织的派对会如此隆重。她局促地笑着，随后偏头看向范淮，在他的耳边说道："生日快乐。"

众人还在大喊着"切蛋糕"，喊声震耳欲聋。薛暮衡不知道范淮听见了没，正准备再说一次，范淮已经牵起她的手一起握住刀柄，在完整的蛋糕上切下第一刀。

"哦——！"

三天的员工们终于满足了。

薛暮衡已经不会动了，维持着原先的姿势僵立在原地。一直到范淮将第一块蛋糕塞进她手里，才重新有了点真实感。

范淮嘴唇擦过她的耳郭，清晰地说了句："谢谢。"

情人节巧克力

"你知道白玫瑰是什么吗？是纯洁的爱哟。"

那天半夜，穹苍听见外面传来一阵轻微的响动，似乎是有人在翻箱倒柜。她一向睡得浅，被那声音吵醒的时候以为是家里遭贼了，险些吓出一身冷汗。

穹苍下意识地推了推身边，才想起贺决云最近在出差，根本不在家。

这地方怎么可能会有贼呢？

穹苍自嘲地笑了下，捏着鼻梁让意识清醒过来，而后掀开被子出门查看，到了客厅，发现果然是汤圆这个半夜不睡觉的小豆丁在闹腾。

他穿着自己最喜欢的小熊睡衣，站在冰箱前翻找。淡黄色的灯光打在他脸上，将他一脸认真的表情照得一清二楚。

穹苍还真是很少看见汤圆对哪件事情表现得这么投入，觉得有些新奇。她视线上移，往里瞟去。

厨房的储物柜前面摆着一张小木凳，显然柜子已经被搜索过一遍了。

汤圆找东西还是挺有条理性的，可惜翻乱了柜子后又塞不回去，只能全堆在料理台上，导致里头显得特别乱。

"汤圆。"穹苍轻轻叫了一声。

汤圆回头看她一眼，没有回答，继续往更里处挖掘，小小的身体几乎要钻进冰箱里。

穹苍缓缓走近，问道："你在做什么？"

汤圆回过头，一张脸圆圆地鼓着，看表情似乎是在生气。

穹苍笑了，说："你来厨房捣乱却要跟我生气？贺曦风小朋友，你是在跟妈妈开玩笑吗？"

汤圆头发睡乱了，有两小撮还翘着，显然是睡到一半起来找东西。

他奶声奶气地说了句："没有巧克力。"

穹苍严肃道："半夜不能吃巧克力。"她弯下腰，将汤圆抱起来。

冰箱因为长时间开着，发出一声清脆的系统提示音。穹苍顺势用脚将门合上了。

汤圆抬手在脸上揉搓，在开始揉眼睛的时候被穹苍按住。

他因为趴在冰箱里，皮肤被吹得发冷，裤子上也湿了一块，缩在穹苍怀里，眯起眼睛。他两手抱住穹苍的脖子，低声讨好道："妈妈，我没有跟你生气。"

汤圆性格有点沉默，但一向非常听话。平时不贪吃，更不怎么喜欢吃巧克力，因为他觉得太甜了，还不如奶酪棒。

穹苍抱着他坐到餐椅上，让他跟自己面对面地坐着，捧住他的脸，问道："你在做什么呀？为什么晚上不睡觉？"

"我在找巧克力。"汤圆一板一眼地说，"为什么没有巧克力？"

穹苍奇怪道："你那么想吃巧克力？"

"嗯……"汤圆低下头，玩自己衣服上的纽扣。

穹苍看着他脑门上的发旋，觉得这问题很大。

她把汤圆重新抱回床上，盖好被子，调低夜灯，然后躺在他身边。

汤圆闭着眼睛假装入睡，过了一会儿又睁开，他以为穹苍发现不了，结果被抓了个正着。

"呀……"

穹苍将他额头的乱发拂去，很有耐心地问道："你怎么了？"

汤圆眨着眼睛，又问了一遍："为什么没有巧克力？"

穹苍愣了愣，开始思考这个令他很执着的问题。最近是有什么理由一定要吃巧克力吗？随后穹苍就想起来了，今天是二月十三号，那明天就是情人节了。

"嗯?"穹苍失笑,问道,"你是想自己吃,还是想送给别的小朋友啊?"

汤圆摇头,抓过一旁的玩偶,捏着小企鹅的翅膀往两边抖了抖,片刻后又问:"为什么你都不送给爸爸呢?"

他说起来有点悲伤:"你们都不送。"

因为他们都不喜欢啊。

"也没有送礼物。"

有的,只是你爸喜欢把礼物藏在床底下。

"你平时都不理爸爸。"

因为在工作啊。

"也不亲亲。"

穹苍:"……"

汤圆叹了口气,带着与年龄不符的心酸,看得出他真的想了很多。

"谢谢你操心哟。"穹苍哭笑不得道,"爸爸妈妈关系很好的,不是你想的那样。"

汤圆看着她,不是很相信的样子。

穹苍问:"是做噩梦了?"

汤圆迟疑了下,点头。

今天和别的小朋友一起上课的时候,小美说,情人节就是要送礼物的,不喜欢的人才不送,他们每次收到礼物都很高兴,会亲亲,还问他爸爸妈妈平时会送些什么。

汤圆难过得要哭出来。他想起了电视上放的那些节目,以前觉得特别幼稚,但现在又觉得有一点道理。错就错在他爸爸实在太有钱了,一定给妈妈添了很多麻烦,妈妈那么聪明,最怕麻烦了。

汤圆梦见有一天两人不在一起了,拉着他的手问他到底要选谁。汤圆犹豫许久选了妈妈,爸爸就在一旁哭了起来。

太可怕了。

穹苍将他抱到怀里,又从边上摸出手机,翻找着号码,给对方拨了过去。

嘟嘟两声过后，电话被接通。

贺决云应该也是在睡梦中被吵醒，声音听着有点含糊，问道："怎么了？"

穹苍说："你儿子想你了。"

贺决云闷笑两声，问道："那你想我吗？"

汤圆出声叫道："爸爸。"

贺决云："……"

他干咳一声，道："汤圆也在啊？"

"他有话想跟你说。"穹苍将手机递过去，汤圆握着手机，迟疑许久，又觉得不好意思，闷声不语。

"嗯？"贺决云问，"怎么了？"

汤圆想了想问："爸爸什么时候回来呀？明天能回来吗？"

"能的。"贺决云柔声道，"汤圆怎么还不睡觉？乖一点，不要让妈妈辛苦。爸爸很快就回来了。"

汤圆奶声奶气地答："好。"

贺决云说："那晚安。"

"晚安。"汤圆最后又加了一句，"是妈妈想你哦。想得睡不着了。"

穹苍听着，觉得好笑。拿回手机放到耳朵边，汤圆噌噌爬上来，想要偷听。

穹苍觉得这孩子今天晚上真的有点奇怪，索性开了免提。

贺决云吐字变得清晰，看来是清醒了。他说："早点休息，现在困吗？"

穹苍说："是准备休息了。"

贺决云笑道："汤圆说，你很想我。"

汤圆用力点了点头，穹苍瞥他一眼，淡淡应了声："嗯。"

"是吗？我才离开多久？你这么想我？"贺决云明显很高兴，连语调都扬了起来。虽然隔着屏幕，但穹苍已经能想象到他此刻的表情，唇角也不由得向上翘了翘。

贺决云放低声音，温柔道："晚安，我明天下午就回来。"

汤圆摇晃着她，做了个爱心的手势，比在胸口，又指了指屋外，意思挺明确。

巧克力这个梗大概是轻易过不去了，穹苍顺着他的意思问出来："你喜欢吃巧克力吗？"

贺决云狐疑道："我？不喜欢啊。"不是早知道？

穹苍点头："好。"

汤圆失望地吐出口气。

贺决云那边顿了顿，然后突然改口："喜欢。"

穹苍："嗯？"

贺决云语气里带着一点不自然，说："我仔细想了想，还是特别喜欢的。嗯……对。"

穹苍："……"可以，但是真的没必要，这转折未免太生硬了。

汤圆却是笑了起来，一双眼睛亮亮的。

穹苍又聊两句，而后挂断电话。

汤圆立马问："妈妈，我们明天做巧克力吗？"

穹苍无奈道："好吧。你想做就做。"

"是你想。"汤圆一本正经地纠正她，"是妈妈想给爸爸做。"

穹苍应了，将他按下去睡觉。

汤圆特别兴奋，一整个晚上都在翻身，一直到天色快亮的时候才沉沉睡着，在太阳冒出来的第一时间又快速爬了起来，不知道是哪里来的无穷精力。

难得他这么热情，穹苍不好打击，抱着他一起出去买了巧克力，买了模具，又买了本制作相关的教程书。

汤圆仰着脸，乖巧浅笑的模样特别讨人喜欢，一张粉妆玉琢的脸尤其可爱，吸引了不少路人的注意。

以前有陌生人逗他，他都不乐意回复，但是今天他连说了好几次："妈妈要给爸爸送礼物。""买礼物的。""我也喜欢。"

众人被他炫耀的小模样逗得大笑，非常给面子地配合他说："那妈妈爸爸的感情一定很好了。"

汤圆用力点头，十分满意。

情人节当天的街上，到处都是互相依偎着的情侣，各商家也换上了粉红色的装扮，仿佛整条街都弥漫着浪漫的气息。

穹苍路过花店时停下脚步，走了进去。

店铺两侧摆着各种已经打包好的玫瑰花束，店员接着外送单，忙得脚不沾地，听见有人进店，只高声招呼了句。

穹苍闻着玫瑰香味，想起贺决云曾经给自己送过一束白玫瑰，只不过那时送出的时候是用所谓"爸爸的爱"。后来因为她让人处理掉，贺决云还生了气。

穹苍想到贺决云当时的表情就忍不住发笑，让店员给她包一束白玫瑰。

"白玫瑰，代表最纯洁的爱。"小姐姐将花束递到她手里，多看了他们这组合两眼，笑道，"小姐姐你真漂亮，你儿子也好可爱，相信你先生一定很幸运。情人节快乐。"

汤圆用手拨了下花瓣，若有所思地歪过头。

贺决云本来计划好是下午回来的，结果因为天气原因航班延误了，他被困在机场等候，遥遥无期。

手机主页上跳出几条情人节发生的新闻，都是"某男子表白时被城管追赶""某男子表白失败意欲轻生"一类的内容，令人啼笑皆非。

坐在他前面的是一对小情侣，两人脑袋贴着脑袋，没说两句就开始接吻，旁若无人地秀着恩爱。

贺决云嘴角抽了抽，移开视线，手指夹着手机不断翻转，心绪已经飘回家里去。

他从来没有这么迫切地想要回家过，一颗心无比躁动。穹苍会在等他吗？会给他做巧克力吗？虽说不大符合穹苍的个性，但是说不定会呢，否则她昨天为什么要那么问？

贺决云忍不住一次又一次地抬手看时间。

虽然贺决云很着急，可惜天公不作美，等他回到家时天色已经是一片墨黑了。

贺决云拖着行李箱站在门口，咬牙暗恨，发誓下次出差时一定要避开重要节日。他轻手轻脚地推开房门，准备开灯，手指还没落下，余光瞥见一道瘦削的人影坐在椅子上。

贺决云愣了下，收回手，借着窗外的光色朝黑影走近，发现是穹苍趴在餐桌上睡着了。

空气里弥漫着一股淡淡的甜味，独属于巧克力的香气从中间一个餐盘上飘过去。

贺决云看着朦胧的夜色，心里一阵高兴，又一阵遗憾。要是稍稍早点回来，他今天一定能过个别开生面的情人节。

贺决云把外套脱下，小心地披在穹苍身上，俯身轻轻在她额头吻了一下，而后从桌上拈起巧克力，咬了一口。

香醇甜腻的味道在口腔里泛开来，舌尖感受到的温度几乎能将心脏融化。

贺决云认真地吃完了，抽过纸巾将手擦干净，然后弯腰抱起穹苍往房间走去。

巧克力以后就是他最喜欢的甜品，没有之一。

黑暗中，汤圆悄悄合上门。他趴在床上，捂着手机，美滋滋地同电话那头的人说道："你知道白玫瑰是什么吗？是纯洁的爱哟。"

图书在版编目（CIP）数据

案件现场直播 . 3 / 退戈著 . -- 长沙：湖南文艺出版社，2022.4

ISBN 978-7-5726-0512-3

Ⅰ. ①案… Ⅱ. ①退… Ⅲ. ①长篇小说—中国—当代 Ⅳ. ①I247.5

中国版本图书馆 CIP 数据核字（2021）第 258455 号

上架建议：畅销·小说

ANJIAN XIANCHANG ZHIBO.3
案件现场直播 .3

作　　者：退　戈
出 版 人：曾赛丰
责任编辑：匡杨乐
监　　制：毛闽峰
策划编辑：张园园
特约编辑：王　静
营销编辑：刘　珣　焦亚楠
封面设计：recns
版式设计：潘雪琴
插图绘制：沉　风　凌家阿空
出　　版：湖南文艺出版社
　　　　　（长沙市雨花区东二环一段 508 号　邮编：410014）
网　　址：www.hnwy.net
印　　刷：三河市中晟雅豪印务有限公司
经　　销：新华书店
开　　本：640mm × 915mm　1/16
字　　数：362 千字
印　　张：23
版　　次：2022 年 4 月第 1 版
印　　次：2022 年 4 月第 1 次印刷
书　　号：ISBN 978-7-5726-0512-3
定　　价：52.80 元

若有质量问题，请致电质量监督电话：010-59096394
团购电话：010-59320018